Veröffentlicht von
DREAMSPINNER PRESS

5032 Capital Circle SW, Suite 2, PMB# 279, Tallahassee, FL 32305-7886 USA
www.dreamspinnerpress.com

Tief im Schlamassel
Urheberrecht der deutschen Ausgabe © 2018 Dreamspinner Press.
Originaltitel: Tied Up in Knots
Urheberrecht © 2016 Mary Calmes.
Original Erstausgabe. September 2016
Übersetzt von Heike Reifgens.

Umschlagillustration
© 2016 Reese Dante.
http://www.reesedante.com
Die Illustrationen auf dem Einband bzw. Titelseite werden nur für darstellerische Zwecke genutzt. Jede abgebildete Person ist ein Model.

Deutsche ISBN. 978-1-64405-075-0
Deutsche eBook Ausgabe. 978-1-64405-074-3
Deutsche Erstausgabe. September 2018
v 1.0

Gedruckt in den Vereinigten Staaten von Amerika.

TIEF IM
SCHLAMASSEL

Mary Calmes

Meinen aufrichtigsten Dank an: Lynn West, die alles, was ich tue, so viel besser macht. Rhys Ford – ich weiß, dass du mir immer zur Seite stehst. Lisa Horan – ohne das Sicherheitsnetz, das du für mich hältst, wäre ich in argen Schwierigkeiten. Und Captain West – ohne Ihre Sachkenntnis wäre ich ziemlich verloren gewesen.

1

Sollte ich diese Sache überleben, würde ich mit allen mir zur Verfügung stehenden Mitteln dafür sorgen, dass ich nie mehr an die DEA ausgeliehen wurde, nie wieder.

Wäre es ein normaler Einsatz gewesen, dann wäre ich meinem Partner Ian Doyle gefolgt, der wie ein Wilder hinter unserem Verdächtigen herrannte. Diesmal jedoch war es ein Polizeibeamter, den ich vor einer Woche erst kennengelernt hatte, der mir bei unserer Verfolgung eines flüchtigen DEA Agenten über Straßen und um Häuserecken nur wenige Schritte voraus war. Wenn wir den Dreckskerl nicht erwischten, bevor er sich irgendwo verkriechen konnte, dann waren der Bulle und ich vermutlich tot. Wir wussten nicht, wie weit sein korrupter Griff reichte oder welche Mitglieder seines Teams er dazu gebracht hatte, ihre Dienstmarken zu verraten.

Ich konnte diese Primadonnen von DEA Arschlöchern generell nicht ausstehen, was normalerweise auch kein Problem war. Aber mein Vorgesetzter, Chief Deputy US Marshal Sam Kage, war im Urlaub und der Vollpfosten, der seine Vertretung machte, hatte Kages goldene Regel über die Zusammenarbeit und den Austausch zwischen den Behörden missachtet. Diese Regel besagte im Grunde genommen nichts anderes, als dass unser Team nicht mitspielte, wenn nicht wir, sprich die Marshals, den Einsatz leiteten. Sie war in Kraft getreten, nachdem ich bei einer Razzia, die das FBI geleitet hatte, beinahe gestorben wäre. Ich hatte keine Ahnung, wie Kage damit durchgekommen war, aber sein Wort war Gesetz und er wollte nicht, dass einer seiner Leute von anderen Mitgliedern der Einsatzgruppe, mit der wir zusammenarbeiteten, in Gefahr gebracht wurde. Diese Regel war unanfechtbar.

Das Problem war, dass für Phillip „Sag Du und Phil zu mir, Kumpel" Tull Selbstdarstellung, das Lob des Bürgermeisters und Public Relations Lorbeeren weitaus wichtiger waren. Und da bei den Fällen mit dem größten öffentlichen Interesse immer Drogen mit im Spiel waren … hatte er uns augenblicklich ausgeliehen. Ich war der Einzige, der an die Westküste hatte fliegen dürfen, alle anderen waren näher der Heimat eingesetzt worden.

„Ich hasse Wisconsin", hatte Becker gemault, während er die Powerriegel aus seiner Schreibtischschublade zusammenkramte, bevor er zusammen mit Ching nach Green Bay aufgebrochen war.

„Wenigstens musst du nicht nach Maine!", hatte Ryan gemeckert und Dorsey hatte eine zustimmende Grimasse in meine Richtung geschnitten, als sie zusammen an mir vorbeigegangen waren.

Ich war der Einzige, der allein aufgebrochen war, da sich Ian, mein Partner Schrägstrich Lover Schrägstrich bester Freund vielleicht Verlobter – schwer zu sagen, wie er zu dem Wort stand – mit seiner Sondereinsatztruppe im Kampfeinsatz befand. Daher rannte auch nicht er jetzt mit mir zusammen um sein Leben. Wenn ich bei dieser Sache draufging, würde Phillip „Sag Du und Phil zu mir, Kumpel" Tull, der mit beiden Händen Pistolengesten machte, während er das sagte, an unseren Hund verfüttert werden, mit den Eiern voran. Niemand wollte sich mit Ian Doyle anlegen, schon gar nicht, wenn es um mich ging. Er war ein klein wenig besitzergreifend.

Es WAR schon irgendwie witzig. Ich war an die DEA ausgeliehen worden, um ihnen bei ihrer Drecksarbeit zu helfen, aber dann war mein Einsatz plötzlich komplett auf den Kopf gestellt worden, als ein Typ mit harten blauen Augen und einem noch härteren, wenn auch sehr hübschen Gesicht ins Broken Record auf der Geneva gekommen war, wo ich an der Bar saß und einen späten Snack aus Hummermakkaroni mit Käse aß. Meine Abende waren oft lang, wenn Ian nicht da war, denn ohne ihn an meiner Seite schlief ich nicht gut. Sicher, ich hätte zum Einschlafen irgendetwas nehmen können, aber das war eine Sache, die ich mir gar nicht erst angewöhnen wollte. Also saß ich in einer Bar und der Bulle – der sich eindeutig im Dienst befand, diese Art von vor Selbstbewusstsein strotzendem Schlendern war unverkennbar – kam näher und setzte sich neben mich. Ich war durchaus bereit für einen kleinen Plausch mit einem Kollegen und wollte ihn gerade begrüßen, als er die Gabel aus dem Platzgedeck auf dem Tresen vor sich nahm und sich an meinem Teller bediente.

Ich drehte das Kinn zur Seite und sah ihn an. Durch einen Mund voll käseüberbackener Köstlichkeit sprach er die magischen Worte: „Eli Kohn sagt, ich kann Ihnen vertrauen."

Da der Mann, den der Bulle gerade erwähnt hatte, einer meiner Kollegen bei den Marshals in Chicago war, der von der Niederlassung in San Francisco zu uns gekommen war, und da ich diesem Mann mein Leben anvertrauen würde, wartete ich ab, was der Fremde sonst noch zu sagen hatte. Das Gespräch mit Kohns Namen zu eröffnen, war ein cleverer Schachzug gewesen. Der Name hatte bei mir Gewicht, also musste ich den Bullen ausreden lassen.

„Ich höre."

„Senior Inspector Kane Morgan, San Francisco Polizei." Er zeigte mir eine goldene Dienstmarke, die im Lauf ihrer Existenz schon einiges mitgemacht hatte. Aber er wirkte auf mich wie die Sorte Bulle, die solche Dellen und Kratzer mit Stolz trug.

Es war nicht nötig, ihm meinerseits meine Dienstmarke zu zeigen, denn er hatte mich schließlich gesucht – und eigenartigerweise in einer Millionenstadt auch

2

gefunden. Ich erwies ihm dennoch die Höflichkeit und stellte mich vor. „Deputy US Marshal Miro Jones."

„Oh, ich weiß. Sehen Sie, Bursche, ich hab ein Problem und Sie stecken da mittendrin." In seinem Akzent schwang ein Hauch von Irland mit, eine Art rollende Erinnerung an dunkles Bier und Männer mit schwarzen Herzen.

Es war nie gut, zu hören, dass man im Zentrum der Probleme eines anderen stand. Was um alles in der Welt hatte ich nur mit Iren? Ich konnte ihnen einfach nicht entkommen.

„Und was ist Ihr Problem?", fragte ich, denn nachdem wir über Kohn und Makkaroni mit Käse quasi Brüderschaft geschlossen hatten, konnte ich ihn nicht *nicht* fragen.

„Einer der DEA Agenten, mit denen Sie zusammenarbeiten, schiebt mehr Drogen als ein kolumbianisches Kartell."

Was eine Übertreibung war, sicher, aber sie machte seine Absichten dennoch deutlich. „Nein", ächzte ich.

„Doch", sagte Morgan beinahe heiter. „Hört auf den Namen Sandell."

„Nein, nein, nein." Es wurde immer schlimmer statt besser.

Er schenkte mir ein knappes Nicken und ein Grinsen.

Gottverdammtnochmal.

Niemand wollte hören, dass ein DEA Agent korrupt war, auch wenn das meiner Erfahrung nach bei den meisten von ihnen der Fall war. Aber ganz besonders wollte ich nicht hören, dass genau der DEA Agent korrupt war, mit dem ich zusammenarbeitete. Als Sandell mich in Begleitung einiger seiner Männer am Flughafen abgeholt hatte, hatte ich noch gedacht, dass er ganz okay wäre. Ein ganz normaler Typ, nichts Bemerkenswertes an ihm. Auch nichts von dem, was er seitdem gesagt oder getan hatte, hatte in mir die Alarmglocken klingeln oder mich misstrauisch werden lassen. Aber anscheinend war mein Instinkt in dieser Hinsicht keine müde Mark wert, zumindest nicht, wenn man Morgan Glauben schenken konnte. Es war offensichtlich, dass ich das tun sollte.

„Das Schlimmste ist", fuhr er fort und bediente sich weiter an meinem Teller – keine Frage, der Mann hatte sein Abendessen ausfallen lassen, „ich hab da eine ganze Reihe toter junger Frauen, die seine Männer als Kuriere benutzt haben. Aber ich brauche einfach noch ein paar mehr Beweise, um die Sache hieb- und stichfest zu machen, bevor wir ihn festnageln können."

Er sprach bereits von „wir".

Lieber Himmel.

Ich drehte den Kopf, um den Mann neben mir genauer in Augenschein zu nehmen. Glänzende, tiefschwarze Haare, blaue Augen und ich würde jede Wette eingehen, dass es eine Menge Männer und Frauen gab, die alles taten, was er wollte oder brauchte. Aber ich war in sehr festen Händen und hielt mich ebenso fest an die Vorschriften.

„Klingt so, als würden Sie meine Hilfe brauchen."

3

„Was glauben Sie, warum ich hier bin? Ich meine, die Makkaroni mit Käse sind gut und Ihre Gegenwart ist auch ganz reizend, aber jetzt mal ehrlich."

Ich ignorierte das. „Gibt es denn niemanden vor Ort, den Sie ansprechen können? In der DEA, meine ich. Kennen Sie dort sonst niemanden außer ihm?"

Keine Antwort, aber es war schwer zu sagen, ob er nachdachte oder schlicht Hunger hatte.

„Ich bin nur kurz hier, für einen Einsatz", erklärte ich. „Also kenne ich nicht alle Mitspieler. Ich meine, sein ganzes Team kann korrupt sein und ich kann Ihnen nichts darüber sagen, wenn sie nicht allesamt mit einem Kilo Koks in der Hand vor mir auflaufen."

Er räusperte sich. „Lassen Sie mich Ihnen etwas über Alex erzählen, meinen Kontakt in der DEA und was er mitgemacht hat."

Anscheinend hatte er sowohl nachgedacht als auch Hunger gehabt.

Ich hörte schweigend zu, als er mir von einem Kumpel von sich erzählte. Alex Brandt lag in der Nähe in einem Krankenhaus und kämpfte um sein Leben, weil man oft genug auf ihn eingedroschen hatte, dass er als Piñata durchgehen konnte.

Brandt war der Ware gefolgt und Morgan hatte eine Reihe von Morden an Drogenkurieren untersucht, als sich ihre Wege kreuzten. Da sie bereits miteinander befreundet waren, tauschten sie Informationen aus, anstatt wie sonst üblich miteinander zu konkurrieren. Sie hatten schnell festgestellt, dass jemand in Brandts Abteilung zutiefst korrupt sein musste.

Nachdem sie Brandt zu Hackfleisch verarbeitet hatten, war Morgan sich auch ziemlich sicher, dass er wusste, wer dieser jemand war. Aber er hatte weder die Befugnis noch den nötigen Einfluss, um etwas zu unternehmen und da sein inoffizieller Partner im Krankenhaus lag, hing er in der Luft und wusste nicht, wem er trauen konnte. Also hatte Morgan Kohn kontaktiert, den er noch aus Zeiten kannte, bevor Kohn nach Chicago versetzt worden war und der wiederum hatte ihm meinen Namen gegeben.

Dieser Abend war jetzt sieben Tage her.

Nach einigem Herumschnüffeln im Büro, einem schnellen Computerhack und einem Einbruch in Sandells Haus, durchgeführt mit freundlicher Unterstützung von Brandts bestem Freund Cord Nolan, einem Privatdetektiv, fanden Morgan und ich den Mittelsmann. Also setzten wir dort an und so stiegen wir an jenem Donnerstag die sechs Treppen hoch zu einem Büro, wo wir hofften, Tommy Hein, den Geldwäscher, überzeugen zu können, dass Sandell zu verpfeifen in seinem eigenen Interesse war. Auf halbem Weg die Stufen hoch, drückte Morgen mir einen Ohrhörer in die Hand.

„Wozu der denn?"

„Was glauben Sie?"

Er war genauso ein Klugscheißer wie Ian, dachte ich.

4

„Warten Sie mal einen Moment, ich verbinde den Knopf im Ohr gerade mit Ihrem Handy. Ich schlage vor, wir lassen die Leitung zwischen uns offen für den Fall, dass wir getrennt werden. Sie haben keine Ahnung, wo wir hier sind und das Stadtviertel ist eh das reinste Labyrinth. So kann ich Sie lotsen, wenn nötig."

Er hatte recht: Ich kannte mich in San Francisco überhaupt nicht aus. Also nahm ich den Ohrhörer und schob ihn über mein Ohr. „Ich fühle mich wie der letzte Depp mit dem Ding." Ich hasste es, wenn ich für einen Kaffee anstand und dachte, die Leute hinter mir redeten mit mir, mich umdrehte und dann Blicke erntete, als wäre ich ein Aussätziger. Denn natürlich sprachen sie mit der Person in ihrem Ohr.

Morgans wenig elegantes Grunzen entlockte mir ein Lächeln. „Sie werden mir noch dankbar sein, wenn Sie in einer finsteren Seitengasse enden, die nach Pisse und Kohl stinkt und den Weg zurück nicht finden."

Da hatte er auch wieder recht.

Als wir uns dem Büro näherten, hatte er die Verbindung hergestellt. An der Tür angekommen hob ich eine Hand, um anzuklopfen, aber Morgan hielt mich auf.

„Die bessere Methode, Jones", sagte er und trat die Tür ein.

„Nein, wirklich?", sagte ich trocken. Warum? Seit wann spielte Diskretion bei der Polizeiarbeit keine Rolle mehr?

„Man spricht hier vom Überraschungselement", versicherte er mir.

Himmel, konnte er Ian denn ähnlicher sein?

Morgan hielt seine Dienstmarke hoch, die andere Hand lag auf seiner Waffe. „SFPD, Hein. Legen Sie Ihre Hände dahin, wo ich sie sehen kann."

„Sie können hier nicht reinkommen!", schrie Hein, der hinter seinem Schreibtisch stand und hastig Unterlagen in die Schubladen stopfte. „Sie können nicht –"

„Er kann, wir sind zusammen. US Marshal", verkündete ich, ließ Morgans Dienstmarke meinen Stern folgen und sah zu, wie Morgans Lächeln sich in all seiner boshaft-verschmitzten Pracht über seine kantigen Gesichtszüge legte. Das nannte man dann wohl ein dreckiges Grinsen.

„Scheiße", stöhnte Hein.

„Hände weg vom Computer", befahl Morgan.

Laut den Unterlagen, die Hein versucht hatte zu verstecken, besaß Sandell mehrere Schwarzgeldkonten, einige auf den Caymaninseln und sogar eines in der Schweiz. Auf dem Computer direkt vor uns befand sich darüber hinaus alles über Sandell und seine Geschäfte, einschließlich einer Unterhaltung, wie Brandt und Morgan auszuschalten seien. Und das alles in Dateien, die klein genug waren, dass sie alle auf mein Handy passten. Sehr praktisch.

Gerade als die letzte Datei auf meine Speicherkarte flatterte, kam Sandell mit einer Tasche über der Schulter durch die Tür. „Ich hab hier ein paar Piepen, die du verschwinden lassen musst, Hein", sagte er, als er durch die zerborstene Tür trat. Anscheinend fiel ihm in dem Augenblick erst auf, wie sie aussah. „Was zum Teufel ist denn mit der Tür –"

Er blieb wie erstarrt stehen, als sein Blick auf Hein fiel, der auf dem Boden saß, Plastikfessel um die Knöchel und die Hände auf dem Rücken. Eine Sekunde später hatte er sich umgedreht und rannte zurück auf den Flur, die Tasche unter den Arm geklemmt.

Ich ahnte, dass er den Inhalt der Tasche nicht wegwerfen wollte und als ich unten auf dem Bürgersteig ankam, wusste ich auch, warum: Geldscheine flatterten durch die Luft und zogen eine schnell größer werdende Menge zwischen uns und dem fliehenden Sandell an. Er hatte Bargeld in der Tasche – und so wie es aussah eine ganze Menge davon – und jetzt ließ er die Scheine daraus herausflattern. Geld, das durch die Luft flog, war eine hervorragende Ablenkungstaktik, die unser Vorankommen erheblich erschweren würde.

„Jones, ich schalte die Zentrale ein", sagte Morgan und scherte aus, um die Menge zu umgehen. „Versuchen Sie mitzuhalten. Zentrale, hören Sie mich?"

Und wir rannten los.

Wir mussten auf die Straße ausweichen, da der Bürgersteig voller Menschen war, die versuchten, die durch den Sonnenschein segelnden Scheine einzufangen. Es war der reinste Affenzirkus.

„Scheiße", fluchte Morgan und in seiner knurrigen Stimme schwang Resignation mit. „Zentrale, haben Sie meine Position? Benötige Verstärkung. Tenderloin. Der Verdächtige flüchtet zu Fuß, Richtung Taylor. Trägt eine schwarze Tasche und –"

Wir hatten gehofft, die Sache im Stillen regeln zu können, aber mir war klar, dass sie gerade sehr sehr laut geworden war. Es war mehr als unwahrscheinlich, dass Sandell stehenbleiben und sich stellen würde, vermutlich rief er gerade selbst nach Verstärkung. Also sorgte Morgan dafür, dass wir nicht allein blieben und damit auch kein einfaches Ziel abgaben.

„– wir versuchen, ihn abzufangen", fuhr er fort und ließ die Zentrale so wissen, dass wir nicht stehenbleiben und abwarten würden, bis jemand kam und uns half, sondern unseren Verdächtigen aktiv verfolgten. Über die Zentrale hörte Morgan den Funkverkehr der entsendeten Mannschaft mit und während wir weiterrannten beantwortete er Fragen, wo wir waren und nannte ihnen unsere Koordinaten, damit sie Bescheid wussten. Weder er noch ich trugen eine Uniform – keiner von uns wollte aus Versehen erschossen werden.

„Der Verdächtige ist bewaffnet", bestätigte Morgan die entsprechende Frage.

Mehr Geld lag auf dem Asphalt verstreut, eine Spur grüner Krumen, der wir folgen konnten und Morgan folgte ihr unbeirrt, schoss wie ein Wahnsinniger um die nächste Häuserecke.

Als wir quer über die Eddy Street im Tenderloin Distrikt rannten, hatte ich Gelegenheit, die volle Lächerlichkeit unserer Situation zu würdigen. Als wäre er einer der Dukes aus der Serie *Ein Duke kommt selten allein*, rollte Morgan sich über die Kühlerhaube eines Autos und rannte weiter, ohne langsamer zu werden, ohne ins Stolpern zu geraten oder die Konzentration zu verlieren. Ian konnte das auch ganz hervorragend. Ich meinerseits war nie ein Fan davon gewesen.

„Drumrumlaufen geht auch!", schrie ich hinter ihm her und wich einem parkenden Lexus aus. „Es gibt keinen Punkteabzug, wenn man einem Auto ausweicht!"

Morgan rannte weiter. Was beeindruckend war, wenn man bedachte, wie lange wir nun schon liefen – seit mindestens zehn Minuten und das im vollen Tempo – und dass er davor noch die sechs Feuertreppen runtergerannt war, während ich die Stufen im Inneren des Gebäudes genommen hatte. Ian und ich wechselten uns bei Verfolgungen gewöhnlich ab, aber Morgan war ganz eindeutig daran gewöhnt, das Alphamännchen zu sein und den Löwenanteil zu machen.

Neben uns schlug eine Kugel in ein Autofenster ein und zersplitterte es und Morgan schrie: „Vorsicht!" Ich rannte an dem Auto vorbei und eine weitere Kugel formte eine Kerbe in einer Backsteinmauer vor mir.

„Jemand schießt auf uns", rief ich warnend.

„Kein Scheiß!", brüllte er. „Weiterlaufen. Schwerer zu treffen."

Während ich dankbar war für die Gesetze der Physik, konnten wir nicht einfach darauf hoffen, dass unser Glück hielt.

Ich begann, im Zickzack zu laufen und schrie: „Wir müssen weg von der Hauptstraße!"

„Sagen Sie ihm das, nicht mir."

Wir schossen um eine weitere Häuserecke auf die Taylor und rannten in nördlicher Richtung weiter, auf die Ellis zu – was ich nur deshalb wusste, weil ich Morgans laufenden Kommentar hörte, mit dem er die Zentrale unsere Position wissen ließ. Sandell schoss quer über die Kreuzung vor uns, dann schnitt ihm ein kirschroter TransAm den Weg ab. Sandell konnte nicht bremsen, er rannte zu schnell, rannte mit aller Kraft und er landete quer ausgestreckt über der Kühlerhaube des Wagens. Morgan wurde langsamer, blieb dann stehen und erlaubte es mir so, ihn endlich einzuholen. Ich kam keuchend neben ihm zum Stehen, beugte mich vor und kämpfte gegen den Drang an mich zu übergeben, während um uns herum weitere Autos mit quietschenden Reifen anhielten.

„Ich fürchte, wir stecken hier ein bisschen in der Klemme", gestand Morgan leise.

„Folgen Sie meinem Beispiel", befahl ich und richtete mich auf.

„Keine Bewegung!", schrie der Typ, der aus dem TransAm ausgestiegen war, mich und Morgan an und hob die Waffe, die er in der Hand hielt. Offenbar war Sandells Verstärkung eingetroffen.

Ich nahm die Schultern zurück, hob den Kopf und entdeckte Sandell an den TransAm gelehnt dastehen und nach Luft ringen. Die Türen der SUVs um uns herum flogen auf und weitere Männer quollen heraus; sie gingen hinter ihren Fahrzeugen in Deckung und richteten ihre Waffen auf uns.

„US Marshals", schrie ich zurück, wobei ich Morgan großzügig mit einschloss. Ich zog meine Waffe und richtete sie auf Sandell, ließ seine Männer so wissen, falls sie es noch nicht taten, dass sie sich mit jemandem angelegt hatten, der ein paar Gehaltsklassen über ihnen stand. Viele korrupte Bullen sagten ihren Handlangern nicht, auf wen sie da schossen. Ich hoffte, uns den Schockfaktor zunutze machen zu können. „Waffen fallenlassen und auf den Boden legen!"

Morgan war in der Zwischenzeit meiner Anweisung gefolgt, hatte seine Glock ebenfalls gezogen und auf den korrupten DEA Agenten gerichtet, den wir verfolgt hatten. Es war schon beeindruckend, dass er in dieser Situation zu mir hielt. Sicher, es war sein Fiasko, aber trotzdem: Der Mann hatte Mumm in den Knochen. Und Eier in der Hose. Umzingelt, in der Unterzahl, waffentechnisch unterlegen, weigerte er sich dennoch, klein beizugeben und mich im Stich zu lassen. Hoffentlich lebten wir beide lange genug, dass ich mich revanchieren konnte.

„Treten Sie zurück, Marshal", brüllte Sandell, der mit gezückter Waffe zu den anderen trat.

„Treten *Sie* verdammt noch mal zurück", brüllte Morgan zurück. Seine Stimme war laut und kraftvoll, was Sandell erschreckt haben musste, denn der Finger, der am Abzug lag, zitterte. Morgan hingegen hielt seine Waffe in absolut ruhigen Händen. Er erinnerte mich sehr an Ian. Ian war in solchen Situationen ebenfalls absolut ruhig und beständig wie ein Fels in der Brandung. In dem Augenblick war das ungemein tröstlich.

Niemand rührte sich. Es war, als hielte die Zeit den Atem an. Nach einigen langen Augenblicken warf ich einen Blick in Sandells Richtung und sah sein Grinsen.

„Sie treffen hier einige weitreichende Entscheidungen über Ihre Karriere, meine Herren", versicherte Sandell uns und mir wurde schlagartig klar, dass man uns keine Gelegenheit lassen würde, unseren Rang aberkannt oder auch nur einen Anschiss zu bekommen. Er würde uns gleich dort auf offener Straße umbringen und alle Beweise, die wir zusammengetragen hatten, verschwinden lassen. Niemand außer den Männern in seinem Team würde wissen, was tatsächlich geschehen war.

„Flach auf den Boden, sofort!", wiederholte Morgan, der nicht einen Wimpernschlag zurückwich. Wir waren im Recht und wie es aussah, würde er die Sache durchziehen, komme was da wolle.

Ich hatte ein bisschen das Gefühl, dass ich hätte Angst haben sollen, aber ich machte mir vielmehr Sorgen um Morgan.

„Das sind korrupte Bullen! Macht sie kalt!", schrie Sandell. „Ich hab die Beweise gleich –"

Mein Körper spannte sich in Erwartung einer Kugel an, aber just in dem Moment heulte eine Sirene und zog allgemeine Aufmerksamkeit auf sich. Denn es war nicht die normale Sirene eines Polizeiautos, sondern ein tiefes *brrp-brrp* und es kam von einem riesigen schwarzen Panzerwagen mit einem goldenen Adler auf der Seite und mit Fenstern, die so schwarz waren, dass sie alles Licht in sich aufzusaugen schienen. Nachdem der Wagen mit einem grollenden Knirschen zum Stehen gekommen war, flogen explosionsartig die Hintertüren auf und eine SWAT Einheit ergoss sich aus dem Gefährt; eine wahre Flut riesiger, grimmig dreinblickender Männer. So glücklich ich auch über die Rettung war, etwas an diesen Männern mit ihrer Ganzkörperpanzerung und ihren in meine Richtung gerichteten automatischen Waffen war ein wenig beängstigend.

„Waffen fallenlassen und auf den Boden", bellte ein Berg mit den Streifen eines Lieutenants auf seiner schwarzen Weste. „Sofort."

Es war lustig, mit welcher Geschwindigkeit eine SWAT Einheit einen korrupten Bullen und seine Handlanger dazu bringen konnte, ihre Waffen wegzuwerfen und den Asphalt zu küssen. Keiner der Männer am Boden rührte sich oder schien auch nur zu atmen. Ich würde mich allerdings nicht bäuchlings zu Boden werfen und wie es aussah Morgan auch nicht. Er steckte lediglich seine Waffe ein, stemmte die Hände in die Hüften und stieß einen hörbar angewiderten Seufzer aus.

Die SWAT Einheit rückte vor, um die am Boden liegenden Männer festzunehmen, mit Ausnahme des Lieutenants. Er kam zu uns herüber und seine Einheit teilte sich vor ihm wie das Meer vor Moses. Mich auch nur zu rühren, stand vollkommen außer Frage. Sein Rang sprach aus jedem seiner dicken Muskeln, seinen selbstbewussten Schritten, seiner schlichten Masse. Seine Schultern allein reichten aus, mich von jeglicher Herausforderung absehen zu lassen.

Nachdem er uns erreicht hatte, nahm er Helm und Fliegersonnenbrille ab, schenkte mir ein völlig unerwartetes Lächeln und packte Morgans Schulter.

„So", sagte der Lieutenant mit einem leisen, warmen Lachen. „Du hast also Verstärkung angefordert, was?"

Ich war erschüttert. Wir waren gerade vom Terminator gerettet worden und der neckte Morgan jetzt. Was war hier los?

„Was zum Henker macht ihr hier?", grollte Morgan und wies mit einer Geste auf die gepanzerten Männer. „Ich hab Verstärkung angefordert, nicht die Mongolenhorde."

„Wir waren deiner zwanzig am nächsten und Teufel auch, ich habe fast einen Herzanfall bekommen, als ich gehört habe, dass du Hilfe brauchst", sagte der Lieutenant und wackelte mit den Augenbrauen. „Du rufst nie nach Verstärkung – sie dachten, es gäbe einen Aufstand."

Morgan schüttelte den Kopf. Er schien gereizt über diese mir sehr einleuchtend erscheinende Erklärung und spätestens da wäre es mir klargeworden, wenn ich es nicht schon gesehen hätte: dasselbe tiefschwarze Haar, wenn auch kürzer geschnitten, das schalkhafte Glitzern in dunkelblauen Augen und den auf seine gepanzerte Weste aufgestickten Namen Morgan.

„Wo sind deine Manieren, Mann? Stell uns vor."

Morgans Antwort war ein angewidertes Knurren. Gereiztheit strömte wie in Wellen von ihm aus, als er mit einem knappen Kopfnicken in meine Richtung wies.

9

„Deputy US Marshal Miro Jones, der diese Woche mein neuer Partner war. Jones, dieser Arsch ist mein älterer Bruder, Lieutenant Connor Morgan."

„SWAT, hm?", sagte ich und steckte meine Glock weg.

„Con hat schon immer den längsten Schwanz haben müssen", erwiderte Morgan sarkastisch. „Weil Waffe und Dienstmarke nicht genug waren, brauchte er noch einen Panzer und einen Rammbock."

„Die Sorte kenne ich." Ich hatte selbst einen Green Beret mit ähnlicher Disposition zu Hause.

Connors Jungs sammelten die auf dem Asphalt liegenden Waffen ein und die daneben liegenden Männer gleich mit. Kabelbinder war dabei im Spiel, aber keine Proteste. Niemand legt sich mit SWAT an. Wenn sie auftauchen, werden keine Fragen gestellt. Das weiß jeder, selbst absolut korrupte Dreckskerle, die für die DEA arbeiten. Die nicht-korrupten wussten, dass sie mit maximal einem blauen Auge davonkommen würden, aber dem Rest war klar, dass sie keine Chance hatten, aus der Nummer wieder rauszukommen.

„He, Moment", sagte Morgan und packte Connor am Oberarm. „Wir sagen Miki aber nichts davon."

Connor brach in schallendes Gelächter aus. „Na, dann schlage ich vor, dass du und der Marshal euch schleunigst verdrückt. Die Zentrale hat mich gerade informiert, dass Dad unterwegs ist."

„Scheiße, dann kommen als nächstes die Aasgeier mit ihren Kameras", grollte Morgan und sah sich suchend um. „Wir sehen uns auf dem Revier." Connor nickte und Morgan griff nach seiner Hand. Connor drückte sie einen Moment lang fest.

„Danke, Con."

„Immer doch", murmelte sein Bruder und die zwei Worte reichten aus, die Tiefe des dahinterliegenden Gefühls zu hören.

Ich folgte Morgan, der mit schnellen Schritten die Straße entlangging und dabei den Leuten auswich, die wie magisch von dem Aufruhr angezogen wurden, den wir hinter uns zu lassen versuchten. Mit zwei Schritten hatte ich ihn eingeholt und ging neben ihm her. Ich hatte eine Frage.

„Ihr Vater?"

Er knurrte.

„Heißt auf Englisch, was?"

Er seufzte schwer. „Er ist ein Captain und wir waren knapp an der Grenze seines Reviers."

Okay, ich hatte zwei Fragen. „Sie haben eine Menge Bullen in Ihrer Familie, oder?"

„Sie haben ja keine Ahnung. Bei der letzten Zählung waren es fünf. Wir haben einen, der Feuerwehrmann ist, weil, na, ja. Er kann eben nicht mit einer Waffe umgehen. Und einen Professor. Geschichte, an der Uni. Unser Nesthäkchen hat sich noch nicht entschieden. Sie würde es glatt auch machen, wenn sie Pumps zu ihrer Uniform tragen dürfte."

„Wer ist Mickey? Wie die Maus? Ehefrau? Freundin?"

„Miki, kein E und kein Y, und er ist mein Freund."

„Alles klar."

Ich musste nach meiner Nahtoderfahrung von eben noch eigenartig geklungen haben, denn obwohl er schnaubend lachte, lag in seiner Stimme eine gewisse Schärfe, als er sprach. „Problem damit?"

„Oh, Himmel, nein", versicherte ich ihm. „Ich war nur neugierig."

Sein Lachen wurde warm.

„Danke, dass Sie mir das Leben gerettet haben."

„Das war mein Bruder."

„Nein, das waren Sie."

Er zuckte die Schultern. „Danke, dass Sie mir geglaubt haben. Es wäre für Sie genauso einfach gewesen, Sandell Glauben zu schenken."

„Ich habe gute Erfahrungen mit Iren", neckte ich ihn.

„Haben Sie, ja?"

Ich grinste ihn an.

AUF DEM Revier lud Morgan die Dateien von meinem Handy herunter und wir sahen durch die Glasscheibe hindurch zu, wie Koegle, Sandells Vorgesetzter, Morgans Vorgesetzten, Lieutenant Casey, anschrie.

Koegle lief rot an. Casey sah gelangweilt aus.

„Ihr Boss ist ein ziemlich gelassener Typ, oder?"

Morgan schnaubte spöttisch. Anscheinend passierte Casey so etwas ständig. Als wir vorhin in das Großraumbüro voller Schreibtische gekommen waren, das sich vor Caseys Büro erstreckte, hatte der Leiter der DEA dort bereits auf der Lauer gelegen und sich wutschnaubend auf uns gestürzt.

„Sie hatten keinen Haftbefehl, Morgan! Wie zum Henker sind Sie überhaupt –"

„Sir", unterbrach ich ruhig.

„Sie glauben, Sie könnten einfach –"

„Sir." Ich räusperte mich und sprach ein wenig lauter.

„ – mir nichts dir nichts – "

„Sir", blaffte ich und als er sich, deutlich verärgert, zu mir umwandte, hielt ich meine Dienstmarke hoch. „Deputy US Marshal Miro Jones von der Niederlassung in Chicago", erklärte ich. „Ich bin vorübergehend für einen Einsatz in Zusammenarbeit mit dem Northern District hier und –"

„Es kümmert mich einen Scheißdreck, wer Sie glauben –"

„Zurücktreten", rief eine neue Stimme.

11

Es war lustig: Alles drehte sich synchron um und sahen dem sehr großen, sehr elegant gekleideten Mann in Überzieher über marineblauem Nadelstreifenanzug mit braunen Knöpfen und rotem Einstecktuch entgegen, der das Büro in Begleitung von vier weiteren Männern betreten hatte. Er sah sehr gut aus – was ich schon bei unserem ersten Treffen, als ich in die Stadt gekommen war, gedacht hatte – und war genauso einschüchternd wie mein Vorgesetzter, mit tiefbrauner Haut und hellbraunen Augen, die den ganzen Raum mit einem einzigen Blick erfassten, wie Kage das auch konnte. Es entsprach nicht explizit dem Standardverfahren, irgendwelche hohen Tiere zu besuchen, wenn man in ihre Stadt kam, aber Vance und Kage waren befreundet, also war ich angewiesen worden, meinen Respekt zu erweisen.

„Wer zum Teufel sind –"

„Supervisory Deputy Xavier Vance", stellte er sich vor und kam um Sandells Vorgesetzten herum auf mich zu.

Ich nahm die mir angebotene Hand und er klopfte mir auf die Schulter.

„Alles in Ordnung, Jones?"

„Jawohl, Sir."

„Ausgezeichnet", sagte er mit tiefer Stimme. „Kage will Sie noch heute Abend im Flieger sitzen haben."

„Jawohl, Sir", sagte ich mit einem Lächeln. „Er scheint aus dem Urlaub zurück zu sein."

„Weshalb ich seinen Anruf erhalten habe, ja."

„Jawohl, Sir."

Er wandte sich an Morgan und streckte erneut seine Hand aus. „Ich muss mit Ihrem Vorgesetzten sprechen."

Nachdem Morgan seine Hand geschüttelt hatte, sagte er: „Sie finden ihn gleich dort drüben", und wies mit seinem typischen knappen Kopfnicken auf seinen Lieutenant hinter der Glaswand seines Büros. „Sein Name ist Casey."

Sie gingen allesamt in das Büro und wir sahen zu, wie der DEA Typ vollkommen durchdrehte, kaum dass sich die Tür geschlossen hatte. Casey und Vance sahen gelangweilt aus, während Koegle sich ereiferte.

Das tat er eine ganze Weile lang. Aber jetzt war es Vance, der die Stimme hob. Mir fiel auf, dass sich sein geballter Zorn auf den Typ von der DEA richtete.

„Es ist gar nicht so verkehrt, wissen Sie", sagte ich und wandte mich von der Szene in dem Büro ab und Morgan zu.

„Was?", fragte er.

„Einen Supervisory Deputy zum Freund zu haben", erklärte ich ihm. „Vance ist ein guter Mann und er schuldet Ihnen etwas."

„Wofür schuldet er mir etwas?"

„Dafür, dass Sie mir das Leben gerettet haben."

„Na, Sie haben mir und Brandt geholfen."

„Wir geht es ihm übrigens?"

12

„Ihm geht's gut. Sollte ich jemals hier rauskommen, werde ich auf dem Heimweg bei ihm vorbeifahren."

„Auf dem Heimweg zu Ihrem Miki."

„Genau, auf dem Heimweg zu meinem Miki."

„Der Sie umbringt, wenn er herausfindet, dass Sie heute beinahe gestorben wären, richtig?"

„Sie haben ja keine Ahnung. Er würde mir glatt die Kaldaunen aus dem Leib reißen."

Der plötzlich starke Akzent war überraschend. Ich nahm an, dass er nur dann auftrat, wenn Morgan emotional aufgewühlt war. Wie in diesem Moment. „Vielleicht findet er es ja nicht heraus."

„Er hatte heute Session, die Chancen stehen also gut."

„Session?"

„Aufnahme."

„Oh, dann – er ist Musiker?"

Morgan nickte.

„Ist er bekannt hier in der Gegend?"

„Und auch anderswo."

„Ja? Glauben Sie, dass ich auch schon von ihm gehört habe?"

„Vielleicht." Morgans Lächeln war schelmisch. „Miki St. John."

Ich kannte den Namen. „Er ist der Frontman einer Rockband, richtig?"

Morgans sichtlich erfreutes Lächeln blendete mich fast.

Ich zuckte ein wenig zusammen. „Ich bin ja mehr ein Blues Fan. Ian ist der Rocker."

„Ian?"

Wir hatten in unserer kurzen Bekanntschaft über wenig mehr gesprochen als über den Fall, weshalb ich auch erst jetzt von seinem Rockstar erfuhr und er den Namen Ian zum ersten Mal hörte. „Ja, mein –" es war immer noch komisch, der Sache einen Namen zu geben – „Partner", sagte ich schließlich. Das war nicht ganz richtig, aber auch nicht ganz falsch. „Sie würden ihn mögen, er ist Ihnen sehr ähnlich. Ich bin mir sicher, Sie würden zusammen in alle möglichen Schwierigkeiten geraten."

„Was Sie Schwierigkeiten nennen, nenne ich gute Polizeiarbeit."

„Das bezweifle ich nicht", sagte ich herablassend.

Ich hörte Unruhe am Ende des Flurs, drehte mich um und sah Connor hereinkommen, einige seiner Männer im Gefolge. Er schlenderte zu uns herüber – ich würde mich auch so bewegen, wenn ich er wäre – und informierte uns darüber, dass die DEA Agenten unten darauf warteten, vernommen und dem Haftrichter vorgeführt zu werden.

„Sie werden alle davonkommen", sagte ich.

Connor nickte. „Die Frage ist nur *wann*."

„Wie ich sehe, liegt Boshaftigkeit in der Familie."

Morgan grinste breit. „Wenn Sie länger blieben, würde ich Sie glatt meiner Mutter vorstellen, damit Sie sehen, wie wahr diese Aussage ist."

„Du hast es übrigens in die Nachrichten geschafft", informierte Connor Morgan mit einem Glitzern in den Augen.

„Scheiße", winselte Morgan und drehte sich zu mir um. „Sie nehmen mich besser in Schutzhaft."

„Warum? Ihr Freund ist ein Rockstar. Wie furchteinflößend kann er schon sein?"

Connors schallendes Gelächter war ein klein wenig beunruhigend.

Es DAUERTE Stunden, Ordnung in die Sache zu bringen, alle Beweismaterialien zusammenzutragen, Sandell hinter Gitter zu stecken und Hein aus seinem Büro abzuholen, wo wir ihn gelassen hatten, und ihn ebenfalls in eine Zelle zu stecken. Es würde einige Zeit erfordern, um herauszufinden, wer von den DEA Agenten korrupt war und wer nicht, also wurden erst einmal alle verhaftet und vom Dienst suspendiert. Ich war mir ziemlich sicher, dass Brandt befördert wurde, sobald er aus dem Krankenhaus kam. Er war einiger der wenigen, die übriggeblieben waren, die frei vom Korruptionsverdacht waren.

Da Morgans verdeckte Ermittlung mit Caseys vollem Segen stattgefunden hatte, blieb der Polizei von San Francisco letztendlich wenig mehr zu tun, als Sandell und Hein in den Gewahrsam der Marshals zu übergeben. Der DEA teilten sie mit, sie könnten sie mal gernhaben und ignorierten Koegle dann völlig. Ich machte mir ein wenig Sorgen, dass Morgan sich den Mann zum Feind gemacht hatte. Aber da er sich andererseits Vance zum Freund gemacht hatte, hielt sich das vermutlich in der Waage. Er selbst schien jedenfalls unbesorgt.

Später am Abend fuhr er mich zum Flughafen, wo wir uns voneinander verabschiedeten. Er umarmte mich und ich versuchte, ihm das Versprechen abzuringen, Chicago einmal einen Besuch abzustatten.

Er zuckte zusammen. „Es ist aber verdammt kalt in Chicago, oder? Ich meine, hier kann es auch kalt werden, aber bei euch da oben ist es so richtig arktisch."

Ich schüttelte den Kopf. Er lachte leise und wartete, bis ich das Flughafengebäude betreten hatte, bevor er losfuhr.

Auf dem Weg zum Terminal huschte ich in einen der letzten offenen Läden, um eine Flasche Wasser zu kaufen, die ich im Flieger trinken konnte und mein Blick fiel auf das Cover des *Rolling Stone*.

„Kein Scheiß", sagte ich und starrte hinunter auf Miki St. John und den Rest seiner Band, bevor ich die Zeitschrift aus dem Regal nahm. Kane Morgan war ein Glückspilz. Genau wie jeder andere Mann und jede andere Frau, dem oder der der Rest der Jungs gehörte. Wie sie alle so zusammenstanden, waren sie nahezu atemberaubend umwerfend.

„Ist das alles?", fragte mich die Kassiererin.

14

„Ich kenne seinen festen Freund", erzählte ich ihr und zeigte auf die Zeitschrift.

Sie nickte herablassend und scannte meine Einkäufe.

Ich war überrascht, als mein Handy klingelte, während ich am Gate wartete und gleich doppelt, als ich den Namen auf dem Display sah.

„Hi", sagte ich heiser.

„Du musstest von einer SWAT Einheit gerettet werden?", grollte er.

Es war wirklich gut, seine Stimme zu hören. Er klang zwar angespannt, aber trotzdem. „Es war nicht so wild, wie es im Fernsehen ausgesehen hat", versicherte ich Ian und fragte mich, ob Morgan schon die Kaldaunen aus dem Leib gerissen wurden. Die Nachrichtensender hatten es allesamt geschafft, die ganze Situation sehr viel brenzliger darzustellen, als sie gewesen war, auch ohne die Nennung unserer Namen.

„Du solltest besser schon auf dem Heimweg sein."

„Bin ich." Ich schluckte hart. „Du auch?"

„Jepp."

Ein zweiwöchiger Einsatz der Sondereinsatzkräfte hatte sich zu einem etwas-mehr-als-vier-Monate langen Marathon ausgewachsen, von daher sandte es mir einen freudigen Schauer über den Rücken, zu hören, dass er nach Hause in unser überteuertes Greystone kam. Ich hatte ihn so sehr vermisst. „Ich warte gerade aufs Boarding, bin also morgen früh zu Hause. Du?"

„Samstagabend."

Mein Magen, der sich früher am Tage angesichts des drohenden Todes nicht gerührt hatte, verkrampfte sich bei diesen Worten. Ich seufzte tief. „Ich kann's kaum erwarten, dich zu sehen."

„Ich auch nicht", krächzte er.

„Ian?"

„Gottverdammt, Miro, du sollst zu Hause bleiben, wenn ich nicht bei dir bin!"

„Es war nicht meine Schuld", sagte ich mit einem Lächeln, das er nicht sehen konnte. „Sondern Phils."

„Wer ist Phil?"

Ich berichtete ihm von dem Vollpfosten, der die Vertretung gemacht hatte, während unser Vorgesetzter zusammen mit seiner Familie in den wohlverdienten Urlaub gefahren war.

„Ich wette, Kage hat ihn bereits gelyncht."

„Würde ich ihm durchaus zutrauen. Kage hat Anweisungen hinterlassen und Tull hat denen direkt zuwidergehandelt. Wir wissen beide, wie gut so was bei ihm ankommt."

Er knurrte.

„Und du bist noch heil und ganz?", fragte ich und versuchte mir die Besorgnis nicht anhören zu lassen.

„Bin ich."

„Irgendwelche neuen Narben, von denen du mir erzählen willst?"

„Nein", sagte er zögernd und endlich hörte ich den Schmerz in seiner Stimme. „Aber Sonntag … musst du mit mir zu einer Beerdigung kommen."

„Natürlich", hauchte ich und wartete darauf, zu hören, wer gestorben war.

„Ein Kumpel von mir."

Ich hatte befürchtet, dass es sein Vater war. Ian und sein Vater standen sich alles andere als nahe und das letzte Mal, als sie sich gesehen hatten, endete katastrophal, aber … „Also ist dein Freund –"

„Laird. Eddie Laird."

Das war schnell gegangen. „Er war also nicht mit im Einsatz?"

„Nein."

Dies war nicht der richtige Zeitpunkt, um nach Einzelheiten zu fragen, aber ich konnte mir nicht helfen: Ich war neugierig. „Okay, also sehen wir uns dann Samstag zu Hause. Ruf mich an, wenn du –"

Er räusperte sich. „Nein, ähm. Warum kommst du mich nicht abholen?"

Ich war tief berührt. Das war mir noch nie erlaubt gewesen. Die meiste Zeit über wusste Ian nicht, wann genau er nach Hause kommen würde, aber mehr noch als das, mochte er es, wenn seine Heimkehr privat blieb, sozusagen unter uns. Er war nicht der Typ für öffentliche Liebesbekundungen und die Begrüßung der vom Einsatz heimkehrenden Soldaten war laut. Artilleriefeuer, Explosionen, das Dröhnen von Stiefeln, damit hatte Ian kein Problem. Helle Freudenschreie hingegen waren zu viel für ihn.

„Miro?"

„Entschuldige. Du hast mich nur noch nie vorher am Flughafen haben wollen."

„Ja, also, jetzt will ich."

Ich war aufgeregt und nervös zugleich, denn wenn ich ihn am Flughafen abholte, dann begegnete ich vermutlich auch den anderen Männern seiner Einheit. In der Vergangenheit hatte ich nur einen von ihnen kennengelernt und der hatte sich kurz darauf versetzen lassen, von daher wäre es das erste Mal für mich, dass ich die gesamte Gruppe traf. Aber vielleicht irrte ich mich da ja auch. Vielleicht kam Ian ja allein und das war der Grund für die Einladung. „Kommst du allein oder –"

„Nein, wir kommen alle mit derselben Maschine."

Interessant. „Welche Nummer hat der Flug?"

Er nannte sie mir und ich hörte, wie er dabei scharf Luft holte. Das sagte mir zweifelsfrei, dass es ihm wehtat, sich zu bewegen. „Bist du sicher, dass du heil und ganz bist?"

„Ja."

Eine so knappe Antwort war nie gut.

„Und bei dir, M?", begann er leise. „Schläfst du gut?"

Ian war ein Green Beret, der Dinge gesehen und getan hatte, die mir jahrelange Albträume beschert hätten. Ich wusste, dass er in geheimer Mission in Ländern unterwegs gewesen war, in denen die USA nichts zu suchen hatte, dass Blut an seinen Händen klebte und dass zahlreiche Schrecken ihn verfolgten. Ich hingegen hatte nur einen. Nur einen Mann, nur einen Augenblick, der mir bewiesen hatte, wie sinnlos es sein konnte, sich zu wehren und wie abgrundtief hilflos ich war. Ich fühlte mich geradezu lächerlich schwach und jämmerlich bei dem Gedanken daran, mich bei Ian über die posttraumatische Belastungsstörung zu beklagen, die das Resultat meiner Entführung durch Dr. Craig Hartley war. Unser Abteilungspsychologe hatte die Diagnose gestellt, nachdem Ian in den Einsatz geschickt worden war, aber es war Ian gewesen, der mich dazu überredet hatte, überhaupt mit dem Herrn zu sprechen. Aber dem Mann, den ich liebte – und der seine eigenen Albträume und Nachtmahre hatte, die ihn verfolgten –, das zu gestehen, war nichts, das ich jemals auch nur in Betracht ziehen wollte.

„Miro?"

„Ich schlafe besser, wenn du hier bist." Das war nicht gelogen. Sex oder Kuscheln, ganz egal: Ich schlief wie ein Stein, wenn er an meinen Rücken gedrückt lag.

„Dito", seufzte er.

Wenn wir noch länger miteinander sprachen, würde meine Stimme vermutlich ganz versagen. Ich vermisste ihn zu sehr, um mir die Emotionen nicht anhören zu lassen. „Okay, dann, wir sehen uns ja bald."

„Ja, bald", murmelte er.

Es herrschte Schweigen.

„Ian?"

Er räusperte sich leise. „Ich hab … dich wirklich vermisst."

Ich konnte mir keine schöneren Worte vorstellen.

2

Es war sieben Uhr am Freitagmorgen, als ich am O'Hare ankam. Ich war überrascht, Kohn und Kowalski am Ausgang auf mich warten zu sehen.

„Was zum Teufel?", fragte ich statt einer Begrüßung.

„Gute Arbeit in San Francisco", sagte Kohn mit einem breiten Lächeln. „Meine Stadt ist der Hammer, oder?"

„Sie ist hügelig", war alles, was ich dazu sagte. „Ich habe nicht viel von ihr gesehen. Ich war zu sehr damit beschäftigt, durch Hintergassen zu rennen und korrupte DEA Agenten zu verfolgen."

Er zuckte die Schultern.

„Warum der große Empfang?", fragte ich ihn und seinen Partner.

„Nuuun", begann Kowalski mit einem selbstzufriedenen Lächeln. „Wir sind hier, um dich zum Frühstück einzuladen und dir dann offiziell das Sorgerecht für deine Kinder zurückzugeben."

Ich war verwirrt und das musste sich auf meinem Gesicht gezeigt haben.

„Diese beiden Vollidioten, Cabot und Drake", schnappte Kohn. „Himmelherrgott, Miro, die beiden sind ein Vollzeitjob!"

Ich lachte leise, obwohl ich ihm innerlich zustimmen musste. Drake Ford, jetzt Drake Palmer und Cabot Kincaid, der Cabot Jenner gewesen war, waren Zeugen, die Ian und ich nicht nur in Gewahrsam, sondern auch unter unsere Fittiche genommen hatten. Letzteres zum großen Teil deshalb, weil die beiden noch sehr jung gewesen waren, gerade mal achtzehn, als sie ins Zeugenschutzprogramm eingetreten waren und wir waren von Anfang an diejenigen gewesen, die sie kannten und zu denen sie eine Beziehung aufgebaut hatten.

„Erst hast du uns gebeten, ein Auge auf sie zu haben, als du und Doyle letztes Jahr nach Phoenix gegangen seid und dann wieder, während du dich von deiner Entführung erholt hast und –"

Ich machte diesem Unfug schnell ein Ende. „Das ist doch Blödsinn, Mann. Ian und ich haben sie euch sofort wieder abgenommen, nachdem ich nicht mehr am Schreibtisch festsaß."

„Ja, und dann hast du sie uns wieder aufs Auge gedrückt, als sie dich nach San Fran geschickt haben, weil Doyle im Einsatz war. Wir sind jetzt hier, um sie dir offiziell zurückzugeben."

„Was haben sie diesmal angestellt?"

Kohn warf die Hände hoch. „Drake hat ein kleines Mädchen gerettet, das am Navy Pier ins Wasser gefallen ist."

Ich sah ihn finster an. „Und warum ist das etwas Schlechtes?"

Kowalski schüttelte den Kopf. „Sie zu retten war gut, aber zu vergessen, uns anzurufen, bevor er mit einem Reporter spricht ... das nicht."

„Oh, Scheiße", stöhnte ich.

„Genau. Also waren wir drauf und dran, ihn und seinen Freund nach New Mexico oder sonst wohin zu schicken, aber sie haben uns was vorgejammert von wegen Uni und Jobs und – halt dich fest – dir und Doyle."

„Verdammt."

„Ich hab's dir schon mal gesagt, die Jungs sind viel zu anhänglich. Kage sagt, entweder wir schicken sie weg oder sie sind raus aus dem Programm."

„Aus dem Zeugenschutz?"

„Anscheinend ist die Sache, in der sie dringehangen haben, vorbei. Sie gelten derzeit nicht mehr als gefährdet."

„Ihr habt euch das vom FBI bestätigen lassen?"

„Haben wir."

„Das Ermittlungsverfahren ist abgeschlossen?"

„Er und sein Freund sind von jeglichem Verdacht befreit. Allerdings besteht die Bedrohung durch Cabots Vater, wie du sie in ihren Akten notiert hast, für sowohl Cabot als auch für Drake weiter. Also könnte man dafür argumentieren, sie im Zeugenschutz zu behalten. Nur eben nicht in Chicago."

Ich verstand. „Also können sie entweder das Zeugenschutzprogramm verlassen und in Chicago bleiben oder im Zeugenschutzprogramm bleiben und Chicago verlassen."

„Ganz genau", sagte Kohn.

„Verdammt."

„Kage gibt dir heute und das Wochenende Zeit, die Sache zu regeln. Montagmorgen will er einen Statusreport haben."

„Warum schickt er euch als Botschafter, statt mir das selbst zu sagen?"

„Er hat dir ein Memo geschickt", stellte Kohn klar. „Und uns. Hättest du gerne, dass er dich auch noch anschreit?"

Hätte ich nicht, nein.

„Ich meine, das kann er. Wir wissen beide, dass er gerne dazu bereit ist. Ich glaube, er ist einfach nur nachsichtig mit dir, bis Doyle wieder da ist."

„Er kommt morgen zurück", teilte ich ihnen mit.

„Gut", sagte Kohn und grinste mich an. „Also, wie sieht's aus, hast du Hunger?"

Kohn wollte ins Jam auf der Logan, aber Kowalski bestand auf ordentliche Portionen und etwas, das näher lag, also kehrten wir in einem Diner in der Nähe des Flughafens ein: Einem kleinen, billigen, nicht sehr sauberen Laden, in dem die kleine Portion Pfannkuchen aus sechs Stück bestand. Allein Kowalski beim Essen zuzusehen, war angsteinflößend.

Ich räusperte mich. „Das macht dir keine Angst?", fragte ich Kohn und neigte den Kopf in Richtung Kowalski, der seine Gabel wie eine Schaufel verwendete.

„Ich passe auf, dass meine Hände seinem Mund nicht zu nahekommen und alles ist gut."

Es war lustig, sie als Partner zu sehen: Eli Kohn, geschniegelt, metrosexuell, am ganzen Körper gewachst und attraktiv wie ein Modesodassl und der rülpsende Berg von einem Mann Jer – wofür auch immer das die Abkürzung war – Kowalski. Es machte Spaß, den Wortgefechten zwischen den beiden zuzuhören, besonders wenn es um Mode ging. Aber der Himmel stehe einem bei, wann man im Beisein des einen eine abfällige Bemerkung über den anderen machte. Ich hatte selbst gesehen, wie Kowalski einen FBI Agenten an die Wand genagelt hatte – im wahrsten Sinne des Wortes, nämlich gut einen Meter über dem Boden *an* eine Wand –, weil der dezent angedeutet hatte, dass Kohn sich mehr für seine Frisur zu interessieren schien als dafür, einen Flüchtigen festzunehmen. Der Typ konnte froh sein, dass er noch atmete.

„He."

Ich sah von meinem Teller auf und Kohn an.

„Kannst du schlafen?"

Ich war es wirklich leid, dass die Leute mich das fragten. Ich konnte die dunklen Ringe unter meinen Augen genauso gut sehen wie alle anderen auch. Ich wollte nur nicht darüber reden. Es gab nichts zu reden. Die Albträume würden irgendwann auch wieder aufhören. „Warum, sehe ich nicht gut aus?", zog ich ihn auf.

„Du siehst scheiße aus", informierte Kohn mich und seine hochgezogenen Augenbrauen forderten mich dazu heraus, ihm zu widersprechen.

„Es geht mir gut", murmelte ich und wandte mich wieder meinem Teller zu, obwohl ich nicht wirklich hungrig war.

„Ach, verdammt", stöhnte Kowalski, als die Klingel über der Tür läutete und stieß Kohn mit dem Ellbogen an. „Da ist der Wichser schon wieder."

Ich drehte mich auf meinem Sitz um und sah überrascht Norris Cochran auf mich zukommen, zusammen mit einem anderen Typen, den ich nicht kannte.

„Kann er denn nicht in Ruhe essen?", fuhr Kohn Cochran an, als sie näherkamen.

Cochran sah ihn mit seiner arroganten Polizistenmiene an, die es nicht bis in seine haselnussbraunen Augen schaffte und als er uns erreicht hatte, schnappte er sich den Stuhl neben mir, drehte ihn um und ließ sich darauf fallen. Der Mann, von dem ich annahm, dass er sein neuer Partner war, setzte sich auf der anderen Seite neben mich, sodass ich mich zurücklehnen musste, um sie beide im Auge behalten zu können.

„Was zum Teufel willst du?", fragte ich meinen ehemaligen Partner.

„Reizend", sagte Cochran und lachte gezwungen. „Habe ich dir nicht gesagt, dass er eine Schwäche für mich hat, Dor?"

Der Typ zu meiner rechten nickte.

„Miro, das ist Dorran Barreto. Barreto, meine erste große Liebe, Miro Jones."

Wir reichten uns nicht die Hand. Ich streckte ihm meine nicht hin und Barreto mir seine auch nicht.

„Was willst du?", fragte ich Cochran erneut.

„Du erkundigst dich nicht erstmal nach meinen Kindern?"

„Deine Frau und ich sind auf Facebook befreundet", teilte ich ihm mit. „Ich weiß, wie es deinen Kindern geht."

Das überraschte ihn, das sagten mir die leise Irritation in seinen Augen und der Hauch einer Grimasse, die über sein Gesicht huschte. Aber es war sehr lange her, dass ich regelmäßig mit ihm zu tun gehabt hatte, also war ich ein wenig außer Übung, was die korrekte Interpretation seines Gesichtsausdrucks anging. Nicht, dass das eine Rolle gespielt hätte. Wir waren keine Freunde.

„Ist das jetzt das Neueste? Detectives stalken Marshals?", köderte Kohn ihn.

Cochran warf ihm einen Blick zu. „Wenn Sie mir einfach gesagt hätten, wann er zurückkommt, anstatt mich zu ignorieren, dann hätte ich das nicht tun müssen."

„Und ich habe Ihnen gesagt", erwiderte Kohn grimmig, beugte sich vor und stach mit dem Finger in Cochrans Richtung, „dass es nicht unsere Angewohnheit ist, persönliche Informationen über Mitglieder unseres Teams an Leute herauszugeben, die weder Familie noch Freunde sind."

„Ich bin sein ehemaliger Partner und ein Polizist."

„Die Polizisten dieser Stadt sind, natürlich, absolut vertrauenswürdig", schnaubte Kohn spöttisch.

„Ja, vielleicht nicht unbedingt", rieb Kowalski Salz in die offene, tiefe Wunde, die die anhaltende Ermittlung des Justizministeriums gegen die Polizei von Chicago war. „Ich bin nicht sicher, ob einer von euch Wichsern weiß, was korrekte Verfahrensweise ist."

Bevor die Dinge eskalieren konnten, stand ich auf und marschierte zur Tür. Cochran war keinen Schritt weit hinter mir.

Draußen auf dem Gehweg drehte ich mich zu ihm um, gereizt und ärgerlich, dass mein Essen kalt wurde, während ich hier herumstand und er trat einen Schritt zurück, um nicht in mich hineinzulaufen.

„Was willst du?", knurrte ich, machte meiner Gereiztheit so Luft und es war mir egal, wie ich klang.

„Eine Waffe", antwortete er geradeheraus und verschränkte die Arme vor der Brust, den Blick fest auf mich gerichtet.

„Warum." Keine Frage, eine Forderung, abgehackt und kalt.

„Es geht um Oscar Darra."

Die Geschichte war allgemein bekannt. „Den ehemaligen Mafia-Vollstrecker?"

„Genau."

21

Ich musste nachdenken. „Ich dachte, der wäre tot."

„Ja, das dachten viele Leute, aber letzte Woche ist er bei einer Routinerazzia in einem türkischen Bad unten auf der Cicero wiederaufgetaucht."

„Nein, wirklich?"

Er zuckte mit den Schultern.

„Wo zum Teufel hat er die ganze Zeit über gesteckt?"

„Hat sich in Springfield versteckt, zusammen mit irgendeinem Cousin."

Ich knurrte und lehnte mich an die Außenwand des Diners. Im November, kurz vor Thanksgiving, war es in Chicago noch nicht bitterkalt, aber es war kühl. Ich war froh, ein Kapuzenshirt unter meiner Lederjacke zu tragen. Der Wind wäre mir sonst bis ins Mark gefahren. „Was hat das mit deinem Auftauchen hier zu tun?"

„Ich –"

„Wird das eine sehr lange Geschichte?"

Er antwortete nicht, räusperte sich lediglich und lehnte sich mit der Schulter gegen die Mauer, so dass er mich ansehen konnte. Für Passanten sahen wir aus wie zwei Kumpel, die sich beiläufig unterhielten.

„Na schön", seufzte ich. „Erzähl sie mir."

„Okay, also, nachdem wir Darra festgenommen und aufs Revier gebracht haben, fängt er an rumzutönen, dass er uns sagen wird, wo die Waffe ist, mit der Joey Romelli erschossen wurde, wenn wir uns auf einen Handel mit ihm einlassen."

Ich schüttelte den Kopf. „Keine Ahnung, wovon du redest."

„Du erinnerst dich nicht an Romelli?"

„Ich erinnere mich an *Vincent* Romelli, der die Cilione Verbrecherfamilie geführt hat, aber er ist schon länger tot. Wer ist Joey?"

„Sein Sohn."

„Er hatte einen Sohn?"

„'Hatte' ist das richtige Wort, ja."

„Wie ist der gestorben?"

„Nun, laut Darra wurde er von einem gewissen Andreo Fiore erschossen."

„Von wem?" Ich spürte, wie ich erneut wütend wurde. Ich spielte nicht gerne Verbrecher-Cluedo und schon gar nicht mit Cochran.

„Er war einer von Vincent Romellis Schlägern."

„Okay, also, nur damit ich das richtig verstehe", begann ich und drehte mich zu ihm um. „Ihr Jungs habt Darra geschnappt, weil er aus irgendwelchen Gründen in der Stadt war und als ihr ihn geschnappt habt, wollte er euch Fiore liefern, wenn er dafür nicht hinter Gitter muss."

„Genau."

„Warum interessiert euch das?"

„Na ja, zuerst hat es das nicht. Barreto und ich dachten, dass es purer Stuss ist, weißt du? Aber als wir den Ort untersucht haben, an dem er, wie er behauptet, die Waffe versteckt hat –"

22

„Das ist doch jetzt schon völliger Schwachsinn, Nor", sagte ich, wobei mir sein Spitzname herausrutschte, als wären wir nie getrennt gewesen. Verdammt. „Ich meine –"

„Halt den Mund." Wir standen schweigend da. Er starrte mich an und ich wandte schließlich den Blick ab, weil ich keine Ahnung hatte, was um alles in der Welt ich sagen sollte.

„Es ist gut, dass du Hartley gefasst hast."

Mein Blick schoss zu ihm zurück.

„Es tut mir leid, dass wir –"

„Es ist nicht –"

„Das ist es", krächzte er und unterbrach mich, ergriff meinen Oberarm und drückte ihn fest. „Wir – Ich wusste nicht, wie ich mit dem, was geschehen ist, umgehen sollte. Es wäre besser gewesen, wenn du mich ihn hättest erschießen lassen."

Ich räusperte mich. „Ich weiß."

„Es sind noch mehr Menschen gestorben, weil du ihn an dem Abend am Leben gelassen hast."

Ich befreite mich ruckartig aus seinem Griff und trat einen Schritt zurück. „Das weiß ich auch", gab ich zurück, wütend, aber leise und spürte, wie Bedauern und Scham mich erst heiß und dann kalt durchliefen.

Er machte einen Schritt auf mich zu und packte mich an der Jacke. „Aber es war richtig, was du getan hast."

Ich blickte suchend in sein Gesicht, denn was er da sagte, machte keinen Sinn.

„Wenn ich ihn erschossen hätte, dann wäre ich schuldig gewesen, denn er war bereits gefasst."

Ich verstand wie kein anderer, denn ich war dagewesen. Hartley hatte mich in seiner Gewalt gehabt, hatte ein Messer in meine Flanke gerammt und Cochran hatte sich drohend über uns erhoben, Waffe mit beiden Händen umfasst. Er hätte Hartley erschießen können, hätte ihn töten können, wenn ich den Psychopathen nicht mit meinem Körper beschützt und meinen Partner so davon abgehalten hätte, zu einem Mörder zu werden.

„Du –" seine Stimme wurde leiser und versagte „– hast das getan, um mich zu beschützen. Nicht ihn."

Diese Offenbarung hatte auch nur fast vier Jahre gedauert. „Fick dich", fauchte ich ihn wütend an und die Wut und der Schmerz über seinen Verrat – er hatte mich nicht ein einziges Mal besucht, als ich im Krankenhaus gelegen hatte – kochten über. Wie sie das immer taten, wenn ich an diese Zeit in meinem Leben erinnert wurde.

Er war meine Familie gewesen, er, seine Frau und seine Kinder, seine Eltern, seine Geschwister und in einem einzigen Augenblick war er verschwunden und sie mit ihm. Seine Frau hatte irgendwann ein Einsehen gehabt, aber niemand sonst und das schmerzte immer noch. Hauptsächlich aufgrund der Hilflosigkeit gegenüber der

Tatsache, dass mir etwas weggenommen worden war, worüber ich keine Kontrolle gehabt hatte. Ich hasste das. Ich war ein Pflegekind gewesen und hatte nie ein Mitspracherecht über irgendetwas in meinem Leben gehabt. Immer wieder waren mir Dinge weggenommen worden und immer war ich hilflos gewesen. Dass genau dasselbe wieder geschehen war, nachdem ich schon älter und bereits erwachsen gewesen war, hatte mich misstrauisch gemacht gegenüber Partnerschaften und Vertrauen zu Menschen. Ian war es gewesen, der das geändert hatte; er war der Einzige, der stark genug gewesen war, die Mauer zu durchbrechen, die ich um mich herum errichtet hatte.

Von Anfang an war Ian schlicht davon ausgegangen, dass ich zu ihm gehörte: seine Rückendeckung, sein Freund, sein Schatten. Gerade weil er mich als selbstverständlich hinnahm, hatte ich mich geöffnet, hatte nachgegeben, hatte schließlich wieder gewagt, zu vertrauen. Jeden anderen außer Ian hätte ich auf Distanz halten können; jeden, der nicht das Naturell eines Rammbocks hatte, der ganz wütende Verwundbarkeit, gefährliches Temperament und wilde, urwüchsige Leidenschaft war. Jeden, der nicht ständig in meinem persönlichen Bereich war, nah, näher, eine Schulter an meine gelehnt, ein Knie, das an meines stieß, eine Hand auf meinem Arm. Aber es war einfach unmöglich, nein zu Ian Doyle zu sagen. Der Schmerz, der plötzlich in meiner Brust aufwallte, machte es mir schwer zu atmen.

„Fick mich?", schrie Cochran, riss mich in die Gegenwart zurück.

Ich hatte mir nicht mal die Mühe machen können, in Gedanken bei der Sache zu bleiben, so wenig kümmerte Norris Cochran mich. Ich stieß ihn zurück und trat an die Parkplatzumrandung. Er folgte mir augenblicklich, machte einen Schritt um mich herum und pflanzte sich vor mir auf.

„Also", sagte ich knapp und begegnete seinem Blick fest, „wenn Fiore Romelli getötet hat, woher hatte dann dein Mann die Waffe?"

Er holte tief Luft. „Fiore hat Romelli erschossen, da ist Darra sich sicher. Er war im Schlafzimmer, als er den Schuss gehört hat und als er rausgekommen ist, hat er jemanden durch die Haustür rennen sehen."

„Also ist er ihm auf die Straße gefolgt?"

„Nein, Romelli wurde in seinem Penthaus ermordet."

„Oh, also ist dein Mann ihm wer weiß wie viele Treppen runter gefolgt?"

„Ja", bestätigte er. „Als sie auf der Straße angekommen waren, ist er ihm in eine Seitengasse gefolgt und hat gesehen, wie er die Waffe in einem Gully versteckt hat."

„Warum sollte er das tun? Warum die Waffe nicht einfach mitnehmen?"

„Na ja, ich weiß nicht, ob du dich noch erinnerst, aber damals, als sein Vater gerade erst ermordet worden ist, haben sie Joey alle im Auge behalten. Sie haben ihn noch in derselben Nacht gefunden, eine knappe halbe Stunde nachdem der Schuss gefallen war."

„Und dieser Fiore, er war ein Mafiavollstrecker wie Darra?"

„Nein, nein. Wie gesagt, er war nur einer von Vincent Romellis Schlägern."

„Warum hat er dann seinen Sohn umgebracht?"

„Das wissen wir nicht."

„Arbeitet er immer noch für Strada?"

„Nein, wir haben ihn durchs System gejagt, er ist sauber. Er ist immer sauber gewesen. Es war bekannt, dass er mit Vincent Romelli zu tun hatte. Er ist befragt worden, nachdem Vincent Romelli niedergemäht worden ist, aber er und sein Kumpel Sal waren die Einzigen, die davongekommen sind."

„Aber –"

„Oh, sie und Joey Romelli."

„Der Sohn war dabei, als sein Vater umgebracht wurde?"

„Ja. Fiore war derjenige, der ihn aus dem Massaker rausgebracht hat."

Ich brauchte einen Moment. „Wie bitte, was?"

„Ich weiß!", fuhr er mich an. „Es macht keinen Sinn!"

„Also hat Fiore ihn erst gerettet, sich dann umgedreht und ihn erschossen?" Ich konnte das nicht glauben. „Das will Darra euch glauben machen?"

„Ja."

„Sag ihm, er kann dich mal und verklag den Lügner." Ich war fertig und drehte mich um, um zu gehen.

Er packte mich an der Schulter, um mich aufzuhalten und ich wand mich instinktiv aus dem Griff heraus, denn ich mochte es nicht, festgehalten zu werden.

„Warte", rief er. „Die Waffe, die er uns geliefert hat. Die Ballistik stimmt überein."

„Die von welcher Waffe? Von der Waffe, die er euch übergeben hat?", sagte ich, genervt, weil ich hier stehen und mir diesen Quatsch anhören durfte.

„Ja, genau."

„Natürlich stimmt die Ballistik überein. Er hat Romelli umgebracht, vermutlich auf Anweisung von Tony Strada. Der Sohn vom alten Boss ist der allerletzte, den man um sich haben will, wenn man der neue Boss ist."

„Ja, das haben wir auch gedacht, aber dann haben wir die DNS Spuren auf der Waffe untersucht. Romellis waren am Lauf, als wäre ihm die Waffe in den Mund geschoben worden und es waren Spuren von jemand anderem als Darra am Griff."

„Und?" Ich war mit meiner Geduld so ziemlich am Ende. Cochran hatte schon immer ewig gebraucht, um zum Punkt zu kommen.

„Romelli wurde wie bei einer Exekution getötet, mit einer Kugel in den Hinterkopf. Deshalb sind ja alle davon ausgegangen, dass es ein Mafiamord war."

„Was sonst?"

„Na ja, jetzt denken wir, dass, wer auch immer es getan hat, Romelli die Waffe zuerst in den Mund geschoben hat – vermutlich, damit er wusste, wer ihm die Kugel in den Kopf jagt – und ihn dann so erschossen hat, wie er's getan hat, damit es so aussieht, wie alle es erwarten."

„Okay, lass mich das noch mal klarstellen. Ihr habt die Waffe, die Ballistik stimmt überein, also ist es absolut sicher, dass sie verwendet worden ist, um Romelli zu töten. Aber Darras Spuren sind nicht drauf und er sagt, es war Fiore."

„Genau. Außerdem haben wir Fiores Fingerabdrücke."

„Ihr habt Fiores Fingerabdrücke. Auf der Waffe?"

Er nickte.

„Dann führt ihn dem Richter vor." Ich knurrte beinahe. „Was zum Henker hat das mit mir zu tun?"

„Das können wir nicht."

„Und warum nicht?", gab ich zurück, am Ende meiner Kräfte angekommen. Ich wollte etwas essen und nach Hause und mich ausruhen. „Ihr habt Fingerabdrücke, DNS – holt euch eine richterliche Verfügung und nehmt Fiores DNS für einen Test ab."

„Na ja, wir können keine Verfügung bekommen."

„Warum *zum Teufel* nicht?"

„Weil wir die Waffe nicht haben."

„Wie meinst du das, ihr habt die Waffe nicht?" Er machte keinen Sinn und ich war kurz davor, einfach wegzugehen – in der Hoffnung, dass er erneut versuchen würde, mich festzuhalten. Ich wollte ihm *wirklich* gerne eine reinhauen. Das war einerseits seine Schuld, zum einen bedingt durch die Vergangenheit und zum anderen, weil er immer schon unglaublich lästig gewesen war. Andererseits und zum größten Teil war das Ians schuld und wie sehr ich ihn vermisste, wie überfordert von allem ich mich fühlte, weil ich mich so sehr nach ihm sehnte. Ich brauchte meinen Mann zu Hause und so kurz vor dem ersehnten Ereignis – nur noch ein Tag! – befand ich mich in einem Zustand, in dem Vorfreude zu Panik wurde, die mich verfolgte wie eine Katze, die eine Maus jagt. Ich hatte Angst, dass etwas passierte und Ian wieder fortgeschickt wurde. Das ließ ich an Cochran aus. Nicht ganz fair, das war mir auch klar, aber er brauchte auch eine verfluchte Ewigkeit, um zum Punkt zu kommen. „Du hast gerade erst gesagt, dass ihr Fingerabdrücke und DNS habt und –"

„Wir haben die Waffe nicht mehr, weil sie versehentlich an die Marshals übergeben wurde", erklärte er, beinahe verlegen.

„Wie bitte?", fragte ich ungläubig.

Er räusperte sich. „Mein Lieutenant –"

„Wer ist das jetzt?"

„Cortez."

„Okay, entschuldige, sprich weiter."

„Ja, also, Cortez hat drei Waffen an dein Büro geschickt, da, wie dein Kollege eben im Diner erst gesagt hat, derzeit eine Menge Fälle von der Justiz untersucht werden und eine Menge Beweise nochmals gesichtet und geprüft werden. Also haben wir unsere Waffe zurück in die Beweismittelabteilung geschickt, nachdem die

Ballistik mit ihr fertig war und Fingerabdrücke und Spuren von DNS sichergestellt worden sind. Aber von da aus ist sie versehentlich an euch weitergeleitet worden."

„Was spielt das für eine Rolle? Die Waffe wurde auf Fingerabdrücke untersucht. Ihr habt diese Fingerabdrücke. Ihr habt die DNS von wem auch immer. Also holt euch einfach eine Probe von Fiore und vergleicht, ob sie mit der auf der Waffe gefundenen übereinstimmt oder nicht. Fall erledigt."

„So einfach ist es nicht."

„Natürlich ist es das. Die Fingerabdrücke machen eine DNS-Probe zwingend."

Er schüttelte den Kopf. „Eben nicht."

„Nicht? Wieso um alles in der Welt nicht?"

„Die Staatsanwältin in dem Fall, Sutter, sagte, dass ohne die Waffe unser Wort gegen Fiores steht, dass die Fingerabdrücke von der Waffe stammen. Sie sagt, dass sie von irgendwo genommen worden sein könnten und dass es aussehen könnte, als würden wir versuchen, ihm die Schuld in die Schuhe zu schieben."

„Ernsthaft?", fragte ich, überwältigt von der Idiotie der ganzen Sache.

„Ja, ernsthaft!", fuhr Cochran auf. „Ohne die gottverdammte Waffe können wir Fiore nicht dazu zwingen, uns eine DNS Probe zu geben."

Wenn ich logisch darüber nachdachte, machte das durchaus Sinn. Kein Richter, der bei klarem Verstand war, würde eine richterliche Verfügung dafür ausstellen, dass Fiore eine DNS Probe abzuliefern hatte, wenn der Gegenstand, auf dem diese DNS angeblich gefunden wurde, verschwunden war. Was, wenn sie für immer verschwunden blieb? Wenn sie niemals gefunden wurde? Was sagte es über die Polizei aus, dass sie die Waffe in ihrem Besitz gehabt hatten, nun aber nicht mehr? Was, wenn die Fingerabdrücke von einem anderen Gegenstand stammten oder von einem anderen Ort und Andreo Fiore niemals im Raum gewesen war, als Joey Romelli erschossen wurde? Was für eine beschissene Situation.

„Ich verstehe", gab ich zu. „Ihr braucht die Waffe."

„Scheiße, ja, ich brauche die Waffe und das ist der Punkt, an dem du ins Spiel kommst."

„Wie das, bitte?" Ich konnte hören, wie kalt und gestelzt ich klang. Keine Chance, dass Cochran das nicht ebenfalls hörte.

„Laut Beweismittelkette liegt sie in eurer Asservatenkammer."

„Aber?"

„Dein Vorgesetzter sagt, die Waffe ist nicht da."

Jetzt verstand ich wirklich gar nichts mehr. „Okay, warte. Willst du mir damit sagen, dass ihr den Chief Deputy bereits zu der Waffe befragt habt?"

„Barrato und ich, ja."

Das, endlich, schien des Pudels Kern zu sein. „Und?"

„Wie ich schon sagte. Er hat gesagt, dass sie nicht da ist."

„Dann was zum Teufel, Norris? Wenn er sagt, dass sie nicht da ist, dann ist sie nicht da."

„Aber ich denke, dass sie sehr wohl da ist und ich denke, dass er lügt."

„*Was*?" Mein Hirn war kurz davor zu explodieren. „Wie zum Teufel kannst du –"

„Reg dich verdammt noch mal ab!"

„Sag mir nicht, ich soll mich verdammt noch mal abregen!", brüllte ich und hämmerte mit zwei Fingern auf sein Schlüsselbein ein. „Du weißt gar nichts über Sam Kage, sonst würdest du niemals –"

„Dein Vorgesetzter verbirgt den Aufenthaltsort der Waffe mit voller Absicht", überschrie er mich.

„Aus welchem *Grund* sollte er das tun?", schrie ich zurück.

„Keine Ahnung."

„Kennt Sam Kage Andreo Fiore überhaupt?"

„Soweit wir das wissen, nicht. Es gibt nichts, das sie verbindet."

„Warum zum Teufel glaubst du dann, dass er absichtlich die Waffe verloren hat?"

Cochran räusperte sich. „Na ja, weißt du, sein Partner damals war korrupt und rate mal, wohin der Typ verschwunden ist: ins Zeugenschutzprogramm", sagte er knapp.

„Worauf willst du hinaus?", fragte ich. Ich spürte, wie mir unter meiner Kleidung heiß wurde und ich hatte Angst vor dem, was ich tun würde, wenn die Worte tatsächlich über seine Lippen kamen. Gereiztheit, Verärgerung, Irritation – sie waren verschwunden, ersetzt von nackter Wut. Wie konnte er es *wagen*.

„Korrupter Partner … du verstehst."

„Ich glaube nicht, dass ich das tue", sagte ich tonlos. Mein Sichtfeld wurde schmaler, die Ränder verschwammen und wurden dunkel, mein Fokus richtete sich ganz auf ihn. Meine Kehle war trocken und mein Herz hämmerte so schnell, dass ich mich wunderte, dass er es nicht hörte.

„Komm schon, Miro, stell dich nicht dumm."

„Das ist sehr lange her, bevor mein Vorgesetzter überhaupt ein Marshal wurde", presste ich heraus.

„Ja, ja, spielt keine Rolle. Es ist nicht richtig und das weißt du."

„*Was* ist nicht richtig?" Er musste es klipp und klar sagen. Ich konnte seine Karriere nicht beenden, wenn er das nicht tat.

„Dein Vorgesetzter ist verdammt noch mal korrupt."

Es war schlimmer, als ich gedacht hatte, diese Worte zu hören, sie im Raum stehen zu haben. Die Anschuldigung drehte mir den Magen um.

„Hast du mich gehört?"

Nackte Wut füllte mich und ich sah rot. Die Hände an meinen Seiten zu Fäusten geballt, war es nur der Gedanke an Kage, an seine Enttäuschung, sollte ich meinen niederen Instinkten nachgeben, der mich zurückhielt. „Du kennst ihn nicht." Ich spuckte jedes Wort einzeln aus.

„Wie schon gesagt, ich *weiß* von ihm. Ich weiß, dass sein Partner korrupt war und er –"

„Nun, ich kenne ihn", fauchte ich ihn an. „Er würde nie, niemals Beweismaterial manipulieren, egal was es ist! Wenn dich hier einer an der Nase herumführt, dann ist es dein Vorgesetzter. Wer zum *Teufel* transferiert die *falschen* Waffen ans Justizministerium?"

„Cortez hat einen Wisch unterschrieben, der eine ganze Busladung voller Beweise transferiert hat, nicht nur eine Waffe! Hast du auch nur die geringste Ahnung, wie viele Fälle und Akten und weiß Gott was sonst noch alles sich die Justiz ansieht? Es wird Jahre dauern, bis sie mit allem fertig sind."

„Und dann können sie anfangen, Homan Square zu untersuchen", erwiderte ich harsch.

„Fick dich, Miro!", schrie er und stieß mich hart gegen die Brust. Da ich auf seine Reaktion vorbereitet gewesen war, hatte das kaum Auswirkungen. Ich kannte Norris Cochran; bei ihm brannte die Sicherung sehr viel schneller durch als bei mir. „Du weißt, dass ich nie –"

„Es interessiert mich einen Scheiß, was du nie", brüllte ich und stieß ihn mehrere Schritte zurück. „Aber wage es nicht, zu mir zu kommen mit irgendeinem Scheiß darüber, dass mein Vorgesetzter ein Verbrechen verdeckt, indem er Beweise unterschlägt. Nach allem, was wir wissen, hat die Waffe überhaupt nie existiert!"

Er schlug zu, aber ich wich seinem Schlag mühelos aus und hätte ihm meinerseits einen direkten Kinnhaken verpasst, wenn mich nicht jemand von hinten gepackt und mir die Arme auf den Rücken gedreht hätte.

Während ich darum kämpfte, mich zu befreien, erwischte Cochran mich genau am rechten Auge. Ich wand mich heftig genug im Griff der Person hinter mir, dass ich den nächsten Schlag mit der Schulter abfing anstatt mit dem Gesicht. Der dritte landete in meiner Magengrube und Cochran war bereit weiter auf mich einzudreschen, ich konnte es an seinem Gesicht sehen. Konnte die Wut in seinen Zügen sehen und wusste, dass er jahrelang darauf gewartet hatte, mich zu Brei schlagen zu können. Seit dem Abend, an dem wir Hartley verhaftet hatten.

Dann hörten wir ein empörtes Aufbrüllen. Augenblicklich wurde ich freigelassen und landete taumelnd in Kowalskis Armen, bevor ich auf dem Asphalt aufschlagen konnte.

„Ja, rennt verdammt noch mal!", donnerte er hinter ihnen her. „Dafür hol ich mir eure gottverdammten Dienstmarken!"

„Um Himmels willen, Jones", grummelte Kohn, als er uns erreichte. „Können wir dich denn nicht eine Sekunde lang alleine lassen? Warum hast du uns nicht gerufen?"

„Ich wusste nicht, dass er Verstärkung hatte. Wieso ist das jetzt meine Schuld?", fluchte ich.

„Oh Gott", stöhnte er, „sieh dir dein Gesicht an, Mann. Wir bringen dich besser ins Krankenhaus."

„Scheiß drauf", grollte ich und spuckte Blut aus. „Es ist nichts gebrochen. Bringt mich einfach nach Hause."

„Wir rufen Kage auf dem Weg an."

Dagegen konnte ich nichts einwenden.

3

WÄHREND ICH mit einem Kühlakku auf dem Gesicht zu Hause auf meinem Sofa lag, berichtete Kohn unserem Vorgesetzten was vorgefallen war. Ich konnte mithören und hier und da Details einwerfen, da er Kage auf Lautsprecher gestellt hatte. Cochrans Korruptionsvorwurf entlockte ihm nicht mal den Hauch einer Reaktion, aber dass er mich geschlagen hatte, während sein Partner mich festhielt, daran nahm Kage Anstoß.

„Dafür bringe ich sie vor Gericht."

Ich war an dem Vorfall aber nicht ganz unschuldig. „Ich habe ihn geschubst."

„Du hast dich selbst verteidigt", argumentierte Kohn. „Ich habe die ganze Sache gesehen und Jer auch. Wir haben nur nicht mitbekommen, wie sein verfluchter Partner durch die Hintertür verschwunden ist."

„Ja, ansonsten wäre es ein fairer Kampf gewesen", erklärte ich und versuchte, mich aufzusetzen. Kohn schnippte mit den Fingern, schüttelte den Kopf und richtete seine Aufmerksamkeit dann wieder darauf, sich durch die Fernsehkanäle zu zappen. Für den Moment hatte er den Ton leiser gedreht, aber ich wusste, dass ESPN laut durch mein Greystone schallen würde, sobald das Telefongespräch beendet war. Wobei keiner der beiden länger bleiben würde, nachdem meine Freundin Aruna mit ihrer einjährigen Tochter und Ians – eigentlich jetzt auch meinem – Hund Chickie Baby gekommen war

„Jones?"

„Ja, Sir", antwortete ich.

„Ihnen ist bewusst", knurrte er auf die ihm eigene Art, die selbst durchs Telefon alle wissen ließ, dass er ein großer, furchteinflößender Mann war, „dass Sie meine Ehre nicht verteidigen müssen, oder?"

„Mit Verlaub, Sir", sagte ich, holte tief Luft und dachte an all die Dinge, die mein Chef für mich getan hatte, Dinge, die niemand sonst je getan hatte. „Niemand darf in meiner Gegenwart etwas Abwertendes über Sie sagen."

Schweigen breite sich in meinem Wohnzimmer aus.

„Das sehe ich genauso", pflichtete Kohn bei und seine Stimme klang laut in der Stille.

„Absolut", stimmte Kowalski zu.

Ein weiterer Moment Stille, dann stieß Kage scharf die Luft aus. „Sie werden vor Gericht gebracht werden, Jones, alle beide. Es ist Ihrem ehemaligen Partner nicht gestattet, Sie k.o. zu schlagen, nur weil er frustriert über verschwundenes Beweismaterial ist."

„Der Ausdruck 'jemanden k.o. schlagen' suggeriert, dass es einer gegen einen war", betonte ich defensiv. Ich war mir sicher, dass ich mich hätte verteidigen können, wenn es nur Cochran gewesen wäre. „Was aber nicht der Fall war."

„Ich werde es in meinen Bericht aufnehmen."

„Wenn es nur Cochran gegen mich gewesen wäre, dann hätte ich ihn umgebracht", fügte ich hinzu, denn ich wollte das offiziell haben.

„Hiermit zur Kenntnis genommen", sagte er und ich erkannte den herablassenden Ton. „Apropos, haben sie tatsächlich Beweis dafür, dass die Waffe, nach der sie suchen, auch bei uns ist?"

„Keine Ahnung."

„Haben sie die Unterschrift desjenigen, der die Waffe in unserer Asservatenkammer entgegengenommen hat?"

„Hat Cochran nicht gesagt."

„Nun", seufzte Kage, „laut dem, was ich hier im Verlauf sehen kann, sind die einzigen Schusswaffen, die wir im Lauf des letzten Monats als Beweismittel entgegengenommen haben, Glocks der Chicagoer Polizei in noch offenen Fällen von Beschwerden gegen Polizeibeamte, bei denen die ballistische Begutachtung wiederholt werden muss."

„Also ist die Waffe, die er sucht, nicht mal bei uns."

„Soweit ich das sehen kann, nicht."

„Na, das passt zum Rest seiner Geschichte. Er sagt, dass die Waffe bei uns ist und wir sagen, dass sie es nicht ist."

„Er muss begreifen, dass wir sagen, wir haben sie nicht, weil wir sie nicht haben."

„Natürlich."

„Ich wünschte fast, wir könnten ihn und seinen Partner in unsere Asservatenkammer lassen, damit sie sehen können, dass die Waffe nicht da ist", grollte Kohn. „Fast."

„Kommt nicht in Frage", sagte Kage kategorisch. „Also, ich brauche Ihre offizielle Aussage über den Vorfall, Jones, von Anfang bis Ende. Lassen Sie nichts aus und ich will sie in spätestens zwei Stunden in meinem E-Mail Posteingang haben."

„Jawohl, Sir."

„Und halten Sie sich bereit, um mit dem Dezernat für interne Ermittlungen der Polizei und dem Referent der OPRs zu sprechen."

OPR, das war das Office of Professional Responsibility. Fantastisch. Ich unterhielt mich so gern mit den Jungs. Sie waren immer alle so unglaublich und ermüdend gründlich. „Alternativ könnten wir den Vorfall auch einfach gar nicht melden."

„Tut mir leid, Jones. Sie dürfen nicht denken, dass Sie zu verprügeln, akzeptables Verhalten ist."

„Hat die Polizei von Chicago nicht schon genug Probleme? Auch ohne mich?"

„Zwei Stunden, Jones. Fangen Sie an zu tippen."

Verdammt. „Jawohl, Sir."

„Kohn, Kowalski, Sie ebenfalls, was immer Sie gesehen haben."

„Bin schon dabei", versicherte Kohn ihm.

„Ich arbeite dran, Sir", trug Kowalski sein Scherflein bei.

„Gut", sagte er und ich dachte, er würde auflegen, also war ich überrascht, als er es nicht tat.

„Können Sie schlafen, Jones?"

Scheiße. „Das werde ich, jetzt wo ich zu Hause bin."

„Dann tun Sie das", befahl er und legte auf.

Wie kam er damit durch, mich auch in meinem Privatleben herumzukommandieren? „So hatte ich mir die Heimkehr nicht vorgestellt", nörgelte ich.

„Welche Heimkehr?", fragte Kohn, als er aufstand, um in die Küche zu gehen und einen neuen Kühlakku zu holen. „Doyle ist doch nicht hier, oder?"

Aber seine Frage wurde einen Moment später von einem Klopfen an der Tür und dem Klappern eines Schlüssels im Schloss beantwortet und dann trat Aruna Duffy, eine meiner ältesten Freundinnen, durch die Tür, zusammen mit ihrer einjährigen Tochter Sajani, meinem Hund und ihrem Ehemann.

„Oh mein Gott, Miro! Was ist mit dir passiert?", kreischte Aruna, als sie mich entdeckte. Im nächsten Moment rasten knapp siebzig Kilo Werwolf durch den Raum und landeten auf mir.

Chickie war hocherfreut, mich zu sehen. Das bewies er nicht nur mit seinem Winseln und Fiepen, sondern auch damit, dass er sich auf mir auf den Rücken rollte und mir das Gesicht absabberte. Was tierisch wehtat.

„Aruna!", jammerte ich und versuchte, Chickie wegzuschieben.

„Wow, es sieht aus, als würde er dich gleich fressen", kommentierte Kowalski, dem die Darbietung sichtlich Spaß machte. „Tut weh, was?"

Ich knurrte ihn an.

„Das ist ekelhaft", würgte Kohn mit vor Abscheu belegter Stimme hervor. „Hundesabber."

„Friss ihn, Chick", befahl ich und deutete auf Kohn.

„Was zum Henker, Mann", sagte Arunas Ehemann Liam Duffy – groß, stämmig, ein Kreuz wie ein Kleiderschrank –, als er zur Couch herüberkam. Er schob Chickie mit einer Hand von mir runter, dann setzte er sich neben mich und betrachtete prüfend mein Gesicht. Er war Feuerwehrmann, kein Rettungssanitäter, aber er hatte ein Erste-Hilfe-Zertifikat.

„Ich denke, wir sollten dich besser ins Krankenhaus bringen", meinte er, während er mich studierte und Chickie seinen Kopf schwer in meinen Schoß fallen ließ. „Du hast ein paar ordentliche Prellungen auf deiner Wange und um dein Auge, mein Freund. Möglicherweise sind einige Knochen gebrochen."

Ich kraulte unseren Mutantenhund hinter den Ohren und unterm Kinn, streichelte über seinen Kopf und erzählte ihm, was für ein braver Junge er war. Sein auf den Boden klopfender Schwanz klang wie ein Außenborder, so schnell bewegte er sich. „Es ist nichts gebrochen", versicherte ich Liam. „Wirklich nicht. Es mag übel aussehen, aber auf meiner Haut zeigt sich eben alles immer sofort. Ich bin in Ordnung."

„Miro Jones!", schrie Aruna. „Versuche nicht mir weißzumachen, du wärst nicht verletzt und es läge nur an deinem umwerfend sahnigen Teint mit dem fantastischen rosigen Grundton."

Schweigen. Sowohl Kohn als auch Kowalski starrten mich an, als wäre mir ein zweiter Kopf gewachsen.

„Sie ist Journalistin", erklärte Liam. „Genaue Beschreibungen sind ihr Beruf."

„Hm", machte Kohn.

„Mir geht es gut", beruhigte ich sie und lächelte, damit sie aufhörte sich auf die Unterlippe zu beißen und mich anzusehen, als läge ich im Sterben. „Versprochen. Ich brauche nur einen neuen Kühlakku."

„Deine Lippe ist aufgeplatzt, dein rechtes Auge ist grün und blau und –"

„Ich schwöre dir, mir geht es gut."

Sie atmete tief durch, dann drückte sie ihrem Mann ihre Tochter in die Hand und warf sich in meine Arme. Wir ächzten beide, als Chickie auf uns kletterte. Sajani in Liams Armen klatschte entzückt in die Hände.

Er würde uns noch erdrücken.

„Hol diesen Monsterhund von mir runter", flehte ich Liam an.

Nachdem er Sajani an Kohn weitergereicht hatte, zog er Chickie von mir herunter und nahm ihn mit sich in die Küche, wo er nach einem Leckerli für ihn suchte.

Ich wollte gerade wiederholen, dass es mir gut ging, wirklich, alles in Ordnung, als mein Handy klingelte. „Guck mal", sagte ich zu Aruna. „Es ist Janet."

Sie riss mir das Handy aus der Hand, drehte sich zur Seite, sodass sie auf meinem Schoß saß, hob ab und stellte den Anruf auf Lautsprecher. „*Damn It, Janet.*"

Es war immer dasselbe, selbst nach so langer Zeit noch. Es war alles Mins Schuld. Sie war diejenige gewesen, die uns alle vor ewigen Zeiten, als wir noch an der Uni gewesen waren, in die *Rocky Horror Picture Show* geschleppt hatte.

„Warum gehst du an Schnuckelchens Handy?", fragte Janet Powell und kicherte.

„Du bist gemein und unhöflich", informierte ich meine älteste und liebste Freundin. „Was willst du?"

„Wartet einen Moment", befahl sie und wir hörten, wie Tasten gedrückt wurden.

„Ich bin gerade erst ins Bett gegangen", grollte Min Kwon am anderen Ende der Leitung. „Weißt du eigentlich, wie spät es in LA ist? Warum rufst du mich in aller Herrgottsfrühe an?"

„Hallo, Min", sang ich und lachte albern.

„Minnie, Mädchen", gurrte Aruna. „Wie geht es dir?"

„Miro?" Sie klang aufgebracht und überrascht zugleich. „Aruna?"

„Warum bist du eben erst ins Bett gegangen", bohrte ich nach. „Hast wohl die ganze Nacht mit einem heißen Typen den horizontalen Tango getanzt, was?"

„Halt. Den. Mund", fauchte sie. „Ich gehe die Ausforschungsbeweise für diesen Fall jetzt schon seit –"

„Janet, was zum *Teufel*?" Catherine Bentons Stimme drang beinahe schrill durch die Leitung unseres Gruppentelefonats. „Wie kannst du mich anlügen und mich aus einer Operation herausholen, nur um –"

„Ich bekomme ein Kind", verkündete Janet atemlos.

Stille.

„Oh mein Gott." Min war die erste, die etwas sagte oder besser gesagt kreischte und ich konnte ein Beben in ihrer Stimme hören – der unverkennbare Klang überschäumender Freude.

„Ihr habt euch so bemüht", sagte ich und meine Stimme brach unter derselben Emotion, die auch Min erfüllte. „Oohh, Schätzchen, du hast es geschafft. Du hast dich schwängern lassen."

Damit brach der Damm und mit einem Mal sprachen alle gleichzeitig, beglückwünschten sie, ließen Grüße an ihren Ehemann ausrichten und Catherine bombardierte sie mit medizinischen Fragen, denn sie war Ärztin und musste diese Dinge wissen.

Janet und ihr Göttergatte hatten es jetzt schon seit einigen Jahren versucht, aber bisher immer ohne Erfolg. Wir alle hatten sie aufgezogen – denn das war besser als das Mitleid, das die Familie ihres Ehemannes ihr entgegenbrachte – und ihr gesagt, ihr Mann wäre sexbesessen. Aber die Wahrheit war, dass sie alles getan und versucht hatten, was man eben so tat und versuchte, wenn man den Traum vom eigenen Kind durch Fehlgeburten und Spezialisten hindurch verfolgte. Ich hatte keine Ahnung, wie sie angesichts dieser Art Schmerz so stark und optimistisch geblieben war, aber jetzt, endlich, wurde sie belohnt.

„Ich freue mich so für dich", seufzte Aruna. „Jetzt muss nur noch Catherine eines bekommen."

Ein Husten, als hätte Catherine eine Fliege verschluckt, gefolgt von einem Klicken, als aufgelegt wurde.

Erschöpft und aufgedreht wie wir alle waren, konnten wir nicht aufhören zu lachen.

ARUNA UND Liam gingen eine Stunde später. Zuvor hatte Aruna mir erklärt, dass sie für mich gekocht, das Essen in den Kühlschrank gestellt hatte und dann von Chickies jüngster Heldentat berichtete. Aruna war mit ein paar anderen Müttern im Park gewesen und ein Mann war auf sie zugekommen und hatte sie um Geld gebeten. Er hatte einen Freund dabeigehabt und versehentlich waren sie zwischen die Mütter und ihre Kinder geraten. Aruna hatte Angst bekommen und nach Chickie gerufen.

Sie hatte ihn einfach nur gerufen.

Er hatte neben dem Klettergerüst gelegen, auf dem Sajani herumgeklettert war und als er angerannt ... angerast ... kam, rannten die beiden Männer umso schneller. Alle klatschten Beifall und Chickie war der Held des Tages. Keine der anderen Mütter hatte Angst vor ihm, selbst die mit den ganz kleinen Babys nicht.

„Er ist ein Held", seufzte Aruna, küsste und umarmte den Monsterhund, dessen Pfoten so groß waren wie die Tatzen eines Bären. Ich sah zu wie das Tier, das sie hätte fressen können, sich unter ihrem Lob vor Vergnügen wand.

Der Tierarzt vermutete, dass er ein Malamut-Mastiff-Mischling war, vielleicht mit einer Prise kaukasischem Owtscharka, etwas Husky und ganz vielleicht auch – so hatte er mir gestanden, als ich das letzte Mal bei ihm gewesen war – einem Hauch Wolf. Aber da Kreuzungen in Chicago illegal waren und er es nicht beweisen konnte, hielt er sich bedeckt und hatte seine Vermutung nie in irgendwelchen offiziellen Unterlagen niedergelegt.

Was auch immer Chickie war, er hatte meine beiden Kollegen nervös gemacht. Aber nachdem er sich neben der Couch hingelegt hatte, den Kopf auf meinem Schoß und anfing, leise Grunzlaute auszustoßen, wie er das immer tat, wenn er glücklich war, wurden auch sie mit ihm warm und wechselten sich ab, ihn hinter den Ohren zu kraulen.

„Ich nehme an, ihr müsst euch keine Sorgen wegen Einbrechern machen", bemerkte Kohn.

„Nein, und die Nachbarn auf beiden Seiten auch nicht", gähnte ich. „Das ist einer der Gründe, warum mein Greystone ein bisschen mehr gekostet hat – wir gehören zu einem Viererblock und alle Gärten grenzen aneinander."

„Oh, ich dachte, ihr hättet einen kleinen Park oder so was hinterm Haus."

„Nein, das sind die Gärten. Unsere vier Grundstücke sind miteinander verbunden, mit Toren in den Zäunen, sodass ich durch den Garten meines Nachbarn spazieren kann und auf der Parallelstraße rauskomme."

„Ich hatte mich schon gewundert, warum deine monatliche Hypothekenrate so hoch ist", meinte Kohn.

Kowalski und ich sahen ihn an.

„Was? Du hast letzte Woche deinen Computerbildschirm angelassen. Hätte ich nicht hingucken sollen?"

„Nein, hättest du nicht", schimpfte Kowalski. „Da sieht man nicht hin, du Barbar. Was soll das? Ich kenne deine Mutter; ich weiß, dass du nicht im Schweinestall großgeworden bist."

Kohn machte ein abfälliges Geräusch und wies mit dem Kopf auf Chickie. „Hast du gesagt, dass eure Nachbarn sich auch keine Sorgen wegen Einbrechern machen müssen?"

„Nö", sagte ich mit einem Lachen. „Neulich kam so ein Typ durch den Garten der Nachbarn hinter uns und ich habe gehört, wie Mrs Sasaki ihn angeschrien hat von wegen, das ist nicht erlaubt. Chickie ist rausgerannt, der Typ hat ihn gesehen und ist noch schneller gerannt."

„Ich würde auch wegrennen", gestand Kowalski.

„Ja, und nachdem der Typ durchs Tor war, ist Chickie knurrend und bellend am Zaun entlanggelaufen und Mrs Sasaki, die noch nie auch nur ein Wort mit mir gewechselt hat, kein Witz, hat mir gewunken und zugelächelt und dann ist sie von der Veranda in den Garten gekommen, hat Chickie gestreichelt und ihm gesagt, was für ein braver Junge er sei," erzählte ich und verdrehte die Augen. „Seitdem kann Chickie draußen rumlaufen, wann immer er will und keiner der Nachbarn hat ein Problem damit. Sie geben ihm ständig alle möglichen Leckereien, wenn er an ihre Hintertüren kommt."

„Also bewacht er den ganzen Block." Kowalski schien wirklich aufrichtig interessiert.

„Ja. Na ja, manchmal ist er ein wenig zu wachsam. Deshalb hat Ian ja auch die Hundetür eingebaut. So müssen wir nicht mehr ständig aufstehen und ihn rauslassen, wenn er mitten in der Nacht etwas Verdächtiges hört."

„Aber wir sind hier immer noch in Chicago. Macht ihr euch keine Sorgen, dass jemand durch die Monsterhundetür bei euch einsteigt?" Kohn klang besorgt.

Ich zog eine Augenbraue hoch. „Und sich der Gefahr aussetzt, Chickie Auge in Auge gegenüberzustehen?"

„Nein, ich meine tagsüber, wenn er nicht hier ist."

Ich schnaubte. „Ian hat die Tür gebaut. Wenn sie zu ist, dann ist sie sicher wie Fort Knox. Niemand kommt durch sie rein."

„Apropos, wann kommt er zurück?", warf Kowalski ein.

„Morgen Abend um sieben."

„Dann ruf ich die Jungs an, wir machen unseren Pokerabend heute hier."

„Was? Warum?" Ich wollte einfach nur schlafen. Sah ich denn nicht müde aus?

„Vielleicht möchte er gerne schlafen und sich ausruhen?", gab Kohn zu bedenken.

Kowalski schnaubte spöttisch. „Vergiss es, er schuldet uns allen noch Geld vom letzten Mal."

Das stimmte, das tat ich.

„Die Ruchlosen finden keinen Frieden. Weiß doch jeder."

Ich zeigte ihm den Mittelfinger und Kohn ebenfalls, als der anfing zu lachen.

4

MEINE FREUNDE – und ich benutzte diesen Begriff nur lose, da sie mir erst mein Geld abknöpften und mir dann keine Gelegenheit dazu gaben, es zurückzugewinnen – blieben bis in die frühen Morgenstunden. Alle bis auf Sharpe waren da, der ein heißes Date mit einer osteuropäischen Ballerina hatte, die er bei einer DEA Razzia kennengelernt hatte. Er hämmerte dann am nächsten Morgen um neun an meine Tür, da meine Adresse dem Ort, an dem er aufgewacht und von dem aus er sich prompt aus dem Staub gemacht hatte, am nächsten lag. Seit er wieder Single war, konnte man ihn mit Fug und Recht als Schürzenjäger bezeichnen.

Ich ging mit ihm zum Frühstück ins Firecakes, meinem Lieblingsdonutcafe auf der Clark, da er bei dem Gedanken an Spiegeleier und Speck ein wenig grün im Gesicht wurde. Aber warme Kohlenhydrate und Zucker taten das Ihre und als wir wieder gingen, sah er schon wieder wie ein Mensch aus. Ich lieh ihm meine Sonnenbrille, damit die schwache Novembersonne ihn nicht blendete und er begleitete mich und Chickie nach Hause.

„Das ist doch schön", seufzte er, als er in der kühlen Morgenluft neben mir und meinem Werwolf die von Bäumen gesäumten Straßen entlangging. „Ich sollte mir auch eine Wohnung außerhalb der Stadt suchen."

Ich verbiss es mir, ihn darüber aufzuklären, dass Lincoln Park nicht wirklich ein verschlafener kleiner Vorort war, denn weder seinem Kopf noch seinem Magen ging es schon wieder hundertprozentig gut.

„Andererseits wäre ich dann viel zu weit weg von allen Clubs."

Auch das war ein Fakt, der bedacht sein wollte.

„Wenn ich versuche, deinen Hund zu streicheln, beißt er mir dann die Hand ab?"

Ich lachte und zog an Chickies Leine, bis er zwischen uns ging. Es kann sehr beruhigend sein, einen Hund zu streicheln.

Ich sah zu, wie die letzten Nachwehen der vergangenen Nacht von Sharpe abfielen. „Weißt du, wenn ausgehen und mit jemand ins Bett hüpfen dich so unglücklich macht, dass du zu viel trinkst und dich elend fühlst, dann solltest du vielleicht mal drüber nachdenken, ob das das Wahre ist."

„Machst du Witze? Ich hab gern Sex!"

Ich hatte nicht vor, mit ihm darüber zu diskutieren. „Warum kommst du nicht mit zu mir, entspannst dich auf meiner Couch und guckst Football, während ich das Haus putze?"

„Ja, klingt gut. Hast du was zum Anziehen für mich?"

Das hatte ich. Ich kramte eine Jogginghose, ein T-Shirt und dicke Socken für ihn heraus, während er duschte, damit er nicht mehr nach Zigarettenrauch und Alkohol stank. In bequeme Klamotten gehüllt schlief er wenig später auf meiner Couch ein, während im Hintergrund Netflix lief statt Football. Ich putzte um ihn und Chickie herum; der Hund öffnete lediglich ein Auge, als ich ihn mit dem Staubsauger anstieß.

Gegen vier Uhr weckte ich Sharpe und machte ihm Rührei auf Toast. Damit im Magen plus einem großen Glas Eistee sah er besser aus, als er zu dem wartenden Taxi ging, das ich für ihn gerufen hatte. Zum Abschied umarmte er mich, was mich überraschte, denn das hatte er noch nie getan.

Ich selbst aß nichts. Zum einen wollte ich auf Ian warten, zum anderen war dank meiner Aufregung Essen wirklich das letzte, was ich wollte.

Kurz nachdem Sharpe weg war rief Min an, die nach ihrem wöchentlichen Pflichtbesuch bei ihrer Mutter Dampf ablassen musste.

„Ihr versteht es alle", machte sie ihrem Ärger und ihrem Frust Luft. „Warum kann sie das nicht?"

Ich seufzte. „Sie macht sich eben einfach Sorgen, dass du nie wirklich glücklich sein wirst, wenn du nicht heiratest und Kinder bekommst."

Ihr heftig ausgestoßener Atem sprach von Ärger, aber auch von Traurigkeit. „Aber ihr alle wisst, dass dem nicht so ist. Ich liebe meinen Beruf, gehe gerne aus und treffe mich mit Männern. Ich liebe mein Leben, wie es ist. Ich bin glücklich, solange ich mich nicht mit ihr herumschlagen muss."

Mir ging ein Licht auf. „Du Dummerle, du hast ihr von Janet erzählt, oder?"

Sie lachte traurig. „Ja, das war dumm von mir, was?"

„Nein, nein", beschwichtigte ich. „Du hast dich für eine Freundin gefreut und wolltest die Freude mit deiner Mutter teilen. Du konntest ja nicht wissen, dass das wie ein Bumerang zurückkommt und dich voll trifft."

Das entlockte ihr ein aufrichtiges Lachen. „Nein, du hast recht, das habe ich definitiv nicht."

„Du musst nachdenken, bevor du etwas sagst, Min-Liebes", neckte ich sie. „Du bist doch Anwältin. Dir sollte ich so etwas nicht sagen müssen."

Das war zu viel. Bei meiner treffenden Imitation ihrer Mutter, Soon-Bok Kwon, brach Min in lautes Gelächter aus. Soon-Bok war mit mir und Catherine nie wirklich warm geworden, aber Aruna und Janet hatte sie aufrichtig gern.

„Deine Mutter hasst mich", klagte ich ihr zum achtmillionsten Mal.

Sie stritt das nicht ab.

„Du Miststück, du sollst doch Nein sagen."

„Oh, das tue ich beim ersten Date immer."

„Oh Gott", stöhnte ich. Meine Freunde waren allesamt widerlich, die Männer wie die Frauen.

„Und, wie schläfst du?"

Diese Frage war mein Stichwort, das Gespräch schnell zu beenden, woraufhin Min mir unumwunden mitteilte, dass wir dann eben beim nächsten Mal darüber sprechen würden. Während ich definitiv nicht darüber reden wollte, wie viel Schlaf ich nicht bekam, war es doch schön zu wissen, dass wir wieder telefonieren würden. Ich sprach mindestens einmal die Woche, wenn nicht sogar öfter, mit ihr und Janet und Catherine; selbst so lange nach unserem Uniabschluss blieb der Kontakt zwischen uns eng. Ich war so dankbar dafür, dass ich sie nicht verloren hatte, als sie damals Chicago verlassen hatten.

Als ich später am Abend zum Flughafen fuhr, dachte ich immer noch an sie und die anderen Mädels, an Freundschaften und an die Familie, die ich mir geschaffen hatte. Aber sobald ich ankam, waren sie vergessen und Beklemmung und fast so etwas wie Sorge erfüllten mich. Als ich das Flughafengebäude betreten hatte, war mir etwas eingefallen und während ich am Ankunftsterminal stand, gegen die Wand hinter dem Ausgang gelehnt, spürte ich, wie das Kitzeln von Schmetterlingsflügeln in meinem Magen sich zu einem wilden Tornado auswuchs. Die Sache, die mir wieder und wieder im Kopf herumging, war die: Im Überschwang des Augenblicks sagte Ian manchmal Dinge, die er dann später, wenn der erste Eifer verflogen war, bereute. Ich hoffte, er wollte mich immer noch hier sehen, wenn er mit dem Rest seiner Einheit durch die Sicherheitskontrolle in die Flughafenhalle kam.

„Findest du das nicht ein bisschen zu überfallartig?", fragte eine Frauenstimme hinter mir.

„Wie meinst du das?", entgegnete eine andere.

„Nun, ja, ich meine, er kommt von einem Einsatz nach Hause, der vier Monate länger gedauert hat, als geplant und kaum ist er hier, überfällt ihn die Frau eines Kameraden mit einem Blind Date."

„Du hättest ja nicht mitkommen müssen, wenn du so denkst."

„Ich wäre es wahrscheinlich auch nicht, aber du musstest ja hingehen und mir ein Foto von ihm zeigen."

Ein belustigtes Glucksen. „Ich habe es dir doch gesagt, Ian Doyle ist umwerfend."

Es fühlte sich an wie ein Faustschlag in die Magengrube.

„Du bist sicher, dass er keine Freundin hat?"

„Ich habe jedenfalls noch nie eine auf ihn warten sehen, wenn ich Paul abgeholt habe."

„Ja, aber Paulie ist noch neu in der Einheit. Das war erst sein zweiter Einsatz mit diesen Jungs und letztes Mal ist er um sechs Uhr morgens zurückgekommen. War damals überhaupt jemand außer dir hier?"

„Nein", fauchte die zweite Frau. Das war eindeutig ein wunder Punkt. „Die anderen Jungs nehmen Rücksicht auf ihre Frauen und Freundinnen und erwarten nicht, dass sie sie noch vor Morgengrauen abholen."

„Na, dann könnte Ian sogar verheiratet sein, ohne dass du das weißt und woher auch?"

„Das stimmt schon und Paul weiß es auch nicht. Er sagte, dass Ian nicht gerade der Mitteilsamste ist. Aber soweit ich ihn verstanden habe, ist Ian nicht nur Reservist, er ist auch US Marshal. Wie heiß ist das bitteschön?"

„Heiß", schnurrte die erste Frau. „Sehr heiß."

„Genau und deshalb sind wir hier, ein wenig schicker, als wir das normalerweise wären, um jemandem am Flughafen abzuholen: Um dir einen Mann zu angeln."

Ich musste wissen, wie schick sie waren, um sich die Liebe meines Lebens zu schnappen. Also stieß ich mich von der Wand ab und drehte mich, als würde ich mich suchend umsehen und erhaschte einen Blick auf acht Zentimeter hohe Absätze, schwarze Strumpfhose, langer cremefarbener Angorapulli mit dicker Kapuze und beigen Überzieher. Nicht billig, nicht nuttig, sondern elegant, mit geschmackvollem Make-up und dezentem Schmuck. Sie war bezaubernd.

Ihre Freundin, Pauls Ehefrau, war genauso schick in ihrem asymmetrisch geschnittenen Pullover mit Schalkragen zu Jeans und kniehohen braunen Lederstiefeln, kombiniert mit einem ausgestellten schwarzen Mantel. Beide Frauen sahen gut aus, elegant und mondän, bereit für einen Ausgehabend.

Sie lächelten mich beide freundlich an, als sich unsere Blicke trafen und ich lächelte zurück, bevor ich mich nach vorne drehte. Hinter meinem Lächeln durchrieselte mich ein leiser Angstschauer, denn manchmal machte ich mir doch Gedanken, ob ich genug war für Ian Doyle. Die Welt war schließlich voller Männer und Frauen, die attraktiver waren als ich und die auch weniger Ballast mit sich herumtrugen.

„Miro?"

Bei der Nennung meines Namens drehte ich mich schnell um und sah eine hübsche, blonde Frau vor mir stehen, die ähnlich gekleidet war wie ich: lässig und bereit, anschließend wieder nach Hause zu fahren. Wir trugen beide alte Jeans und T-Shirts, aber während meines unter einem weißen Strickcardigan mit Knopfleiste steckte, trug sie über ihrem ein Kapuzensweatshirt und eine Motorradjacke. Ihre überkniehohen schwarzen Stiefel aus Antikleder waren genauso flach wie meine weißen Converse Turnschuhe. Keiner von uns hatte sich besonders in Schale geworfen.

„Ja", antwortete ich, als sie mir ihre Hand hinstreckte.

„Ich bin Stacy Qureshi, Mos Frau."

Ich lächelte sie an, während ich ihre Hand schüttelte. „Es tut mir leid, ich kenne keinen – Mo?"

„Mohammed", sagte sie freundlich und sah mich schief an.

„Äh, ja, wissen Sie, ich bin nicht ganz eingeweiht."

„Oh, machen Sie sich da keine Gedanken. Ich wollte nur sagen, es ist schön, endlich ein Gesicht zu dem Namen zu haben. Oder zumindest den Teil eines

Gesichts", neckte sie mich. „Ist das Licht hier drinnen zu hell für Sie, Marshal, dass Sie im Flughafen eine Sonnenbrille tragen müssen?"

Ich zeigte auf meine Augen unter der Fliegersonnenbrille, die ich trug. „Ich habe im Dienst ein blaues Auge abbekommen. Sieht schlimmer aus, als es ist, aber man muss den Leuten ja keine Angst einjagen."

Sie machte eine abfällige Geste. „Herzchen, ich bin hier, um ein Green Beret abzuholen. Glauben Sie vielleicht, er kommt ohne Schrammen und Beulen nach Hause?"

Ich lachte leise, nahm die Sonnenbrille ab und hängte sie in den Halsausschnitt meines T-Shirts.

„Oh, ich verstehe", seufzte sie. „Total süß."

„Das ist nett von Ihnen."

„Oh, nein, nein", sagte sie schelmisch. „Wirklich, ich bin nicht nett. Ich bin eine ziemliche Zicke, aber das werden Sie schon noch herausfinden. Eines Tages in der Zukunft werden Sie es sogar charmant finden."

Ich grinste sie an.

„Oh, ja, definitiv ein Hübscher. Ich kann mir Sie und Ian sehr gut zusammen vorstellen. Ich wette, Sie bringen regelmäßig den Verkehr zum Erliegen, wenn Sie zusammen die Straße entlanggehen."

Das Geschnatter hinter uns verstummte abrupt.

„Das liegt an Ian. Ihn starren immer alle an."

Sie nickte. „Ja, das weiß ich. Als ich ihn das erste Mal gesehen habe, sagte mein Mann zu mir: Schatz, du sabberst."

Sie war lustig und ich mochte sie jetzt schon. „Es ist wirklich schön, Sie kennenzulernen", sagte ich aufrichtig.

„Absolut, ganz meinerseits", sagte sie und schob ihren Arm unter meinen. „Nachdem Mo mir erzählt hat, dass Sie und Ian zusammen sind, habe ich mir fest vorgenommen, ihn wenigstens einmal abzuholen, um einen Blick auf Sie zu erhaschen."

„Ian hat Mo von mir erzählt?"

„Ian hat allen Jungs von Ihnen erzählt und offen gesagt war ich total begeistert, das zu hören."

„Waren Sie das?"

Sie nickte und winkte einer bildschönen Frau zu, die Sweatkleid, Leggings und Stiefel trug und auf uns zueilte. „Aber sicher. Ich habe mir immer Gedanken um Ian gemacht, weil er nie von jemandem erzählt hat und weil nie jemand hier war, um ihn nach einem Einsatz abzuholen. Das war immer so traurig."

„Hallo, Mädchen", sagte die schöne Frau zu Stacy, als sie uns erreichte, und umarmte sie. „Wie geht es dir?"

Der Neuankömmling war die Sorte Frau, der man auf der Straße hinterhersieht: strahlendes Lächeln, das Grübchen zeigt, riesige hellbraune Augen umrahmt von langen, dichten Wimpern und wunderschöne glatte braune Haut mit einem leisen Bronzeschimmer. Ich würde wetten, dass die Größe des Klunkers an ihrem Finger dem Wunsch ihres Gatten entsprach, ein eindeutiges Signal an alle Möchtegernverehrer zu senden, dass er sie leider umbringen musste. Mit dem kleinen Finger. Der Mann war schließlich ein Green Beret.

„Mir geht's gut", erwiderte Stacy, dann drückte sie leicht meinen Oberarm. „Zahra, das ist Miro, Ians Freund."

Zahras Gesicht leuchtete auf. „Oh, es ist so schön, dich endlich kennenzulernen", sagte sie warm, so als meinte sie jedes Wort, kam um Stacy herum und umarmte mich. Und zwar richtig, wie eine Umarmung zu sein hatte. Keine leichte Hand auf der Schulter und Küsschen hier, Küsschen da: Sie schlang beide Arme um mich und drückte mich fest. Ich wurde augenblicklich Fan von ihr.

Sie lehnte sich zurück und strahlte mich an. „Es ist so toll, ein Gesicht zu dem Namen zu haben. Ich bin Danny O'Reillys Frau."

„Ian hat ihn keinem der Jungs vorgestellt. Er hat keine Ahnung, wer unsere Kerle sind", erklärte Stacy.

„Ohh, das klingt ganz nach ihnen", sagte Zahra, dann bemerkte sie die Frauen, die hinter uns standen. „Hallo, kann ich Ihnen helfen?"

„Oh", hörte ich und als Stacy sich umdrehte, hatte ich endlich einen Grund, es auch zu tun. „Tut mir leid, dass ich Sie so angestarrt habe. Ich bin Pauls Ehefrau, Chloe Jermaine."

Augenblicklich verfinsterten sich Zahras Gesichtszüge. „Das verstehe ich nicht."

„Wie bitte?"

„Ich meine", erklärte Zahra langsam und ihre Stimme wurde kalt, „ich verstehe nicht, warum Sie hier sind."

„Um Paul abzuholen."

„Warum sollte Paul hier sein?", fragte Zahra knapp und schneidend. Der plötzliche Wechsel von warm und herzlich, wie sie zu mir gewesen war, zu absoluter Eiskönigin, war mehr als seltsam.

„Weil er ein Mitglied dieser Einsatztruppe ist."

„Hat Ihr Mann Sie gebeten, ihn hier abzuholen?"

„Nein, aber ich habe in seinen E-Mails nachgesehen und da stand das Datum und die Uhrzeit drin", erklärte Chloe Zahra, die mit der Zunge schnalzte.

„Das ist vermutlich Dannys Fehler. Er hat Sie nicht aus dem Verteiler genommen. Ich wette, er hat dich auch nicht mit in den Verteiler aufgenommen, oder, Miro?"

„Nein", antwortete ich ihr, obwohl sie sich nicht zu mir umdrehte, so fokussiert war sie auf Chloe und ihre Freundin.

„Nun, ich werde dafür sorgen, dass er das ändert", versprach Zahra und zeigte mit einem Finger auf Chloe. „Und ich werde dafür sorgen, dass er Sie sofort aus dem Verteiler löscht."

„Ich verstehe wirklich nicht, was Sie –"

43

„Was sie damit sagen will", begann Stacy kühl, „ist, dass Ihr Mann Paul nicht länger Mitglied dieser Einheit ist. Wieso wissen Sie das nicht? Wir wissen es alle."

Als sie „alle" sagte, wies sie mit einer Geste auf die ungefähr zehn anderen Frauen, die in unserer Nähe standen.

„Ich denke, Sie haben da etwas falsch –"

„Hören Sie", sagte Zahra eisig, „wenn Ihr Mann Ihnen gesagt hat, dass er in den Einsatz geschickt worden ist, dann hat er gelogen. Das klären Sie am besten direkt mit ihm, sobald Sie ihn finden. Aber ich kann Ihnen versichern, dass er *nicht* zusammen mit dem Rest unserer Jungs durch diese Sicherheitskontrolle dort kommen wird."

„Ich … er –"

Zahra trat näher an Chloe heran. „Sie wissen bestimmt, dass mein Mann der Befehlshaber dieses Einsatzkommandos ist. Er hat mir gesagt, dass er Ihren Mann hat versetzen lassen, nachdem er sich und die anderen das letzte Mal beinahe umgebracht hat. Nicht nur, dass Ian Doyle *meinen* Ehemann aus einem Schusswechsel retten musste, den *Ihr* Ehemann verursacht hat, Danny ist dabei so schwer verletzt worden, dass Ian ihn *tragen* musste", sagte sie und holte tief Luft. „Also sagen Sie mir nicht, er wäre immer noch Mitglied dieser Einsatztruppe. Denn das ist er verdammt noch mal nicht!"

Ich war mir sehr sicher, dass nichts von dem, was Zahra O'Reilly gerade erzählt hatte, hätte weitergesagt werden dürfen. Ich war mir ebenfalls sehr sicher, dass sie es nur getan hatte, weil der Vorfall sie schwer mitgenommen hatte und sie nervlich immer noch angeschlagen war. Ihr Ehemann hatte ihr anvertraut, dass er aufgrund der Handlungen eines seiner Männer beinahe umgekommen wäre und dass er nur aufgrund der Handlungen eines anderen noch am Leben war. Ein solches Wissen verschwand nicht einfach über Nacht. Es blieb präsent in ihren Gedanken, in ihrem Herzen, immerzu, allgegenwärtig und unausweichlich. Die Frau des Mannes, der dafür verantwortlich war, dass ihr Ehemann beinahe den Tod gefunden hatte, jetzt hier zu sehen, hatte nur das Fass zum Überlaufen gebracht.

Zahra schluchzte auf und die Emotionen, die unter der Oberfläche gebrannt hatten, brachen sich in einem Tränenstrom Bahn.

Stacy reagierte schnell und machte einen Schritt auf sie zu, aber ich war schneller, zog Zahra in meine Arme und drückte sie an mich. Sie weinte an meiner Brust, während Stacy ihr über den Rücken streichelte. Dann drehte Stacy sich zu Chloe um.

„Es ist nicht Ihre schuld. Sie weiß das, ich weiß das. Niemand gibt Ihnen die Schuld. Aber Sie sind hier und das erinnert uns alle daran, dass es nur der geistesgegenwärtigen Handlung eines der Männer zu verdanken ist, dass unsere Ehemänner, Väter, Söhne und Freunde nicht in Särgen nach Hause gekommen sind, nachdem Ihr Mann sie alle in Gefahr gebracht hat."

Chloe stand regungslos da, nicht sicher, was sie tun sollte. Ihre Freundin, die hinter meinem Mann her war, packte sie am Arm und zog sie von uns weg.

„Es tut mir so leid, Miro, ich habe dich ganz nassgeweint", jammerte Zahra.

„Kein Problem", versicherte ich ihr.

„Oh, den behalten wir", sagte Stacy und legte einen Arm um Zahras Schultern. „Und schau, da kommen sie."

Der erste Mann kam durch die blickdichte Tür, immer noch im Kampfanzug der US Armee, einen riesigen Rucksack über der Schulter. Er ließ den Rucksack fallen, als eine Frau auf ihn zurannte und fing sie mühelos auf, als sie sich in seine Arme warf. Obwohl sie sich buchstäblich in seine Arme *warf*, kam er nicht einmal aus dem Gleichgewicht, sondern schlang lediglich seine Arme um sie und drückte sie an sich.

Alle Frauen hier warteten auf Männer, die genau wie Ian für zwei Wochen weggegangen waren und nun nach über vier Monaten endlich heimkehrten.

Dann kam der Rest durch den Ausgang, alle in denselben Kampfanzügen, alle mit ihren grünen Mützen auf dem Kopf, alle mit Rucksäcken über der Schulter. Zahras Ehemann war sehr groß und als er seine Mütze abnahm, um seine Frau zu begrüßen, leuchteten mir seine hellroten Haare förmlich entgegen. Zahra schlang ihre Arme um seinen Hals und gab ihm einen leidenschaftlichen Kuss, den er mit gleicher Münze erwiderte, bis keiner der beiden mehr Luft bekam.

Stacy rannte ebenfalls los und sprang ihrem Mann förmlich in die Arme, schlang ihre Arme und Beine um ihn und er packte ihre Oberschenkel, um sie zu stützen. Es war nicht zu übersehen: Er wollte nicht eine Sekunde lang von ihr getrennt sein.

Doch selbst in diesem Meer von Männern und selbst dann, wenn ich sein Gesicht nicht gesehen hätte, hätte ich Ian doch erkannt, allein an seinem stolzen, geschmeidigen Gang. Bevor wir damals Freunde geworden waren, hatte ich mir oft gewünscht, ich könnte die Leute auch allein dadurch einschüchtern, wie ich mich bewegte. *Mir* gingen sie nämlich nie aus dem Weg, aber ich hatte gesehen, wie sie vor Ian auseinanderstoben und ihm Platz machten. Wie auch jetzt.

Die Blechmarken in ihren schwarzen Geräuschdämpfern hoben sich klar von dem Hellbraun des T-Shirts ab, das er unter seiner offenen Feldjacke trug. Er hatte sich die Mütze tief in die Stirn gezogen, aber ich konnte trotzdem das helle Blau sehen, das ich suchte. Und dann bewunderte ich schlicht die Schönheit dieses Mannes, die ihm angeborene Kraft und spürte Freude in mir aufsteigen, ihn heil und ganz zu sehen.

Es war ein Gefühl, als ob man durch die eigene Haustüre trat, nachdem man längere Zeit weggewesen war: ein überwältigendes Gefühl von Richtigkeit, von Zugehörigkeit, von Frieden. Er war mein Zuhause und ich musste die Zähne zusammenbeißen gegen die in mir aufsteigende Welle von Emotionen und das Brennen hinter meinen Augen.

Ian war mein Zuhause.

Ich winkte ihm nicht. Das musste ich auch nicht, denn er sah mich sofort und genauso schnell wurde seine Miene finster. Seine Reaktion löste das komplette Gegenteil in mir aus: Ich lächelte breit, breiter, von einem Ohr zum anderen und Erleichterung, Freude, Lust und Liebe verschmolzen in mir in einem Sturm der Dankbarkeit, den, da war ich mir sicher, jede der Ehefrauen, Freundinnen und Lebensgefährtinnen hier ebenfalls empfand. Ich leuchtete vermutlich von innen heraus wie ein Lampion. Je näher er kam, desto wütender sah er aus, bis er mich schließlich erreicht hatte, den Rucksack fallen ließ und mein Gesicht in seine harten, schwieligen Hände nahm.

„Was zum Teufel ist mit dir passiert?", grollte er.

Eines seiner Augen war bluterfüllt. Ich sah lila-und-gelbe Flecken an seiner Kehle von Fingern, die dort gelegen hatten. Dazu blaue Flecken jüngeren Datums entlang der rechten Seite seines Kiefers und der kleine Finger und Ringfinger seiner linken Hand waren geschient. Es war nicht die Hand, mit der er schoss, also war seine Fähigkeit, seinen Beruf auszuüben, beziehungsweise besagten Beruf zusammen mit mir auszuüben, nicht beeinträchtigt. Das war gut. Noch länger von ihm getrennt zu sein, egal aus welchem Grund, das wäre zu viel gewesen.

„Dasselbe könnte ich dich auch fragen", neckte ich ihn, so glücklich, ihn zu sehen. Ich wollte seine Hände überall auf mir spüren und zwar so bald wie möglich.

„Mir geht's gut", sagte er und trat näher an mich heran und begutachtete meine Verletzungen eingehend.

„Ja? Dir geht's gut?"

„Ich –"

Ich senkte meine Stimme zu einem Flüstern, obwohl niemand uns auch nur eines Blickes würdigte und das nächste Paar einige Schritte weit von uns entfernt stand. „Gut genug, mich durch die Matratze zu ficken?"

Ich konnte sehen, wie meine Worte ihn erreichten. Seine Pupillen wurden weit, seine Lippen öffneten sich und sein Atem stockte. Alles in allem eine sehr befriedigende Reaktion.

„Kannst du?", wiederholte ich und schloss die Augen, stieß meine Stirn sanft gegen seine, legte meine Hände um seine Hüften und atmete tief seinen Duft ein. „Ian?"

Er antwortete nicht und eine Zeit lang standen wir schweigend da, atmeten einander ein. Sein tiefes Seufzen, so als könnte er sich endlich entspannen, zauberte ein Lächeln auf meine Lippen.

„Du hast ja keine Ahnung, wie sehr und wie oft ich an dich gedacht hab", gestand er und schluckte schwer. „Ich hab davon geträumt, dich festzuhalten. Auf die Matratze zu drücken. Und …"

Erregung durchzuckte mich wie ein Blitzschlag.

„Ich – es ist nur … Ich brauche dich so sehr, dass es sich anfühlt, als krabbelten Ameisen unter meiner Haut."

Es war gut zu hören, dass ich mit meinem Verlangen nicht allein war. Normalerweise war ich im Bett der Aktive, aber manchmal wollte ich passiv sein und in dem Moment wollte ich das. Wollte es so sehr. Alles woran ich denken konnte, war sein Gewicht auf mir zu spüren, unter ihm zu liegen und ihn um mehr anzuflehen.

„Hast du mich vermisst?", sprudelte es hastig, sehnsüchtig aus mir heraus.

„Mehr als du dir vorstellen kannst", murmelte er, rieb seine Nase an meinem Hals und drückte einen Kuss auf meine Haut.

Ich öffnete die Augen und sah geradewegs in ein Gesundes und ein Verletztes. „Dann lass uns nach Hause gehen."

„Ja", sagte er. Dann legte er eine Hand um meinen Hinterkopf, vergrub seine Finger in meinem Haar und zog mich für einen Kuss an sich.

Ich hätte nie gedacht, dass er das vor allen Leuten tun würde. Vor den Männern, mit denen er diente, ihren Frauen und all den Fremden, die an uns vorbeigingen. Einen Moment lang konnte ich nur im Stillen staunen, dann vergaß ich alles um mich herum und erwiderte seinen Kuss, schlang meine Arme um seine Taille und zog ihn fest an mich.

Das war bereits jetzt die beste Heimkehr.

5

IAN STELLTE mich den restlichen Mitgliedern seiner Einheit vor, angefangen von dem Typen, der die Befehle erteilte und sie schienen alle ehrlich erfreut, mich kennenzulernen. Ich hätte mich täuschen können, es hätte alles ein ausgefeilter Akt sein können, aber das bezweifelte ich, so müde und erschöpft, wie sie alle aussahen. Sie hatten eindeutig keine leichte Zeit hinter sich.

Darüber nachzudenken, wie lange sie alle fortgewesen waren, war keine gute Idee, denn statt mich zu freuen, dass Ian zu Hause war, fing ich an darüber zu brüten, wie lange *er* weggewesen war. Und das konnte nur zu Ärger und Frustration führen. Von daher war es keine große Überraschung, dass die Frage aus mir herausplatze und auch Ians Antwort darauf nicht.

„Ich hab keine Ahnung, wann ich wieder wegmuss", sagte er und sah aus dem Fenster meines Toyota Tacomas hinaus auf die regennassen Straßen. Was bei unserer Abfahrt als ein leiser Schauer angefangen hatte, sah inzwischen so aus, als wäre es höchste Zeit, an Bord der Arche zu gehen. „Theoretisch können sie uns schon morgen wieder einberufen. Das weißt du."

Ich konzentrierte mich auf die Straße, obwohl das nicht unbedingt nötig war. Der Lincoln Expressway würde so schnell nicht untergehen.

„Und jetzt bist du sauer", grollte er nach einigen Minuten des Schweigens.

„Nein, nein", versicherte ich ihm und gab mir Mühe, so ruhig und gesammelt wie möglich zu klingen und keine Schärfe in meine Stimme hineinrutschen zu lassen. „Ich hätte nicht fragen sollen. Ich – ich mag es nur einfach, dich hier zu Hause zu haben. Das ist alles."

„Glaubst du denn, ich will nicht hier sein?"

Ich räusperte mich. „Nein, ich weiß, dass du das möchtest und ich will mich auch nicht mit dir streiten. Das war nicht meine Absicht."

„Warum fragst du mich dann?"

„Es ist mir nur so rausgerutscht. Tut mir leid."

Er schwieg, ich schwieg und wir hörten das Surren der Reifen auf der nassen Fahrbahn und den Regen, der auf das Dach des Autos trommelte.

„Du verstehst es nicht, weil du nie selbst gedient hast."

„Ich weiß", stimmte ich schnell zu, vorsichtig darauf bedacht, über keine verbalen Fallstricke zu stolpern.

„Ich kann dir auch nicht sagen, wo ich war oder was ich gemacht hab."

Das wusste ich ebenfalls. Die wenigen Male, die ich gefragt hatte, hatte er nur Dinge gesagt wie: „Wir waren im Wald". Manchmal sah ich Sachen in den Nachrichten, Berichte über ein Feuergefecht in irgendeinem Dorf auf der anderen

Seite der Welt und fragte mich, ob Ian wohl dort war. Es war, ähnlich wie die Sache mit der Hochzeit, zu einer Frage darüber geworden, was Ian tun würde. Was er tun würde und wie er immer noch er selbst bleiben konnte.

Die Frage, ob wir heiraten würden, hatten wir für uns beantwortet mit einem festen, definitiven … irgendwann. Es stand ganz sicher auf der Agenda, aber das Wann, das stand eher in den Sternen. Ja, er liebte mich. Ja, er wollte heiraten – oder er konnte es sich jetzt zumindest vorstellen, das eines Tages zu tun. Aber einen festen Plan oder gar einen Termin gab es nicht. Was allerdings seit einiger Zeit einen noch größeren Schatten warf als die Hochzeit, das war sein Dienst beim Militär.

Als Reservist war Ian dem Gutdünken des Präsidenten unterworfen. In anderen Worten: Er ging, wann immer sie ihn brauchten. Ich war stolz auf ihn für seinen Dienst als Green Beret, aber ich war auch der Ansicht, dass er genug getan hatte, dass er genug seiner Lebenszeit geopfert hatte. Es wurde zunehmend qualvoll, mitansehen zu müssen, wie dieser Dienst seinen Geist und seinen Körper auszehrte.

Seine Träume ließen ihn im Schlaf aufschreien. Die Verletzungen, mit denen er heimkehrte, zeugten von dem Horror, den er erlebte. Und die Tatsache, dass er neuerdings angefangen hatte, mit seiner Ersatzwaffe, seiner SIG Sauer P228, unter dem Kissen zu schlafen, war besorgniserregend. Wir sprachen nicht von posttraumatischer Belastungsstörung, weil Ian sagte, dass er Männer kannte, die das „in echt" hatten und dass ein paar Albträume keine große Sache und nicht der Rede wert waren. Aber ich wusste es besser. Sie fraßen ihn innerlich auf, die Dinge, die er tat, die Dinge, die er sah und irgendwann würde er sich dem stellen müssen. So wie ich mich der Tatsache hatte stellen müssen, vor einem Jahr von einem Psychopathen entführt worden zu sein. Der Unterschied hier war, dass mein Horror, von den Nachwehen mal abgesehen, vorbei war, Ians aber eine Konstante in seinem Leben war.

„Und", sagte ich und räusperte mich, „um wieviel Uhr ist die Beerdigung morgen?"

„Elf."

„Das mit deinem Freund tut mir leid."

„Wir waren nicht wirklich Freunde", korrigierte er mich und wandte sich endlich vom Fenster ab. „Aber er war in meiner alten Einheit, also muss ich hingehen."

„Natürlich."

„Ist das ein Problem?"

„Was?"

„Dass ich gehe."

„Nein."

„Du lügst."

Ich musste einen Moment lang darüber nachdenken. „Nein, es – na ja, sowohl als auch."

„Erklär mir das."

Ich zuckte die Schultern. „Es ist dein Dienst und ich weiß, dass es etwas ist, von dem du denkst, dass du es tun musst. Aber ich frage mich, warum du das denkst. Ich meine, wann hast du genug getan?"

Er stieß scharf den Atem aus. „Du verstehst das nicht."

„Weil ich nie selber beim Militär war, ja, ich weiß. Das sagst du immer. Aber ernsthaft: Warum musst du? Warum musst gerade du derjenige sein?"

„Was, wenn meiner Einheit etwas zustößt, weil ich nicht da bin?"

„Willst du damit sagen, dass du der Einzige bist, der deinen Job machen kann?"

„Ich will damit sagen, dass ich meinen Job extrem gut mache und dass es nicht viele Männer gibt, die meine Qualifikationen haben oder so viel Erfahrung wie ich. Also bin ich in jedem Fall derjenige, der am besten geeignet ist."

„Das heißt also, es gibt niemanden sonst mit deinen Fähigkeiten."

„Das hab ich nicht gesagt. Ich hab gesagt, dass ich von all unseren Männern da draußen einer der Besten bin."

„Was ich nicht im Mindesten bezweifle. Aber es ist etwas, das du gewählt hast."

„Richtig."

„Also frage ich dich: Wann ist es genug? Wann hörst du auf?"

Er schwieg einen Moment lang. „Ich hör auf, wenn sie mich nicht mehr brauchen."

„Was nie sein wird", murmelte ich. „Okay."

„Was okay?"

„Okay, ich habe meine Antwort."

„Soll was heißen?"

„Soll heißen, ich weiß jetzt, worauf ich mich einstellen muss."

Wir schwiegen für den Rest der Fahrt, bis ich auf unsere Straße in Lincoln Park bog und hinter einem schnittigen kleinen silbernen Saab parkte.

Beim Aussteigen angelte ich den Regenschirm von der Rückbank und wollte ums Auto herumeilen, um Ian trockenen Hauptes abzuholen, aber er warf die Tür auf, zerrte seinen durchweichten Rucksack von der Ladefläche meines Trucks und stürmte über den Bürgersteig auf unser Haus zu.

Ich schloss den Wagen via Fernbedienung ab und eilte ihm hinterher. Aber als ich versuchte, ihm den Schirm über den Kopf zu halten, stieß er ihn weg.

„Was soll das denn jetzt?", rief ich über das Geräusch des prasselnden Regens.

Er fuhr zu mir herum. „Wenn's für dich die Sache nicht wert ist, dann lass uns doch gleich Schluss machen", bellte er.

Ich war völlig überrumpelt … eine Sekunde lang. Dann spürte ich, wie Wut in mir aufstieg und mich durchströmte, meinen Magen zusammenkrampfte und meine Kehle so eng werden ließ, dass ich keinen Laut herausbrachte.

„Wenn du aus der Nummer raus willst, dann bitte", sagte er flapsig. „Aber dein Gemecker, dass ich meinem Land diene, bringt mich um."

Dass er seinem Land diente war ein gelungener Tiefschlag.

„Hast du mich gehört?", fragte er harsch.

„Das habe ich", erwiderte ich und begegnete direkt seinem Blick. „Und ja, ich bin raus."

Seine Augen wurden groß, als ich auf dem Absatz kehrtmachte und die Straße hinuntermarschierte.

Chickie begrüßte mich an der Haustür, aber anstatt ihn zu streicheln, zerrte ich ihn mit einem Ruck am Halsband durch die Tür und zeigte die Straße hinunter.

„Guck mal, Daddy ist da", brachte ich heraus und sah dem Werwolf hinterher, der die Stufen hinunter und auf Ian zuflog.

Ich pfefferte die Tür hinter mir zu, machte das Licht an, rammte den Regenschirm in seinen Ständer, schleuderte mir die Turnschuhe von den Füßen und trampelte die Treppe hinauf. Ich hatte meinen Mantel aufgehängt und mir alles, was nass war, vom Leib gerissen, als ich unten die Haustür zuschlagen hörte.

„Was sollte der Scheiß denn?", brüllte er zu mir hoch.

Ich trat ans Geländer des Loft und sah zu ihm hinunter ins Wohnzimmer. Mir fiel auf, dass er zitterte. Schwer zu sagen, ob vor Kälte oder Wut, aber ich vermutete, ein bisschen von beidem.

„Du –", fing ich an, unterbrach mich dann aber, denn selbst in dieser Krise konnte ich das Lächeln nicht unterdrücken.

„Was zum Teufel … du … oh, verdammter Hund."

Chickie.

Er freute sich so sehr, Ian zu sehen, dass er neben ihm auf- und absprang. Er berührte Ian nicht, aber er war ganz eindeutig so aufgeregt, so aus dem Häuschen, dass er es kaum aushielt und das Resultat war eine wirklich gute Känguruimitation. Es war beeindruckend, wie hoch er kam.

Hoch, runter, immer wieder, der Inbegriff beseligten Entzückens.

Dummer Hund.

Ian drehte sich langsam zu ihm um. Chickie winselte und fiepte, stellte das Hüpfen ein und umkreiste ihn stattdessen, brachte seinem Herrchen mit jenem süßen leisen Jaulen ein Ständchen, das er gewöhnlich für Sajani reservierte. Dann legte er beide Vorderpfoten auf Ians Schultern und leckte ihm gründlich das Gesicht ab.

„Runter", grummelte Ian, tätschelte seinen nassen Hund und versuchte gleichzeitig, sich mit seinem ebenso nassen Ärmel Regenwasser und Hundesabber vom Gesicht zu wischen.

„Geh unter die Dusche", sagte ich. „Ich komme runter und trockne Chickie ab."

Sein Kopf fuhr hoch. „Wie konntest du sagen –"

„Wie konntest du", schoss ich zurück und beugte mich übers Geländer. „Das war absoluter Mist und das weißt du auch. Aber du hast es trotzdem gesagt, weil du wütend über die Situation als solche bist und das an mir auslässt."

Sein Blick war absolut finster.

„Ich habe niemals gesagt, dass ich dich nicht will, nicht ein einziges Mal. Verstehe ich, dass du dich ständig in Gefahr bringen musst? Nein, das verstehe ich nicht", knurrte ich. „Aber *was* ich verstehe ist, dass du das Gefühl hast, dass du es musst, weil du der Einzige bist, der es kann. Auch wenn das meiner Ansicht nach reines Egodenken ist – denn ich wette, es gibt eine ganze Menge Typen, die genauso qualifiziert sind wie du –, verstehe ich, dass du dich den Rest deines Lebens schuldig fühlen würdest, wenn etwas passiert und du nicht da bist."

„Egodenken?"

Ich machte ein Geräusch tief in der Kehle und wandte mich ab, um ins Bad zu gehen. „Schön, wenn das alles ist, was du gehört hast –"

„Wag es nicht, dich zu rühren!"

„Dann hör mir zu, Himmelherrgottnochmal!", schrie ich ihn an, als ich mich wieder umdrehte.

Er warf die Hände hoch.

„Was den Kampfeinsatz angeht, ja, ich glaube, das ist reines Ego", sagte ich scharf, ohne auch nur einen Milimeter von meiner Position abzuweichen. „Denn der einzige Ort, wo du tatsächlich absolut unersetzlich bist, wo absolut niemand deinen Platz einnehmen kann, ist genau hier. Bei mir. Hier zu Hause. Hier kann niemand deinen Platz einnehmen und wenn du zu dumm bist, dass –"

„Halt den Mund", sagte er barsch und sein Kiefer wurde hart, als er scharf durch die Nase einatmete.

Ich verschränkte die Arme und wartete.

„Ich bin Soldat."

Ich wollte ihm sagen, dass ich das bereits wusste, aber er hob eine Hand, um mir zu bedeuten, still zu sein.

„Das ist es, was ich bin, vor allem anderen noch", sagte er scharf und sein Blick huschte hoch zu mir. „Daran wird sich nichts ändern."

„Aber das heißt doch nicht, dass das alles ist, was du bist. Du hast mir selbst gesagt, dass du mehr bist als nur Soldat."

Es dauerte einen Moment, bevor er mit einem Nicken zustimmte. „Ja, das stimmt."

„Und ich weiß, dass sich an deinem Soldat-Sein nichts ändern wird." Es tat weh. Das tat es. Ich spürte in meinem Herzen, dass er nicht um meinetwillen aufhören würde, nur weil seine Verpflichtung seinen Tod bedeuten konnte. Ich konnte es so sehen, dass ich hinter seiner Karriere bei der Armee die zweite Geige spielte. Oder ich konnte die Sache von einem anderen Blickwinkel aus betrachten, nämlich durch Ians Augen. Ein Green Beret zu sein, war ein Teil seiner Identität, war es lange gewesen, bevor er mich kennengelernt hatte. Sein Versprechen gegenüber seinem Land bedeutete ihm alles und wer war ich denn, ihn zu zwingen, das aufzugeben? Wenn er es tat, wäre er dann immer noch der Mann, den ich liebte?

„Miro?"

Ich richtete meine Aufmerksamkeit wieder auf ihn.

„Willst du mich auch dann noch, wenn das dein Leben ist?"

Ich warf ihm einen finsteren Blick zu und ich sah, wie er schluckte, wie sein Adamsapfel auf und ab hüpfte.

„Ja, Ian", erwiderte ich nüchtern und spürte, wie mir selbst die Kehle eng wurde, spürte ein Brennen hinter meinen Augen. „Ich will dich und das wird sich niemals ändern."

Er stand unter mir, bewegungslos, sah mich mit seinem patentierten ausdruckslosen Blick an.

„Aber lass uns nicht so tun, als wäre es mir egal, als hätte ich damit kein Problem. Du bist derjenige, der darüber nachdenken sollte, ob du damit klarkommst: zu wissen, dass ich dich in deiner Entscheidung unterstütze, aber es hasse, wenn du fort bist."

„Ich –"

„Nein, denk drüber nach."

Er schüttelte den Kopf. „Das muss ich nicht."

Ich zitterte, denn ich trug nur Unterhose und T-Shirt.

„Du bist wütend, weil ich dich allein lasse, du mich vermisst und darauf wartest, dass ich zurückkomme. Ich denke, es gibt Schlimmeres."

Ich knurrte und wies mit einer Geste auf den Hund. „Trockne du ihn ab. Ich gehe duschen und dann mache ich uns etwas zu essen."

Er nickte und ging in die Waschküche, wo Chickies Handtuch an einem Haken neben der Hintertür hing.

Mir war eiskalt, aber anstatt mir etwas anzuziehen, nahm ich eine sehr heiße, sehr kurze Dusche. Ich trocknete mich gerade ab, als die Badezimmertür aufging und Ian hereinkam.

„Dusche ist frei", sagte ich und trat beiseite.

Er verstellte mir den Weg.

Ich hörte auf, meine Haare abzurubbeln und sah ihn an.

Ian hatte wunderschöne Augen: Sie waren von einem klaren, hellen Blau und um sie herum zogen sich die großartigsten Lachfältchen, die die Welt je gesehen hatte. In dem Augenblick aber waren sie dunkel vor Sorge und Schmerz und ich fühlte mich elend, weil ich wusste, dass ich der Grund dafür war.

„Ich hasse es, dass du Reservist bist", platzte es aus mir heraus.

„Ich weiß."

„Aber verwechsele das niemals mit dem, was ich für dich fühle."

Er nickte.

„Ist das klar?"

Ein zweites Nicken.

Ich machte Anstalten, um ihn herumzugehen, aber wieder trat er mir in den Weg. Ich musste unwillkürlich lächeln und hörte seinen erleichterten Seufzer. „Jetzt lass mich dir etwas zu essen machen, damit du auch weiterhin glaubst, dass es eine gute Idee ist, dich von mir vom Flughafen abholen zu lassen."

Er schloss die ohnehin nur geringe Distanz zwischen uns und legte seine Hände auf meine Hüften. „Das wird immer eine gute Idee sein. Tut mir leid, dass ich dich noch nie vorher darum gebeten hab."

Das seidige Kratzen in seiner Stimme ließ meinen Puls rasen und von einer Sekunde zur anderen wechselte mein Gehirn die Spur, sprang von dem Gedanken, wie süß dieser Mann doch war, zu dem Gedanken, wie heiß dieser Mann doch war und wie lange schon her, dass ich ihn in meinem Bett gehabt hatte.

Das Stöhnen, das sich mir entrang, als er mich berührte, war voller Sehnsucht und Verlangen. Das dreckige Grinsen, das er mir daraufhin schenkte, war voller Hitze und Lust und sandte das Blut heiß in meinen Schwanz.

„M-hm, mein Plan sah anders aus", sagte er heiser, beugte sich vor und nahm meinen Mund mit einem Kuss in Besitz, der keinen Zweifel übrig ließ, was dieser Plan war.

Aber mir ging unsere Unterhaltung noch im Kopf herum und mein Herz tat mir weh, von daher war ich nicht bereit, mich sprichwörtlich auf den Rücken zu rollen und ganz warmes, williges Willkommen zu sein, nur weil er bekommen hatte, was er wollte.

Ich schob ihn sanft von mir, versuchte ein Lächeln und verließ das Badezimmer, wobei ich ihm über die Schulter hinweg Abendessen versprach.

„Was sollte das denn?", fragte er und folgte mir, trat schnell um mich herum und baute sich vor mir auf, als ich zum Kleiderschrank ging, um mir etwas zum Anziehen zu holen. Wir hatten mehrere Einsätze und Schubfächer für Unterwäsche, T-Shirts und Socken eingebaut, da wir mehr Platz gebraucht hatten. Okay, ich hatte mehr Platz gebraucht. Ians Geraderobe war, gelinde gesagt, minimalistisch.

„Was sollte was denn?"

Er studierte mich einen Moment lang eingehend, dann verschränkte er die Arme vor der Brust. „Was hast du vor, zum Abendessen zu machen?"

Ich seufzte, dankbar dafür, dass er nicht weiter auf der Frage herumritt. „Aruna hat gebratene Hähnchenbrust mit Möhren und Kartoffeln für uns gemacht. Ich muss sie nur aufwärmen."

„Wann hat sie das vorbeigebracht?"

„Gestern", sagte ich, ließ das Handtuch fallen und schlüpfte in eine Unterhose. „Ach ja, da fällt mir ein, ich muss dir unbedingt etwas erzählen."

Er hörte zu, als ich ihm davon berichtete, dass Janet schwanger war und lächelte, als ich beim Vorbeigehen sanft seine Wange tätschelte.

Ich ging schnell noch mal ins Bad, um die erforderlichen Pflegeprodukte zu verwenden, damit ich nicht stank und meine Haare nicht wild abstanden und war ein paar Minuten später in der Küche. Ich überlegte, ob ich eine Flasche Wein aufmachen sollte, entschied mich dann aber dagegen, da Ian kein Weintrinker war.

„He."

Ich ging ins Wohnzimmer, um zu ihm hochsehen zu können und registrierte überrascht, dass er nackt war. Es tat mir weh, so viele neue Verletzungen auf seinem Körper zu sehen. Neben den blauen Flecken erspähte ich auch eine Naht unter seinem rechten Schlüsselbein.

„Die sieht nicht gut aus", sagte ich und zeigte darauf.

„Das ist es, was du siehst", zog er mich auf und sein Lächeln war absolut tödlich.

Ich zuckte die Schultern.

„Ein schwer zufriedenzustellendes Publikum."

„Du hättest getötet werden können."

Er schüttelte den Kopf. „Es war nichts."

„Es musste genäht werden."

„Vor langer Zeit", informierte er mich.

„Kann so lange her nicht gewesen sein."

„Kannst du das Thema vielleicht fallenlassen?"

Ich drehte mich um, um in die Küche zurückzugehen.

„Hallo?"

Ich blieb stehen und schenkte ihm erneut meine Aufmerksamkeit.

„Lachst du heute noch mal?"

Ich blieb stumm.

„Vielleicht hätte ich gar nicht erst nach Hause kommen sollen."

Ich würde jedes Wort, das jetzt aus meinem Mund kam, augenblicklich bereuen. Also schluckte ich sie alle hinunter, sah ihn lediglich weiter fest an und verschränkte die Arme vor der Brust. Das war ein absolut kindischer Tiefschlag gewesen und ich wollte die Treppe raufstürmen, um ihn zu schlagen und ihn gleichzeitig fest in die Arme zu nehmen.

Er räusperte sich. „Okay, ja. Das zu sagen war beschissen."

Ich zog in stummer und uneingeschränkter Zustimmung eine Augenbraue hoch.

„Ja", seufzte er. „Ziemlich beschissen."

Ich hatte das Gefühl, in einem Minenfeld zu stehen. Egal wohin ich mich wandte, es konnte jederzeit eine neue Explosion geben. Also blieb ich stumm, die Zähne zusammengebissen und konzentrierte mich darauf, stillzustehen, statt in die Luft zu gehen und all meinen Frust an ihm auszulassen.

„Also, ähm, haben wir noch was zu trinken da?"

Es dauerte einen Moment, bevor ich sprechen konnte und als ich es tat, klang meine Stimme angespannt und seltsam rau. „Ich habe alle möglichen Biersorten für dich da."

„Noch was von dem KSB?", fragte er hoffnungsvoll.

„Ja.“

„Dann will ich das“, winselte er beinahe.

„Bekommst du. Dusche“, befahl ich, bevor ich in die Küche zurückging.

Ich fühlte mich eigenartig, als wären wir irgendwie aus dem Gleichgewicht geraten. Ich wollte das in Ordnung bringen, aber ich wusste nicht, wie. Wie stellt man nach so einem Austausch die Normalität wieder her?

ICH SCHLEUDERTE gerade den Salat, als es an der Tür klingelte. Es war Samstagabend, kurz nach neun und eine eher ungewöhnliche Zeit, Besuch zu bekommen. Aber da Chickie aufstand und ohne zu bellen gemütlich zur Tür tappte, nahm ich an, dass er die Person kannte, die davorstand.

Ich lugte durch den Türspion und sah Barrett Van Allen vor der Tür stehen. Er hatte eine Flasche Wein unter dem einen Arm und eine Tüte vom Chinesen im anderen.

„Oh, verdammt“, sagte ich, als ich die Tür öffnete. „Hatten wir eine Verabredung und ich habe das verpennt?“

„Nette Begrüßung“, zog er mich auf, boxte mich spielerisch in den Bauch und ging mit einem Glucksen an mir vorbei ins Haus, ohne auf eine Einladung zu warten. Wir hatten bereits bei mehreren Gelegenheiten etabliert, dass er keine brauchte und er streichelte Chickie, als er an ihm vorbeiging. „Nein, Mann, hatten wir nicht. Wie auch? Du bist ja gerade erst nach Hause gekommen. Aber ich habe bei dir Licht gesehen, als ich von der Arbeit nach Hause gekommen bin und dachte mir, du hast bestimmt nichts im Kühlschrank. Also wollte ich aushelfen.“

Das war sehr nett und aufmerksam von ihm – einer der vielen Gründe, warum ich ihn zu schätzen gelernt hatte, seit er vor etwas mehr als drei Monaten nebenan eingezogen war.

„Aber hier drinnen riecht es schon fantastisch“, sagte er, während er mir eine Flasche des Trimbach Gewürztraminers reichte, den ich, wie er wusste, gern mochte. „Da ich keinen Jazz höre und du kochst – dein Mann ist zurück?“

„Ja, Ian ist zu Hause.“

„Oh, dann gehe ich wieder“, sagte er und versuchte mir die Tüte mit dem Essen ebenfalls in die Hand zu drücken. „Ich wollte mich nicht aufdrängen.“

Ich schüttelte den Kopf und hielt ihm die Flasche Wein entgegen. „Mach dir deswegen keine Gedanken. Aber hier, nimm die mit, damit du –“

„Hallo.“

Wir drehten uns um und sahen Ian in einem weißen T-Shirt und Jeans oben an der Treppe stehen.

„Hi.“ Barrett lächelte ihn an. „Tut mir leid, dass ich hier reingeplatzt bin. Ich bringe nur Alkohol und etwas zu essen.“

Ian erwiderte das Lächeln, als er die Treppe herunterkam, aber es reichte nicht bis in seine Augen. Er warf Chickie, der neben Barrett stand, einen Blick zu, dann kam er barfuß zu uns herüber und streckte eine Hand aus. Barrett ergriff sie.

„Ian, das ist Barrett Van Allen. Er hat das Haus links neben uns gekauft", stellte ich sie einander vor. „Barrett, das ist Ian Doyle, über den du schon so viel gehört hast."

„Das habe ich in der Tat", sagte Barrett fröhlich. „Freut mich, Sie kennenzulernen, Marshal."

Ian nickte, zog seine Hand zurück und nahm mir die Flasche Wein aus der Hand. „Ich hab gehört, was Sie gerade über Jazz gesagt haben, dass Miro keinen laufen hat. Er denkt, ich mag keinen Jazz. In Wahrheit mag ich meine Musik einfach lieber."

Barrett lachte leise. „Na ja, wissen Sie, Miro hatte die Fenster offen an dem Tag, an dem ich eingezogen bin. Und die Musik plus der Geruch nach – was war es noch?", fragte er, drehte sich zu mir und legte mir eine Hand auf den Arm.

„Schmorbraten", half ich seinem Gedächtnis auf die Sprünge.

„Genau", seufzte er und ich hörte Respekt in seiner Stimme, Wärme und Zufriedenheit. „Das zusammen und dazu noch Miro, der im Garten einen Ball für Ihren Werwolf wirft – ich habe mich besser gefühlt als seit Monaten."

„Werwolf", wiederholte Ian den Spitznamen, den ich Chickie gegeben hatte.

„Miro hatte Mitleid mit mir, hat mich gefüttert und – na ja, wenn man neu in einer Stadt ist, ist es wirklich schön, einen Freund zu finden."

„Das ist es", gestand Ian mit einem Nicken zu.

„Ich habe seitdem jede Menge anderer Leute kennengelernt, aber Miro war der erste hier in Chicago. Von daher hat er einen besonderen Platz in meinem Herzen."

„Sicher", murmelte Ian. „Von wo sind Sie hergezogen?"

„Manhattan", sagte Barrett mit einem Seufzen und lächelte Ian schief an. „Aber es war Zeit für eine Veränderung. Als Mayhew und Burgess angerufen haben, konnte ich nicht Nein sagen."

„Ich hab keine Ahnung, wer das ist."

„Eine der größten Rechtsanwaltskanzleien hier in Chicago, neben Jenner Knox und Pembroke, Talbot und Leeds."

Ian sah mich von der Seite her an.

Ich zuckte die Schultern. „Ich hatte auch keine Ahnung."

Sein Lächeln ließ meinen Puls rasen. Er hatte diesen Effekt auf mich. „Wir kennen keine Rechtsanwälte in Chicago, nur in LA. Also geht so was an uns vorbei."

Ich war geradezu lächerlich gerührt, dass er sich daran erinnerte, wo meine Freundin Min als Anwältin tätig war und schob meine Hand in seine.

„Jetzt kennen Sie einen", unterbrach Barrett den Moment und klopfte Ian auf die Schulter.

„Inzwischen ist Barrett einer der besten Strafverteidiger der Stadt", sagte ich zu Ian.

„Zum Glück sind wir Marshals, also brauchen wir ihn nicht", sagte er und hob meine Hand an seine Lippen. Er drückte einen Kuss auf meine Knöchel und ließ sie dann wieder los.

„Aber Freunde, die können wir immer brauchen", sagte ich und warf Barrett ein Lächeln zu, bevor ich in die Küche ging, um nach dem Essen zu sehen und den Salat fertig zu machen. „Besonders solche, die guten Wein mitbringen."

„Wow, ich fühle mich so richtig wertgeschätzt", schoss Barrett zurück, als er an Ian vorbeiging und mir in die Küche folgte, wo er die Tüte mit dem Essen auf die Anrichte stellte. „Ich habe dir dein Lieblingsgericht geholt, das mit der gebratenen Aubergine, also musst du das behalten."

„Na schön, ich behalte es, aber dein supermildes Kung Pao Huhn für Warmduscher kannst du wieder mitnehmen."

Sein belustigtes Schnauben zauberte ein Lächeln auf mein Gesicht.

„Nicht jeder von uns verträgt scharf", sagte er und ging um mich herum, wobei er mir eine Hand auf den unteren Rücken legte. „Aber sag mir, was hast du gemacht, das so fantastisch riecht?"

„Aruna hat gekocht, nicht ich."

„Wirklich?" Seine Stimme bebte.

„Kennen Sie Aruna?", fragte Ian, der sich zu uns in der Küche gesellte.

„Ja, ich habe sie am Labour Day kennengelernt. Miro hat mich zu ihnen mitgenommen. Das Essen war wirklich ganz ausgezeichnet. Ihr Ehemann hat geräuchertes Lamm gemacht – ich habe vorher immer gedacht, dass das bestimmt widerlich schmeckt, aber das tut es nicht. Der Geschmack ist ganz anders als alles, was ich vorher kannte. Und die Beilagen, die Aruna gemacht hat, die waren einfach phänomenal."

„Sie hören sich an, als bekämen Sie nicht oft Selbstgekochtes zu essen", kommentierte Ian. „Wann war das letzte Mal?"

„Vor zwei Wochen waren Miro und ich bei einem Blackhawks Spiel und bevor wir gegangen sind, hat er mir etwas zu essen gemacht."

Ian nickte.

„Es waren nur Hackbraten mit Kartoffelbrei und grüne Bohnen", warf ich ein, denn es war wirklich nicht nötig, das so aufzubauschen.

„Nein, nein", sagte Barrett mit einem langgezogenen Seufzen. „Es war absolut fantastisch und ich schulde dir im Gegenzug ein richtiges Abendessen. Das nächste Mal, wenn sie Ian in den Einsatz schicken, abgemacht?"

Ich stöhnte. „Sprich nicht davon. Ich habe ihn doch gerade erst zurückbekommen."

„Ich bin mir sicher, dass es bis dahin noch lange dauern wird", beschwichtigte Barrett mich.

„Bleiben Sie doch hier und essen Sie mit uns", sagte Ian und gab Barrett die Flasche zurück. „Machen Sie die für sich und Miro auf. Ich hol mir ein Bier."

„Nein, Mann, schon in Ordnung. Sie sind gerade erst nach Hause gekommen und ich will nicht das fünfte Rad am Wagen sein."

„Es ist doch nur Abendessen", entgegnete Ian, öffnete unseren Philco Kühlschrank und kramte darin nach dem Bier, das er wollte. „Es gibt keine Show oder so."

Barrett lachte. Offensichtlich mochte er Ian bereits.

„Bleib und iss mit uns", wiederholte ich die Einladung. „Und stell die Tüte in den Kühlschrank. Es sei denn, du willst sie erst zu dir rüberbringen."

„Nein, ich will den Wein aufmachen und dann, mein Hübscher, will ich wissen, was mit deinem Gesicht passiert ist."

„Mein verdammter ehemaliger Scheißpartner hat mir einen Strafzettel verpasst."

„Ich bin mir sicher, dass an der Geschichte mehr dran ist als nur das."

„Richtig, aber mehr bekommst du nicht zu hören", zog ich ihn auf.

„Aber ich muss es hören", erinnerte Ian mich.

„Du darfst das auch", witzelte ich. „Nur der Anwalt nicht."

„Nein? Bist du dir sicher?", hakte Barrett nach. Er fand sich problemlos in unserer Küche zurecht, fischte den Korkenzieher aus der Kramschublade und machte sich an der Flasche zu schaffen. „Ich habe nämlich so das Gefühl, dass ich jemanden verklagen muss."

Ich schnitt eine Grimasse.

„Ernsthaft, ihr zwei seht aus, als hättet ihr euch miteinander geprügelt."

Mein spöttisches Schnauben war laut. „Bitte, als ob es einen Zweifel daran gäbe, wie das ausginge. Ian könnte mich umbringen, wenn er wollte."

„Ich weiß nicht. Sondereinsatzkräfte oder nicht, ich glaube, du könntest sehr wohl deinen Mann stehen, M."

„Du bist so witzig", sagte ich sarkastisch. „Schlag mal die Green Berets nach und schau dir an, was genau die machen."

„Er muss gar nichts nachschlagen", sagte Ian, der die Flasche KBS gefunden hatte, nach der er gesucht hatte und jetzt den Flaschenöffner aus derselben Schublade holte, in der Barrett eben gekramt hatte. „Denn wir werden nie herausfinden müssen, wer hier wen zu Brei schlagen könnte."

„Nein, natürlich nicht", erwiderte Barrett, als Ian den Flaschenverschluss ins Spülbecken flippte und dann einen langen Schluck aus der Flasche nahm.

„Außerdem würde ich Miro nur wehtun, wenn er mich darum bittet", fügte Ian verführerisch hinzu und der Blick, den er Barrett zuwarf, war nicht unbedingt freundlich.

„Pervers", kommentierte Barrett, bevor er sich zu mir umwandte. „Bist du dir sicher, dass du es mir nicht sagen kannst?"

„Jepp. Tut mir leid. Differenzen zwischen den Behörden."

„Okay, okay. Aber hör zu, wenn die Sache ausufert, wenn sich dein ehemaliger Partner einen Rechtsbeistand nimmt oder so, dann ruf mich an."

„Ich brauche keinen Anwalt, um mit dem Dezernat für innere Ermittlungen oder dem OPR oder sonst jemand zu sprechen. Das ist nur Standardverfahren", erklärte ich. „Gehört zum Job."

Barrett zuckte die Schultern. „Manchmal können sich die Dinge schnell ändern, das habe ich schon erlebt. Also lass es mich wissen, wenn sie das tun."

Ich stieß seine Schulter mit meiner an, als ich ihm seinen Teller reichte. „Danke."

Die Unterhaltung während des Abendessens war zwanglos und freundlich. Barrett und Ian einigten sich auf das Du und Barrett erzählte ihm von dem Abend, an dem er und seine Freunde mir und meinen Freunden in einem Pub hier in der Nähe über den Weg gelaufen waren.

„Alle meine Freunde außer Miro sind Anwälte", sagte Barrett lachend. „Es lief so: Miro spielt mit seinen Jungs Billard und wir kommen dazu, es gibt das übliche Gelaber mit einer Menge Beleidigungen und plötzlich sind wir mitten in einem todernsten Billardspiel."

Ian grinste.

„An dem Punkt wird die Geschichte so richtig traurig", erklärte ich dramatisch.

Barrett zeigte mit einem Finger auf mich. „Das muss er nicht wissen."

„Oh, ich denke, das muss er", neckte ich ihn, lehnte mich an Ian und leerte mein drittes Glas Wein.

Ian stieß unter dem Tisch mein Knie mit seinem an, dann legte er eine Hand um die Innenseite meines Oberschenkels. „Erzähl's mir", forderte er.

Barrett räusperte sich. „Ich habe Ethan kennengelernt."

Ian sah ihn aus zusammengekniffenen Augen an. „Sharpe?"

Barrett rutschte auf seinem Stuhl hin und her und leerte sein zweites Glas.

Ich beobachtete, wie Ian sich vorbeugte und Barrett eindringlich musterte. Seine Augen wurden heller, als sie es gewesen waren, seit er in dieser sündhaften, seinen Hintern umschmeichelnden Jeans, die er trug, die Treppe heruntergekommen war. „Was ist passiert?"

Barrett stöhnte.

Ians Lächeln war unverbesserlich. „Hat Miro dir nicht gesagt, dass Sharpe nur so tut, als könne er nicht spielen?"

„Hat er", grummelte Barrett. „Aber ich dachte mir, wie gut kann er schon sein?"

Ians prustendes Gelächter war Musik in meinen Ohren.

„Er nimmt Billard sehr, sehr ernst." Barrett winselte die Worte beinahe.

„Das tut er", stimmte Ian zu, immer noch mit dem mitleidlosen selbstzufriedenen Grinsen im Gesicht. „Er lässt niemals eine Wette einfach auf sich beruhen."

„Scheiße."

„Wieviel schuldest du ihm?"

„Kein Geld", teilte ich Ian mit. „Sharpe braucht einen neuen Kumpel, der ihm beim Baggern zur Seite steht."

„Oh nein", sagte Ian und lachte. „Das ist furchtbar."

„Wusstest du, dass Sharpe Diskos heimsucht?"

„Wusste ich, ja." Ian genoss ganz offensichtlich Barretts Notlage. „Er hat in seinem Kleiderschrank eine eigene Abteilung nur für Ausgehsachen."

„Oh Gott", stöhnte Barrett.

Ich fing an zu lachen.

„Miro selbst hat einen ganzen Kleiderschrank voller Klamotten, aber Sharpe – und Kohn auch, ehrlich gesagt, die setzen da noch mal einen drauf."

„Ich tanze nicht."

„Oh, ich würde sagen, jetzt schon", sagte Ian und wackelte mit den Augenbrauen.

„Das ist ja wieder wie damals in der Highschool."

Ians Gelächter war so ein schöner Laut. Als er Barrett auf die Schulter klopfte, zeigte mein neuer Freund ihm den Mittelfinger.

Der Rest des Abendessens verlief ebenso unterhaltsam. Barrett erzählte Ian einige seiner besten Geschichten über Abenteuer vor Gericht und entdeckte dabei, was jeder, der Ian kannte, früher oder später herausfand: dass Ians volle ungeteilte Aufmerksamkeit zu haben süchtiger machte als jede Droge. Es war die Art, wie er sich vorbeugte und Blickkontakt hielt, wie lebhaft sein Gesicht war, während er zuhörte und dann zum krönenden Abschluss sein lausbübisches, verschwörerisches Grinsen, als teilte man ein unglaubliches, saftiges Geheimnis. Es gab kein Entkommen. Ich hörte, wie Barrett der Atem stockte und als er mir einen Blick zuwarf, nickte ich ihm zu.

Später in der Küche, als er die Tüte mit den Sachen vom Chinesen wieder aus dem Kühlschrank nahm – er würde es alleine essen, denn Ian mochte milde Gerichte auch nicht – sagte er: „Jetzt verstehe ich es."

„Was verstehst du?", fragte ich unschuldig.

Er machte ein versöhnliches Geräusch, ein bisschen wie ein anerkennendes Grunzen. „Er ist das Komplettpaket: hübsch, lustig und gefährlich. Ich verstehe, warum du ihm so ergeben bist."

„Ich fordere dich absolut dazu heraus, ihm ins Gesicht zu sagen, dass er hübsch ist."

Barretts Lachen war warm, als er mich umarmte. Er drückte mich fest und als er mich losließ, sagte er, dass wir beide zu Thanksgiving zu ihm kommen sollten.

„Wir werden definitiv vorbeikommen", versprach ich ihm, bevor ich mich daran machte, das Geschirr abzuspülen.

„Gut", sagte er, tätschelte meinen Arm und wandte sich ab, um zu gehen.

„Du musst noch nicht gehen", versicherte ich ihm. „Ich verspreche dir, ich versuche nicht, dich loszuwerden."

„Ich weiß und das ist wirklich nett von dir, aber Miro, komm schon. Du siehst auch nicht schlecht aus und wenn ich Ian wäre und nach vier Monaten Abwesenheit wieder nach Hause käme – also, ich würde mir wünschen, dass der neue Nachbar sich endlich verzieht, damit ich meine Rückkehr gebührend feiern kann."

Ich schüttelte den Kopf. „Alles gut bei uns."

„Hör zu", sagte Barrett und beugte sich vor, kam mir sehr nah. „Wenn Ian mich so ansehen würde, wie er dich den ganzen Abend über angesehen hat, dann hätte ich dich mit einem warmen Teller vor die Tür gesetzt."

„M-hm", machte ich beschwichtigend und sah ihm hinterher, als er durchs Wohnzimmer zur Haustür ging.

„Du bist ein Idiot", rief er mir über die Schulter hinweg zu, als er auf der Schwelle der offenen Tür stehenblieb, halb drinnen und halb draußen.

Aber ich war sehr gut darin, Ians Signale zu interpretieren. Ian hatte einen sehr netten, entspannenden Abend damit gehabt, gemeinsam zu essen und ein paar Bier zu trinken. „Ja, aber du hast dir mich als Freund ausgesucht. Was sagt das also über dich aus?"

Er schüttelte den Kopf, als wäre ich albern, dann wandte er sich Ian und Chickie zu, die von einer kleinen Runde Gassi nach dem Abendessen zurückkamen. Er und Ian umarmten sich nach echter Männerart – mit einem Arm und drei herzhaften Schlägen auf den Rücken – und ich sah ihnen zu, froh darüber, dass sie sich so gut verstanden.

Ich wandte mich wieder der Küche zu, um weiter aufzuräumen und hörte, wie hinter mir die Tür ins Schloss fiel und der Riegel vorgeschoben wurde. „Ich kümmere mich um das Geschirr", rief ich Ian zu, ohne mich umzudrehen und nachzusehen, wo er war. „Du hau dich aufs Sofa und guck Fernsehen oder so."

Nicht, dass es viel aufzuräumen gab. Wir drei zusammen hatten erfolgreich jede Hoffnung auf Reste für den nächsten Tag vernichtet, also gab es kein Essen wegzuräumen. Aber das Geschirr musste in die Spülmaschine eingeräumt werden, da Chickie es das letzte Mal, als ich es in der Spüle hatte stehen lassen, blitzesauber geleckt hatte und davon so krank wurde, dass ein Besuch beim Tierarzt nötig gewesen war. Es war nicht sehr lustig gewesen, Dr. Alchureiqi, der ohnehin nicht sonderlich beeindruckt war von meinen Fähigkeiten als Hundebesitzer, das zu erklären. Seiner Ansicht nach war Ian der verantwortlichere der beiden Hundeelternteile.

„Ich mag nicht Fernsehen gucken", sagte Ian, als er in die Küche kam.

„Auch gut, aber ich habe alle Folgen von *The Walking Dead* für dich aufgenommen."

„Danke, das war nett von dir."

Und wieder wurde die Stimmung zwischen uns unbehaglich. Ich musste mir etwas einfallen lassen, um das in Ordnung zu bringen. „Tut mir leid, wenn Barrett dich in Verlegenheit gebracht hat."

„Warum zum Teufel sollte er mich in Verlegenheit gebracht haben?", fragte er, stellte sich hinter mich und drückte mir einen Kuss auf den Nacken.

Ich versuchte, mich zu ihm umzudrehen, aber er schob mich gegen die Anrichte und dann seinen Schritt gegen meinen Hintern.

„Warum bist du so komisch?"

„Ich?"

„Ja, du", knurrte er und verteilte Küsse meinen Hals entlang. Sein rechter Arm legte sich um meine Brust und er packte meinen linken Brustmuskel, während seine andere Hand mir fast schon brutal in den Schritt griff und mich genau wissen ließ, was er wollte. „Ich komme mit nur einem Gedanken im Kopf nach Hause – du – und du lädst die Nachbarn zum Abendessen ein? Was zum Teufel sollte das?"

„Wir – verdammt!" Ich keuchte, als er meinen Hosenknopf aufdrückte. Dann zog er meinen Reißverschluss herunter, langsam, Zahn für goldenen Zahn. Ich spürte jeden einzelnen davon wie einen Herzschlag.

„Wir was?", fragte er noch und schob eine Hand unter den Gummibund meiner Unterhose, fuhr zart mit seiner rauen, schwieligen Hand über meinen anschwellenden Schaft.

„Ich will, dass zwischen uns alles okay ist", winselte ich beinahe flehend und stieß in seine Hand. Die Empfindungen, die durch meinen Körper pulsierten, riefen mir das Bild eines unter Strom stehenden Kabels auf nassem Zement vor Augen, knisternd und zischend und sorgten dafür, dass mein Gehirn den Faden verlor und ich vergaß, was ich hatte sagen wollen. „Und wir streiten uns immer wieder."

„Das liegt daran, dass keiner von uns nachgeben will", gab er zu und seine Stimme wurde tiefer, sank zu einem verführerischen Murmeln herab. Der Klang allein ließ mich nachgiebig und willig werden, machte mich ganz sein – bereit für alles, was er wollte. „Wir wollen beide, dass der andere sagt: ‚Verdammt, ja, du hast recht.'"

Ich ließ meinen Kopf zurück auf seine Schulter fallen, als er meinen Schwanz aus meiner Unterhose zog und mich streichelte, bis ich hart war wie Stein und feucht von hervorquellenden Lusttropfen.

„Ich will, dass du sagst, dass es okay für dich ist, dass ich dich monatelang allein lasse und du willst, dass ich aufhöre", sagte er mit rauer Stimme und ich hörte, wie er sich an seiner eigenen Jeans zu schaffen machte. Das Geräusch seines Reißverschlusses war laut in der Stille des Raumes, in dem man sonst nur noch meinen stockenden Atem hörte

„Richtig", stimmte ich zu, entwand mich aus seinem Griff und beugte mich über die Anrichte vor, die Beine so weit gespreizt, wie meine Jeans es zuließ. Ich war mehr als bereit für ihn. Er musste mir *zeigen*, was ich ihm bedeutete, denn Worte allein reichten nicht aus.

„Aber keiner von uns wird das tun", sagte er, packte mich fest und zwang mich, mich zu ihm umzudrehen und ihn anzusehen. „Wir wollen zwei verschiedene Dinge, denn wir sind zwei verschiedene Menschen." Es war schwer, sich auf seine Worte zu konzentrieren, wenn seine Jeans ihm tief auf den muskulösen

Oberschenkeln hing. „Aber du hast gewusst, dass der Job gefährlich ist, als du ihn angenommen hast."

„Job?"

„Mich zu lieben", erklärte er und seine Lippen verzogen sich zu einem verwegenen Lächeln.

Ich blickte suchend in seine Augen. Seine geweiteten Pupillen und sein erigierter Schwanz, der sich heiß und feucht an meinen drängte, ließen mich zweifelsfrei wissen, dass er leidenschaftlich erregt war.

Er trat noch näher, als er ohnehin schon war und legte eine große, starke Hand um uns beide, während er mit der Zungenspitze erst über meine Lippen fuhr, sie dann dazwischen drängte und meinen Mund in einem harten, verzehrenden Kuss in Besitz nahm.

Ich konnte mein tiefes Stöhnen nicht unterdrücken und das heisere Lachen, das ich als Antwort bekam, ließ auch mich lächeln.

„Konzentrier dich gefälligst", grollte er an meinen Lippen, dann stieß er erneut seine Zunge zwischen ihnen hindurch, glatt und fordernd, hungrig und wild. Seine Zähne drückten sich in meine Lippen, als er begann, uns an- und gegeneinander zu reiben in langsamen, sinnlichen Bewegungen, die in direktem Kontrast zu der besitzergreifenden Rohheit seines heißen, verzehrenden Kusses standen.

Ian hatte eine Art – eine schwindelerregende, atemraubende Art – mich in seinen Armen dahinschmelzen zu lassen und ich klammerte mich an ihn, hielt mich an ihm fest, als er der Mittelpunkt all meiner Sehnsucht, all meines verzehrenden, unbändigen Verlangens wurde.

Ich war sein. Ich gehörte ihm. Das stand außer Frage, da gab es keine Ausnahmen, kein Wenn und kein Aber und er wusste das. Wusste, dass er nehmen konnte, was immer er wollte, was immer er brauchte, bis nichts mehr übrigblieb. Ich liebte ganz und gar und ohne etwas zurückzuhalten. Mein Glück nur, dass er genauso war.

„Ian", keuchte ich, denn ich brauchte mehr. Mehr Druck, mehr Widerstand, mehr von dem Gefühl seines Schafts, der an meinem entlangglitt. Aber als ich versuchte, meine Hand über seine zu legen, stieß er mich zurück.

Im nächsten Moment schob er mich rückwärts, bis ich gegen die Anrichte stieß, dann ging er auf die Knie.

Seine Augen waren wie ein Stück Mitternacht und ich konnte nur zusehen, wagte es nicht, etwas zu sagen oder mich auch nur zu rühren, als er sich vorbeugte und mich tief in seine Kehle nahm.

„Oh Gott", flüsterte ich heiser und krallte mich an die Anrichte hinter mir. Packte sie fester, als meine Knie drohten, unter mir nachzugeben, so fest saugte und lutschte er.

Ian, der noch nie jemandem einen geblasen hatte, bevor er mit mir zusammengekommen war, wusste, was er mochte, wenn ich derjenige auf den

Knien war, also tat er dasselbe. Er lutschte, leckte und saugte, vergrub seine Nase in meinen Schamhaaren, sodass ich tief in seine Kehle glitt und ließ mich im nächsten Moment beinahe aus seinem Mund gleiten. Er war in permanenter, fließender Bewegung, was die sehr reale Gefahr aufkommen ließ, dass ich mich in seine Kehle ergoss, wenn er nicht aufhörte und mich zu Atem kommen ließ.

Ich umklammerte seinen Kopf und hob sein Gesicht an, sodass ich hinunter in seine umwerfenden Augen sehen konnte. Ich versank in ihren dunkelblauen Tiefen und mein Herz zog sich zusammen.

„Ich will … noch nicht … kommen."

Das Lächeln, das er mir schenkte, sinnlich-verführerisch und absolut heiß, ließ mich erbeben. „Aber ich will", sagte er tief und grollend, schloss seine Hand um meine vor Speichel schlüpfrige Erektion. „Ich will, dass du kommst, ich will alles schlucken, was du mir gibst und dann will ich, dass du deinen Hintern nach oben bewegst und im Bett auf alle viere gehst."

Der Klang seiner Stimme, so tief und heiser, als käme sie von tief in seiner Kehle, reichte beinahe aus, mich zum Höhepunkt zu bringen.

„Alles, woran ich die ganze Zeit gedacht habe", murmelte er, fuhr mit den Zähnen sanft über meine Eichel, „warst du."

„Dito", versprach ich.

„Dann ergib dich verdammt noch mal."

Keine Frage. „Ja", brachte ich hervor, als er den Zähnen seine Zunge folgen ließ.

„Jetzt, Miro", befahl er.

Ich fuhr mit der Hand über seinen Kopf, ließ meine Finger über seine militärisch kurzen Haare gleiten, die einige Zeit brauchen würden, um nachzuwachsen, schloss eine Hand um seinen Hinterkopf und drückte ihn an mich, vergrub mich tief in seiner Kehle. Hitze und Druck, Enge, Glätte und ein gleichbleibender Rhythmus brachten mich in Sekundenschnelle zum Höhepunkt und ich ergab mich und kam, gab mich ihm hin wie niemand anderem sonst seit er zum ersten Mal ja zu mir gesagt hatte.

Er schluckte schnell, leckte mich anschließend aber nicht sauber, sondern ließ mich feucht und schmierig zurück, als er sich erhob und mich küsste. Mit offenem Mund, unkoordiniert und fast wie berauscht, malträtierte er meinen Mund, bis ich mich selbst auf seiner Zunge schmeckte, mich selbst in seinem Atem roch und wusste, dass ich ihm vollkommen ausgeliefert gewesen war.

Er trat einen Schritt zurück, was mir erlaubte, zu Atem zu kommen. Ich sortierte meine Beine, trat aus Jeans und Unterhose, die um meine Knöchel zusammengeknäult lagen und ging an ihm vorbei in Richtung Treppe.

Ich blieb nicht stehen, sah mich nicht um, sondern hielt geradewegs auf das Loft zu. Oben angekommen stolperte ich um das Geländer, gelangte zum Bett, ließ mich darauf fallen, rollte mich einmal herum und zog mich auf alle viere hoch.

Mein Herzschlag hämmerte laut in meinen Ohren, so laut, dass ich nichts anderes hören konnte. Als also plötzlich eine Hand über meinen Rücken strich, zuckte ich überrascht zusammen.

„Irgendetwas an der Art, dich so zu sehen, macht mich so richtig geil."

„Und was?", brachte ich rau heraus, als er neben mir aufs Bett sank. Seine Hände strichen über meinen Oberkörper, fuhren über meine Rippen zu meinen Hüften und legten sich schließlich um die Kurven meines Hinterns.

„Ich glaube, es liegt daran, dass ich weiß, wie stark du bist und dass du mich aufhalten könntest, wenn du wolltest", sagte er und drehte meinen Kopf zur Seite, sodass er meinen Mund erneut in Besitz nehmen konnte. Er küsste mich, knabberte an meinen Lippen und saugte an meiner Zunge, bis ich den Kopf wegdrehen und nach Luft schnappen musste.

„Normalerweise küsst du mich nicht so oft."

„Von jetzt an werde ich das immer tun."

„Warum?", konnte ich mir nicht verkneifen zu fragen.

„Weil ich jede Nacht davon geträumt hab", gestand Ian und sein Lächeln war weder verführerisch noch raubtierhaft, sondern ein wenig verlegen und sehr süß. „Ich hab von deinem Mund geträumt und davon, dich zu küssen, deine Haut zu berühren. Davon, dich schreien zu hören, wenn ich dich ficke."

Das Funkeln in seinen Augen ließ meine Erektion zu neuem Leben erwachen.

„Sieh dich an", sagte er ehrfürchtig und ließ seine Hände über meine Hüften gleiten, bevor er sie erneut um meinen Hintern legte und meine Pobacken spreizte.

„Ian", brachte ich erstickt hervor, dann versagte meine Stimme, als er über mein Loch leckte.

„Hm, da musst du dich schon ein bisschen mehr anstrengen", sagte er, bevor er seine Zungenspitze in mich hineinstieß. Ich war nicht stolz auf den Laut, der daraufhin aus meiner Kehle drang. „Sag meinen Namen, Liebling."

Seine gnadenlose, unermüdliche Zunge, die tief in mich eindrang, die sanft die weichen Falten umschmeichelte und meine Muskeln lockerte, sandte mich wieder und wieder bis kurz vor einen explosiven Orgasmus, nur um mich dann wieder zurückzuholen. Ich war hilflos, konnte nichts anderes tun, als meine Hände in die Laken zu krallen und Ian zu erlauben, mich zu erkunden, mich zu verschlingen. Leise, klagende Bitten um Gnade, um Erlösung, darum, nicht aufzuhören, bitte nicht, waren alles, was ich herausbrachte.

„Wer ist es, den du willst?"

Ich schrie seinen Namen.

„Besser", befand er, spreizte mich weiter und setzte seinen sinnlichen unerbittlichen Ansturm fort, bis ich es kaum mehr ertragen konnte.

Meine Arme gaben nach und ich fiel mit dem Gesicht voran auf die Matratze, locker und entspannt und mehr als bereit. Ich war überrascht, als Ian mich auf den Rücken rollte und vom Bett aufstand. Meine Verwirrung musste sich auf meinem Gesicht abgezeichnet haben, denn er grinste breit, als er zum Nachttisch trat.

„Ich dachte, du wolltest mich ficken", nuschelte ich und bewunderte seine breite Brust mit den dicken Muskeln, seine wie gemeißelten Arme, die langen Beine und den perfekten festen Arsch. Wie immer erfüllten mich die klaren Linien dieses Mannes mit Staunen. Alles an ihm war stark und kraftvoll.

„Oh, absolut", versicherte er mir, als er mit der Tube Gleitgel zum Bett zurückkam. „Aber ich will deine unglaublichen Oberschenkel festhalten, während ich in dich eindringe."

Ich grinste. „Du hast dir vorgestellt, mich festzuhalten, während du mich nimmst."

Er stieß scharf den Atem aus und ich sah, wie die Muskeln auf der linken Seite seines Halses hervortraten, als er die Hand zur Faust ballte. Er musste sich fest im Zaum halten, um nicht die Kontrolle zu verlieren. „Ja."

„Worauf wartest du dann?"

Er warf sich auf mich. Die Tube Gleitgel schnappte auf und er verteilte es hastig. Die Kühle seiner gelbeschmierten Finger, die sich in mich drückten, war das perfekte Gegengewicht zu der feuchten Hitze dort.

„Bist du okay?", fragte er und sah zu mir hoch, Stimme tief und rau.

„Ja", antwortete ich leise. „Bitte … jetzt."

Trotz der sorgfältigen Vorbereitung, war Ian vorsichtig und bewegte sich nur langsam, bohrte sich Zentimeter um Zentimeter tiefer in mich. Immer wieder hielt er inne und erlaubte es mir, mich an ihn zu gewöhnen, bevor er tiefer sank. Und tiefer. Bis seine beachtliche Länge bis zum Anschlag in meinem Hintern vergraben war.

„Oh, Himmel, ist das Ding riesig", seufzte ich und genoss das Gefühl von Fülle, von Dehnung und Brennen, von der perfekten Balance zwischen Genuss und Schmerz.

„Du fühlst dich so gut an", hauchte er und schloss seine Hand um meine Erektion, drückte und massierte mich in seiner schwieligen Handfläche. Im selben Moment zog er sich langsam aus mir zurück und schob sich wieder in mich hinein. Als er diesmal in mich sank, strich sein Schwanz über all die Stellen in meinem Innern, an denen ich seine Berührung brauchte.

„Oh, verdammt. Ian", schrie ich auf, als er meine Oberschenkel umfasste, sie spreizte und anhob, als er erneut in mich eindrang. Er bewegte sich in kurzen, konzentrierten Stößen, dann steigerte er langsam das Tempo und wurde schneller. Und schneller. Stieß härter zu, ohne mich aus den Augen zu lassen. Den Blick fest auf mich gerichtet, rammte er sich in mich hinein und sah zu, wie ich unter ihm jegliche Kontrolle verlor.

„Du bist mit mir zusammen", knurrte er tief und heiser. Seine Stimme war hart und dunkel, als er meine Beine höher hob und sie über seine Schultern legte. „Das wissen alle, oder nicht?"

„Natürlich", versicherte ich ihm atemlos, als er hart zustieß, sich tief in mich hineinbohrte, jede Bewegung seiner Hüften kraftvoll, brutal und exquisit.

„Du musst es den Leuten sagen, wenn ich nicht hier bin", beharrte er. Seine schweißfeuchte Haut glitt über meine, während er in mich hineinstieß und jeder Zentimeter meines Körpers, den er berührte, fühlte sich an wie elektrisiert.

„Das tue ich", versicherte ich ihm sanft, hob meine Beine von seinen Schultern, schlang sie um seine Hüften und zog ihn näher an mich. „Und jetzt hör auf."

„Was? Ich soll aufhören?"

„Nicht mit deinem Körper, mit deinem Kopf", stellte ich klar. „Hör auf zu denken und dir Sorgen zu machen, Baby. Dazu gibt es nicht den geringsten Grund."

Er wurde still, blickte suchend in mein Gesicht. „Nein?"

„Ich schwöre es. Wir sind stabil. Zwischen uns ist alles gut."

Ein tiefer Atemzug hob und senkte seine Brust und er nickte.

„Tust du mir einen Gefallen?"

„Alles."

„Fick mich entweder um den Verstand oder lass mich dich haben."

„Immer mir der Ruhe, Liebling, ich hab's im Griff."

Seine hämmernden Stöße waren brutal und perfekt und als er meine Prostata rammte, kam ich, plötzlich und unerwartet und überwältigend in einer langen, bebenden Woge.

„Scheiße, bist du laut", krähte er, als meine Muskeln sich fest um ihn schlossen. Dann kam er mit einem beinahe ohrenbetäubenden Brüllen.

Wir sanken in einem verschwitzten, gesättigten, atemlosen Haufen zusammen. Ian war immer noch in mir, während wir versuchten, unsere Lungen mit Luft zu füllen.

„Ich habe dich vermisst", informierte ich ihn.

„Ja", erwiderte Ian, während er sich sanft und vorsichtig aus meinem Körper zurückzog und mich auf die Seite drehte, sodass er sich dicht an meinen Rücken kuscheln konnte. „Ich weiß."

Meine Augenlider schlossen sich langsam, als er meinen Kopf nach hinten beugte und träge Küsse auf meinen Hals drückte. „Ich hab dich auch wie verrückt vermisst."

Und ich wusste das auch.

6

AM NÄCHSTEN Morgen rannte ich gegen den Kühlschrank. Es war ein ziemlich harter Zusammenstoß. Ich hatte keine Ahnung, was das dumme Ding da machte. Ians schnaubendes Gelächter half kein bisschen und als er von hinten an mich herantrat, drehte ich mich zum Schrank um und von ihm weg.

„Lass mich sehen."

„Du bist ein Arsch", fauchte ich, hob das Kinn und drehte es zur Seite weg, sodass er mich nicht berühren konnte.

„Komm schon, es tut mir leid." Er kicherte, ergriff meinen Oberarm und zwang mich, mich zu ihm umzudrehen. „Ich will nur sehen, ob du in Ordnung bist. Hast du dir die Nase angehauen?"

Ich stieß ihn weg und er warf den Kopf in den Nacken und lachte schallend, *über* mich und nicht *mit* mir, als ich ihm sagte, er solle sich zum Teufel scheren.

Und er hörte nicht auf zu lachen. Anscheinend machte ihn ein momentanes Nachlassen der Anspannung albern. Ich stampfte zum Sofa, wo mein schwarzer Kaschmirmantel lag, zog ihn über meinen schwarzen Hugo Boss Anzug und begann ihn zuzuknöpfen. Das Taxi, das uns abholen sollte, würde jeden Moment hier sein.

„Du hast einen Uniformfetisch", zog Ian mich auf, als er durch das Wohnzimmer auf mich zu kam. Er blieb vor mir stehen und legte seine Hände sanft auf meine Hüften, damit ich stehenblieb.

Er war umwerfend.

In seiner Paradeuniform mit der blauen Hose, der dunkelblauen Jacke und der grünen Mütze war Ian ein Anblick, bei dem mir das Wasser im Mund zusammenlief. Ich würde bestimmt nicht der Einzige sein, dem das so erging.

„Was sind die noch mal?", fragte ich und berührte mit den Fingerspitzen die bunten Anstecknadeln, die auf der linken Seite seiner Uniform befestigt waren.

„Bandschnallen", antwortete er und trat näher.

„Aber Orden hast du auch."

Er nickte.

„Einer davon ist ein Bronze Star."

„Ja", stimmte er zu, sagte mir aber nicht, welcher von ihnen es war.

„Einen Silver Star hast du doch auch, oder?"

„Ich hab einen Valorous Unit Award, wie alle Jungs aus meiner Einheit damals."

„Wann war das?"

„Ist eine Weile her", murmelte er, umfasste mein Kinn und fuhr mit dem Daumen sanft über meine Unterlippe. „Du siehst furchtbar aus."

Das taten wir beide. Weshalb wir uns auch beide hinter Sonnenbrillen verstecken mussten. Dazu kam, dass dank Cochrans Hinterhalt und Ians leidenschaftlichen Küssen meine Lippen genauso malträtiert aussahen wie der Rest meines Gesichts. Ian sah nicht viel besser aus. Irgendjemand hatte eine ganze Menge Wut an ihm ausgelassen, wie die in allen Regenbogenfarben leuchtenden Flecken unter seiner Kleidung bewiesen. Sein Körper war schwer mitgenommen und voller Narben vom Kampf.

„Du siehst auch nicht so besonders aus."

Er zuckte die Schultern. „Du stehst trotzdem noch auf mich, warum sollte mich das also interessieren?"

Ich legte meine Hände auf seine Brust und dachte zum millionsten Mal, wie schön er doch war. Das unglaublich tiefe Blau seiner Augen und die Fältchen um sie herum, die bewiesen, wie oft er lachte. Die wie gemeißelten Wangenknochen, die Falten auf der Stirn und um den Mund herum, die zeigten, wie oft er die Augen zusammenkniff, die Stirn runzelte und finster dreinblickte. Seine unwiderstehlichen Lippen und die Art, wie sie sich verzogen, wenn er lächelte und alle nur erdenklichen sinnlichen Freuden zu versprechen schienen. Und in meinem Fall auch tatsächlich versprachen. Ich liebte es, die schmalere Oberlippe mit der Zungenspitze nachzufahren oder sanft in die vollere Unterlippe zu beißen, wenn er versuchte, einen Kuss zu beenden. Seine derzeit braungebrannte und mit Sommersprossen übersäte Haut sagte mir, dass er in der Wüste gewesen war, da konnte er ausweichen und von Geheimhaltung sprechen, so viel er wollte.

„He", begann ich und mein Blick begegnete seinem. „Kann es sein, dass ihr beim letzten Einsatz an mehr als an einem Ort gewesen seid?"

„Ja. Woher weißt du das?"

„Weil ihr zwar alle euren Kampfanzug getragen habt, als ihr angekommen seid, du allgemein aber ziemlich braungebrannt bist."

„Du sollst so etwas doch nicht bemerken." Er zwinkerte mir zu.

Ein spielerischer Ian war so verführerisch wie ein Ian, der mich aufs Bett drückte. Ich konnte mich kaum beherrschen, mich nicht auf ihn zu werfen. „Ich bemerke alles an dir", sagte ich, bevor ich mich zu ihm hochreckte und ihn küsste.

Es war ein süßer, liebevoller Kuss und als ich draußen ein Auto hupen hörte, löste ich mich nur langsam von ihm. Ich war überrascht, als er mir folgte, den Kontakt nicht beendete.

„Weg von mir", flüsterte ich. „Du zerknitterst mich noch und was sollen deine Freunde dann denken?"

Es überraschte mich, wie schnell sein Gesicht finster wurde. „Das sind nicht meine Freunde."

„Wieso nicht?"

Er drehte sich um, schnappte sich seinen schwarzen Militärtrenchcoat und warf ihn sich um die Schultern, bevor er zur Tür ging. „Ich erzähl's dir im Auto. Komm."

Ian nannte dem Fahrer den Namen der St. Paul Catholic Church auf der West Twenty-Second und wir lehnten uns zurück. Die Fahrt sollte nicht länger dauern als maximal zwanzig Minuten, aber wir waren hier in Chicago, von daher wusste man nie.

Er saß dicht neben mir, sein Knie an meines gedrückt und ich bemerkte, wie hart sein Kiefer geworden war.

„Also", nahm ich den Faden wieder auf. „Nicht deine Freunde. Rede."

„Sie, ähm … Es sind die Jungs meiner alten Einheit. Bevor ich zu den Sondereinsatzkräften gegangen bin."

„Als du noch Ranger warst?"

„Ich bin immer noch ein Ranger", korrigierte er mich. „Mein militärisches Fachgebiet ist Fühlungshalter oder Späher und darüber hinaus bin ich ein Ranger, aber jetzt diene ich in einer Green Beret Einheit."

„Okay."

„Ich hab um Versetzung gebeten und sie haben mich der Einheit zugeteilt, bei der ich jetzt bin."

„Wie lange ist das her?"

„Bevor ich dich kennengelernt habe, also –" Er rechnete nach. „ – vier Jahre jetzt."

Ich war überrascht. „Du hast diese Leute das letzte Mal gesehen, bevor du Marshal geworden bist?"

„Ja."

„Wie um alles in der Welt hast du dann davon erfahren, dass Eddie gestorben ist?"

„Die Schwester von Eddies Frau hat mir eine E-Mail geschickt."

Was zum Teufel war hier los? „Fang ganz von vorne an und erzähl mir, warum du diese Einheit verlassen hast."

Sein Kopfschütteln war kaum sichtbar und wenn ich ihn nicht so genau beobachtet hätte, hätte ich es übersehen.

„Sprich mit mir."

Er machte ein angewidertes Geräusch. „Ich bin nicht stolz darauf und sie sind es auch nicht. Ich würde ja nicht mal hingehen, aber Eddie … Er war derjenige, der drauf bestanden hat, dass sie zurückgehen, obwohl er selbst nicht wollte."

„Zurückgehen?"

„Um mich zu holen", seufzte er. „Ja."

„Wieso holen? Wo haben sie dich denn gelassen?"

„In Musa Qala."

„Und wo um alles in der Welt ist das?"

„In Afghanistan, in der Provinz Helmand."

Ich drehte mich zur Seite und beugte mich vor, sodass ich in sein Gesicht sehen konnte. „Sieh mich an."

Er drehte den Kopf.

„Fang noch mal ganz von vorne an."

„Das kann ich jetzt nicht", sagte er und wies mit einem Kopfnicken auf den Taxifahrer. „Aber ich werde. Später."

„Ich nehme dich beim Wort."

Als Antwort darauf erhielt ich lediglich ein zustimmendes Nicken.

Wir nahmen auf einer Bank im hinteren Teil der Kirche Platz und da wir die einzigen in der Bank blieben, wurden wir auch nicht in irgendein Gespräche verwickelt. Es waren nicht viele Leute da, was den Innenraum – obwohl er wunderschön war – höhlenartig und kalt wirken ließ. Ich wäre jede Wette eingegangen, dass eine normale Messe an einem normalen Sonntag eine sehr viel wärmere Angelegenheit war.

Nach dem Gottesdienst warteten wir, während die Sargträger den Sarg nach draußen zum Bestattungswagen trugen, dann schlossen wir uns den anderen Trauernden an. Auf den Stufen vor der Kirche schüttelten wir erst dem Priester die Hand, dann stand Ian vor der Frau seines gefallenen Kameraden. Was immer er erwartet hatte – dass sie sich auf ihn warf, die Arme um seinen Hals schlang und ihn fest umarmte, war es seinem verblüfften Blick nach zu urteilen nicht gewesen.

„Oh mein Gott, Ian, du bist gekommen!", schluchzte sie an seiner Brust. „Sherri hat gesagt, dass sie dir gemailt hat, aber ich war mir nicht sicher, ob du kommst."

Ian stand stocksteif und regungslos da, nahm sie nicht in den Arm, wie er es bei Aruna tat oder selbst bei seiner letzten festen Freundin getan hatte. Stattdessen tätschelte er ihr nur sacht den Rücken, dann fasste er sie sanft an den Oberarmen und schob sie behutsam, aber bestimmt von sich.

Als sie zurücktrat, nahm eine andere Frau ihren Platz ein und umarmte ihn ebenso fest.

„Ich wusste, dass du kommen würdest. Du warst immer besser als der Rest von ihnen."

Diese Frau musste er nicht wegschieben, sie ließ ihn fast sofort wieder los und sah an ihm vorbei und mich an.

„Das ist mein Partner, Miro Jones. Wir sind beide Marshals", erklärte er den Frauen und zog mich mit einer Hand auf meiner Schulter an seine Seite. „M, das ist Rose Laird, Eddies Frau und ihre Schwester, Sherri Arbolita."

Beide Frauen lächelten mich an, so gut es mit rotgeweinten, verquollenen Augen ging. Ich gab ihnen die Hand. Dann kam noch eine dritte, ältere Frau dazu, die als Rose' Mutter Janice vorgestellt wurde. Sie freute sich, mich und Ian zu sehen und bestand darauf, dass wir ihnen erst zum Friedhof und anschließend zu ihnen nach Hause folgten.

Als sie sich wieder abwandte und zu der Limousine ging, die dem Bestattungswagen als erstes folgen würde, räusperte Ian sich. „Ich glaub, wir lassen das besser, was, Rosie?", sagte er sanft, eine Hand auf meinen unteren Rücken gelegt. „Ich wollte nur Eddie meinen Respekt zollen. Aber die anderen wollen mich hier nicht und ich will keine Szene machen."

Er blickte in Richtung des Bestattungswagens, während er sprach und als ich mich umdrehte, sah ich zehn Männer um das schwarze Auto herumstehen, alle in derselben Uniform wie Ian sie trug, bis hin zu den Mänteln. Der einzige sichtbare Unterschied war die Farbe der Mütze: Ians war grün, die der Männer waren schwarz.

„Weißt du, er hat immer von dir gesprochen, Ian", sagte Rose und nahm seine Hand. „Es tat ihm so leid, dass er nicht mehr getan hat."

„Es ist lange her", versicherte er ihr und seine Hand glitt über meinen Rücken hoch und legte sich um meine Schulter. „Und ich war nicht ganz schuldlos. Ich hab Riesenmist gebaut."

„Ja, sicher, aber das war eine private Sache und sie haben daraus etwas Berufliches gemacht – wenn man es denn so nennen kann", sagte sie mit einem Stocken in der Stimme und warf mir einen Blick zu. „Zumindest hat Eddie das immer gesagt."

„Ja, nun –" Ian holte tief Luft. „– trotzdem. Ich halte es für keine gute Idee."

„Aber –"

„Ich wollte mich nur von Eddie verabschieden und dir sagen, wie leid es mir tut."

Ihre Augen füllten sich mit Tränen.

„Hör zu", begann Sherri und packte Ians Arm. „Rose fände es wirklich schön, wenn du –"

„Doyle."

Wir drehten uns um. Auf der Stufe unter uns stand ein Mann, Zigarette in der Hand und sah zu Ian hoch. Er war groß – über eins neunzig, schätzte ich –, pure Muskelmasse, ohne Hals, dafür mit einem blonden Igelschnitt und verwaschenen blauen Augen. Ich konnte mir nicht einmal ansatzweise vorstellen, wie oft eine Nase gebrochen worden sein musste, um so viele Hubbel und Knubbel aufzuweisen.

„Odell", erwiderte Ian und ich hörte eine gewisse Schärfe in seiner Stimme.

Der Mann wandte den Kopf zur Seite und blies den Rauch aus, dann warf er die Zigarette auf die Stufe und zertrat sie unter seinem Absatz. Er sah Ian erst eine Sekunde bevor er ihm die Hand hinstreckte in die Augen.

Ian schüttelte sie schnell. Es war kein warmer Händedruck, nicht so wie bei Barrett gestern, als er ihn kennengelernt hatte, wo er ihm die Hand gedrückt und seine andere auf die Schulter gelegt hatte.

„Komm nach dem Friedhof bei Lairds vorbei. Greta und ihre Mutter kochen, du kannst also davon ausgehen, dass es was Gutes gibt."

Ian sah ihn aus zusammengekniffenen Augen an.

Odell räusperte sich. „Und der Major hätte gern mit dir gesprochen."

„Was will Delaney von mir?"

„Frag mich was anderes. Er hat nur gesagt, dass der Erste von uns, der dich zu Gesicht bekommt, dafür sorgen soll, dass du hinterher bei Eddie vorbeikommst."

Ian verlagerte sein Gewicht und stieß mich dabei mit der Schulter an. „Wir werden uns ein Taxi rufen müssen und –"

„Nein, Mann, du kannst mit mir und Bates fahren. Wir haben Platz für dich und –" Er neigte seinen Kopf in meine Richtung „– deinen Freund."

„Miro." Ian hauchte meinen Namen. „Das ist Sergeant First Class Pete Odell. Odell, das ist mein Partner, Deputy United States Marshal Miro Jones."

Wir gaben uns flüchtig die Hand und seine behandschuhte Pranke drückte meine Finger, dann war es vorbei und er starrte wieder Ian an.

„Hübsche Kragenspiegel", sagte Odell in einem eigenartigen, seltsam drohenden Tonfall, herausfordernd und abfällig zugleich.

„Einige unserer Einheiten sind besonderer als andere."

Odell nickte in Richtung der Mütze auf Ians Kopf. „Beret sagt alles, was?"

„Ich will es hoffen."

Ich hasste den ausdruckslosen, kühl-kalkulierten Tonfall, mit dem Ian sprach, denn er klang so fremd, so gar nicht wie der leidenschaftliche Mann, den ich kannte und liebte.

„Den Rest hast du also auch durchgezogen, was?" Odell verzog höhnisch die Lippen und seine Stimme triefte fast vor Herablassung. „Hast dich zum Marshal machen lassen."

Ian nickte.

„Du bist also jetzt Reservist?"

„Bin ich."

Es war nicht die anregendste Unterhaltung, der ich je zugehört hatte, aber wenn man am eigentlichen Problem vorbeireden wollte, konnte es schwer werden, sich etwas einfallen zu lassen, das man sagen konnte.

„Na denn", sagte Odell schließlich und beugte sich vor, um Rose auf die Wange zu küssen. „Wir sehen uns dann am Friedhof und anschließend folgen wir dir nach Hause."

Rose nickte und sie und ihre Schwester gingen zurück zu dem Priester, der an der Kirchentür auf sie wartete und Odell wütend anfunkelte.

„Was ist denn mit dem los?", knurrte der.

„Du hast deine Zigarette vor seiner Kirche auf den Boden geworfen", erwiderte Ian trocken. „Er denkt vermutlich, du bist bei den Heiden aufgewachsen."

Der wütende Blick, den Odell Ian daraufhin zuwarf, hätte beängstigend sein sollen, aber eine Sekunde später setzte er ein Lächeln auf, das seinen Hass zumindest ein wenig verschleierte.

Ian bückte sich, hob die zertretene Zigarette auf und sagte dem Priester, dass er die wegwerfen würde.

„Vielen Dank, mein Sohn."

„Du warst schon immer ein Arschkriecher, Doyle."

„Du bist nur sauer, weil du in die Hölle kommst", entgegnete Ian mit tonloser, ausdrucksloser Stimme.

„Jetzt komm einfach", murmelte Odell, drehte sich um und ging die Stufen hinunter.

Ian ergriff meinen Arm und zog mich so abrupt mit sich, dass ich keine Zeit hatte, etwas zu sagen, bevor wir ihm folgten.

Odell hatte von einem Bates gesprochen, von daher vermutete ich, dass er der Fahrer des weißen Chevy Tahoe war, zu dem Odell uns führte.

„Er ist jetzt Marshal und das ist sein Partner", verkündete Odell mit hörbarem Abscheu in der Stimme, als er in den SUV einstieg.

„Oh, Doyle", sagte der Mann und anders als Odell schien er erfreut, Ian zu sehen. „Gut siehst du aus. Sondereinsatzkräfte scheinen dir zu bekommen."

Er selbst sah auch gut aus: vermutlich etwa so groß wie ich, mit dunkelbraunen Augen und Fältchen in den Augenwinkeln, die sagten, dass er oft lachte.

„Hallo, Partner", sagte er und reichte mir über die Schulter hinweg die Hand. „Tyler Bates."

Vermutung bestätigt, schüttelte ich seine Hand. „Miro Jones."

„Freut mich, Sie kennenzulernen."

Das war das Ausmaß an Konversation bis wir den Graceland Cemetery and Arbortetum an der Kreuzung Clark Street und Irving Park erreichten.

Die Fahrt dorthin war drückend; der Tag draußen war grau, kalt und nass und das einzige Geräusch im Innern die laufende Heizung. Ich wollte Ian berühren, um ihm Trost und Mut zuzusprechen, aber er lehnte an der Tür, sah aus dem Fenster und schien keine Nähe zu brauchen.

„Wie zum Henker kann sich Rose das leisten?", fragte Odell an Bates gewandt und sah sich mit einem leisen Pfiff um.

„Das Familiengrab ist hier", antwortete Ian und Odell drehte sich in seinem Sitz, um ihn anzusehen.

„Woher zum Teufel weißt du das?"

Ian zuckte die Schultern. „Hat Eddie mir mal erzählt. Seine Mutter wollte ihn hier haben, zusammen mit dem Rest der Familie, aber es gibt keinen Platz mehr für Rose."

„Das ist doch Scheiße", warf Bates ein.

„Ich wette, Rose hatte da nicht viel Mitspracherecht", erwiderte Ian.

„Mensch, ich wusste doch, wir hätten uns die Sache hier schenken und gleich zum Haus fahren sollen", murrte Odell.

„Wir sind Sargträger, Mann", erinnerte Bates ihn. „Wir gehen nirgendwo hin."

Es war Ende November, der Sonntag vor Thanksgiving, also hatte es – natürlich – über Nacht sieben Zentimeter Neuschnee gegeben. Es war kalt auf dem Weg zum Grab und das Knirschen des gefrorenen Schnees unter unseren Schuhen, als wir die geräumten und gestreuten Wege verließen und über das schneebedeckte Gras stapften, war laut. Am Grab selbst war Außenteppich ausgerollt und ein

Baldachin errichtet worden unter dem einige Stühle standen, aber die reichten nicht für alle und wer keinen Platz bekam, verteilte sich um sie herum.

Ich sah zu, wie die Soldaten die Flagge vom Sarg nahmen, sie zusammenfalteten und sie Rose überreichten. Eine ältere Frau, von der ich vermutete, dass sie Eddies Mutter war, da ich sie vorhin in der Kirche nicht gesehen hatte, nahm Rose die Flagge ab. Rose' Gesichtszüge zuckten und sie lehnte sich an Janice, die der anderen Frau einen mörderischen Blick zuwarf, als ihre Tochter sich in ihren Armen in Tränen auflöste.

„Oh, Alter", stöhnte Bates und sein Blick begegnete meinem.

„Das wird ein langer Tag für Rose", sagte ich mitfühlend. Die Zeremonie war beinahe mehr gewesen, als ich ertragen konnte, war sie doch die Versinnbildlichung meiner größten Angst – Ian, der in einem Sarg lag, während ich eine kalte Flagge an meine Brust drückte.

„Amen", erwiderte Bates, als der Priester mit seiner Rede begann.

BEERDIGUNGEN WAREN anstrengend. Das hatte ich nicht gewusst, bis ich im Alter von zweiundzwanzig Jahren meine erste besucht hatte. Einer der Jungs, mit denen ich auf der Polizeischule gewesen war, war beim Überqueren einer Straße von einem betrunkenen Fahrer überfahren worden und noch am Unfallort gestorben. Ich hatte ihn kaum gekannt, aber der ganze Jahrgang war zur Beerdigung gegangen. Als ich hinterher nach Hause kam, war ich aufs Sofa gefallen und eingeschlafen. Erst zehn Stunden später, als Aruna mit etwas zu essen zurückkam, wachte ich wieder auf.

Sie war eine gute Freundin, die immer an mich dachte und als ich in der Kälte auf dem Friedhof stand, wurde mir klar, dass ich sie anrufen und ihr das sagen sollte. Ich versuchte immer, es auch sofort in die Tat umzusetzen, wenn mir der Gedanke kam, dass ich jemandem etwas Bestimmtes sagen wollte und nicht erst abzuwarten und zu zögern und das erste Aufwallen des Gefühls, gleich ob gut oder schlecht, verstreichen zu lassen. Manchmal, wenn ich wütend war, war das nicht so gut. Ich spuckte dann Dinge aus, die ich niemals hätte sagen sollen. Aber wenn ich dankbar war, dann war es gut.

„Was?", grüßte Aruna mich nach dem vierten Klingeln.

Außer natürlich ich rief eine meiner extrem bissigen besten Freundinnen an. „Danke, dass du mir immer etwas zu essen bringst. Du bist ein guter Mensch."

Es entstand eine Pause. „Warum bist du schon so früh am Tag betrunken?"

„Ich bin nicht betrunken, du Hexe. Ich bin auf einer Beerdigung und fühle mich sentimental."

„Na, dann hör auf, Schwachsinn zu verzapfen. Ich habe damals das Sorgerecht für dich bekommen, als die anderen weggezogen sind, also bin ich vertraglich dazu verpflichtet, mich um dich zu kümmern. Und damit automatisch auch um Ian. Die anderen schicken mir regelmäßig Unterhaltszahlungen."

„Was dir so alles einfällt."

„Hm, das sagt Liam auch immer", erwiderte sie vieldeutig.

Ich legte auf, denn so genau wollte ich das gar nicht wissen und sie schickte mir eine SMS mit Lippen, einem Herz und einem Hundehäufchen. Sie brauchte wirklich dringend ärztliche Hilfe.

Nachdem ich das Gespräch mit Aruna beendet hatte, bekam ich überraschend eine SMS von Mike Ryan, einem meiner und Ians Kollegen. Er schickte ein Bild, das einen großen Obstkorb zeigte, der beinahe die gesamte Oberfläche meines Schreibtisches einnahm.

„Sie werden größer", sagte Ryan, der gleich beim ersten Klingeln abhob.

„Ich habe ihr gesagt, sie soll aufhören, welche zu schicken", seufzte ich, musste aber bei dem Gedanken an Oscar Guzmans Mutter lächeln. „Aber sie tut es einfach nicht."

„Du und Doyle habt ihre Kinder vor einem Ring Sexhändler gerettet. Wieso glaubst du, dass du nicht für den Rest deines Lebens in Kiwis ertrinken wirst?"

„Sind da auch wirklich Kiwis drin?", wollte ich wissen.

„Oh ja. Und Mangos und Papayas und – was zum Teufel ist das?"

„Litschis", hörte ich die dröhnende Stimme seines Partners Jack Dorsey im Hintergrund antworten.

„Litschis", wiederholte Ryan. „Was auch immer das sein mag."

„Sag ihm, dass da auch Sternfrüchte mit drin sind und Orangen aus Valencia. Ich wette, die sind auf direktem Weg aus Spanien in den Korb gewandert, ohne erst einen Umweg über einen Markt zu nehmen."

„Ich schicke ihr noch mal eine E-Mail", sagte ich zu Ryan. „Das kostet doch bestimmt ein Vermögen, uns jeden Monat solche Körbe zu schicken. Vielleicht kann ich sie auf einen alle drei oder sogar alle sechs Monate runterhandeln."

„Die Pfirsiche nehme ich mit für meine Mutter, damit sie damit Kuchen backen kann. Sie dreht durch, wenn sie mitten im Herbst Pfirsiche bekommt."

„Ich will auch Pfirsiche haben. Es sind meine Pfirsiche", sagte ich und wickelte mir meinen Kaschmirschal enger um den Hals. Aus der Ferne beobachtete ich, wie Ian die Hände von immer mehr Leuten schüttelte. Rose hatte Ian allen vorstellen wollen. Als sie also ihre Hand unter seinen Arm schob, hatte ich ihm bedeutet, dass ich auf ihn warten würde und mich aus dem Staub gemacht.

„Dir ist schon klar, dass das auch etwas ist, was wir Neuen erklären müssten, oder?", sagte Ryan beiläufig.

„Wovon redest du?"

„Du hast Kage doch gehört, oder nicht, als er vor einer Weile meinte, dass wir noch ein paar mehr Teams brauchen."

„Ja, und? Wo ist da das Problem? Dass wir ihnen Sachen erklären müssen?"

„Ja, Mann. Es ist einfach immer so nervig, Neuen alle Insiderwitze zu erklären und die Art, wie wir hier arbeiten und so. Er soll die Sache einfach ruhen lassen, finde ich. Wir kommen klar."

„Das sagst du nur, weil du vor Veränderungen Angst hast", sagte ich mit einem spöttischen Schnauben. „Ein großartiger Grund, unterbesetzt zu bleiben."

„Du findest es auch nicht gut", beschuldigte er mich. „Erinnerst du dich an Littlefield und Posner? Die haben beide überhaupt nicht gepasst und vorher hatte es noch geheißen, die wären gut."

„Das ist nicht fair."

„Den Teufel ist es das."

„Littlefield ist angeschossen worden und hat beschlossen, dass er das nicht noch mal braucht. Da kannst du ihm keinen Vorwurf draus machen. Immerhin war er ehrlich."

„Und Posner?", wollte er abfällig wissen.

„Oh, komm schon", sagte ich, denn das war doch wohl offensichtlich.

„Was denn? So ein großer Sprung war es nun auch wieder nicht. Ich hab mir die Sache selbst angesehen."

Natürlich hatte er das. „Für dich vielleicht nicht."

„Für niemanden!"

Armer Kerl.

Douglas Posner war aus dem Bereich Investigative Operations – wo wir waren – in den Bereich Judicial Support gewechselt, nachdem er nur einen Nachmittag damit verbracht hatte, mit Ian zusammenzuarbeiten. Ich hatte damals noch am Schreibtisch sitzen müssen und so hatte Kage den Neuen angewiesen für mich einzuspringen. Ich konnte mich des Gedankens nicht ganz erwehren, dass auch er Bedenken bezüglich Posner gehegt hatte und Ian als eine Art Feuerprobe benutzte.

„Es ist mir scheißegal, ob es der Grand Canyon ist oder nicht", fuhr Ryan fort. „Man folgt seinem Partner, egal wohin."

Die Berichte zu dem Einsatz stimmten, gelinde gesagt, nicht miteinander überein und als er gefragt wurde, konnte Ian nicht mit Sicherheit sagen, ob der Abstand zwischen den Gebäuden anderthalb oder zweieinhalb Meter betragen hatte. Allerdings war es so, dass Ian einen Flüchtigen verfolgt hatte und gesprungen war, um dem Typen zu folgen, und dass Posner angehalten, sich umgesehen hatte und dann die fünf Stockwerke bis zur Straße runtergetrabt war. Zu dem Zeitpunkt konnte er Ian keine Rückendeckung mehr geben, da er keine Ahnung hatte, wo sein Partner war, geschweige denn der Flüchtige. Nach der Nummer hatte er von Glück reden können, den Rest des Tages noch mehr als zwei Worte aus der Liebe meines Lebens herauszubekommen.

Die Konsequenz aus dem Sprung, den er nicht gemacht hatte, sowie der Tatsache, dass er auf einen DEA Agenten gehört hatte anstatt auf Ian und vergessen hatte, die Routineüberprüfung auf ausstehende Haftbefehle durchzuführen, war ein fuchsteufelswilder Ian Doyle, der ihn sich nach Dienstschluss vorgeknöpft hatte. Mitten in unserem Büro. Es war schon amüsant gewesen: hier Ian Doyle, der eine geharnischte Predigt über Standardverfahren hielt – was vom König des „Tritt sie einfach ein" zum Schreien komisch war – und dort Posner, der zurückschrie, dass Ian verrückt wäre und eine Gefahr darstellte. Es hätte trotzdem noch einigermaßen gut ausgehen können, vielleicht, wenn ich nicht just in dem Augenblick aus dem hinteren Büro gekommen wäre. Posner hatte auf mich gezeigt und verkündet, dass Ian vermutlich schuld daran war, dass ich verletzt wurde. Becker und Kowalski hatten ihn gemeinsam festhalten müssen.

Kage hatte Ian nach Hause geschickt – zusammen mit mir – und Posner aufgefordert, in sein Büro zu kommen. Am nächsten Morgen war Posner weg. Was gut war, denn Ian hatte sich auf dem Weg zur Dienststelle wieder in Rage geredet. Seitdem hatten wir noch vier weitere Anwärter gehabt, aber keiner davon hatte so richtig zum Rest von uns gepasst.

„Ich mag Neue einfach nicht", schloss Ryan.

„Ian und ich waren auch mal neu."

„Kann ich mich nicht dran erinnern", entgegnete er abfällig, dann räusperte er sich. „He, ich und Jack haben in zwei Stunden Feierabend. Hätten du und Doyle Lust, uns im Portillo's zu treffen und was zu essen? Und danach könnten wir ins The Befuddled Owl."

Das dauerte einen Moment. „Wie bitte, wohin?"

„Sag einfach nein, Jones", schrie Dorsey im Hintergrund.

„Was zum Teufel ist The Befuddled Owl?"

Ryan hüstelte. „Das ist ein Café in der Nähe der Uni."

„Wieso willst du da hin?"

„Och, ich dachte mir, es könnte lustig werden", erwiderte er fröhlich.

Da war eine Verschwörung im Gange. „Quatsch."

„Nein, hör zu –"

„Haben sie rein zufällig Livemusik in der Bewildered Owl?"

„Befuddled", korrigierte er mich.

„Und, haben sie?"

Er hustete.

„Oh, fick dich, Ryan", fuhr ich ihn an. „Ich weigere mich, mir die Band deiner Schwester noch einmal anzuhören."

„Komm schon", bat er.

„Einmal im Leben reicht für The Crimson Wave."

„So schlecht sind sie auch nicht."

„Nicht so schlecht?", stöhnte ich. „Soll das ein Witz sein?"

„Außerdem haben sie ihren Namen geändert. Der Schlagzeuger hatte Sorge, dass sie von der University of Alabama verklagt werden wegen Urheberrechtsverletzung."

„Alabama ist Tide, nicht Wave."

„Ja, mir schon klar, aber ich wollte mich nicht mit ihm streiten, weil, na ja, der Name war einfach bescheuert."

„Der Name der Band ist hier nicht das Problem", sagte ich, konnte aber nicht ernst bleiben. „Oh, Gott, Mike, die Musik ist einfach so absolut grottenschlecht."

„Absolut grottenschlecht!", wiederholte Dorsey im Hintergrund. „Sag nein, Jones! Rette dich!"

Ich hörte einen dumpfen Schlag und ein lautes Scheppern und dann Dorseys Lachen, also nahm ich an, dass nichts gebrochen war.

„Hör zu", sagte ich zu Mike. „Wenn Ian und ich zu einer vernünftigen Zeit mit dieser Beerdigungssache fertig sind, rufe ich dich an und horche mal nach, wo ihr Jungs seid."

„Guter Mann", erwiderte Ryan. „Ich heb dir was vom Kuchen auf."

Ich knurrte und legte auf, hob den Kopf und sah, wie Ian die Menge nach mir absuchte. Ich hob eine Hand, um seine Aufmerksamkeit auf mich zu ziehen und sah, wie die Anspannung aus seinem Gesicht wich – aus seinem Kiefer, aus seinem Lächeln, aus der gerunzelten Stirn – als er auf mich zukam. Er war keine drei Schritte weit gekommen, als eine wunderschöne Frau mit dichtem, langem blonden Haar aus einer Gruppe aus fünf anderen Frauen heraustrat und ihm so direkt in den Weg.

Er blieb abrupt stehen, da er sonst mit ihr zusammengestoßen wäre und seine Hände kamen hoch und umfassten ihre Oberarme, damit er nicht das Gleichgewicht verlor. Eine Sekunde später lagen ihre Hände auf seiner Brust.

Einen endlosen Moment lang standen sie so da, dann ließ er sie los und wich gleichzeitig zurück. Sogar von dort, wo ich stand, konnte ich das Unbehagen und die Anspannung zwischen ihnen sehen. Sie blickte hinunter auf ihre Füße, inspizierte die schicken schwarzen Pumps mit T-Steg und sah dann wieder zu ihm hoch, schob sich das Haar hinter beide Ohren und lächelte, als wäre sie sich nicht ganz sicher, ob sie das sollte oder nicht. Er schluckte, holte Luft und stieß beide Hände tief in die Taschen seines Mantels. Sie gaben ein hübsches Bild zusammen ab, er in seiner maskulinen militärischen Alphapracht und sie in ihrem elfenbeinfarbenen Mantel mit Wasserfall-Kragen, der sie zart und verführerisch weiblich erscheinen ließ. Sie hätten auf Postern abgebildet sein sollen, die erklärten, warum Gegensätze sich anzogen, so gut sahen sie zusammen aus.

„Na, das wäre doch lustig", bemerkte Odell in einem Ton, der nahelegte, dass es alles andere war als das.

Ich wandte den Blick von Ian und der Frau ab und drehte mich zu Odell und Bates um, die zu mir gekommen waren und jetzt rechts und links neben mir standen.

„Was wäre lustig?", fragte ich an Bates gewandt, denn ich mochte ihn lieber.

„Doyle und Danita Stanley", antwortete Odell und stellte sich links neben Bates, sodass ich ihn ebenfalls ansehen musste. „Er hat Ihnen doch gesagt, warum er von unserer Einheit wegversetzt wurde, oder?"

Ich schüttelte den Kopf.

Bates gab einen erstickten Laut von sich.

„Was?", fuhr Odell ihn an.

Bates zuckte die Schultern. „Doyle möchte vielleicht nicht, dass sein neuer Partner von dieser Sache erfährt. Ich meine, und das soll keine Beleidigung sein, Jones, aber haben Sie auch außerhalb der Arbeit Kontakt? Stehen Sie sich auch nur ein bisschen nahe?"

„Sehr nahe", sagte ich und hielt den Atem an.

„Siehst du", sagte Odell mit einem hässlichen Lachen und stieß Bates gegen die Brust. „Sie sind Kumpels, also hat Doyle bestimmt nichts dagegen, wenn ich Jones hier sage, dass er unsere Einheit deshalb verlassen hat, weil er die Frau eines Mannes gevögelt hat, der sein Bruder hätte sein sollen."

Ich sagte nichts, denn der drohende Ausdruck auf Odells Gesicht legte nahe, dass da noch mehr war.

„Also haben wir ihn aus Versehen zurückgelassen, als ein Überraschungsangriff in die Binsen gegangen ist."

Nicht das, was ich erwartet hatte.

„Oh, Scheiße, Jones, Ihr Gesicht!", krähte Odell. „Dachten Sie etwa, Ian Doyle wäre kein absolut mieses Stück Scheiße?"

Bates zuckte zusammen und legte eine Hand auf meine Schulter. „Wir hatten nur vor, ihn ein paar Stunden dort zu lassen, wissen Sie. Nur um ihm einen Schrecken einzujagen."

Der Drang, ihm meine Faust ins Gesicht zu rammen und dann meine Wut an Odell auszulassen, war beinahe überwältigend. Ich fühlte mich, als würde ich ertrinken. Ich konnte kaum atmen, so groß, so drängend war das Bedürfnis, ihm wehzutun, ihn schreien zu hören.

„Aber dann ist die Situation plötzlich explodiert und bevor wir es wussten war seine Position kompromittiert und er wurde in Gewahrsam genommen", fuhr Bates fort.

Es klang so harmlos, wie er das sagte, so gar nicht wie der Kampf auf Leben und Tod, der es, da war ich mir sicher, gewesen war.

„Die Sache ist die, selbst bevor wir zurückgehen mussten, hat Laird uns darum gebeten. Er war der einzige, der sich geweigert hat, in die Maschine zu steigen, als wir Doyle zurückgelassen haben. Wir mussten ihn tragen."

Das war der Grund, warum Ian und ich Edward Laird unseren Respekt zollten.

Bates redete weiter. „Es war dumm, aber – Sie verstehen das sicher, Jones. Ich meine, es ist bei den Bullen doch dasselbe und bei den Marshals wahrscheinlich auch nicht anders. Da besteht kein Unterschied. Die Männer, mit denen man dient, das sind Brüder. Man geht nicht mit der Frau seines Bruders ins Bett, egal was."

Egal was.

„Es ist ja auch nicht so, als ob wir geplant hätten, dass die Dinge so aus dem Ruder laufen, wie sie es getan haben. Das war einfach totales Pech", fuhr Bates fort und seine Stimme wurde dabei lauter. Ich nahm an, dass das Ausbleiben einer

Reaktion von meiner Seite anfing, ihn ein wenig unruhig zu machen. „Wir hatten nie vor, ihn so lange dazulassen."

Plötzlich war alles zu eng: meine Kleidung, mein Mantel, aber vor allem meine Haut. Ich spürte ein Brennen in mir und den Drang, alles wegzureißen, das mich einengte, Stoff, Haut, Muskeln und Knochen, um die in mir lodernden Flammen zu befreien, die sich durch die Wand meines Magens brannten.

„Wir haben ihn zurückgeholt", brachte Bates heraus. Er klang weniger so, als ob er mir die Ereignisse erzählte und mehr so, als bettelte er mich an. „Offensichtlich."

„Wie –" Meine Stimme brach, heiser vor Schmerz. „– lange haben Sie ihn dortgelassen?"

„Wir haben ihn nicht *dortgelassen*. Er steckte fest. Wir waren nicht mehr als zwei Stunden weg, höchstens. Er ist derjenige, der gefangengenommen wurde", antwortete Odell verächtlich. Provokation und Herausforderung standen ihm groß und hässlich in sein feixendes, wütendes Gesicht geschrieben. Er hasste Ian, ich konnte es beinahe riechen wie verdorbenes Fleisch, das von innen heraus verweste. „Sie hatten ihn auch nur drei Tage in Gefangenschaft."

Mein Blick begegnete seinem und hielt ihn fest.

„Aber erzählen Sie es nicht weiter, Jones, niemand außer uns weiß davon. Nichts davon hat je in irgendeinem Bericht gestanden."

Außerdem war es lange her.

Langsam, ruhig, sog ich kalte, feuchte Luft in meine Lungen und atmete aus. „Sie sollten schon mal zu Lairds vorgehen. Ian und ich kommen dann nach."

„Och, seien Sie doch nicht so", schmeichelte Odell, sein Ton so widerlich-klebrig wie verdorbener Honig. „Jetzt werden Sie mal nicht wütend seinetwegen. Ist doch alles Schnee von gestern."

„Das reden Sie sich selbst ein, ja?"

„Vorsicht. Sagen Sie jetzt nichts, das Sie hinterher bereuen, Jones."

Ich zuckte die Schultern. „Ich frage mich nur, was der wahre Grund ist, warum Sie ihn damals zurückgelassen haben."

„Das hab ich Ihnen doch gerade erzählt."

„Nö", entgegnete ich mit jenem höhnischen Grinsen, das ich immer aufsetzte, wenn ich wirklich richtig boshaft sein wollte. „Das kauf ich Ihnen nicht so ganz ab, dass die Frau Ihres Kumpels die einzige war, die mit Ian ins Bett gegangen ist."

Er lief von einer Sekunde auf die nächste puterrot an. Es war ein göttlicher Anblick. „Sie verfluchter Drecks–"

„Ich habe Sie von Ihrer Frau sprechen hören." Es war nicht schwer, meiner Stimme einen anzüglichen Ton zu geben. „Greta, oder?"

„Halten Sie Ihre verfluchte Scheißklappe!", brüllte er und zeigte mit einem Finger auf mich.

„Miro?", hörte ich Ian hinter mir rufen.

„Hat er alle Ehefrauen gevögelt oder nur Ihre und die von dem anderen armen Kerl?"

Er bebte förmlich vor Wut und ich sah, wie jeglicher Ausdruck aus seinen Augen wich und sie so kalt und leer wurden wie die eines Hais, bevor er einen herzhaften Biss aus einer saftigen Robbe nahm.

„Sie haben nicht zufällig Kinder, oder? So etwa fünf Jahre alt?"

Der Art, wie er auf mich losging, nach zu urteilen, hatte er das.

Die Sache war die: Wenn ich dem Drängen meiner Wut nachgegeben hätte und auf ihn losgegangen wäre, dann hätten sie mich suspendieren können oder Schlimmeres. Wenn ich aber nichts getan hätte, wie hätte ich Ian dann jemals wieder in die Augen sehen können – jetzt, wo ich das wusste?

Es hatte nur eine Möglichkeit gegeben, dieses Dilemma zu lösen: Ich hatte Odell so wütend machen müssen, dass er auf mich losging. Er hatte derjenige sein müssen, der als erster zuschlug. Aber wie um alles in der Welt köderte man einen ausgebildeten Soldaten? Was sagte man zu einem Mann, der Nerven aus Stahl hatte, damit er die Beherrschung verlor?

Es war nicht nett, jemandem so etwas anzutun. Aber Ian der sicheren Folter und möglichen Hinrichtung auszuliefern, stand auf der Liste Beschissener-Dinge-die-man-nicht-tun-sollte sehr viel weiter oben.

Als also jetzt seine geballte Faust auf mich zukam und mich verfehlte, konterte ich mit einem Ellbogen in Pete Odells arrogantes, eingebildetes, selbstgerechtes Gesicht. Danach war ich der einzige Arsch, der sich auf der Beerdigung prügelte.

7

MAN WEIß es immer, wenn man jemandem die Nase gebrochen hat. Das ist nichts, worüber jemals Zweifel besteht. Das feuchte Knacken, das ein bisschen so klingt, als ob man auf überfrorenen Schnee tritt, ist unverkennbar. Wer es zum ersten Mal hört, der weiß es mit Sicherheit bei dem plötzlich hervorschießenden Blutschwall und dem schrillen Aufschrei, den alle ausstoßen, die weder Boxer noch Auftragsmörder sind. Im Film stecken es alle immer weg wie echte Männer, selbst die Frauen, aber im wahren Leben geben die Knie nach und man geht zu Boden.

Odell allerdings machte seiner Ausbildung alle Ehre: Er sank nur auf ein Knie.

Bates stieß mich vom ihm weg und ich verstand das. Er und Odell waren Kumpel, Kameraden, Waffenbrüder, also musste er sein Bestes tun, mich von ihm fernzuhalten.

„Lass", befahl Odell, der sich wieder aufrappelte und mir gegenübertrat. „Ich hab das im Griff."

Ich drehte mich zur Seite, als er erneut ausholte und so traf er mich nur an der Schulter anstatt im Gesicht, genau wie Cochran gestern. Ich musste meiner Kampfausbilderin an der Polizeischule eine E-Mail schreiben; ihre Strategien leisteten mir im Einsatz gute Dienste. Sergeant Garza warf Polizeianwärter mit Begeisterung durch die Gegend. Sie behauptete, das sei ihre eingeschworene Pflicht.

„Dafür krieg ich Sie dran, Jones", schwor Odell und spuckte Blut. „Sie können sich von Ihrer Karriere verabschieden."

„Selbstverteidigung, Idiot", spottete ich. „Sie können mir gar nichts."

Seine Augen wurden bedrohlich schmal und ich wich noch einen Schritt zurück, als er auf mich losstürmte, sich auf mich warf und mit schnellen Bewegungen auf mich eindrosch, von denen jede mich hätte kampfunfähig machen oder sogar ernsthaft verletzen können – wenn er mich denn getroffen hätte. Als er einen Moment innehielt, sah ich, wie er leise schwankte und begriff, warum ich noch nicht tot war – der Mann war schließlich ein Ranger – und warum er seinen Kumpel hatte fahren lassen, obwohl er einiges über dessen Fahrstil zu sagen gehabt hatte.

„Der Typ ist voll wie ein Loch", teilte ich Bates mit.

Im nächsten Moment geschah alles gleichzeitig.

Odell hielt mitten im Schlag inne und stierte mich an, als sei er sich nicht ganz sicher, was los war. Blut strömte nach wie vor aus seiner Nase.

„Was zum Teufel, M?" Ian musste gerannt sein, denn plötzlich war er da, an meiner Seite.

„Dein Partner ist ein toter Mann, Doyle!"

„Bist du in Ordnung?", fragte Ian eilig und ignorierte den im Hintergrund polternden Odell, während er flüchtig, aber sorgfältig meine Arme und Schultern abtastete und mein Kinn anhob. Ians Hände legten sich sanft, beinahe ehrfürchtig um meinen Hals und er sah mir fest in die Augen. „Hat er dich verletzt?"

„Hab ich ihn verletzt?", tobte Odell aus mehreren Schritten Entfernung. Bates hatte ihn von uns weggezerrt. „Fick dich ins Knie, Doyle!"

„Wag es ja nicht, ihn anzurühren!" Ian wirbelte zu ihm herum und ich packte ihn schnell und hielt ihn fest, bevor er sich seinerseits auf Odell werfen konnte.

„Er hat meine Frau eine Hure genannt!"

Im nächsten Moment umgab uns eine Woge aus Körpern. Männer kamen von scheinbar überall her und umringten uns. Ian und ich wurden zurückgedrängt und von der Menge hin und her gestoßen, die Odell und Bates umlagerte und schließlich verschwanden sie aus meinem Blickfeld. Ich ließ Ian wieder los und Seite an Seite entfernten wir uns von dem Auflauf hinter uns. Beim Gehen zog ich mein Handy aus der Tasche und schickte Ryan, der darauf wartete von mir zu hören, eine SMS.

Kein Licht.

Für jemanden, der nicht zu unserem Team gehörte, würde das keinen Sinn machen. „Kein Licht" war etwas, das unser Vorgesetzter sagte, ein Kage-ismus, der bedeutete, dass zwar Gefahr nicht unmittelbar im Verzug war, man sich aber trotzdem beeilen und den Absender finden sollte, wo immer der sich auch gerade befand.

„Was zum Teufel hast du dir dabei gedacht?", wollte Ian wissen und lenkte damit meine Aufmerksamkeit von meinem Handy auf sich zurück. Er blieb stehen und drehte sich zu mir um, damit ich ihn ansah.

Aber ich konnte ihm nicht antworten. Zu wissen, was geschehen war, was mit ihm geschehen war, tat zu weh. Also drehte ich mich stattdessen um, ging ein paar Schritte zurück und verließ den breiten Friedhofsweg, legte noch ein wenig mehr Abstand zwischen uns und die anderen. Ich wusste, dass er mir folgen würde, ohne dass ich ihn dazu auffordern musste.

„Wo willst du hin?"

Ich fand, was ich gesucht hatte und verschwand hinter einer Familiengruft. Ian war nur wenige Sekunden hinter mir. Er stieß mich gegen den kalten Marmor und hielt mich dort fest.

„Warum in Gottes Namen hast du dich mit Odell angelegt?", schrie er mich an.

Der riesige harte Kloß in meiner Kehle machte es mir nach wie vor unmöglich etwas zu sagen, aber der Ausdruck auf meinem Gesicht musste seine Frage beantwortet haben. Er holte scharf Luft und ich sah es auf seinem Gesicht, als ihm klar wurde, dass ich jetzt Bescheid wusste. „Scheiße", stöhnte er und schüttelte den Kopf, wütend und verletzt zugleich. „Ich wollte nicht … Verdammt."

Ich konzentrierte mich mit aller Kraft darauf, mit ruhiger, gleichmäßiger Stimme zu sprechen. „Hättest du es mir jemals selbst gesagt?"

„Nein", murmelte er und seine Hände ballten sich im Aufschlag meines Mantels zu Fäusten.

„Warum nicht?"

„Du – ich –" Er hielt inne und blickte einen Moment lang starr auf mein Kinn, dann holte er tief Luft und sah hoch, direkt in meine Augen. „Ich will nicht, ich kann nicht zulassen, dass du denkst, ich wäre schwach."

Es dauerte einen Moment, bis ich seine Worte verstand, denn sie waren so seltsam. „Was?" Das ergab nicht den geringsten Sinn. „Du bist die stärkste Person, die ich kenne!", schrie ich. Wie konnte er nur so etwas Albernes glauben? Ganz zu schweigen davon, zu glauben, dass ich so etwas denken würde? „Lieber Gott, Ian, kennst du mich denn überhaupt?", keuchte ich und ich konnte in meiner Stimme hören, wie mir das Herz brach.

„Natürlich kenne ich dich!"

„Warum dann – das? Warum …?"

Er ließ mich los, blieb aber dicht vor mir stehen. „Weil du ja jetzt schon denkst, dass ich einen Fehler gemacht hab und –"

„Wer bin ich denn, dich dafür zu kritisieren, mit wem du geschlafen hast, bevor wir zusammengekommen sind?"

„Ich war kein guter Mann."

„Ich war eine Schlampe, die mit allen ins Bett gegangen ist, die nicht nein gesagt haben, aber du hast mich nie dafür verurteilt."

„Ich hasse es", gestand er. „Und wenn wir einem Typen begegnen, mit dem du ins Bett gegangen bist … das hasse ich auch."

„Aber du denkst deswegen nicht schlecht von mir."

„Nein."

„Also warum sollte ich schlecht von dir denken?"

Er neigte den Kopf, fast ein Nicken.

„Du bist ein sehr guter Mann, Ian Doyle."

Ich sah die Flut der Emotionen, die über sein Gesicht huschten: Angst, Erleichterung, Wut, Scham, Schmerz, Freude. Sie legten seine Stirn in tiefe Falten, machten seinen Kiefer hart, ließen ihn schwer schlucken und konzentriert durch die Nase ein- und ausatmen.

„Da ist noch mehr als nur, dass du etwas mit einer verheirateten Frau hattest, oder?"

„Ja", stimmte er zu, trat zurück und blieb einige Schritte entfernt stehen.

„Entgegen landläufiger Meinung kann ich keine Gedanken lesen."

Er schnaubte spöttisch. „Bitte, M, niemand hat dich je beschuldigt, dass du –"

„Ian!", blaffte ich.

„Schön! Ich will nicht, dass du Mitleid mit mir hast wegen dem, was in der Wüste passiert ist!"

„Ich kann nicht anders."

„Aber wenn du denkst, ich wäre schwach oder –"

„Haben wir das nicht gerade schon geklärt?", wollte ich wissen und schloss die Entfernung zwischen uns, ergriff seinen Ellbogen, damit er nicht ausweichen konnte und trat so dicht an ihn heran, dass wir die Luft des anderen atmeten. „Ich weiß, wie stark du bist."

Er schloss die Augen.

„Sprich mit mir."

Er gab einen Laut von sich, nicht ganz ein Räuspern. „Es ist die Art, wie du mich ansiehst. Du siehst niemanden sonst so an und ich kann nicht – Wenn du aufhörst, so zu fühlen und anfängst, mich anders anzusehen, nur weil –" Seine Stimme brach. „Ich kann nicht … ich hab Angst, dass du es nicht mehr tust."

„Was nicht mehr tue?"

„Mich lieben."

Ah.

Die Wahrheit. Endlich. Es war immer so gut, wenn sie endlich ans Tageslicht kam.

„Ja, nein", sagte ich mit einem Seufzen, lächelte und rieb meine glattrasierte Wange an seiner stoppeligen. Sowohl das Geräusch als auch das Gefühl war sehr beruhigend und auch sehr sexy. „Wird nicht passieren."

Er zitterte, ich konnte es durch unsere beiden Jacken spüren.

„Wir streiten uns, wir versöhnen uns, aber ich weiß, dass du niemals sagen wirst: Stopp, mir reicht es. Du würdest das niemals sagen und einfach gehen. Ja, wir tun beide manchmal so, sagen beide manchmal Sachen, als könnte das doch passieren. Aber das kann es nicht."

„Nein. Kann es absolut nicht", stimmte er mir zu, schlang die Arme um mich und zog mich fest an sich. „Ich hatte Angst, dass es die Dinge zwischen uns ändern würde. Dass wir uns ändern, wenn du es weißt."

„Wird es nicht", versprach ich fest. „Aber ich muss es ganz hören, von Anfang bis Ende."

Er ließ mich langsam los und als wir einander gegenüberstanden und ich in seine Augen blickte, sah ich ein Glitzern in ihren Tiefen, das Blau im Herzen einer Flamme. „Egal was passiert ist, ich könnte niemals schlecht von dir denken, du Idiot. Wie kannst du so was nur glauben?"

„Manchmal denke ich dumme Sachen."

„Das tust du."

„Sie haben mich dort zurückgelassen und ich wollte nicht, dass du das weißt, weil ich dachte, das Warum würde eine Rolle für dich spielen."

„Tut es nicht."

„Okay."

„Wir sollten es wirklich sein lassen." Ich seufzte, plötzlich erschöpft und ausgelaugt, denn es konnte so mühsam sein, Ian dazu zu bringen, auch tatsächlich zu hören, was ich sagte. Es war die Mühe immer wert, das ja. Aber es war nichtsdestotrotz eine Mühe.

„Was lassen?", fragte er, ein Hauch von Alarm in der Stimme.

„Immer wieder zu sagen, dass einer von uns gehen könnte. Wie bei Leuten, die sich gegenseitig mit der Scheidung drohen, wenn sie verheiratet sind. Eines Tages bleibt es nicht mehr nur bei der Drohung."

„Ja, du hast recht."

„Ich meine, es ist doch eh völlig bescheuert, oder? Ich kann mir mich ohne dich nicht mehr vorstellen."

Sein Lächeln war warm. „Ich auch nicht."

„Also dann –"

„Deshalb war ich ja auch so sauer gestern Abend."

„Wir waren beide wütend."

Er schüttelte den Kopf und kam langsam wieder näher. „Nein, ich meine, als ich gestern runtergekommen bin und dieser Anwalt da war, er mit dir geredet und dich angefasst hat und Chickie streichelte."

Das hatte ich nicht erwartet.

„Was?" Er klang mürrisch.

„Du warst *nicht* eifersüchtig auf Barrett."

„Den Teufel war ich nicht!", fuhr er auf.

„Im Ernst? Meinst du das wirklich ernst?" Ich konnte es nicht glauben. Ian Doyle, auf einen anderen Mann eifersüchtig? Keine Chance. Aber es war eine Sache, die ich schnell und problemlos wieder in Ordnung bringen konnte und die Banalität des Ganzen brachte mich zum Lächeln. So waren Ian und ich eben. Große Enthüllungen, die dann in unsere gemeinsame Geschichte absorbiert wurden, bevor das Leben weiterlief. Es war eines der Dinge, die ich am meisten an uns mochte und ich wusste, ganz ohne jeden Zweifel, dass er der Eine für mich war.

„Absolut", grollte er, aber ich konnte sehen, dass Unsicherheit, Schmerz und Reue aus seinen wunderschönen blauen Augen verschwunden und von einer ordentlichen Dosis Gereiztheit ersetzt worden waren.

„Was solltest du für einen Grund haben, eifersüchtig zu sein?"

„Oh, ich weiß nicht: ein reicher, gut aussehender Anwalt, der voll auf dich steht, zieht nebenan ein, hat Chickie gern und kennt bereits alle deine Freunde …"

„Oh, jetzt komm schon."

„Wenn die Rollen vertauscht wären, würdest du dir dann keine Sorgen machen?"

Ich dachte einen Moment lang darüber nach. „Nein."

„Warum zum Teufel nicht?" Jetzt war er empört und es erforderte einige Konzentration und Selbstbeherrschung, um das breite Grinsen, das sich über mein Gesicht ziehen wollte, unter Kontrolle zu halten, so niedlich war das.

„Na ja, zum einen bist du nicht so charmant wie ich", erwiderte ich schließlich. Obwohl er sich in dieser Hinsicht niemals würde Sorgen machen müssen, genoss ein Teil von mir es doch, dass ihn die Sache so verunsichert hatte. Er zeigte mir damit eine Verletzlichkeit, die mich tief berührte. Dass ein so starker, einschüchternd wirkender Mann wie Ian Doyle sich Sorgen machte, dass mir ein anderer den Kopf verdrehte, war ungemein liebenswert. „Zum anderen wissen wir beide, dass du nicht so schnell Freundschaften schließt wie ich und außerdem –"

„Oh geh zum Teufel, M", brummelte er und boxte mich leicht in den Magen. „Ich bin total charmant."

„– weiß ich, dass du mich nie betrügen würdest."

Er erstarrte förmlich. „Moment mal. Ich hab nie gesagt, dass du was mit ihm hattest."

„Nein?"

„Verdammt, nein!", brüllte er und wurde mit jeder Sekunde wütender. „So was würdest du niemals tun!"

„Ganz genau. Würde ich nicht."

„Das macht mich trotzdem nicht weniger eifersüchtig", sagte er heiser, beugte sich zu mir und küsste meine Wange. „Aber das ist meine eigene Schuld. Ich bin schließlich derjenige, der dich immer wieder allein lässt."

Die Beerdigung eines gefallenen Kameraden war weder die richtige Zeit noch der richtige Ort, um seine Militärlaufbahn zu diskutieren. „Nun, ich werde immer hier sein und auf dich warten."

„Gut. Das ist gut", sagte er, stieß einen tiefen Atemzug aus und zog mich erneut in seine Arme. „Das ist alles, was ich brauche."

Ich erwiderte seine Umarmung, ließ ihn so wissen, dass ich selbstverständlich ebenso empfand.

„Okay. Gut. Dann sollten wir wohl jetzt besser zurückgehen", sagte er und ich konnte in seiner Stimme hören, wie wenig er das im Grunde wollte. Ian rieb seine Wange an meiner und drückte einen Kuss darauf, dann löste er sich langsam von mir.

Wir bewegten uns wie durch zähen Honig, langsam und zögernd, genossen die Nähe des anderen und keiner von uns wollte den Kontakt enden lassen. Aber wir wussten beide, dass unsere Atempause, dieser stille Moment, der uns gehörte, vorbei war.

Wir umrundeten die Gruft, traten wieder auf den asphaltierten Hauptweg, der sich über die gesamte Länge des Areals zog und gingen zu den anderen zurück.

„Gottverdammt, Doyle!"

Odell, Bates und zwei andere Männer, die ich nicht kannte, warteten auf uns und sahen uns entgegen. Ich hatte wirklich vorgehabt, mich zu benehmen und den Mund zu halten, bis es Zeit war zu gehen, aber dieser gute Vorsatz löste sich in dem Moment in Wohlgefallen auf, in dem ich einen Blick auf das Gesicht des Mannes erhaschte, mit dem ich mich geprügelt hatte und ein unwillkürliches Lachen platzte aus mir heraus.

„Sie mich auch, Jones!"

Es war nicht leicht, drohend zu wirken, wenn man zwei Tampons in der Nase hatte, Ranger hin oder her und das Bild, das Odell bot, ganz rotes geschwollenes Gesicht und tiefste Empörung, war einfach zum Schreien.

„Sie sind auch noch stolz darauf, was?", fuhr mich einer der Männer, die ich nicht kannte, an. Seine Stimme bebte vor Feindseligkeit und er hatte die Hände zu Fäusten geballt.

Ich zuckte die Schultern. „Er ist zuerst auf mich losgegangen, Mann."

„Sie Drecksack, wir sind hier auf einer Beerdigung!"

„Ja, ich weiß das", erwiderte ich und wies auf Odell. „Sagen Sie das Ihrem Jungen hier."

Zwei weitere Männer kamen hinzu und ich sah, wie Ians Augen hin und her huschten. Wir standen ein Stück von den anderen Trauergästen entfernt und befanden uns in der Unterzahl. Vermutlich würde es diesmal bei einem rein verbalen Schlagabtausch bleiben, aber ich wollte kein Risiko eingehen. Diese Männer waren ausgebildete Soldaten, die mich – von Odell mal abgesehen, so breit wie er war – schwer verletzen konnten. Andererseits hatte ich aber auch nicht vor zuzulassen, dass einer von ihnen Ian noch einmal etwas zuleide tat. Einmal war mehr als genug.

„Hallo zusammen, was geht ab hier?"

Alles drehte sich um und sah einen lächelnden Deputy US Marshal Chris Becker an. Gut eins fünfundneunzig groß und mit dem Körperbau des Footballspielers, der er an der Uni gewesen war, war er einer der nettesten Menschen, die man sich vorstellen konnte – bis er es nicht mehr war.

„Was geht, die Damen?", fragte er Ian und mich mit einem breiten Grinsen.

„Tut mir leid, dass wir euch hier bei der Beerdigung belästigen", fügte sein Partner und bester Freund Wes Ching hinzu, der sich einen Weg durch die umstehenden Männer bahnte. „Aber wenn wir schon zur Befuddled Owl gehen müssen, um uns foltern zu lassen, dann werden wir verdammt noch mal auch dafür sorgen, dass du und Doyle mitkommt."

Mit seinen eins siebenundsiebzig war er das kleinste Mitglied unseres Teams und die meisten Leute begingen den Fehler, zu glauben, dass er der Ungefährlichste von uns war. Das war so was von *nicht* der Fall. Ich hatte selbst gesehen, wie Ching mit drei Kugeln im Körper einen Flüchtigen zu Boden gerungen hatte, wie er den Eisenhower Expressway hinuntergerannt und dabei Autos und LKWs ausgewichen war und wie er auf einer Baustelle in zwölf Stockwerken Höhe über ein Gerüst sprintete. Er hatte so viel Mumm in den Knochen, dass es ein Wunder war, dass er sich überhaupt noch bewegen konnte. Wenn er also durch eine Menschenmenge ging, dann wichen die Leute aus, selbst ein Haufen wütender Militärs: Sie traten zurück und bildeten eine Gasse für ihn. Er war bei den Marines gewesen wie unser Vorgesetzter auch. Offenbar blieb der Komplex, selbst nachdem man die Truppe verlassen hatte.

„Stillgestanden!", brüllte eine neue Stimme hinter den anderen Männern.

Alle nahmen an Ort und Stelle Haltung an und salutierten dem Mann, der sich ebenfalls mühelos einen Weg durch die Menge bahnte. Ian bezeugte wie die anderen seinen Respekt, salutierte und blieb starr in Haltung stehen, als der Mann direkt vor ihn trat. Auf dem schwarzen Namenszug auf seiner Uniform stand „DELANEY".

„Rühren", sagte er zu Ian, aber alle anderen entspannten sich ebenfalls. „Doyle."

„Sir", entgegnete Ian und der eisige Ton in seiner Stimme entging mir nicht.

„Kommen Sie mit zum Haus der Lairds. Wir haben eine Sache höchst sensibler Natur zu besprechen, die uns alle betrifft."

„Entschuldigen Sie die Frage, Sir, aber ich bin schon seit einiger Zeit nicht mehr Mitglied dieser Einheit."

„Aber Sie waren es, als Lochlyn bei uns war und darin liegt das Problem."

„Sir?"

„Ich vermute, dass er versucht, einige von uns umzubringen."

8

AUF DEM Weg zu Eddie Lairds Haus in Canaryville auf dem siebenhundertsten Block der West Forty-Eighth Street, ließ ich Becker an einem Dunkin' Donuts anhalten, an dem wir vorbeikamen, damit wir wenigstens etwas mitzubringen hatten. Drei Dutzend glasierte Donuts schienen das mindeste, was wir tun konnten. Als wir am Haus ankamen, war ich überrascht, wie sehr Janice sich über die Geste freute.

„Kommen Sie herein und holen Sie sich etwas zu essen", drängte sie uns.

„Madam", grüßte Ian sie und stellte ihr Becker und Ching vor, die mit uns gekommen waren, sowie Ryan und Dorsey, die in der Dienststelle aufgehalten worden waren. Da Ryan gewusst hatte, dass ich Verstärkung brauchte, hatte er die anderen beiden vorgeschickt.

Dem Stadtviertel nach zu urteilen, in dem wir uns befanden, musste das Haus im frühen neunzehnten Jahrhundert erbaut worden sein. Es schien komplett aus winzigen Räumchen zu bestehen, die sich über zwei Etagen verteilten, hatte ein Schindeldach aus Teerpappe und einen holzgetäfelten Souterrain, den Eddie und Rose nie geschafft hatten zu renovieren. Ein schmiedeeisernes Geländer, das braun vor Rost war statt schwarz, zog sich um die vordere Veranda, in die Haustür war ein kleines Fensterchen eingelassen, das aussah wie ein Bullauge und der grün-weiß-schwarz gemusterte flauschige Teppichboden im Erdgeschoss wurde in der Küche zu beigem Linoleum in Steinoptik. Wie das Bad aussah, konnte ich nicht sagen, denn ich hatte keinen Grund, es aufzusuchen. Die drückende, feuchte Kälte in dem vollgestopften Haus fühlte sich echt an, konnte aber genauso gut meiner Vorstellung entsprungen sein. Ich fragte die anderen nicht, ob sie es auch fühlten. Ich musste nur den rechten Augenblick abwarten, dann konnte ich mit Ian nach Hause gehen.

Erst als wir im Wohnzimmer standen, alle noch in unseren Jacken und Mänteln, aber inzwischen mit Tellern und Getränken in der Hand, die Janice uns aufgedrängt hatte, kam Ian endlich dazu, unsere Kollegen zu fragen, was sie hier machten. Er war im Auto so beschäftigt damit gewesen, sich nach vier Monaten Abwesenheit auf den neuesten Stand bringen zu lassen und so froh, sie zu sehen, dass ihm gar nicht auffiel, dass das Timing ein wenig zu passend war.

„Ihr brauchtet Verstärkung", erklärte Becker und lächelte Janice an, die vorbeikam, um zu sehen, ob wir noch alles hatten. „Madam, darf ich Ihnen sagen, wie ausgezeichnet dieses Tetrazzini mit Huhn ist?"

Augenblicklich zog sich ein strahlendes Lächeln über ihr Gesicht und ihre erhitzten Wangen zeigten ein leises Rosa. „Vielen Dank, Sir. Das Rezept habe ich von meiner Mutter."

„Ich würde sagen, sie ist eine ganz ausgezeichnete Köchin."

Sie tätschelte seinen Arm. „Das war sie."

„Oh, das tut mir leid."

„Nein, nein, das ist jetzt Jahre her. Aber es ist schön, Sie so herzhaft zulangen zu sehen. Ich wollte immer für Eddie kochen, aber er war nie zu Hause. Jetzt werde ich auch nie Enkelchen haben, für die ich kochen kann."

„Mein Beileid", sagte Becker sanft.

Sie drückte seinen massigen Oberarm, dann drehte sie sich zu Ian um. „Ich weiß, dass Sie nicht mehr zu dieser Einheit gehören – Rosie hat es mir gerade gesagt –, aber sind Sie immer noch im aktiven Dienst?"

„Reservist", teilte er ihr mit.

„Oh, gut, das ist gut", seufzte sie und lächelte ihn durch tränenfeuchte Augen hindurch an. Ich vermutete, dass sie den ganzen Tag über immer wieder geweint hatte. „Bleiben Sie zu Hause und werden Sie sesshaft, Ian. Es gibt im Leben mehr, als Soldat zu sein."

„Jawohl, Madam", erwiderte Ian automatisch.

In meiner Kehle bildete sich ein dicker Kloß und selbst, wenn ich es gemusst hätte, ich hätte kein Wort herausgebracht. Manchmal war es faszinierend, wie völlig Fremde die eigenen sehnlichsten Wünsche in Worte fassten.

Nachdem sie gegangen war, schwiegen wir, bis Rose zu uns kam.

„Das Essen ist wirklich sehr gut", versuchte Ching das Gespräch zu eröffnen.

Sie nickte. „Ja, Greta, das ist Odells Frau, ist eine sehr gute Köchin. Meine Mutter hat das Tetrazzini gemacht, weil das Eddies Lieblingsgericht war."

Wieder entstand Schweigen, da keiner so recht wusste, was er sagen sollte. Keiner von uns war mit ihr befreundet und außer für Ian war sie für uns alle eine Fremde. Es gab keine gemeinsamen Erinnerungen, auf die wir hätten zurückgreifen können, um uns in diesem Moment zu helfen.

„Wo ist Eddies Familie?", fragte Ian schließlich. Ich hatte bemerkt, wie er sich suchend im Raum umgeschaut hatte.

Sie schnaubte spöttisch. „Oh, Ian, ich bitte dich. Du weißt, dass sie immer der Ansicht waren, dass ich nicht gut genug bin für ihren Sohn. Sie haben ihn im Familiengrab bestatten lassen und mir die Flagge direkt aus der Hand genommen. Hast du gesehen, wie sie das gleich dort am Grab getan hat?"

Er nickte.

Sie lehnte sich an ihn und seufzte. „Das wird das letzte Mal gewesen sein, dass ich sie gesehen habe, wart's nur ab."

„Nein, wird es nicht", sagte er, denn das sagte man so.

Sie hob ihre Hand mit dem diamantenen Verlobungsring und dazu passenden Ehering. „Wenn sie auch noch den Ring haben will, den er mir gegeben hat, weil der schon wer weiß wie lange in ihrer Familie ist, weißt du, was ich ihr dann sagen werde? Ich werde ihr sagen, sie kann mich mal."

Er drückte sie fest und nachdem sie ihm die Schulter getätschelt hatte, ging sie weiter, um mit der nächsten Gruppe zu sprechen.

„Doyle."

Das war Ians ehemaliger befehlshabender Offizier, Major Delaney – der Mann, der dafür gesorgt hatte, dass wir herkamen. Er winkte Doyle, ihm nach draußen zu folgen.

Ich machte Anstalten mitzugehen, aber Delaney schüttelte den Kopf.

„Dann geht von Ihren Jungs auch keiner mit raus", forderte ich.

„Und warum nicht?" Seine Worte waren kalt und knapp, forderten mich heraus, es offen auszusprechen.

„Weil seine Sicherheit dann nicht gewährleistet wäre", entgegnete ich.

„Ist dem so? Was genau glauben Sie, was ich mit ihm mache?"

„Keine Ahnung, könnte alles Mögliche sein", gab ich zurück. „Aber wenigstens weiß ich so, dass Sie ihn nicht noch mal irgendwo zurücklassen."

Ian hob eine Hand, um mir zu bedeuten, still zu sein und Delaney riss schäumend vor Wut die Fliegentür zum Garten auf und stampfte die Stufen der Veranda hinunter. Ian warf mir einen Blick zu, den ich mit gleicher Münze erwiderte, dann folgte er ihm nach draußen und schloss die Tür hinter sich.

„Machen Sie sich mal keine Sorgen um Ihren *Freund*", rief mir Odell vom Sofa, auf dem er saß, zu. „Der Major wird seinen schwuchteligen Arsch schon nicht angrapschen."

„Wir haben gesehen, wie Sie sich auf dem Friedhof verdrückt haben", steuerte Bates sein Scherflein bei. „Ekelhaft. Wenn ich gewusst hätte, dass Doyle so einer ist, dann wär ich nie zurückgegangen, um ihn zu holen."

„Ach nein?"

„Ganz richtig, nein", höhnte Bates und stand auf. „Besser tot als schwul."

Ich wollte mich auf ihn werfen, ihm meine Faust in sein höhnisches Grinsen rammen, aber Becker hielt mich fest. Ryan schlenderte an uns vorbei hinüber zu den Männern, die auf dem riesigen Ecksofa saßen, und baute sich vor ihnen auf.

„Eine freundliche Warnung, Jungs: Sagen Sie so was nicht noch mal oder ich nehme Sie wegen Bedrohung eines Staatsbeamten fest."

Bates schnaubte verächtlich zu Ryan hoch, der über ihm aufragte. „Verpissen Sie –"

„Wir können Sie allein für diese Drohung zweiundsiebzig Stunden lang festhalten."

„Ich bin ein Soldat, Sie Idiot."

„Ich auch", versicherte Ryan ihm. „Aber wir sprechen hier nicht vom Soldat sein. Wir sprechen von der aktuellen Situation. Und in der aktuellen Situation bedeutet das, was Sie so von sich geben, eine Freifahrt in die U-Haft."

Aller Augen waren auf ihn gerichtet.

„Also", sagte er mit einem betont gelangweilten Seufzen. „Halten Sie nun die Klappe oder nicht?"

Keiner von ihnen sagte ein Wort. Anscheinend war ein US Marshal mehr wert als ein Ranger, wenn besagter Ranger nicht im Einsatz war. Sie standen allesamt auf, um zu gehen und sie machten einen großen Bogen um Ryan.

Nachdem sie weg waren, ließ Becker mich wieder los, zog meinen Mantel glatt und klopfte mir auf die Schulter. Ich ging durch den Raum zum Fenster und sah hinaus zu Ian und seinem ehemaligen befehlsführenden Offizier.

„Entschuldigen Sie bitte."

Ich drehte mich um. Vor mir stand Danita Stanley. Von nahem gesehen war sie vollkommen makellos, perfekt wie ein Hollywood Sternchen aus den 1940ern, das strahlend im Licht eines Scheinwerfers stand. Ich wusste, warum Ian es getan hatte, warum er sich ihr zugewandt hatte. Wenn ich auf Frauen gestanden hätte, dann hätte ich es auch getan. „Ja?"

Sie räusperte sich. „Habe ich Odell sagen hören …" Sie verstummte, denn es war kein nettes Wort gewesen, das der Kerl verwendet hatte und sie schien es nicht wiederholen zu wollen. „Ist Ian schwul?"

„Er ist bi", korrigierte ich sie und sah sie vielsagend an. „Offensichtlich."

„Nein, wir – Er muss Ihnen von uns erzählt haben, da Sie sein … sein … da Sie mit ihm zusammen sind."

„Das bin ich."

„Also wissen Sie, dass wir nicht …"

„Nicht was?"

Sie stieß scharf den Atem aus. „Als wir, damals, es war –"

„Ehrlich gesagt, ich muss das alles gar nicht so genau wissen. Es geht mich nichts an."

Sie schwieg, dachte darüber nach. „Ja, Sie haben recht. Aber Sie sollten doch wissen, dass Ian der Einzige war, der mich *gesehen* hat."

Ich wartete darauf, dass sie mehr sagte, aber sie konnte nicht. Ihr Kinn bebte und ihre Augen wurden rot. Ich nahm ihre Hand. Sofort wich die Spannung aus ihr und sie sank fast in sich zusammen. Dann sah sie zu mir auf und schenkte mir den Hauch eines Lächelns.

„Mein Ehemann", begann sie, „Soldat sein war alles für ihn und er hat mich immer wieder allein gelassen. Selbst wenn er zu Hause war. Ian … nun ja, er hat mich gesehen."

Ich nickte.

„Er hat sich mit mir unterhalten und mit mir geflirtet, sicher, aber das haben sie mit uns allen – mit allen Ehefrauen, meine ich. Es war nett gemeint und lustig und irgendwie auch süß. So wussten wir, dass sie uns mochten, dass wir eine Familie waren und das war wunderbar. Aber ich war so einsam. Wenn Jace nach Hause kam, dann wollte er immer noch mit diesen Männern zusammen sein, er wollte ausgehen, einen draufmachen, saufen. Die meisten von ihnen hatten Familie und konnten nicht, aber ein paar der Jungs hatten keine. Dann hatte er noch andere Freunde, die nicht zu seiner Einheit gehörten und … und dann war da Ian."

Ich spürte, dass sie lange darauf gewartet hatte, diese Geschichte erzählen zu können.

„Wie sollte ich die Aufmerksamkeit dieses Mannes zurückweisen?"

Ich verstand. Ians Aufmerksamkeit, wenn man sie einmal hatte, war etwas, für das man schnell einen Geschmack entwickelte. Allein seine Augen auf sich ruhen zu spüren, reichte aus, dass man sich ergab.

„Ich bin in meinem ganzen Leben noch nie so geküsst worden."

Ich lächelte sie an, denn ja, ich wusste, wovon sie sprach. Ian hatte einen sündhaften Mund und er wusste, wie er ihn einzusetzen hatte.

„Aber als es dann daran ging …" Sie sah unbehaglich aus.

„Einen Schritt weiter zu gehen?", schlug ich vor.

„Ja, genau", hauchte sie. „Als dann der nächste Schritt war, es zu tun … konnte er nicht."

Ich fing ihren nervös durch den Raum huschenden Blick ein und sah sie fest an. „Konnte nicht oder wollte nicht?"

„Wollte nicht", berichtigte sie sich. „Er sagte, dass er mich nicht kompromittieren wolle und dass er es Jace nicht antun könnte. Dass er es nicht tun und ihm hinterher noch in die Augen sehen könnte."

„Aber?" Ich konnte deutlich das „aber" in ihrer Stimme hören.

Ihr schossen Tränen in die Augen. „Ich war wütend, wissen Sie? Ich *wollte* kompromittiert werden. Ich wollte Ian Doyles Eroberung sein."

„Also haben Sie gelogen", schloss ich und ließ ihre Hand los.

„Ich habe gelogen."

„Und Ihr Mann hat es seinen Kameraden erzählt und dann ist geschehen, was geschehen ist – Ian hat die Einheit verlassen und Sie sehen ihn heute zum ersten Mal seit damals wieder."

Sie nickte bejahend.

„Weiß es sonst jemand?"

„Ich habe es Jace gesagt, als die Scheidung vor zwei Jahren rechtskräftig geworden ist."

„Wie hat er das aufgenommen?"

„Nicht gut", sagte sie in einem Ton, der nahelegte, dass das eine Untertreibung war. „Wir sprechen nicht länger miteinander."

„Wo befindet Jason sich jetzt?", fragte ich und verwendete statt des Spitznamens den Namen, von dem ich annahm, dass es sein richtiger war.

„Er ist nach Florida gezogen."

„Er ist kein Soldat mehr?"

„Oh, nein", sagte sie hitzig und ich konnte die in ihr schwelende Wut in ihrer Stimme hören. „Er hat ausgemustert und irgendeine Lehrerin geheiratet, die er dort kennengelernt hat. Sie haben jetzt schon zwei Kinder."

„Und Sie?"

„Ich habe einen Typ", gestand sie mit brüchiger Stimme. „Aber die meisten Männer meines Alters, die bei der Armee sind, sind entweder verheiratet oder in einer festen Beziehung."

„M-hm."

„Sie schwingen zwar alle große Reden darüber, was für tolle Hengste sie sind und wie viele Frauen sie erobert haben, aber wenn es dann ernst wird, wenn es wirklich daran geht, fremdzugehen – Sie wären überrascht, wie viele Männer kneifen."

Oder vielleicht waren es einfach gute Kerle, die sich vom Moment hatten mitreißen lassen und dann rechtzeitig wieder zu Sinnen kamen, bevor es zu spät war.

Sie verschränkte die Arme vor der Brust. „Dann habe ich Ian auf dem Friedhof gesehen und er hatte keinen Ring am Finger."

„Stimmt, hat er nicht."

„Er sieht heute besser aus als vor sechs Jahren."

Das tat er zweifellos. Ian war der Typ, der mit zunehmendem Alter immer besser aussah. Wenn er siebzig war, würden sich ihm die Leute scharenweise an den Hals werfen.

„Ich dachte, Ian wiederzusehen, einen nicht verheirateten Ian, das ist ein Geschenk. Eine zweite Chance für etwas, das ich beim ersten Versuch nicht bekommen habe."

„Kann ich nachvollziehen."

„Aber jetzt ist er schwul."

Ich würde sie nicht noch ein zweites Mal korrigieren.

„Oder bi", fügte sie hinzu. „Richtig?"

„Er war immer schon bi."

„Was ist mit latenter Homosexualität?"

„Keine Ahnung", antwortete ich, denn ich war mein ganzes Leben lang schwul gewesen. Ich hatte keine Ahnung, wie irgendetwas anderes genau funktionierte und hatte auch kein Interesse daran, das herauszufinden. Ian stand sowohl auf Frauen als auch auf Männer und am allermeisten stand er auf mich. Das war wirklich alles, was ich über seine Sexualität wissen musste.

„Aber wenn er bi ist, wie Sie sagen, dann heißt das, dass er auch auf Frauen steht."

Fragte sie mich das oder sagte sie mir das?

Sie legte den Kopf schräg und sah prüfend in mein Gesicht. „Macht Ihnen das keine Angst? Dass es nicht Entweder Oder ist, sondern Sowohl als Auch?"

Ich musste ihr meine Ängste diesbezüglich, die mich dann und wann doch immer noch plagten, nicht gestehen. Denn wie ich erst gestern Abend noch gedacht hatte: Ian mochte sich zu beiden Geschlechtern hingezogen fühlen, aber ich war derjenige, der sein Herz besaß.

„Mir würde das richtig Angst machen."

Ich hätte ihr geantwortet, aber in dem Moment drehte Ian, der mit Delaney in der Mitte des Gartens gestanden hatte, sich um und kam auf das Haus zu. Ich ging um Danita herum und öffnete ihm die Gartentür, als er die Veranda erreicht hatte.

„Und?", wollte ich wissen.

„Ich muss erst zur Dienststelle, bevor wir zu Portillo's fahren", sagte er, packte meinen Oberarm und zog mich hinter sich her.

„Warte." Ich blieb stehen und machte mich aus seinem Griff los, sodass er sich umdrehen und mich ansehen musste.

„Was?"

„Glaubst du, dass da draußen wirklich jemand ist, der dich und wen auch sonst umbringen will?"

„Ich nicht, aber Delaney hat es mit der Angst bekommen, weil von den sechs, die damals in der Nacht mit auf Patrouille waren, als Lochlyn durchgedreht ist, in den letzten fünf Monaten zwei bei Unfällen mit Fahrerflucht ums Leben gekommen sind, Laird und Regan."

„Okay, und wer ist dieser Lochlyn?"

„Das erklär ich dir, wenn wir in der Dienststelle sind, versprochen."

„Dann lass uns gehen."

Er grinste mich an. „Dir ist schon klar, dass ich genau das versucht habe, oder?"

Ich warf ihm einen finsteren Blick zu und öffnete den Mund, um mich zu verteidigen.

„Ian", rief Danita leise.

Er wandte sich von mir ab und wartete, während sie näherkam, bis sie vor ihm stand.

„Bevor du gehst, kann ich deine Nummer haben? Ich würde mich gern auf einen Kaffee oder so mit dir treffen und hören, wie es dir ergangen ist."

Die Art, wie er sie aus zusammengekniffenen Augen ansah, hätte mir ein Lächeln entlockt, wenn ich mir nicht auf die Wange gebissen hätte, um es zu unterdrücken. „Wozu? Du weißt, wie es mir ergangen ist."

„Ich würde –", ihr Atem stockte, als wäre sie nervös, „– dich gerne wiedersehen."

Es dauerte einen Moment bevor er begriff, dass sie versuchte, ihn anzubaggern. Normalerweise war er da schneller, aber er hatte im Moment eine Menge anderer Dinge im Kopf. „Oh, ich kann nicht", informierte er sie. „Ich bin praktisch verlobt."

„Das bist du?", fragte sie. Ihr Blick huschte zu mir und dann zu ihm zurück.

„Jepp. Ich hab gefragt und ein Ja bekommen. Wir müssen uns nur noch auf einen Termin einigen, um die Sache hinter uns zu bringen."

„Du wirst heiraten?" Ihre weit aufgerissenen Augen legten nahe, dass sie gerade aus allen Wolken fiel.

„Ja", sagte er und wandte sich wieder mir zu. „Warte hier, während ich mich von Rose und ihrer Mutter verabschieden gehe."

„Sicher."

Er ging schnell und ich war wieder allein mit Danita.

„Heiratet er Sie?", tastete sie sich vorsichtig vor.

Ich war zu stolz, Ian mein nennen zu können, um nicht zu antworten. „Eines Tages, ja."

Sie verdaute die Nachricht, die Stirn in Falten gelegt, die Lippen fest zusammengepresst und ihre Augen nahmen jenen leeren Ausdruck an, der Leuten zu eigen ist, die völlig in Gedanken versunken sind und nichts um sich herum wahrnehmen. Wenige Sekunden später tauchte sie wieder auf und richtete ihren Blick auf mich.

Sie räusperte sich. „Ah, entschuldigen Sie bitte. Ich war nur überrascht, wissen Sie?"

Ich nickte.

„Ich wusste nicht, dass er – ich meine, Ian ist nicht ... Sehen Sie, ich habe immer eine sehr stereotype Vorstellung davon gehabt, wie ein schwuler Mann aussieht und wie er sich verhält", gestand sie. Sie schien ziemlich aus der Fassung geraten. Eine helle Röte überzog ihre Wangen und ihre Hände flatterten nervös, während sie sprach.

„Das haben viele."

Sie wies mit einer Handbewegung auf mich. „Sie sehen nicht schwul aus."

Ich zuckte die Schultern. „Es gibt viele verschiedene Arten von schwul."

„Ja, das weiß ich", sagte sie und klang fast verärgert. Ich vermutete mehr mit sich selbst als mit der Situation. „Ich ... Aber Sie wissen, was ich meine – was ich versuche, zu sagen."

Ich räusperte mich. „Ich denke, wir sind wieder bei den Stereotypen, die Sie eben erwähnten."

„Ja", stimmte sie zu und holte schnell Luft. „Genau."

Es gab viele Menschen, die so etwas nicht taten – die nicht einen Moment lang innehielten und die eigenen Überzeugungen einer kritischen Überprüfung unterzogen. Von daher war es schon irgendwie schade, dass ich sie nicht näher kennenlernen würde. Andererseits hatte ihre Entscheidung Ian beinahe das Leben gekostet, also war es auch wieder nicht so schade.

„Liebt er Sie?"

„Ja."

„Dann ist er gern mit Ihnen zusammen", sagte sie, aber es schien mehr rhetorisch. „Dann ist das vielleicht der Grund, warum ... warum er mich nicht wollte. Ich meine, vielleicht liegt es ja daran, dass er nie mehr getan hat, als mich zu küssen."

Ihr musste nicht bewusst gewesen sein, dass viele Leute näher standen, als sie dachte – so groß war das Wohnzimmer auch wieder nicht –, denn sonst hätte sie dieses Geständnis wohl kaum jemals gemacht. Kaum waren ihr die Worte über die Lippen gekommen, wanderten meine Augenbrauen nach oben und sie begriff – noch bevor ich nach links und rechts blickte – was sie da gesagt hatte. Was sie gestanden hatte. Sie schlug eine Hand vor den Mund, als könnte das irgendwie helfen.

Ich hörte, wie hinter mir jemand nach Luft rang. „Was? Was!?", keuchte Odell.

Ich drehte mich um, sah ihn an und sein Blick traf meinen. Ich sah neue Qual in seinen Augen, Qual und so viel Wut, zusammen mit dem Bewusstsein, verraten worden zu sein.

„Er hätte das verdammt noch mal sagen sollen!"

Aber für Ian war allein der Gedanke, es zu tun, genug gewesen, um Strafe zu verdienen. Er hatte vorgehabt, die Frau seines Bruders zu verführen und in seinen Augen machte ihn das ebenso sehr schuldig, als wenn er dieses Vorhaben in die Tat umgesetzt hätte. Ich kannte ihn. Ich wusste, wie sein Verstand arbeitete. Und so wusste ich auch, dass genau das der Grund war, warum er geschwiegen hatte, warum er das Urteil, das sie über ihn gefällt hatten, akzeptierte.

Gleichzeit war er, nachdem er aus der Gefangenschaft zurückgekommen war, von seiner Sünde gereinigt und er hatte ihre Einheit verlassen, ohne noch einmal zurückzublicken. Auch das war Ian. War die Schuld beglichen, so hatte sie aufgehört zu existieren, es musste also nicht mehr darüber gesprochen werden. Wäre Eddie Laird nicht gestorben, dann hätte er keinen dieser Männer je wiedergesehen. Sie trugen ihn immer noch mit sich, trugen immer noch die Last ihrer Schuld mit sich. In Ians Augen aber war die Schuld beglichen und er hatte nie wieder einen Gedanken an sie, an einen von ihnen, verschwendet. Als ich nun in die Gesichter der Männer um mich herum blickte, jedes von ihnen voller Schmerz und erschüttert von dem Wissen, an was sie da beteiligt gewesen waren – besonders Delaney, der in den ihn am nächsten stehenden Stuhl gesunken war – spürte ich einen Moment des Friedens. Ich mochte es, unter eine Sache einen Schlussstrich ziehen zu können und ich vermutete, dass Eddie Laird das genauso sah.

„M, komm, wir gehen", rief Ian von der Haustür, lenkte damit meine Aufmerksamkeit von der sprachlosen Menge ab und auf ihn. Er winkte mir, dann war er durch die Tür.

Die vier anderen Marshals und ich folgten Ians Vorbild, verabschiedeten uns von Rose und Janice und verließen ebenfalls das Haus. Kurze Zeit später standen wir alle draußen auf der Veranda, wo Ian auf uns wartete. Er atmete tief durch und lächelte.

„Bist du okay?", fragte ich und ging die wenigen Schritte von den anderen weg und zu ihm hin.

„Ja."

„Fühlst du dich jetzt bestätigt?"

Er schüttelte den Kopf. „Nein. Es war beschissen, was ich gemacht hab und ich hab dafür bezahlt."

Ich trat noch näher an ihn heran. „Wir werden über all das reden müssen."

Sein Knurren klang fast wie ein Stöhnen.

„Ich weiß, wie gern du das tust, aber ich muss es wissen."

„Schön. Erst rede ich, dann redest du."

„Ich?"

Er machte eine Geste mit dem Finger, die mein Gesicht miteinschloss. „Cochran."

„Okay. Abgemacht", sagte ich heiser, denn wenn ich Ian dabei zuhörte, wenn er von den entsetzlichen Dingen sprach, die ihm angetan worden waren, kehrte sich stets mein Innerstes nach außen.

„Es ist Jahre her", flüsterte er und drückte mir einen Kuss auf den Hals. Das war seine Lieblingsstelle, denn er mochte das Gefühl meiner Haut dort und auch den Duft. „Vergiss das nicht."

„Das wird nicht helfen", sagte ich, legte eine Hand um sein Gesicht und hielt ihn dort fest, wo er war.

Er drehte das Gesicht zur Seite, küsste meine Handfläche und hob den Kopf wieder. „Ich liebe dich auch, M", murmelte er, während sich von hinten unsere Kollegen näherten. „Okay, also, ich muss erst zur Dienststelle, bevor wir uns grottige Musik antun gehen können."

„Ja!", jubelte Ryan.

„Scheiße", fluchte Dorsey und ließ den Kopf nach vorn fallen.

„Ich werde sehr viel trinken", verkündete Ching, als er die Stufen hinunterstampfte. „Kein Witz. Nur, dass ihr Bescheid wisst."

„Wissen wir!", rief ich mit den anderen im Chor.

Ching, der uns allen den Mittelfinger zeigte, war das Beste, was der Tag bisher zu bieten gehabt hatte.

9

SHARPE UND White, zwei weitere Mitglieder unseres Teams, taten Dienst, als wir sechs in unserer Dienststelle im Dirksen Federal Building in der Innenstadt ankamen. Becker und Ching gingen, um nach dem Status eines Haftbefehls zu sehen, den sie für einen Drogenschieber ausgestellt hatten. Dorsey und Ryan nutzten die Chance und riefen bei der Homeland Security an, um den Aufbau einer Anti-Terror Einsatzgruppe zu besprechen. Ian und ich setzten uns an seinen Schreibtisch und er loggte sich ins System ein, um nach Kerry Lochlyn zu suchen, einem der Männer, mit denen Ian vor vier Jahren in Afghanistan im Einsatz gewesen war.

„So, und was ist jetzt mit dem Typen?", fragte ich, während der Computer jede Datenbank, auf die wir Zugriff hatten, nach dem Mann durchsuchte.

„Keine Ahnung", sagte Ian und tippte weiter. Auf dem Bildschirm erschien eine Mitteilung, die ihn um weitere Informationen bat. „Ich dachte, er wäre nach Hause gekommen und hätte sich Hilfe gesucht."

„Aber du weißt es nicht. Du hast dich nicht nach ihm erkundigt oder so."

„Wir waren keine Freunde."

„Wie lange war er bei eurer Einheit?"

„Sechs Monate, glaube ich."

„Erinnerst du dich, was mit ihm passiert ist?"

„Nicht genau", erwiderte Ian, immer noch tippend. „Wir waren nachts auf Patrouille und –"

„Wer ist wir?"

„Ich, Delaney, Odell, Bates, Regan, Laird und Lochlyn."

„Okay, und?"

„Er ist durchgedreht."

„Was ist passiert?"

Ian musste einen Moment lang nachdenken. „Ich erinnere mich daran, dass ich und die anderen uns mit ein paar von den Einheimischen unterhalten haben. Er ist von einer Sekunde auf die andere einfach durchgedreht."

„Wieso?"

Er zuckte die Schultern. „Es kann ziemlich heftig sein. Beängstigend. Der ständige Druck, tagein, tagaus. Du weißt nie, wem du vertrauen kannst, wer dich umbringen will und wer sich einfach nur um seinen eigenen Kram kümmert."

Das war seine Realität gewesen, er hatte sich daran gewöhnt und diese Geisteshaltung war für ihn zur zweiten Natur geworden. Für mich hingegen klang sie wie ein leibhaftig gewordener Albtraum.

„Ich erinnere mich, dass er angefangen hat, einen Mann und seine Frau anzuschreien oder vielleicht war es auch seine Mutter, ich weiß es nicht mehr. Da war ein kleines Kind. Sie war zu dem Mann gelaufen, aber sie ist in Lochlyns totem Winkel hinter ihm aufgetaucht und er hat angefangen zu schreien."

„Hat er jemanden verletzt?"

„Nein, wir haben ihn uns geschnappt und von da weggebracht. Delaney und Regan haben ihn dann zum Stützpunkt zurückgebracht und der Rest von uns hat unsere Patrouille beendet."

„Also weißt du nicht, was in dem Zeitraum vorgefallen ist, nachdem sie dich zurückgelassen haben und dem Moment, in dem sie Lochlyn in ein Flugzeug gesteckt haben."

„Nein, keine Ahnung."

„Besteht die Möglichkeit, dass sie ihm eine zweite Chance gegeben haben?"

„Ich glaube, das war schon die zweite. Ich meine, mich erinnern zu können, dass er davor schon mal ausgerastet ist und dass Delaney das hat durchgehen lassen."

„Also hatte Delaney die Wahl."

„Genau. Er konnte ihn weiter behalten oder ihn nach Hause schicken."

„Und er hat ihn nach Hause geschickt."

„Richtig. Ich meine, Lochlyn ist ausgerastet. Das ist nicht einfach eine dumme Angewohnheit, die man mal eben so abschüttelt. Also hat Delaney die Reißleine gezogen."

„Musste er das?"

Ian drehte sich mit seinem Stuhl um und sah mich an. „In solchen Fällen steht immer das Leben von Menschen mit auf dem Spiel, M. Lochlyn hatte eine verdammt große Waffe und ist durch Städte voller Menschen, voller Kinder und alter Leute Patrouille gegangen. Was, wenn seine Paranoia dazu geführt hätte, dass er jemanden umbringt?"

„Und was, wenn er einfach nur ein wenig Hilfe und Unterstützung gebraucht hätte?"

„Nein, das war mehr, als was man mit ein bisschen Unterstützung hätte abfangen können. Im Lauf der Zeit kommt man an einen Punkt, wo man weiß, wer von den Jungs es packt und wer nicht. Lochlyn gehörte nicht dazu und Delaney hat das gewusst."

„Hast du ihn nach dem Abend noch mal gesehen?"

Ian schwieg einen Moment lang. „Nein. Ich hab ihn nie wiedergesehen."

„Also kann es sein, dass Lochlyn es auch nach seiner Rückkehr nicht leicht hatte. Dass er Delaney die Schuld daran gibt, weil der ihn nach Hause geschickt hat. Und dass er euch, dir und den anderen, die Schuld dafür gibt, weil ihr nicht für ihn eingetreten seid."

„Ja, das kann sein", sagte er mit einer Grimasse.

„Was?"

Er sah mich an. „Das ist ziemlich weithergeholt, oder?"

„Wieso?"

„Delaney hat Lochlyn nach Hause geschickt und jetzt hat er es auf uns abgesehen?"

„Du hast gesagt, dass er labil war."

„Ja, aber vielleicht haben sich die Dinge ja auch wieder geändert, nachdem er zurück war und wieder Zivilist geworden ist."

„Vielleicht und vielleicht auch nicht", spielte ich des Teufels Advokat. „Wenn er dich hinterher nie wiedergesehen hat, dann denkt er vielleicht, dass du immer noch bei dieser Einheit bist."

„Mag sein."

„Du bist nicht überzeugt."

„Nicht wirklich, nein."

„Warum nicht?"

„Viele der Jungs haben da drüben Probleme und ich würde sagen, die meisten davon kommen nach Hause und suchen sich Hilfe."

„Aber du weißt nicht, was zu Hause auf Lochlyn gewartet hat."

„Nein, weiß ich nicht und – oh, verdammt", knurrte er, lehnte sich in seinem Stuhl zurück und zeigte auf den Bildschirm. „Das hilft uns auch nicht weiter."

Ich warf einen Blick auf den Bildschirm und sah, dass laut unserem System – was nicht nur dieselbe Datenbank beinhaltete, die auch das FBI und die Homeland Security nutzten, sondern auch unsere eigene Datenbank für Haftbefehle – Lochlyn nicht existierte.

„Er hat die Behandlung abgelehnt und wurde ausgemustert und das ist das letzte, das wir über ihn wissen."

„Aber schau mal", sagte ich und zeigte auf die Adresse. „Seine Familie lebt in Trenton." Ich drehte mich in meinem Stuhl um und schrie nach Sharpe.

„Verdammt, Jones, ich sitz im selben Raum, nicht am anderen Ende der Stadt", fauchte der mich an.

Ich ignorierte seinen Tonfall. „He, erinnerst du dich noch daran, als ihr nach Jersey musstet, um wie-hieß-er-noch-gleich abzuholen – den Fassadenkletterer, der den Mafiamord gesehen hatte …" Ich kramte in meinem Gedächtnis. „Tommy irgendwas?"

„Timmy", korrigierte er. „Timmy Halligan. Ja, warum? Was ist mit ihm?"

„Ihr habt damals mit zwei Jungs zusammengearbeitet, von denen ihr meintet, die würden perfekt zu uns passen. Erinnerst du dich?"

„Ja, ich erinnere mich an die beiden, aber", er wandte sich an White, „wie hießen sie noch gleich?"

„Kramer und Greenberg", soufflierte White.

„Genau", sagte er und sah zu mir zurück. „Warum?"

„Ian braucht sie für einen Hausbesuch."

„Schick mir die Adresse rüber und ich ruf sie an."

Als ich mich wieder umdrehte, sah ich mich einem absolut finsteren Blick gegenüber. „Was?"

„Ich halte es für keine gute Idee, Militärangelegenheiten und Marshalangelegenheiten zu vermischen."

„Wenn dieser Kerl wirklich vorhat, dich umzubringen, dann ist es ein und dasselbe", versicherte ich ihm.

„Das glaube ich nicht und Kage wäre bestimmt auch nicht besonders davon angetan, dass du offizielle Ressourcen dafür verschwendest."

„Mal sehen", sagte ich und stand auf.

„Miro", fauchte Ian gereizt, packte mich und versuchte mich wieder auf meinen Stuhl zurückzuziehen. „Halt doch –"

„Männer", rief ich in den Raum. „Hergehört."

Prompt hatte ich aller Aufmerksamkeit.

„Wer von euch denkt, dass Ian und ich einen Kerl überprüfen sollten, der vielleicht, eventuell auf Rachefeldzug gegen Ians alte Einheit bei den Rangern ist und versuchen könnte, ihn umzubringen?"

Es dauerte einige Augenblicke, bis die Worte einsanken.

„Ist das eine Fangfrage?", wollte Becker wissen.

Ich zog eine Augenbraue hoch.

„Ich ruf sie sofort an", ließ Sharpe mich wissen.

„Setz dich verflucht noch mal hin", grummelte Ian.

Es war schön, recht zu haben.

CHING WOLLTE Griechisch, also entschieden wir uns für das The Parthenon auf der Halstead, um uns bei *saganaki* auszutoben. Wir hatten zwar alle nach der Beerdigung bei Rose etwas gegessen, aber nicht viel, von daher war es für keinen von uns ein Problem, nach so kurzer Zeit wieder etwas zu essen. Wir fuhren in Kolonne nach Hyde Park: Becker und Ching vorneweg, Ian, Ryan, Dorsey und ich folgten in dem aufgemotzten Hummer, der den beiden zugeteilt worden war. So lief das bei uns: Wir fuhren das, was bei Drogenrazzien beschlagnahmt worden war und jetzt darauf wartete versteigert zu werden.

„Das ist mal eine tolle Kiste", sagte ich und rutschte auf dem ledernen Autositz hin und her. „Wir sollten eine Fahrgemeinschaft bilden, solange wir das Schätzchen hier haben."

„Wir können in dem Ding ernsthaft Verstärkung für SWAT machen." Ryan gluckste. „Ich fühle mich, als müssten alle anderen auf der Straße verdammt noch … mal … ausweichen …"

„Wo brennt es?", fragte Dorsey, der die Nuancen in Ryans Stimme ebenso gut kannte wie ich die in Ians.

„Was zum Geier ist das vorne los?"

Ian und ich beugten uns vor und gemeinsam beobachteten wir, wie auf der anderen Seite der Kreuzung, jenseits der Ampel, hinter der wir gerade festhingen, Becker und Ching angehalten wurden.

Ein Streifenwagen stand direkt hinter ihnen und während wir darauf warteten, dass die Ampel auf Grün sprang, brauste ein weiterer Streifenwagen heran und hielt hinter dem ersten an, während zwei andere sich vor Beckers und Chings Auto stellten.

„Was um alles in der Welt?", fragte Dorsey, als vier uniformierte Beamte ihre Waffen zogen und auf das Innere des Wagens richteten.

„Oh, Teufel, nein", brüllte Ian, als die Ampel endlich umsprang.

Dann geschah alles sehr schnell.

Ryan drückte das Gaspedal bis zum Anschlag durch, der Wagen machte einen Satz und nur Sekunden später kamen wir mit quietschenden Reifen hinter dem letzten Streifenwagen zum Stehen. Wir sprangen alle vier gleichzeitig aus dem Auto und rannten an der von Streifenwagen gebildeten Barrikade vorbei.

Augenblicklich wurden wir angeschrien und über den lauten Stimmen konnte ich in der Ferne Sirenen hören.

„Stehenbleiben, sofort!"

„Das sind US Marshals!", schrie Dorsey zurück. „Was glauben Sie, was Sie da tun?!"

Nur wenige Minuten später rauschten die Sirenen heran und weitere Bullen gesellten sich zur ersten Gruppe. Inzwischen standen wir vier Marshals um Beckers und Chings Auto herum, die Hände erhoben, ohne Anstalten zu machen, irgendwelche Waffen auszuliefern – von denen die Bullen ohnehin nichts wussten, da wir sie unter unseren Mänteln trugen, wo niemand sie sehen konnte – oder uns hinzuknien. Zum Glück war noch keiner der Bullen auf die Idee gekommen, auf uns zu schießen und wir hatten auf stur gestellt und rührten uns nicht. Mehr Entgegenkommen konnten sie wirklich nicht von uns erwarten. Die Situation war eskaliert und das verdammt schnell. Es war ein wenig beängstigend, vermutlich für beide Seiten. Ich vermutete, dass es ein wenig seltsam aussah: vier Männer, die um ein Auto herumstanden, während sechs Beamte ihre Waffen auf sie richteten. Aber niemand rührte sich, niemand gab nach, alle verharrten vollkommen bewegungslos.

„Sie richten Ihre Waffen auf sechs US Marshals", informierte Ryan die Bullen, während im Hintergrund die Gruppe weiter anwuchs. „Würden Sie sich vielleicht gern ein paar Dienstmarken ansehen?"

„Der Mann im Wagen hat sich geweigert auszusteigen", schoss einer der Beamten lautstark zurück.

„Nein, ich habe meinen Bereitwillen signalisiert, der Aufforderung nachzukommen und gesagt, dass ich aussteigen werde. Aber ich wollte Ihnen meine Dienstmarke zeigen", korrigierte Becker aus dem Inneren des Wagens. „Ich habe meinen Sicherheitsgurt gelöst und wollte meine Dienstmarke aus der Tasche ziehen, als der erste Beamte seine Waffe gezogen hat, anstatt abzuwarten."

„Warum um alles in der Welt muss er überhaupt aussteigen?", fragte ich und machte einen Schritt zur Seite, sodass ich vor dem Fahrerfenster stand. Das nahm ihnen die direkte Sicht auf Becker – damit hatten sie ihn auch nicht mehr direkt in Schusslinie.

„Keine Bewegung!", warnte der Bulle mich.

„Miro, bleib stehen!", befahl Ian und ich hörte einen Anflug von Angst in seiner Stimme.

„Nehmen Sie die Waffen runter", brüllte Dorsey die Bullen an. „Wir sind Marshals, Sie Vollidioten!"

Aber die Bullen kauften uns das nicht ab – was völlig korrekt war, ohne eine Dienstmarke gesehen zu haben. Allerdings erlaubten sie uns auch nicht, in unsere Jackentaschen zu greifen und diese hervorzuholen. Da wir ihnen auch nicht erlauben würden, Becker und Ching aus dem Auto zu holen, war die Situation zum Stillstand gekommen.

Es schien mir, als würden wir stundenlang so dastehen, während immer mehr Polizisten dazu kamen und über uns die ersten Hubschrauber kreisten. Und sich, natürlich, eine Menschenmenge ansammelte. Nichts davon musste sein, denn soweit ich das sehen konnte, waren Becker und Ching aus keinem anderen Grund angehalten und zum Aussteigen aufgefordert worden, als dass Becker schwarz war.

Ching schäumte vor Wut. Ich konnte ihn im Innern des Wagens fluchen hören. Sowohl er als auch Becker hatten nach wie vor ihre Hände auf dem Armaturenbrett liegen, aber da wir anderen vier um das Auto herumstanden, konnten die Bullen das Wageninnere und damit auch die Insassen nicht sehen.

„Ich glaube ja immer noch, dass nicht alle von ihnen Rassisten sind oder schlicht dumm", sagte Becker von schräg unter mir. „Aber ich glaube auch, dass viele von denen, die Autos anhalten und Fahrer durchsuchen, genau das sind. Das sind dann auch genau diejenigen, die in den Abendnachrichten wie unfähige Vollidioten aussehen."

„Oder Schlimmeres", sagte ich düster.

„Oder Schlimmeres", stimmte er ernst zu.

„Wenn sie keine Rassisten wären, dann würden sie auch nicht Afro-Amerikaner ins Visier nehmen", grollte ich und duckte mich, sodass ich durchs Fenster und ihn ansehen konnte.

„Verdammt, rühr dich nicht", warnte er mich, während hinter mir das Geschrei wieder losging.

„Miro, keine Bewegung!", bellte Ian von der anderen Seite des Autos.

„Sie werden mich schon nicht erschießen", versicherte ich ihm, bevor ich meine Aufmerksamkeit wieder auf Becker richtete. „Sag ihm, dass sie mich nicht erschießen werden."

„Das kann ich nicht mit voller Überzeugung tun", entgegnete Becker. „Der einzige Grund, warum sie nicht auf mich und Wes geschossen haben, ist der, dass lauter weiße Männer um unser Auto herumstehen."

„Das glaube ich nicht."

„Weil du weiß bist", sagte er betont, dann knurrte er.

„Was?"

„Du hast eben Afro-Amerikaner gesagt."

„Ja? Und?"

„Das ist sehr genau, sehr vorsichtig und sehr politisch korrekt von dir."

„Was meinst du mit vorsichtig?"

„Na ja, es gibt einen Grund, warum ich immer weiß, wessen Bericht ich lese, deinen oder Doyles, ohne dass ich vorher den Namen gesehen habe."

„Ich habe keine Ahnung, wovon du sprichst."

Er gluckste. „Er schreibt bei Rasse schwarz hin oder weiß oder hispanisch. Du bist ganz etepetete und schreibst Afro-Amerikaner, mexikanischstämmiger Amerikaner, italienischstämmiger Amerikaner ... und, Mann, das ist anstrengend."

„Es ist die korrekte Bezeichnung."

„Es ist *vorsichtig* und ich verstehe, warum du es machst. Aber Doyle ist Militär, er sieht die Sache anders. Beim Militär zählt nur der Rang, der Rest ist Nebensache."

Ich dachte darüber nach. „Ich will einfach nur niemandem gegenüber respektlos sein. Vermutlich bin ich deshalb so vorsichtig bei anderen Leuten, weil ich nicht weiß, was genau ich eigentlich selbst bin."

„Was verständlich ist", stimmte er zu. „Aber du kannst ruhig schwarz sagen und ich verspreche dir, niemand wird deswegen durchdrehen."

„So sprach der Meister?", neckte ich ihn.

„Ganz genau."

Ich seufzte. „Ich wünschte nur, dass hier auch mal jemand sprechen würde."

Er kicherte. „Wenigstens bleibt uns so die Befuddled Owl erspart."

„Du wolltest da auch nicht hin?"

Sein finsterer Gesichtsausdruck brachte mich trotz der Gesamtsituation zum Lächeln. „Niemand wollte hin, schon gar nicht Ryan."

Ich sah mich um und betrachtete die inzwischen völlig verfahrene Situation. „Mann, ich hatte heute Abend noch andere Dinge vor, das kann ich dir flüstern."

„Versuch nur nicht, dein Handy aus der Tasche zu ziehen, auch wenn es klingelt, okay? Ich will nicht versehentlich erschossen werden, weil sie auf dich gezielt haben."

„Nein, jetzt mal ernsthaft, das ganze dauert jetzt lange genug. Die posieren doch inzwischen nur noch. Sie haben die Nummer bis hierhin durchgezogen und können jetzt keinen Rückzieher machen, bevor nicht jemand Ranghöheres aufkreuzt und die Sache übernimmt."

„Ich bin ja nur ungerne derjenige, der es dir sagt, Jones, aber es sind schon etliche Leute getötet worden, die sehr viel weniger bedrohlich ausgesehen haben, als wir es im Moment tun."

Das wusste ich auch. Ich sah die Nachrichten genau wie alle anderen.

„Ich meine nicht nur hier, in Chicago, sondern im ganzen Land."

„Ja, ich weiß", nickte ich. „Und die Bullen da drüben könnten sich auch wirklich bedroht fühlen und Angst haben, richtig?"

„Richtig."

„Soweit sie das wissen, könnten wir auch Auftragskiller der Mafia sein mit Micro-Uzis unterm Mantel."

„Bei dem auch gar nicht auffälligen, riesigen roten Hummer, in dem ihr gekommen seid und der Rostlaube, die wir fahren?"

„Es sind die Anzüge und Trenchcoats", zog ich ihn auf.

Er schnaubte spöttisch. „Wie passt Ians Uniform dazu?"

„Oh Gott", stöhnte ich. „Ich glaube nicht, dass einer von ihnen seine Mütze registriert hat."

„Ich würde mal sagen nein."

„Wenn er seinen Mantel auszieht – oh verdammt."

„Absolut. Würde sich großartig auf der Titelseite der *Sun-Times* und der *Trib* morgen früh machen."

„Und auf der Homepage von MSN und Yahoo und all den anderen auch."

„Sieh zu, dass er seinen Mantel anbehält", instruierte Becker mich. „Keiner von uns, weder CPD noch die Marshals, kann das gebrauchen."

„Sie haben angefangen", fuhr ich auf.

„Das haben sie", stimmte er zu. „Aber manchmal muss man einfach der bessere Mann sein."

„Kage bekommt einen Anfall", kommentierte Ching vom Beifahrersitz und ließ den Kopf nach vorne und dann wieder nach hinten fallen, drehte ihn nach links und nach rechts.

„Was machst du da?"

„Das baut Spannung ab", erklärte er. „Und ich muss pinkeln."

„Du hättest im Restaurant gehen sollen", sagte Becker zu ihm. „Was sage ich dir immer?"

Er knurrte.

„Warum bist du nicht wütend?", wollte ich von Becker wissen, denn ich an seiner Stelle wäre fuchsteufelswild gewesen.

„Machst du Witze? Solche Sachen passieren mir schon mein ganzes Leben lang, Mann. Ich bin hundert Mal öfter angehalten worden als du. Nur aufgrund meiner Hautfarbe."

„Das tut mir leid."

„Weiß ich, Kumpel und ich weiß das zu schätzen. Ich will auch gar nicht so tun, als ob die Dienstmarke nicht normalerweise diesen Unsinn stoppt, bevor er eskaliert. Aber der Bulle da drüben, der immer noch auf uns zielt, wollte mich auf Biegen und Brechen aus dem Auto holen. Also hat er mir nicht erlaubt, meinen Dienstausweis aus der Jackentasche zu holen. Oder die Fahrzeugpapiere aus dem Handschuhfach. Die ganze Nummer hätte vorbei sein können, bevor sie überhaupt angefangen hat und jetzt ist er erledigt. Er weiß es einfach nur deshalb noch nicht, weil er einen schwarzen Mann gesehen hat und sonst nichts."

„Also bist du doch wütend."

„Natürlich. So sehe ich aus, wenn ich wütend bin."

Ich schnaubte und er lächelte mich an und dann hörten wir aus einem der Hubschrauber über uns den Befehl: „Ausweise vorzeigen."

Fast synchron holten wir sehr langsam und vorsichtig unsere Dienstmarken hervor. Ich hatte keinen Zweifel daran, dass die Sterne gut sichtbar waren und das laute, kollektive Aufstöhnen der Polizeibeamten um uns herum bestätigte diese Annahme.

„Wichser", fluchte der Bulle, der seine Waffe auf Becker und mich gerichtet hatte, leise und steckte die Pistole weg.

Oh, ja, er war *erledigt*.

WIR HOCKTEN alle zusammen in einem der Konferenzräume der Polizeihauptwache an der Kreuzung Thirty-Fifth und Michigan und starrten aus dem Fenster der geschlossenen Tür hinüber in den Raum auf der anderen Seite des Flurs. Dort saß unser Vorgesetzter mit dem einstweiligen Superintendent der Polizei, Matthew Kenton, dem Ratsherrn eines der südlichen Bezirke, Robert Dias, dem CSO der Chicagoer Polizei, Edward Strohm und mit vielen anderen, die ich nicht kannte, zusammen.

Dass all diese Leute an einem Sonntag hergekommen waren, bewies, wie ernst diese Sache war.

Eine Stunde später kreuzte eine der Referentinnen des Bürgermeisters auf – was wir nur deshalb mitbekamen, weil sie ihren Kopf erst in unseren Raum steckte, um sicherzustellen, dass wir okay waren. Sie sah zweimal hin, als ihr Blick auf Ians Uniform fiel, dann ging sie hinüber in den anderen Raum.

„Seht ihr?", brach Ryan das Schweigen. „Genau das ist der Grund, warum wir keine Neuen wollen."

Ich drehte mich um und sah ihn an. Becker und Ching ebenfalls.

„Wieso?", wollte Ian gereizt wissen.

„Diese Erfahrung hier schweißt uns zusammen, oder etwa nicht? Wie sollen Neue das toppen?"

„Oh lieber Gott", stöhnte Dorsey. „Ich glaube nicht, dass diese Angelegenheit irgendetwas anderes darstellt als eine Katastrophe biblischen Ausmaßes."

„Ihr werdet dafür Ärger bekommen", ließ Becker verlauten.

„Wir zwei nicht", führte Ching aus. „Nur ihr."

Ian knurrte.

„Wir haben unsere Waffen nicht gezogen", erinnerte Dorsey sie. „Wir haben gar nichts eskalieren lassen."

Damit hatte er recht … gewissermaßen.

Man konnte argumentieren – und die Polizei tat das auch –, dass wir vier beiseitetreten oder noch besser, in unserem Wagen hätten sitzenbleiben sollen. Von unserer Seite aus gesehen war es nicht abwegig anzunehmen, insbesondere angesichts der jüngsten Erfolgsbilanz der Chicagoer Polizei, dass wir Angst um Deputy US Marshal Christopher Beckers Leben gehabt hatten und um das seines Partners Wesley Ching ebenfalls.

Katastrophe biblischen Ausmaßes würde sich vermutlich noch als Untertreibung herausstellen.

Da Kage gern zwei Fliegen mit einer Klappe schlug und ich nun schon mal da war, ließ er den Typ vom Dezernat für innere Ermittlungen der Polizei kommen, um mit mir und dem zuständigen Sachbearbeiter des OPR des Marshal Services, Shepard McAllister, über den Vorfall mit Cochran zu sprechen. McAllister war soweit ganz nett, fand ich, nur schien sein Gesicht kaputt zu sein, denn er lächelte nicht ein Mal. Stattdessen kniff er die Augen zusammen, ließ ganze Druckwerke aus Juristenlatein vom Stapel und unterbrach mich alle naselang. Das trieb den Typen von der inneren Ermittlung, Trey Covington, zur Weißglut, aber McAllister ritt immer und immer wieder auf denselben Punkten herum.

„Also hat Norris Cochran Chief Deputy US Marshal Sam Kage der Korruption bezichtigt", fasste McAllister zum siebten Mal zusammen.

„Jawohl, Sir", antwortete ich.

McAllister warf dem innere Ermittlungen-Typ einen Blick zu, der klar und deutlich sagte: *Erkennen Sie das Ausmaß dieser Situation*? Covingtons Stöhnen machte deutlich, dass es ihm nicht entgangen war.

„Gibt es Dokumente, die die Behauptungen des Chiefs belegen?", fragte Covington.

Ich wollte das bejahen, aber McAllister hob die Hand. „Wir sind nicht hier, um darüber zu diskutieren, ob diese Schusswaffe nun existiert oder nicht oder ob sie sich im Besitz der Marshals befand oder nicht." Er hatte eine sehr harte und überartikulierte Art zu sprechen, was jedes Wort wie abgehackt klingen ließ. Das war definitiv irritierend und wenn ich Covington gewesen wäre, dann hätte ich mir vermutlich gewünscht, ihm eine reinhauen zu können. „Wir sind hier, um herauszufinden, ob *Ihr* Detective *meinen* Marshal ohne Provokation angegriffen hat oder nicht und es liegt klar auf der Hand, dass die Antwort hierauf ein entschiedenes Ja ist."

„Ich glaube nicht, dass wir diesen Schluss so ohne weiteres ziehen können."

„Oh, ich glaube, das können wir", gab McAllister in einem ebenso selbstgerechten Ton zurück. „Ich habe bereits mit der Kellnerin und dem Manager des Diners gesprochen, in dem sich der Vorfall ereignet hat und ich habe die eidliche Aussage zweier Kollegen von Marshal Jones."

„Nun, ich bin mir sicher, dass ich Ihnen eine eidesstattliche Aussage von Norris Cochrans Partner bringen kann, der bestätigen wird, dass sich der Vorfall nicht so ereignet hat, wie sich die Marshals an ihn erinnern."

„Das ist ohne Belang. Lässt man diese im Widerspruch stehenden Zeugenaussagen beiseite, so bleibt uns das, was die Kellnerin gesehen hat, sowie das, was der Manager gesehen hat und diese Augenzeugenaussagen werden die offizielle Aussage meines Marshals untermauern."

Wir schwiegen.

„Was genau versucht Ihre Abteilung hier zu erreichen?"

„Ist das ein Schuldgeständnis?"

„Ich stelle eine Frage."

„Nun, für den Anfang wird der Detective für nicht weniger als einen Monat ohne Gehaltsfortzahlung vom Dienst suspendiert und –"

„Nicht ohne Gehaltsfortzahlung", unterbrach ich und beide Männer drehten sich zu mir um. „Er hat Kinder."

„Woher wollen Sie das bitte wissen?", fragte McAllister.

„Er war mein Partner, als ich noch bei der Polizei war."

„Oh, na, wenn das nicht mal interessant ist", krähte Covington beinahe. „Ich kann mir gut vorstellen, dass ehemalige Partner eine Menge Gründe haben, sich gegenseitig zu vermöbeln."

McAllister schnaubte abfällig. „Das tut hier nichts zur Sache. Die Zeugenaussagen, zusammen mit dem Vorfall heute Abend, weisen auf ein Muster der Feindseligkeit Ihrer Behörde gegenüber unserer hin. Ich bin bereit, diese Debatte in jedem von Ihnen gewählten Forum zu führen, aber ich kann Ihnen versichern, welches auch immer Sie wählen, es wird öffentlich sein."

„Ihr Standpunkt ist also, dass der heutige Vorfall etwas mit der Feindseligkeit zwischen den Marshals und der Polizei von Chicago zu tun hat?"

„Wollen Sie etwas Gegenteiliges behaupten?"

Es gab keine richtige Antwort auf diese Frage. Was auch immer Covington darauf sagte, er hatte das Nachsehen.

McAllister, der gelangweilt aussah, wartete.

„Ihre dezidierte Betonung des Fakts, dass die Debatte öffentlich geführt werden wird, klingt für mich ein wenig wie eine Drohung."

„Nein, aber auch hier gilt, dass Ihre Beamten die Angewohnheit haben, Marshals körperlich anzugreifen. Das haben der gestrige Vorfall und die, wollen wir es Machtdemonstration nennen, heute Abend bewiesen. Dieser Fakt kann unmöglich bestritten werden."

„Sie unterstellen da eine ganze Menge", beharrte Covington. „Sie können nicht die gesamte Polizeibehörde über einen Kamm scheren."

„Ach nein? Ich würde nämlich sagen, dass das gegenwärtige Klima absolutes Misstrauen der Polizeibehörde gegenüber nahelegt. Ich gehe jede Wette ein, dass bei einer Befragung von eintausend willkürlich ausgewählten Bürgern von Chicago, sie durch die Bank weg lieber von einem Marshal in Gewahrsam genommen werden würden als von einem Polizisten."

„Ich denke, das ist sehr kurzsichtig von Ihnen und eine sehr überstürzte Aussage."

„Vielleicht. Sollen wir es testen?"

Wieder herrschte Schweigen.

„Ich spreche mit Cochrans Captain", murmelte Covington schließlich.

McAllisters Grinsen war nicht gerade nett, aber es erforderte sehr viel Größe, sich nicht diebisch über den Sieg über einen Gegner zu freuen und ich glaubte nicht, dass er diese Größe hatte. Als wir auf den Flur traten, informierte er mich, das Handy in der Hand, dass er Kage bereits eine E-Mail geschickt hatte mit der Bitte um einen Gesprächstermin. Es machte Sinn, dass McAllister begierig darauf war, von seinem sehr wahrscheinlichen Erfolg zu berichten. Jeder wollte sich mit dem Chief Deputy US Marshal gut stellen. McAllister war da keine Ausnahme.

Zurück im Konferenzraum wollte Ian wissen, wie es gelaufen war und so berichtete ich ihm ebenso ausführlich wie McAllister, was zwischen mir und Cochran vorgefallen war. Nachdem ich fertig war, kam Ian zu demselben Schluss wie ich.

„Also glaubt Cochran, dass die Waffe in unserer Asservatenkammer ist?"

„Genau."

„Ich war da heute noch drin", teilte Ching mir mit. „Habe die letzten Waffen für die Untersuchung übergeben. Sie sind alle auf dem Weg nach Quantico."

„Nein, ich weiß, dass sie nicht drin war", sagte ich und rutschte auf meinem Stuhl hin und her. Ich war das Sitzen leid. Ich war es leid, ständig über dasselbe Thema zu sprechen. Und überhaupt, ich wollte eigentlich nur noch nach Hause. „Wir sprechen hier von Kage. Wenn es irgendjemanden gibt, der sich genauer an die Regeln hält, dann ist er mir noch nicht begegnet."

„Oh, Gott sei Dank, na endlich", murmelte Ian und setzte sich in seinem Stuhl auf. Wir drehten uns um und sahen, wie unser Vorgesetzter der Reihe nach auf die anderen im Raum anwesenden zeigte – mit Ausnahme des Ratsherrn, der bekam einen Handschlag –, bevor er durch die Tür stürmte.

Im echten Leben war Sam Kage keine drei Meter groß. Das wusste ich. *Rational* war mir das bewusst. Es fühlte sich nur so *an*, wenn er einen Raum betrat. Ich kannte Männer, die größer waren als er: Becker, zum Beispiel und auch Kowalski, aber Kage war furchteinflößender. Nicht wegen der harten, kompakten Muskeln, die seinen Körper bedeckten, sondern weil er ein Beschützer war. Alles, was ihm gehörte, lag ihm am Herzen und das schloss uns mit ein. Wir waren seine Männer und daraus folgte, dass wer immer uns in Frage stellte, damit auch ihn in Frage stellte.

Das wollte nun wirklich niemand.

Die Gesichter der Leute in dem anderen Konferenzraum zeigten das deutlich: Bis auf den Ratsherrn, der sehr zufrieden mit sich aussah, wirkten sie alle erschrocken und ziemlich traumatisiert. Was verständlich war. Kage schüchterte jeden ein und es war mir nicht entgangen, wie die Leute nebenan kollektiv aufgeatmet hatten, als er den Raum verließ. Nicht nur, dass er furchteinflößend war: Er besaß zudem auch noch genug Einfluss, um seinen Drohungen Nachdruck zu verleihen. Wenn Kage sich mit seinem Vorgesetzten in Verbindung setzte und der wiederum mit seinem – nun, das würde ein komplett neuen Shitstorm für die Chicagoer Polizei bedeuten.

Bevor Kage die Tür des Raumes, in dem wir warteten, hatte öffnen können, hatten wir uns bereits erhoben. Kage marschierte schnurstracks auf Becker zu und hielt ihm die Hand hin.

Becker ergriff sie, wobei er unseren Vorgesetzten beinahe verstört ansah.

„Es tut mir sehr leid, was vorgefallen ist und ich bin sehr froh, dass Sie keine physischen Verletzungen davongetragen haben."

Denn Kage wusste, dass Becker andere Verletzungen davongetragen hatte, also erwähnte er explizit den physischen Teil. Die Leute sagten vieles über Sam Kage und spekulierten darüber, was für eine Art Mann er wirklich war. Aber ich wusste es. Er war ein *guter* Mann.

„Vielen Dank, Sir", erwiderte Becker und atmete tief aus.

„Ich habe Strohm wissen lassen, dass ich eine formelle öffentliche Entschuldigung erwarte", informierte Kage ihn. „Sie können dabei sein und sie annehmen oder auch nicht. Das überlasse ich Ihnen. Ich persönlich verabscheue ja alles Öffentliche, aber ich werde nicht hingehen und meine Meinung anderen unterstellen."

„Jawohl, Sir."

„Es steht Ihnen natürlich frei, die Behörde selbst ebenfalls zu verklagen und aufgrund der Entschuldigung bin ich mir sicher, dass Sie eine Entschädigung verlangen können."

Becker schüttelte den Kopf. „Nein, Sir."

Kage klopfte ihm auf die Schulter, bevor er sich zu Ching umdrehte, ihm ebenfalls die Hand reichte und sicherstellte, dass auch er in Ordnung war. Dann wandte er sich an den Rest von uns. „Was zum *Teufel* haben Sie sich dabei gedacht, nicht Ihre Dienstmarken herauszuholen, *bevor* Sie sich dem Fahrzeug genähert haben? Warum war das so *schwer*?"

Dass er uns so anfuhr, überraschte mich.

„Haben Sie mit Absicht versucht, die Beamten vor Ort schlechter aussehen zu lassen, als sie es nicht ohnehin schon taten?"

Er machte Pausen zwischen den Fragen, aber ich hatte das Gefühl, dass es keine gute Idee gewesen wäre, diese für eine Antwort zu nutzen. Das sagten mir sein Tonfall und seine Worte, aber vor allem die Art, wie sich sein Blick der Reihe nach in jeden von uns bohrte. Da lag ein Hauch von mörderischer Wut in seinem Ausdruck. Er war wütend, ja, aber was noch schlimmer war: enttäuscht.

„Wir sitzen alle im selben Boot, meine Herren. Wir, die Polizeibehörden, das FBI, die CIA, Homeland Security, alle."

Mir fiel auf, dass er die DEA nicht mit erwähnte und beging den Fehler zu lächeln.

„Jones?", sagte er und sein Blick traf mich wie ein Laserstrahl. „Gibt es da etwas, das Sie gerne hinzufügen möchten?"

Ich räusperte mich. „Nein, Sir. Nur, dass ich nicht daran gedacht habe, meine Dienstmarke hervorzuholen, als wir uns dem Auto genähert haben."

Alle stöhnten.

„Aber das entspricht der Standardvorgehensweise, oder etwa nicht?"

Tat es das?

Ian fluchte, Dorsey verdrehte die Augen, Ryan schüttelte den Kopf, Ching sah angewidert aus und Becker nickte kaum merklich, wie um mir zu sagen: Ja, Dummkopf, das ist Standardvorgehensweise.

Kages Knurren klang nicht sehr beruhigend. Es klang wie ein Urteil.

Ian versuchte, mich zu verteidigen. „Das war der Eifer des Gefechts, Sir."

„Ich verstehe", sagte Kage finster und mit drohendem Tonfall. „Nun, da Sie nicht daran gedacht haben und keiner von Ihnen der Standardvorgehensweise gefolgt ist, Sie aber in Verteidigung Ihrer Kollegen gehandelt haben, werde ich Sie eines Besseren belehren statt Sie zu suspendieren."

Oh Gott. Meine Augenlider mögen geflattert haben, als ich mir die verschiedenen Schreckensszenarien ausmalte.

Er hatte mich einmal in die Abteilung für staatliche Beschlagnahmungen geschickt, wo sie das Eigentum und die persönlichen Gegenstände von Kriminellen verwalteten und verkauften, die bei Razzien und nach Verurteilungen beschlagnahmt wurden. Der Erlös ging an die Opfer und alle unschuldig ins Kreuzfeuer geratenen. Außerdem wurden die Gelder für Projekte des Staats und der Kommunen verwendet sowie für verschiedene Initiativen, die … Gott … ich konnte mich nicht mehr erinnern. Ich wusste, dass sie gute Arbeit machten. Die Menschen zu entschädigen, die durch Verbrechen gelitten hatten, das war ein nobles Unterfangen. Aber die tagtägliche Buchführung und Kostenrechnungen waren ein Schnarchfest. Die Menschen, die dort arbeiteten, waren echte Helden, aber sie sahen bei ihren Heldentaten nicht sehr cool aus. Ich war eitel genug zu wissen, dass Ian durch die Tür zu folgen und derjenige zu sein, der die bösen Buben schnappte, mir den Kick gab. Ich war genauso empfänglich für Lob wie jeder andere auch, von daher waren Exceltabellen und endlose Reportings nicht gerade etwas, das mein Herz zum Singen brachte. Ich war nur eine Woche lang dort gewesen, aber es hatte sich angefühlt wie ein Jahr. Es war eine gewaltige Verantwortung. Eine gigantische Verantwortung. Die Marshals verwalteten Vermögen in Milliardenhöhe und ich wollte nie, niemals irgendetwas darüber wissen. Ich war froh und glücklich draußen auf der Straße im aktiven Dienst. Ich würde sterben, wenn ich an einem Schreibtisch sitzen und eine Arbeit tun müsste, die anderen Spaß machte, schlicht und einfach deshalb, weil das nicht ich war. Sam Kage wusste das und allein die

Vorstellung davon, dass er mich dorthin zurückschicken würde, war beängstigend. Ich betete, dass er nicht wütend genug dafür war.

Bitte, Gott, lass ihn nicht so wütend sein.

„Also werden Sie beiden", sagte er und zeigte auf Dorsey und Ryan, „diese Woche in der Aufnahmestelle des Zeugenschutzprogrammes verbringen und Sie beiden", fuhr er fort, an mich und Ian gewandt, „werden nach Las Vegas fliegen und einen Zeugen herbringen, der sich zwar derzeit nicht in Schutzhaft befindet, aber unter Beobachtung der Beamten dort steht. Vielleicht hilft Ihnen das, sich daran zu erinnern, Ihre Dienstmarken zu zeigen."

„Schreibkram", jammerte Dorsey.

„Zeugenüberführung", murrte Ian.

Nichts in Kages Zügen sprach davon, dass er sich auch nur die Bohne dafür interessierte, was wir dachten.

„Sie sollten sich auf den Weg machen, meine Herren", sagte Kage zu Ian und mir. „Der Flug geht morgen früh um sieben ab O'Hare, soweit ich weiß und mit dem üblichen Montagmorgenverkehr in Chicago sollten Sie zusehen, dass Sie rechtzeitig loskommen."

Ich öffnete den Mund, um zu protestieren.

„Bevor Sie gehen, regeln Sie bitte die Sache mit Cabot und Drake. Ich will ihren Status geklärt haben, bevor das Flugzeug morgen startet."

Ich drehte mich zu Ian um.

„Bitte sieh ihn nicht mal auch nur mehr an", flehte er. „Und sag kein Wort."

Das entlockte unserem Chef zumindest ein halbes Lächeln.

10

„Genau das ist der Grund, warum du eine Maske tragen sollst", sagte Ian, als Drake uns die Tür öffnete.

Drakes Lächeln verschwand, als Ian an ihm vorbeistapfte. Ich blieb stehen, zog Drake an mich und umarmte ihn fest. Sofort wich die Spannung aus seinem Körper. Er war doch immer noch ein halbes Kind und brauchte unsere Unterstützung.

„Du hast etwas ganz Großartiges getan, das wissen wir alle. Ich weiß das und Ian weiß es auch. Aber jetzt gilt es, Entscheidungen zu treffen."

Er nickte an meiner Schulter und als ich Anstalten machte ihn loszulassen, klammerte er sich an mich. Einen Augenblick später tauchte Cabot neben ihm auf, ein goldblonder Cherub, bildschön und feinknochig, das völlige Gegenteil zu seinem größeren, breiteren und muskulöseren Freund.

„Drake, lass los", befahl Cabot. „Ich will Miro auch sehen."

Drake drückte mich noch ein letztes Mal, dann tauschte er seinen Platz mit Cabot, der sich an mich klammerte und zitterte, als ob etwas Schlimmes geschehen wäre und er meinen Trost bräuchte. Ich würde herausfinden müssen, was die Ursache dafür war.

„Alles in Ordnung?", flüsterte ich, für den Fall, das Drake das Problem war.

„Sie sind so lang geworden", murmelte Cabot in meinem Nacken und ignorierte die Frage. Seine Finger spielten mit meinen Haaren, die in der Tat geschnitten werden mussten, mir über den Ohren abstanden, in die Augen fielen und schon fast bis auf die Schultern reichten.

„Schluss jetzt", murmelte Ian, kam zu uns und pellte Cabot von mir ab. Dann richtete er sich auf, verschränkte die Arme und sah die beiden Jungen wütend an. „Und?"

Ich realisierte, dass sie Ian ansahen, wie ich vermutlich Kage ansah: respektvoll und mit einer Spur Wachsamkeit. Ich mochte Kage, aber er jagte mir gleichzeitig auch Angst ein. Ich vermutete, dass es den beiden mit Ian genauso erging. Und das gleich doppelt, wenn der Mann, den ich liebte, seine Paradeuniform trug und absolut atemberaubend aussah.

Drake holte tief Luft und verschluckte sich beinahe. „Du siehst klasse aus."

„Hör zu", begann Ian. „Du –"

„Hast du eine Medaille bekommen oder so?"

„Ich war auf einer Beerdigung", erwiderte er barsch.

„Oh. Oh, Mann, das tut mir leid", sagte Drake, trat einen Schritt vor und legte eine Hand auf Ians Schulter.

Das Knurren, das er für seine Mühen bekam, war wenig überraschend. „Jetzt hört her und haltet für einen Moment den Mund, damit Miro und ich herausfinden können –"

„Wenn wir hierbleiben, können wir euch dann auch weiter sehen?", platzte Cabot heraus.

Himmel.

Cabot und Drake waren etwas Besonderes für Ian und mich. Wir waren damals gerade erst zusammengekommen, als wir sie ins Zeugenschutzprogramm aufgenommen hatten. Ursprünglich war Drake Zeuge eines Mordes gewesen, von dem er Cabot erzählt hatte. Das hatte die Sache überhaupt erst ins Rollen gebracht und uns auf ihn aufmerksam gemacht. Cabots Vater, der sehr reich und mehr als nur ein wenig irre war, hatte die Gelegenheit beim Schopf gepackt und versucht, den ungeliebten Freund seines Sohnes umzubringen. Die Angelegenheit war ein wenig ausgeufert, aber Ian und ich hatten sie – mit Kages Hilfe – gemeistert. Jetzt saß Cabots Vater für die nächsten acht Jahre im Knast und es hieß, dass unsere Jungen – beide inzwischen zwanzig Jahre alt – nicht länger Schutz benötigten. Da aber Cabots Vater selbst im Gefängnis noch Beziehungen hatte, stellte er nach wie vor eine potentielle Bedrohung für die Jungen dar.

Aber dann hatte Drake einem kleinen Mädchen das Leben gerettet – eine ganz großartige Tat – und sein Gesicht lief durch alle Medien. Sie nannten ihn den Sexy Samariter und das Foto von ihm, wie er aus dem Wasser kam, triefnass, das Hemd an seiner muskulösen Brust und dem straffen Bauch klebend, verbreitete sich wie ein Lauffeuer. Fazit: kein Zeugenschutzprogramm mehr.

„Ja, werden wir", erwiderte Ian rasch auf Cabots Frage. Ich war so überrascht, dass ich mich umdrehte und ihn ansah. „Wahrscheinlich sogar häufiger als vorher. Aber nach wie vor gilt: Wenn einer von euch das Gefühl hat, irgendetwas stimmt nicht, egal was – sagt es uns sofort."

„Kommt zum Truthahntag zu uns", ergänzte ich, da mein Mann sich so entgegenkommend zeigte.

„Wirklich?", fragte Cabot und seine Augen leuchteten auf.

„Ja, wirklich", grummelte Ian gereizt. „Also, wollt ihr wieder Ford und Jenner werden oder wollt ihr eure neuen Namen behalten?"

Sie wollten die neuen behalten. Das waren die Namen, mit denen sie sich ein neues Leben aufgebaut hatten – und die Namen, die sie verwenden wollten, wenn sie im Frühjahr heirateten.

Ich beneidete sie.

„Miro, komm, sieh dir das Stillleben an, das ich gemalt habe", bat Cabot mich, ergriff meine Hand und zog mich in Richtung Schlafzimmer.

Sie wohnten in einer süßen kleinen Wohnung, die sie sich selbst ausgesucht hatten, nachdem sie zu dem Schluss gekommen waren, dass die, in der wir sie zuerst untergebracht hatten, nicht das Richtige für sie war. Die neue Wohnung lag in Hyde Park, in der Nähe der Universität, auf die Drake ging und sie hatte den ganzen

Charme einer ersten gemeinsamen Wohnung: nackte Steinwände, eine Feuertreppe, auf der man bei schönem Wetter draußen sitzen konnte, Holzböden, Heizungen in allen Zimmern, hässliche Kacheln in der Küche und die obligatorische ehemalige Streunerkatze. Sie war schwarz, hieß Boozer – ich wollte gar nicht wissen, woher der Name kam – und war vom vielen Fressen und Schlafen dick und rund geworden.

Das Bild, das Cabot mir zeigte, war wirklich sehr gut: Blumen, Brot und in Stücke geschnittenes Obst, gemalt in einem fast gotisch anmutenden Stil, der ans Unheimliche grenzte, diese Grenze jedoch nie überschritt.

„Oh, das ist fantastisch", versicherte ich ihm und drehte mich mit einem Lächeln zu ihm um.

„Ist es schlecht, wenn ich mit jemand anderem schlafen will, bevor ich heirate?"

Es dauerte einen Moment, da ich geistig auf das Bewundern eines Kunstwerks eingestellt war, während er Beziehungsratschläge von mir wollte und der Schritt von A nach B war nicht gerade klein.

„Miro?"

Ich wusste, warum ich diese Frage gestellt bekam und nicht Ian. Wenn Cabot Ian gefragt hätte, dann hätte der sich umgedreht und nach mir gerufen. Mein Partner übernahm das Leute erschießen und das Leute retten. Ich übernahm das Reden.

„Ist das eine rhetorische Frage oder hast du jemand bestimmtes im Sinn?"

Er räusperte sich. „Ich habe jemand bestimmtes im Sinn."

Ich nickte. „Okay. Nun, wenn du es tust und Drake das vorher nicht sagst, dann ist das schlecht. Wenn du es ihm sagst und das für ihn okay ist, dann kannst du es tun."

„Aber was ist, wenn er denkt, dass ich ihn nicht mehr liebe, weil ich es ausprobieren will?"

„Dann erklärst du es ihm so lange, bis er es kapiert. Wenn er es nicht kapiert, dann machst du Schluss."

„Aber was ist, wenn ich nicht Schluss machen will?"

„Es ist egal, was du in der Hinsicht willst, wenn du gleichzeitig auch mit anderen Männern schlafen willst. Oder nur mit einem, wie es aussieht."

„Ja, nur mit einem."

„Selbst bei nur einem ist es besser, ihr trennt euch, als dass du fremdgehst." Er sah nicht überzeugt aus.

Ich zuckte die Schultern. „Drake möchte vielleicht auch mit jemand anderem schlafen." Cabots Augen wurden riesig. „Das könnte doch sein, oder nicht?", fuhr ich fort. „Ich meine, vielleicht ist er ja auch neugierig."

„Aber ich will nicht, dass er mit einem anderem schläft."

„Ihr seid beide noch sehr jung, Cab. Keiner von euch hatte jemals Sex mit einem anderen. Neugierig zu sein, ist ganz natürlich. Aber du kannst nicht so naiv sein, zu glauben, dass du der Einzige bist."

Er schluckte schwer. Ich hörte, wie seine Kehle arbeitete und er sah aus, als müsste er sich übergeben.

„Cab?"

„Ich glaube nicht, dass ich das ganz bis zu Ende gedacht habe", sagte er heiser und mit fast stoßweise gehendem Atem.

„Sicher", sagte ich sanft und legte ihm eine Hand auf die Schulter, „denn jetzt gerade stellst du dir vor, wie irgendein anderer Drake berührt. Aber du darfst eines nicht vergessen: Diese Vorstellung allein darf nicht der einzige Grund sein, warum du mit Drake zusammenbleibst. Das wirklich Beste, das du machen kannst, ist mit ihm über alles zu reden und zu sehen, was er darüber denkt. Wer weiß, vielleicht denkt er ja genauso."

„Dass er mit einem anderen schlafen will?"

Ich zuckte die Schultern. „Ich weiß, dass reden nicht einfach ist." Das wusste ich wirklich. Es konnte mitunter der reinste Albtraum sein. „Aber du musst es."

Er räusperte sich. „Und, wann sollen wir am Donnerstag kommen?"

Offenbar war die Sex-mit-anderen Diskussion vertagt.

„Wann immer ihr wollt, nur nicht gerade um sieben Uhr morgens."

Er lächelte breit.

In dem Moment rumste es laut. Wir sahen uns an und eilten ins Wohnzimmer, wo wir Drake auf dem Boden liegend vorfanden. Er sah zu Ian hoch, der über ihm stand, die Arme vor der Brust verschränkt und mit gelangweilter Miene.

„Was ist passiert?", fragte ich mit einem leisen Lachen.

Drake keuchte die Worte hervor: „Ich habe mit Tae Kwon Do angefangen. Ich wollte sehen, ob ich, na ja, ob ich ihn zu Boden gehen lassen kann."

Ian zog eine diabolische Augenbraue hoch. „Er ist noch nicht ganz so weit."

„Um es mit einem Green Beret aufzunehmen?", zog ich sie auf. „Nein, vermutlich nicht."

„Bringt Brot zum Essen mit", befahl Ian dem flach ausgestreckt daliegenden Mann.

„Jawohl, Sir", nickte Drake und atmete tief aus, während Cabot anfing zu kichern.

Ian streckte eine Hand aus und Drake nahm sie ohne zu zögern.

Nachdem wir die Jungen mehrfach daran erinnert hatten, Thanksgiving *nicht* schon zur Morgendämmerung bei uns aufzuschlagen, gingen wir. Unten auf dem Bürgersteig angekommen lächelte ich Ian an.

„Was?"

„Du bist sehr gut mit ihnen."

„Ich hab so meine Momente", sagte er, schlang einen Arm um meine Schultern und zog mich eng an sich. „Und jetzt will ich einfach nur nach Hause."

„Ich sollte Aruna anrufen und sie fragen, ob sie Chickie behalten kann, bis wir aus Vegas zurück sein. Es macht wenig Sinn, ihn hin und her zu kutschieren."

„Sehe ich genauso und auf die Art können wir auf direktem Weg nach Hause."

Nach Hause. Ja, bitte. Das war alles, was ich wollte: mit ihm allein zu Hause sein.

ABER ES sollte nicht sein. Zuerst mussten wir zurück zur Dienststelle, um Ians Laptop zu holen, den wir beide vergessen hatten mitzunehmen, als wir früher am Tag dort gewesen waren. Es war Vorschrift, dass das Gerät im Büro blieb, wenn Ian in den Militäreinsatz geschickt wurde. Es war ebenso Vorschrift, dass er es holte, sobald er zurück war.

Im Büro angekommen sah ich, dass Kage noch an seinem Schreibtisch saß. Was ungewöhnlich war, denn normalerweise hielt er sich die Wochenenden für seine Familie frei. Es sei denn, seine Marshals steckten tief im Schlamassel.

Wie heute.

Während Ian seine E-Mails abrief, zitierte Kage mich in sein Büro.

„Sir?"

„Jones, ich fliege morgen früh nach Raleigh, um dort mit der Familie von Carrington Adams zu sprechen."

Das war unerwartet. Ich hatte nicht gewusst, dass er derjenige sein würde, der hinflog. Es überraschte mit, dass der Chief Deputy persönlich an der Sache beteiligt war.

Ich kannte V-Mann Detective Carrington Adams, beziehungsweise hatte von ihm gehört. Im vergangenen Jahr war ich von Dr Craig Hartley entführt worden, als der aus dem Gefängnis entkommen war, in das zu bringen ich ihn geholfen hatte – und das obwohl er unter strenger Beobachtung durch das FBI gestanden hatte. Im Zuge dessen hatte ich auch vom Schicksal des Detectives erfahren.

Es hatte sich herausgestellt, dass Special Agent Cillian Woyno jahrelang für Hartley gearbeitet hatte und dass Hartley ihn erpresst hatte. Jahre zuvor war Woyno Augenzeuge bei Adams' Tod gewesen und hatte geholfen, diesen zu vertuschen. Hartley hatte das Wissen darum benutzt, um den Agenten an einer sehr kurzen Leine zu halten. Als Woyno mir das letztes Jahr gestanden hatte, war mir nicht bewusst gewesen, dass es eine Verbindung zwischen Adams und Kage gegeben hatte. Aber wie es sich herausstellte, hatten sie sich gekannt. Als ich nach dem Ende meiner Entführung Bericht erstattete und dabei auch wiedergegeben hatte, was ich über Adams' Schicksal wusste, hatte Kage umgehend die Polizei von Chicago in Kenntnis gesetzt.

Kage sprach weiter. „Ich wollte Ihnen nur noch einmal dafür danken, dass Sie zugestimmt haben, mit seiner Familie zu sprechen, sollten sie weitere Fragen persönlicher Natur haben."

„Ich weiß nicht, was ich ihnen sonst noch sagen kann", sagte ich. Mir war unbehaglich zumute bei dem Gedanken, dass ich dafür verantwortlich war, mit

Adams' Familie zu sprechen, nur weil ich derjenige war, der herausgefunden hatte, was mit ihm geschehen war. Ich wusste nichts über den Mann, außer wie er gestorben war und ich konnte mir nicht vorstellen, dass irgendjemand das auch nur im Geringsten tröstlich fand. Ich wollte nicht mit ihnen reden, aber ich würde tun, was Kage mir auftrug. Das stand außer Frage.

„Ich weiß, aber allein die Tatsache, dass Sie es angeboten haben, wird seinen Angehörigen helfen."

„Sie haben es angeboten", erinnerte ich ihn. „Ich habe zugestimmt, weil Sie mich darum gebeten haben."

Er nickte. „Dennoch."

Mehr musste er nicht sagen. Ich wusste, was er meinte. Ich hatte dennoch zugestimmt und offenbar wusste er das zu schätzen. „Darf ich eine Frage stellen?"

„Natürlich."

„Warum gehen Sie, Sir?"

„Um seine Familie darüber zu informieren, was mit ihm geschehen ist und um ihnen seinen Polizeistern zu übergeben."

„Nein, nein, den Grund für die Reise verstehe ich. Ich verstehe nur nicht, warum gerade Sie gehen."

„Ein Mitarbeiter der Polizeibehörde wird mich begleiten."

„Das war nicht meine Frage."

„Dann verstehe ich Ihre Frage nicht."

„Ich meine, warum gehen gerade *Sie*?"

„Oh. Weil ich der Letzte war, der mit Adams gesprochen hat, bevor er gestorben ist."

Das war ebenfalls unerwartet. „Das waren Sie?"

„Soweit ich die Abfolge der Ereignisse nachvollziehen kann, ja, ich denke schon."

„Würden Sie mir sagen, worüber Sie als letztes miteinander gesprochen haben?"

„Warum glauben Sie, dass das wichtig ist?"

„Ich glaube, dass es Ihnen wichtig ist", erwiderte ich, denn das sagte mir mein Gefühl. Seit ich das erste Mal den Namen Carrington Adams laut ausgesprochen hatte, schien eine Last auf Kages Schultern zu liegen. Eine zusätzliche Last, eine zusätzliche Belastung, die nichts mit dem alltäglichen Geschäft der Marshals zu tun hatte und auch nichts mit Riesenschlamasseln, so wie dem von heute. Sie zeigte sich jetzt in seinen schmal gewordenen Augen, dem Schatten, der sich über seine Züge legte und einem verhaltenen, tiefen Atemzug. „Darf ich offen sein?"

„Sicher."

„Ist es Schuld?", fragte ich. Das war das einzige, was ich kannte, das so an einem Menschen nagen konnte und selbst stille Augenblicke mit Angst füllte.

Kage holte tief Luft. „Er hat mich angerufen, um mir zu sagen, dass der Mann, gegen den er Beweise gesammelt hat – Rego James – ins Gefängnis wandern würde. Ich erinnere mich, dass ich damals gedacht habe, dass er mit einem Haftbefehl und einer Einsatzmannschaft auf dem Weg zu James' Club ist, von dem aus er seine Geschäfte steuerte, um ihn zu verhaften."

„Aber dem war nicht so."

„Nein. Sie wissen, was geschehen ist. Woyno hat James vorgewarnt und ihm gesagt, dass Adams ein Polizist ist und James hat Adams und Billy Donovan vor Hartleys Augen umgebracht. Und der wiederum hat das benutzt, um Woyno später zu erpressen."

Ich sah die Trauer auf seinem Gesicht und sprach ohne nachzudenken. „Geben Sie sich die Schuld, Sir?"

Es dauerte lange, bevor er meinem Blick begegnete. „Ich habe nie nachgefragt."

„Wie es weitergegangen ist?"

„Ja."

„War es Ihr Fall?"

„Nein."

„Waren Sie befreundet?"

„Nein, aber er kannte meinen Mann."

„Oh, also waren sie befreundet?"

„Nicht befreundet, nein. Mein Mann hat Rego James ebenfalls gekannt."

„Also besteht durch Ihren Ehemann eine Verbindung sowohl zu Adams als auch James."

„Gewissermaßen, ja."

Ich sah ihn aus zusammengekniffenen Augen an. „Warum hat Adams Sie damals angerufen?"

„Um mir zu sagen, dass mein Mann sich im Angesicht der Gefahr sehr mutig verhalten hat", seufzte er.

„Dann war die Info über James mehr eine höfliche Geste, um Sie wissen zu lassen, wie sich die Dinge entwickeln. Oder zumindest wie er dachte, dass sie sich entwickeln würden."

„Ja, wohl möglich."

„Es tut mir leid, Sir, aber warum hätten Sie die Sache mit Adams weiterverfolgen sollen? Sie hatten mit seinem Fall nichts zu tun und er war kein Freund, weder von Ihnen noch von Ihrem Mann."

„Glauben Sie, ich suche nach Absolution, Jones?"

„Nein, Sir, aber ich glaube, Sie geben sich die Schuld, seitdem Sie gehört haben, was mit ihm passiert ist und warum in aller Welt sollten Sie das?" Ich war mir meiner eigenen Einstellung zu Adams sehr bewusst. Wieso sollte ich irgendwelche Fragen beantworten oder mich schuldig über sein Schicksal fühlen müssen? Er und ich hatten nicht das Geringste miteinander zu tun. Abgesehen davon, dass der Mord an ihm der Auslöser gewesen war für Woynos späteren Verrat. Beinahe nahm ich Carrington Adams seinen Tod übel, denn jetzt waren sowohl mein Vorgesetzter als auch ich verantwortlich für sein Vermächtnis, dabei hatte keiner von uns beiden ihn überhaupt gekannt.

„Sie geben sich die Schuld am Tod der Menschen, die Hartley bei seinem Gefängnisausbruch getötet hat, weil Sie ihn in dieses Gefängnis gebracht haben statt unter die Erde, als Sie die Chance dazu hatten", sagte er ausdruckslos. „Oder etwa nicht?"

„Doch, ja", gab ich zu.

„Ich denke, wir alle fühlen uns für Dinge verantwortlich, die nicht in unserer Verantwortung liegen."

Ja. „Vielleicht", gestand ich ein.

„Gehen Sie nach Hause, Jones. Sie sitzen morgen in aller Früh schon wieder im Flieger."

„Jawohl, Sir", sagte ich, drehte mich um und verließ sein Büro.

Ian wartete im Flur und als ich näher kam ergriff er meine Hand und zog mich zu den Aufzügen. Er schob mich in einen davon hinein, drängte mich gegen die Wand und saugte an meiner Zunge. Das hätte er niemals getan, wenn nicht Abend und Wochenende gewesen wäre, Aufzug hin oder her: zu viele Leute, die eine öffentliche Liebesbekundung hätten beobachten können. Aber es war Abend und Wochenende und wir waren allein.

Er küsste mich, bis ich atemlos war, packte meinen Hintern und zog mich an sich. Meine Hände legten sich um sein Gesicht und hielten ihn fest, sodass er sich nicht von mir lösen konnte. Als der Kuss schließlich doch endete, weil wir beide nach Atem ringen mussten, hielt er mich an die Wand gedrängt fest.

„Genieße diesen Augenblick", sagte ich, „denn, wenn wir nach Hause kommen, wirst du derjenige sein, der tut, was ich will. Und wie ich es will."

Ich hörte, wie er scharf den Atem ausstieß und er wandte seine halbgeschlossenen Augen nicht von meinem Gesicht ab.

„Jetzt lass uns ein Taxi organisieren. Ich habe keine Lust, auf die EL zu warten."

Er nickte. „Wir könnten auch einfach zum Abschlepphof gehen und uns ein Auto nehmen", schlug er vor.

Ich zuckte zusammen, als wir den Aufzug verließen und er blieb stehen und sah mich fragend an. „Warum dieses Gesicht?"

„Es gibt da ein Cabrio", erklärte ich ihm heiter, dann rannte ich zur Eingangstür und hinaus auf den Bürgersteig, wo ich ein Taxi heranwinkte.

Er lief hinter mir her. „Was für eins?"

Ich sah den Ausdruck auf seinem Gesicht und brachte es nicht übers Herz, es ihm zu sagen.

ICH WAR wirklich kein bisschen überrascht, als wir nach Hause kamen und Delaney dort vorfanden. Er und einige andere Männer, die dieselben Trenchcoats trugen wie Ian, standen vor unserer Haustür.

Als sich unser Taxi näherte, stiegen zwei Männer aus einem in der Nähe parkenden SUV aus. Sie trugen ebenfalls Uniform mit dazugehörigem Mantel.

Ich bezahlte den Taxifahrer und stieg auf der Straßenseite aus statt zu warten, bis Ian ausgestiegen war und ihm zu folgen. Ich hastete um das Heck des Wagens herum und stellte mich neben ihn.

„Was ist los?", wollte Ian wissen, ohne sich zu rühren.

„Marshals Doyle und Jones?"

„Ja", antwortete er einem der Männer, die aus dem SUV gestiegen waren, kühl.

„Sie werden mit uns mitkommen müssen, Doyle."

„Dann werde ich eine Menge Dienstausweise sehen müssen", gab Ian zurück, weil, nun ja. Ian. Er war ein Klugscheißer ersten Ranges.

Einer der Männer kam näher und die Art, wie er seinen Dienstausweis aufschnappen ließ, sagte mir, dass er den Befehl innehatte. „Special Agent Corbin Bukowski, Criminal Investigation Division."

„Was zum Geier ist jetzt?", grollte Ian.

Ich wollte gerade etwas sagen, als ein zweites Auto hinter uns anhielt. Ein Mann stieg auf der Beifahrerseite aus, öffnete die Tür zur Rückbank und hielt sie dem Herrn auf, der nun ausstieg. Er war genauso gekleidet wie Ian, mit der Ausnahme, dass seine Mütze schwarz war. Als er nah genug gekommen war, nahm Ian Haltung an und salutierte.

„Rühren, Captain", sagte der Mann, dann wandte er sich zu mir, kam näher und streckte mir die Hand hin. Ich ergriff sie und da ich keine Handschuhe trug, spürte ich seine warme, trockene Handfläche in meiner. „Sie müssen Marshal Jones sein."

„Jawohl, Sir."

Sein Lächeln war fast schon gütig und legte sein Gesicht in Falten. Ein Funkeln lag in seinen blassblauen Augen. Er hatte ein festes Kinn und eine lange gerade Nase. Kurz gesagt sah er aus wie ein Rekrutierungsposter.

„Ich bin Colonel Chandler Harney, CID und ich bin hier, um Captain Doyle und den Rest der Männer, die mit Kerry Lochlyn auf Patrouille waren, nach Washington, DC zu begleiten. Wir ermitteln gegen besagtes Individuum."

„Darf ich fragen warum, Sir?"

„Die Tode von Second Lieutenant Taylor Regan und First Lieutenant Edward Laird – der, wie Sie wissen, erst heute früh beigesetzt wurde – wurden offiziell als Morde eingestuft", erklärte er.

Kälte strömte durch meine Adern und ich fror innerlich.

„Die Criminal Investigation Division leitet die Untersuchungen, bis wir entschieden haben, ob besagtes Individuum eine Terrorgefahr darstellt oder eine nicht-militärische Bedrohung."

„Dürfte ich noch eine Frage stellen?"

„Natürlich."

„Sie nehmen die ganze Einheit, einschließlich Marshal Doyles, mit nach Washington, richtig?"

„Korrekt."

„Sie suchen nach Kerry Lochlyn, Sir?"

„Das tun wir. Ja."

„Also sind Sie überzeugt davon, dass er die Mitglieder der Patrouille ermordet, die in der Nacht dabei waren, als er seinen Zusammenbruch hatte."

„Wir sind von gar nichts überzeugt, Marshal. Zum jetzigen Zeitpunkt tragen wir lediglich die Fakten zusammen", entgegnete er knapp. „Was die Ereignisse angeht, die sich während besagter Patrouille ereignet haben – dies unterliegt der Geheimhaltung." Er warf Ian einen Seitenblick zu, da er nicht sagen konnte, was und wie viel ich wusste. „Das sind zwei voneinander unabhängige Dinge."

Ich sah ebenfalls zu Ian hinüber und registrierte seine fest zusammengepressten Lippen. Offenbar gefiel es ihm überhaupt nicht, wie ich den Colonel ausfragte.

„Können Sie mir sagen, wie die Vorgehensweise aussehen wird, Sir?"

„CID, dann das Judge Advocate General's Corps und zuletzt", seufzte er, „wenn eine militärische Bedrohung ausgeschlossen werden kann, das FBI."

„Warum ist das FBI involviert?"

„Wenn Lochlyn nicht verantwortlich ist, dann handelt es sich um bundesstaatenübergreifende Verbrechen", informierte er mich.

„Wie lange werden die Männer befragt, Sir? Marshal Doyle und ich sollen morgen früh nach Las Vegas fliegen, um einen Zeugen zu überführen."

„Wir haben Ihren Vorgesetzten bereits kontaktiert, Marshal Jones. Marshals aus der Niederlassung in Las Vegas werden Sie morgen nach Ihrer Landung am Flughafen abholen und Ihnen bei der Ergreifung Ihres Zeugen behilflich sein. Dann werden Sie ihn oder sie nach Chicago überführen können."

Ich räusperte mich. „Wenn die Befragung abgeschlossen ist, wird Marshal Doyle dann hierher zurückkehren?"

„Wenn er nicht in die Verbrechen verwickelt ist oder im Einsatz gebraucht wird", sagte Harney kühl. „Sicher."

Was letztendlich nichts anderes bedeutete, als dass Ian fort sein konnte, einfach so und dass dies das letzte Mal sein mochte, dass ich ihn bis wer weiß wann sah. Wieder einmal.

„Seine Einheit ist gerade erst nach Hause zurückgekehrt", sagte ich atemlos und versuchte, mir die quälende Traurigkeit, die mich erfüllte, nicht anhören zu lassen.

„Denken Sie denn, dass Sondereinsatzkräfte Pause machen können, Marshal?", fragte er mich. Seine Stimme war scharf und beißend. Er hatte definitiv die Nase voll davon, sich von mir ins Kreuzverhör nehmen zu lassen. „Dass die Feinde unseres Landes jemals rasten?"

Das war vermutlich dazu gedacht, mir ein schlechtes Gewissen zu machen, da ich Zivilist war, aber was scherte mich das? Für mich war einzig und allein von Interesse, wie sie Ian sahen und so antwortete ich respektvoll. „Nein, Sir."

„Sind Sie bereit, Ihre Pflicht zu tun, Captain?", fragte er, an Ian gewandt.

„Jawohl, Sir!" Ian schrie es förmlich hinaus.

Die Frage und die Betonung des Wortes Pflicht waren auf mich gemünzt und ich verstand. Das tat ich wirklich. Was Ian machte, war wichtig und ich hatte mich freiwillig an einen Soldaten gebunden. Ich hatte es von Anfang an gewusst und ich war so unfassbar stolz auf ihn. Nur ... seine Tätigkeit als Marshal war auch wichtig. Selbst wenn wir nichts anderes gewesen wären als rein berufliche Partner, war dieser Beruf denn nicht ebenso wichtig, wie seinem Land als Soldat zu dienen? Die Antwort darauf war ein klares, entschiedenes Nein.

„Holen Sie Ihre Ausrüstung", befahl Harney.

Ian hatte zu jedem Zeitpunkt eine fertig gepackte Tasche parat stehen, sodass er selbst dann bereit für einen Einsatz war, wenn er gerade erst nach Hause gekommen war. Während seiner Abwesenheit war es meine Aufgabe, die mitgebrachte Tasche auszupacken, den Inhalt durch die Waschmaschine zu jagen und die Tasche neu zu packen, sodass sie bei seiner Rückkehr wieder parat stand, für den Fall, dass er noch am selben Tag wieder in den Einsatz geschickt wurde. Normalerweise kam eine Einheit aus dem Kampfeinsatz zurück und hatte dann wochen-, oft sogar monatelang Pause, das wusste ich. Aber Ians zwölfköpfiges Team gehörte zu den Sondereinsatzkräften und sie wurden entsendet, um in Bedrängnis geratene Soldaten zu retten oder mit allen Mitteln ein Ziel zu sichern. Das war Guerillakrieg am Boden in einem fremden Land und wenn die Ermittlungen im Fall Lochlyn beendet waren, konnte er ... konnte er jederzeit und problemlos wieder entsendet werden.

Wieder einmal.

Ich hatte Schwierigkeiten, genug Luft zu bekommen.

Wieder einmal.

Gerade erst nach Hause gekommen und dann schon wieder weg.

Ian eilte die Stufen zu unserem Haus hoch und öffnete die Tür.

„So ist dieses Leben", sagte Harney zu mir.

Mein Blick begegnete seinem und ich suchte in seinen Augen nach Verachtung oder Urteil. Ian hatte mir gesagt, dass sich zwar vieles geändert hatte – *Don't ask, Don't Tell* gab es nicht mehr, abschätzige Bemerkungen und Beleidigungen wurden nicht mehr akzeptiert –, die Armee aber immer noch eine geistige Haltung der Intoleranz kultivierte. Man konnte nur nie wissen, wann und wo man ihr begegnete. Aber als ich nun suchend in das Gesicht des Colones blickte, fand ich weder Verachtung noch Urteil. Er hatte eine rein sachliche Aussage gemacht, wie er sie auch gegenüber jeder Ehefrau oder Freundin oder Lebensgefährtin eines Soldaten gemacht hätte.

„Jawohl, Sir", stimmte ich zu.

Wenige Augenblicke später war Ian zurück. Er sagte kein Wort zu mir, sah mich nicht einmal an und mir wurde klar, dass er sich schämte. Meine Fragen, mein offensichtlicher Kummer hatten ihn vor seinem Vorgesetzten beschämt.

„Marshal", sagte der Colonel zu mir, dann kehrte er zu seinem Wagen zurück.

Als Ian mit den anderen in das zweite Auto stieg, begegnete sein Blick für einen Sekundenbruchteil meinem und was mich vor Überraschung wie angewurzelt und sprachlos auf dem Bürgersteig stehenbleiben ließ, selbst nachdem die Autos fort waren, war die Erkenntnis, dass ich mich geirrt hatte. In diesem einen, winzigen Augenblick hatte ich in seinem Blick nicht Scham und Demütigung gesehen. Sondern Sehnsucht.

Er wollte bleiben. Das war mir plötzlich absolut sonnenklar. Was ich gesehen hatte in seinen Augen, in seinem Gesicht, in seinem unregelmäßigen Atem und den leicht geöffneten Lippen, der zur Faust geballten rechten Hand und seinen stolpernden Schritten, als er sich umdrehte und dem Mann folgte, der ihn von mir fortnahm – das war sehnsüchtiges Verlangen. Ich war auch sein Zuhause, das verstand ich nun und mich zu verlassen, riss ihm beinahe das Herz aus dem Leib.

Dieses Wissen tröstete mich zumindest ein kleines bisschen.

11

Ich marschierte geradewegs an ihnen vorbei, da ich davon ausgegangen war, dass sie am Ausgang des McCarran International Airports auf mich warten würden, anstatt direkt in der Ankunftshalle.

„Sind Sie Jones?"

Ich wirbelte auf dem Absatz herum und sah mich … nun, ich war mir nicht ganz sicher, wem ich mich gegenübersah. Ich hätte auf Surfer getippt oder Wassersportlehrer – Paddle Board, Sporttauchen oder irgend so etwas. Mit seinen breiten Schultern und den sonnengebleichten, dunkelblonden Haaren, die ihm bis auf die Schultern fielen, konnte er unmöglich ein Beamter sein.

„Ja?"

Der Mann kam näher, die Hand ausgestreckt und ein leises, ironisches Lächeln verzog einladend seine Lippen. „Ich bin Bodhi Callahan von der Vegas Niederlassung und das ist mein Partner, Josiah Redeker."

Callahan sah überhaupt nicht aus wie ein Marshal. Zumindest war ich noch keinem begegnet, der aussah wie er. Ich hatte nicht gewusst, dass Cargo Shorts und Deckschuhe angemessene Dienstkleidung waren. Oder ein T-Shirt unter einem Baja Sweatshirt, wie ich es zuletzt an der Uni gesehen hatte. Sein Partner sah aus, als gehörte ihm vielleicht eine Kneipe. Er hatte glatte, dunkle Haare, die ihm lose ums Gesicht fielen. Die Kombination aus Oberlippenbart und dichten Bartstoppeln auf seinem Kinn hätte man einen Vollbart nennen können, wenn die Stoppeln entlang seines Kiefers dichter gewachsen wären. So aber sah er gekonnt ungepflegt aus, mit abgestoßenen Stiefeln, ausgeblichener Jeans und einem langärmeligen grauen Henley. Zusammen waren sie nicht gerade imposant oder furchteinflößend, aber vielleicht mussten sie das in Las Vegas auch nicht sein. Vielleicht war die Arbeit hier ja gelassen und die Einsätze unauffällig. Auch wenn ich das bei all den Drogen, die durch den Staat geschmuggelt wurden, ein wenig bezweifelte.

„Jed reicht", warf Redeker ein und holte mich damit in die Gegenwart zurück. Er hatte ebenfalls seine Hand ausgestreckt, quasi in Bereitschaftsstellung, um meine zu schütteln, sobald ich mit Callahan fertig war. „Niemand außer meiner Mutter nennt mich Josiah."

Sie gaben ein seltsames Paar ab. Callahans Akzent war eindeutig Kalifornien und Redeker hatte eine tiefe, raue Stimme wie ein Cowboy. Ich fragte mich, wie die beiden zusammenpassten.

„Wie lange sind Sie schon Marshals?", fragte ich, nachdem ich Redekers Hand losgelassen hatte.

„Für mich sind's fünf Jahre", entgegnete er, „und für das Jüngelchen hier zwei."

„Jüngelchen?", fragte ich Callahan.

„Ich bin siebenundzwanzig", erklärte er. „Aber anscheinend sind elf Jahre Altersunterschied genug, um ihn völlig außer Reichweite sein zu lassen."

Die Formulierung war eigenartig – *außer Reichweite* – und sofort fing ich an, mich über die beiden zu wundern. Warum war das so wichtig für Callahan? Meinte er, nur als Partner oder war mehr dran an der Sache?

„Wurden Sie über den Zeugen informiert, den Sie abholen sollen?", fragte Redeker und nahm unaufgefordert meine Reisetasche, sodass ich nur noch meine Laptoptasche tragen musste.

Das hatte man, von daher wusste ich, dass Josue Hess geflüchtet war, als er hätte bleiben und ins Zeugenschutzprogramm aufgenommen werden sollen, womit er von der Liste der artigen Kinder auf die der unartigen gerutscht war. Aber viele Leute taten das, liefen weg, anstatt ins Programm einzutreten. Waren aber die Marshals erstmal im Spiel, dann hatten Zivilisten nicht länger das Recht, diese Entscheidung zu treffen. Der Typ, den ich hier abholen sollte, war von New Orleans nach Las Vegas durchgebrannt, aber anstatt zu verschwinden, wie alle das angenommen hatten, hatte er nur den Schauplatz gewechselt und lebte sein bisheriges, im Fokus der Öffentlichkeit stehendes Leben weiter.

„Ich habe seine Akte während des Flugs gelesen." Ich gähnte. Als ich so zwischen ihnen her zum Ausgang ging, konnte ich die Anspannung förmlich mit Händen greifen. Was auch immer zwischen ihnen war, ich steckte mittendrin. „Es hieß, er tingelt hier durch die Clubs und Discotheken. Ich habe mir einige seiner YouTube Videos angesehen. Der Knabe kann wirklich singen."

„Das kann er in der Tat", stimmte Redeker zu. „Wir vermuten, dass er davon ausgeht, dass er nicht länger in Gefahr ist, da er New Orleans verlassen hat. Er hat nie gesagt, dass er nicht aussagen will, sondern nur, dass er die Schutzhaft seiner Karriere wegen ablehnt. Anscheinend ist er das seiner Band schuldig."

„Dann sind sie alle zusammen hergekommen?"

„Sind sie."

„Na, hoffentlich ist er nicht mit dem Gedanken verheiratet, ein Superstar zu sein." Callahan rieb sich den Nacken, dann zog er seine Dienstmarke unter dem Kragen heraus und ließ sie genau in dem Moment über sein Sweatshirt fallen, als wir an einem Sicherheitswärter vorbeigingen. „Er hat nämlich keine Wahl. Er kommt ins Zeugenschutzprogramm und basta. Damit kann er jede Karriere knicken."

Hess, Frontmann und Sänger der Rockband Decoder Ring, war Zeuge eines Mordes geworden. Wäre es der Mord an irgendeinem Schläger durch einen anderen gewesen, dann hätte er bis zu seinem Erscheinen vor Gericht keinen Schutz benötigt. Aber dann hatte sich herausgestellt, dass der Täter Dorian Alessi war, der seinen Langzeitrivalen im Opiumgeschäft, Romeo Sinclair, aus dem Weg geräumt hatte. Beides waren absolut furchteinflößende Männer mit mehr als nur einem Schwerverbrechen auf ihrem Konto und der Staatsanwalt von Orleans, Parish, war nur zu glücklich darüber gewesen, dass Sinclair in der Leichenhalle vor sich hin gammelte und Alessi bis zu seinem Prozess hinter Schloss und Riegel saß, ohne Möglichkeit, gegen Kaution entlassen zu werden. Hess' Erscheinen vor Gericht war für Februar angesetzt worden.

Hess hatte zugestimmt, vor Gericht auszusagen, sich aber gegen den Eintritt ins Zeugenschutzprogramm gewehrt. Er war von New Orleans nach Las Vegas übergesiedelt, überzeugt davon, dass ein Umzug und die Verwendung des Mädchennamens seiner Mutter reichen würden, um in Sicherheit zu sein. Aber obwohl Hess selbst vorsichtig war – seine Bandmitglieder waren es nicht. Sie waren alle auf Twitter und Snapchat, Facebook und Instagram und er war derjenige, von dem sie Bilder machten und sie posteten, denn er war das Hauptzugpferd ... und so landete er doch wieder auf Alessis Radar.

Vor zwei Wochen hatte er angefangen, überall dieselben Gesichter zu sehen. Das hatte ihm „eine Scheißangst eingejagt" – so hatte es wortwörtlich in meinem Bericht gestanden. Hess mochte sein derzeitiges Leben und er wollte es nicht aufgeben, aber er war sich nicht sicher, ob das noch länger möglich war. Er ging davon aus, dass Alessis Männer eins und eins zusammengezählt hatten und nun in der Stadt waren, um mit ihm zu reden. Also hatte er die Niederlassung der Marshals in New Orleans angerufen, da er mit ihnen zuerst Kontakt gehabt hatte, hatte ihnen die Situation geschildert und gefragt, ob jemand kommen und sich die Sache ansehen könnte. Aktuell von seinem Aufenthaltsort informiert, hatte die Niederlassung in Vegas beschlossen, ihn in Gewahrsam zu nehmen, ins Zeugenschutzprogramm zu zwingen und auf die andere Seite des Landes zu verfrachten. Auf der Suche nach der nächsten verfügbaren Stelle, hatte ihnen die Datenbank das Northern District Office in Illinois ausgespuckt – unsere Niederlassung. Kage hatte den Befehl für die Zeugenüberführung erhalten und mich in einen Flieger gesteckt, um den Rockstar in Gewahrsam zu nehmen. Hess war in Gefahr, also antworteten wir.

Obwohl niemand mit Sicherheit sagen konnte, ob Hess sich die Dinge nur einbildete oder nicht: Die Bedrohung wurde als real eingestuft, da der Fall noch vor Gericht verhandelt wurde.

„Die Band ist im Begriff, sich aufzulösen", erklärte Callahan aus heiterem Himmel. „Die Show heute Abend im Aces and Eights sollte ihre letzte sein."

„Das ist ein Glücksfall."

Er zuckte die Schultern. „Wir observieren Hess jetzt seit zwei Wochen und es ist nicht schwer, zu sehen, dass er der Einzige ist, der über Talent verfügt. Oder auch nur ansatzweise eine Art von Arbeitsmoral. Der Rest der Band nimmt die Musik nicht sehr ernst."

„Also ist er vielleicht gar nicht so unglücklich darüber, sie verlassen zu müssen."

„Vielleicht."

„Aces and Eights, ist das ein Club oder eine Bar?"

„Im Grunde genommen ist es eine Spelunke. Ähnlich wie das Double Down, aber es ist kleiner und existiert noch nicht so lange", antwortete Redeker.

„Ich komme aus Chicago", erinnerte ich ihn. „Ich habe keine Ahnung, wovon Sie reden."

Er lachte schnaubend. „Waren Sie noch nie vorher hier?"

„Doch, aber nur auf dem Strip."

„Dann waren Sie noch nie wirklich in Vegas."

„Wenn Sie das sagen."

Callahan knurrte.

„Was?", fuhr Redeker ihn an.

„Nur weil du immer noch bis in die frühen Morgenstunden hinein säufst, heißt das noch lange nicht, dass das etwas ist, das erwachsene Menschen tun", sagte Callahan und seine Stimme klang abfällig. „Vielleicht ist es für Jones der Inbegriff von Vegas, sich eine Revue anzusehen und gut essen zu gehen."

Redeker verdrehte die Augen und wieder hatte ich das Gefühl, mittendrin in … nicht wirklich einem Streit, aber etwas sehr Ähnlichem zu stecken.

„Also ist Aces and Eights nun auf dem Strip oder nicht?", fragte ich Callahan.

„Es liegt östlich des Strips, auf der Naples Road."

Wo das war, wusste ich auch nicht, aber sie waren schließlich hier, um mich dorthin zu bringen.

Wir verließen die Flughafenhalle, stiegen in einen Dodge Durango älteren Models und während er auf den Beifahrersitz glitt, informierte Redeker mich, dass sich in der Kühlbox hinter meinem Sitz Wasserflaschen befanden.

„Würden Sie gern etwas essen gehen?", fragte Callahan.

„Ja, bitte."

„Ist Frühstück okay?"

„Immer."

„Richtig hungrig oder nur ein bisschen?"

„Am Verhungern", gab ich zu, denn mir war inzwischen fast schlecht vor Hunger.

„Also dann Hash House A Go Go." Redeker gähnte, ließ sein Fenster herunter und legte seinen Ellbogen darauf, dann lehnte er den Kopf zurück und schloss die Augen. „Auf geht's, Cal."

„Vielleicht würde er gerne irgendwohin gehen, wo –"

„Tu einfach, was ich dir sage", murmelte Redeker, ohne die Augen zu öffnen.

„Du hast einen Kater", realisierte Callahan und ich hörte die Schärfe in seiner Stimme.

„Und das ist wichtig warum?"

„Es ist *nicht* wichtig. Aber du solltest dich besser um dich kümmern. Du bist schließlich erwachsen, oder etwa nicht? Erwachsene machen so was nicht."

„Machen was nicht?"

„Die ganze Nacht lang saufen."

Redeker knurrte.

„Wie willst du mich unterstützen, wenn du nicht richtig zielen kannst?"

„Schießen ist kein Problem, Jüngelchen."

Callahan knurrte.

Oh, das war fantastisch. „Und, was sind neben dem üblichen Kram Ihre Hauptaufgaben?", fragte ich, um weiteres Gezänk zu vermeiden.

„Hauptsächlich arbeiten wir in einem der gewöhnlichen FIST Einsatzkommandos", antwortete Callahan und sah seinen Partner an, statt sich auf die Straße zu konzentrieren. „Wir machen nicht mehr viele Zeugenüberführungen, aber wir haben gerade erst einen neuen Vorgesetzten bekommen und der wechselt gerne die Teams aus."

„Das läuft bei uns genauso", sagte ich, nur um Konversation zu machen. Es freute mich, zu sehen, dass Callahan zumindest einen Teil seiner Aufmerksamkeit der Aufgabe schenkte, aus dem Flughafen heraus und auf die Autobahn zu kommen. „Wir arbeiten ressortübergreifend, außer in unserem eigenen Büro. Und wir observieren und ermitteln nur verdeckt, wenn wir die Leitung des Einsatzes innehaben."

„Wir machen eine Menge mit der DEA zusammen", brummelte Redeker und rutschte hin und her, um eine bequemere Sitzposition zu finden. Was bei seinen langen Beinen nicht leicht war. Ich schätzte ihn auf mindestens eins neunzig und seinen jüngeren Partner auf etwa eins achtzig. „Aber was will man anderes erwarten, bei so viel Drogenschmuggel."

Ich machte ein zustimmendes Geräusch und lehnte mich zurück, betrachtete das vor dem Fenster vorbeifliegende Braun und versuchte erneut Ian anzurufen. Ich hatte ihn von zu Hause aus angerufen und vom O'Hare, ich hatte vor dem Abflug angerufen und nach der Landung. Jeder Anruf ging direkt auf die Mailbox. Obwohl mich das nicht überraschte, wäre es doch schön gewesen, zumindest eine SMS zu bekommen, die mich wissen ließ, was gerade bei ihm passierte.

Mein Hotel, das Days Inn Las Vegas am Wild Wild West auf der Tropicana, war nicht weit weg vom Flughafen, gerade mal drei Meilen und nachdem wir nach der kurzen Fahrt dort angekommen waren, warteten die beiden Männer, während ich eincheckte. Das Hotel lag nicht auf dem Strip, aber das war mir völlig egal. Wichtig war, dass es billig war und sauber und dass, sollte ich ein Auto brauchen, man umsonst parken konnte. Für mich war es perfekt.

Nachdem ich Tasche sowie Anzug und Krawatte, die ich während des Flugs getragen hatte, im Hotel gelassen hatte, stiegen wir wieder ins Auto und fuhren hinüber zum Strip, zum Plaza Hotel and Casino, in dem sich das Hash House A Go Go befand. Es war voll, aber Redeker hatte entweder vorher angerufen und einen Tisch reserviert oder er kannte einen der Manager, das konnte ich nicht sagen. Ich fragte auch nicht, sondern folgte ihm lediglich, als er zu einem der Tische vorausging und setzte mich ihm und Callahan gegenüber hin.

„Vergessen Sie die Karte", wies Redeker mich an. „Bestellen Sie einfach Andys Salbeihuhn Benedict. Sie werden mir danken."

„Das ist zu viel", warnte Callahan mich. „Sehen Sie sich die anderen –"

„Am Verhungern", wiederholte ich und gab Redeker meine Speisekarte. „Ich nehme es."

Ich bestellte ein großes Glas Orangensaft, eine Tasse Kaffee und das Salbeihuhn Benedict, was sich als gefühlte vier Kilo Hühnchen entpuppte. Ich machte ein Foto von meinem Teller und wollte es Ian schicken in der Hoffnung, dass das eine Reaktion hervorrief, aber dann wurde mir klar, dass das nicht *ich* war. Ich hatte so etwas noch nie gemacht. Selbst wenn ich mich innerlich so emotional bedürftig fühlte – ich würde Ian den Schmerz nicht sehen lassen, denn das brachte keinem von uns etwas. Ich würde ihn nur traurig und dann ein schlechtes Gewissen machen. Das war nutzlos. Genauso nutzlos, wie es war, auf ein Wort von ihm zu hoffen. Wann immer er in Militärangelegenheiten unterwegs war, herrschte Funkstille. Das durfte ich nicht immer wieder vergessen.

Das Problem dabei war aber, nicht ständig an Ian zu denken. Was gleich doppelt schwer war, wenn ich vor einer Mahlzeit saß, die mit mir zu teilen ihm solche Freude gemacht hätte. Ich atmete ein, legte den Rosmarinzweig beiseite, der auf meinem Gericht thronte und langte zu.

„Oh Gott", sagte Callahan eine Weile später und starrte mich mit großen Augen an. „Sie essen das wirklich ganz auf."

„Sie sollten sehen, was mein Partner und ich für gewöhnlich zum Frühstück verdrücken", sagte ich.

„Nein, ich glaube nicht, dass ich das sehen sollte", neckte er mich.

Nachdem Callahan und Redeker sich erst einmal entspannt hatten, war ihre Gesellschaft so gut wie das Essen. Ich bekam alles über ihren letzten Fall zu hören und es gab eine hitzige Diskussion, wer die Windschutzscheibe des Autos getroffen hatte, sodass das Auto ins Schleudern geraten war. Das Gesprächsthema ließ mich Ian nur noch mehr vermissen, aber keiner der beiden Männer bemerkte, wie still ich geworden war.

Nachdem wir zum Hotel zurückgekehrt waren, gaben Callahan und Redeker ihrem Vorgesetzten einen Statusbericht. Supervisory Deputy Braxton Ward war nach allem, was man so hörte, ein Mann, der viel herumbrüllte und die DEA genauso hasste wie ich.

„Ja, Sie könnten sich problemlos hierher versetzen lassen", versicherte Callahan mir. „Sie würden mit Ward prima zurechtkommen."

Ich arbeitete derweil an meinem Laptop, pingte Ian an, nur für den Fall, dass … und beobachtete aus den Augenwinkeln, wie Callahan sich nach seinem Partner verzehrte. Ich fragte mich, wie Redeker das übersehen konnte, so offensichtlich war es.

Als Callahan den Mann kurz darauf aufforderte, sich etwas auf seinem Laptop anzusehen, beugte Redeker sich vor und selbst wenn ich Callahan nicht tief hätte einatmen sehen, ich hätte es gehört. Er sehnte sich nach seinem Partner, sehnte sich *verzweifelt* – und nach Redekers trägem Lächeln und seiner „entspann dich, Kleiner"-Manier nach zu urteilen, hatte der nicht die geringste Ahnung, dass er einen solchen Hunger hervorrief. Ich fragte mich, ob ich je so begriffsstutzig gewesen war oder Ian so ahnungslos.

Vermutlich interpretierte ich zu viel in ihre Partnerschaft hinein.

„Wir sollten den Plan noch mal durchgehen, Jones", sagte Redeker, kam durch den Raum und setzte sich neben mich aufs Bett.

Es war im Grunde genommen sehr einfach. Wir würden am frühen Abend zu der Bar – Spelunke, wie auch immer – fahren und Hess zwischen zwei Auftritten abfangen. Wenn er bereit war mitzukommen, dann forderten wir Verstärkung an, folgten ihm nach Hause und nahmen ihn in Gewahrsam. War er es nicht, dann würden ihn von nun an rund um die Uhr uniformierte Beamte bewachen, was seine Freiheit nicht unwesentlich einschränken würde.

Callahan und Redeker verabschiedeten sich gegen zwei Uhr, damit ich mich eine Runde hinlegen und wir alle duschen und uns umziehen konnten. Bevor ich mich für zwei Stunden oder so aufs Ohr haute, rief ich in der Dienststelle an, wo Kohn und Kowalski gerade Dienst taten, Anrufe beantworteten und Hintergrundüberprüfungen durchführten.

„Mach die Nachrichten an", wies Kohn mich an, nachdem wir uns begrüßt hatten. „Der einstweilige Polizeichef hat sich heute bei Becker entschuldigt."

„Ach, sag bloß."

Er knurrte.

„Ist Becker zur Pressekonferenz gegangen?"

„Scheiße, nein. Du weißt, dass das nicht seines ist. Außerdem sorgt ein kluger Marshal dafür, dass nicht alle Medien im Land sein Gesicht kennen."

„Stimmt auch wieder."

„Becker hat eine Erklärung abgegeben, dass das Anhalten von Leuten, deren einziges Verbrechen es ist, schwarz zu sein, aufhören muss."

„Ich wette, er hat es anders formuliert."

„Kam dem aber ziemlich nahe."

„Wie haben die Bullen das aufgenommen?"

„So gut man es eben erwarten kann."

„Ich habe so das Gefühl, dass die Marshals derzeit in der Hauptwache nicht sonderlich populär sind."

„Ich habe so das Gefühl, du hast recht."

Ich seufzte tief. „Ich werde mir die Entschuldigung ansehen. Ich will wissen, was sie gesagt haben."

„Für mich klang es sehr nach politischer Korrektheit, aber immerhin haben sie es gesagt. Bei solchen Sachen muss man dranbleiben, immer und immer wieder, sonst ändert sich nie etwas."

Das waren wahre Worte. „Vegas ist langweilig", informierte ich ihn.

„Du hast den ganzen verdammten Strip vor der Tür, Jones, wie zum Teufel kann dir langweilig sein?"

„Ich bin kein Fan von Glücksspiel."

„Aber allein die Lichter und die ganze Atmosphäre sind toll."

Ich knurrte.

„Du bist so eine Knatschkanone, Jones."

Ich sagte ihm, er solle zur Hölle gehen.

Er sagte mir, ich solle zusehen, dass ich etwas Schlaf bekam.

Ich legte auf, ohne mich zu verabschieden.

ACES AND Eights, so stellte sich heraus, war eine Lounge in der Nähe der Kreuzung Naples und Paradise Road östlich des Strips. Wir alle hatten uns umgezogen und sahen besser aus; Callahan und Redeker hatten sich schick gemacht und ich trug legere Kleidung ganz in Schwarz: Anzughose, Hemd und die schwarzen Alexander McQueen Doppelschnallenstiefel, die ich mitgenommen hatte. Das Holster an meiner linken Wade war ebenfalls schwarz. Nicht dass jemand das zu Gesicht bekommen würde. Hoffentlich jedenfalls. Meinen Stern trug ich an den Gürtel geklemmt, unter dem lose über den Hosenbund fallenden Hemd. Ich hatte meine Haare glatt zurückgegelt und mit dem Gedanken gespielt, eine Sonnenbrille aufzusetzen. Aber ich wollte angsteinflößend wirken, nicht wie ein Vollidiot.

Callahan sah nicht schlecht aus in seiner dunklen Jeans und dem weißen Leinenhemd, aber ehrlich gesagt war es Redeker, nach dem sich die Köpfe umdrehen würden: abgetragene Cowboystiefel, dunkelbraune Khakis und ein kurzärmeliges weißes Baumwollhemd, das sich um seine Oberarme spannte und die dicken Adern in seinen Unterarmen betonte – wenn er Sex wollte, brauchte er vermutlich nicht mehr zu tun, als dastehen und atmen. Callahan, so schien es mir, hatte mit Letzterem Probleme. Auf dem Weg zum Eingang war es mir gar nicht aufgefallen, da er einen Schritt hinter mir gewesen war, aber jetzt im Innern der Lounge und mit dem schummrigen Licht sah ich, dass er sich ganz darauf konzentrierte, gleichmäßig ein- und wieder auszuatmen.

Als Redeker zur Bar ging, um unsere Getränke zu holen – ein Wasser für mich, eine Cola für seinen Partner –, drehte ich mich zu Callahan um.

„Was?"

„Ist Redeker schwul?"

Er verschluckte sich fast an seiner Zunge. Wenn Ian dabei gewesen wäre, hätte er mir nicht erlaubt, meine große Klappe aufzureißen, denn schließlich ging mich das nichts an. Aber ich war allein hier, ohne einen Aufpasser, also hielt ich meine große Klappe nicht.

„Was haben Sie da – ich – Jones, Sie … Was?"

Ich schnaubte belustigt. Oh liebe Güte. „Sie sollten ihm sagen, dass Sie sich von ihm durch die Matratze vögeln lassen wollen. Wenn er kein Interesse hat, dann suchen Sie sich jemanden, der welches hat."

Er sah mich an, als hätte ich ihm gerade mein Knie zwischen die Beine gerammt.

„Ich kann sie sehen, die Sehnsucht. Klar wie der helle Tag", sagte ich mitfühlend. „Das kann nicht einfach für Sie sein."

„Nein, nein, da täuschen Sie sich."

Er vertraute mir nicht, aber das war in Ordnung. Er kannte mich schließlich nicht. „Ich bin schwul", sagte ich ruhig und begegnete seinem Blick. „Alle, mit denen ich zusammenarbeite, wissen das und es interessiert sie nicht die Bohne. Wenn es Ihre Kollegen hier interessieren sollte und Sie es deshalb Ihrem Partner nicht sagen, dann sollten Sie darüber nachdenken, sich versetzen zu lassen. Mein Vorgesetzter ist auf der Suche nach vier weiteren Männern für unser Team."

Seine Miene wandelte sich von schlecht verhohlenem Schrecken zu Unbehagen und ich verstand sofort.

„Nein, nein, Mann, keine Sorge. Ich lebe bereits mit jemandem zusammen und er ist viel hübscher als Sie."

Das brachte mir einen finsteren Blick ein und dann einen erhobenen Mittelfinger.

Ich schnaubte spöttisch. Das Lächeln, das ich als Antwort darauf erhielt, war die Zeit wert, die es brauchte, bis es in all seiner Pracht erstrahlt war. Er war ein sehr attraktiver Mann. Wenn leicht abgerissen aussehende Malibu-Ken Puppen mein Fall gewesen wären, dann hätte ich mich augenblicklich an ihn rangemacht.

„Was zur Hölle?" Redeker stand auf einmal neben uns und seine grün-braunen Augen huschten vom einen zum anderen. „Flirtet ihr Mädels etwa?"

„Jepp", versicherte Callahan ihm. „Du kannst also wen auch immer du willst heute Nacht mit auf unser Zimmer nehmen. Ich bleibe bei Jones."

Der Ausdruck auf Redekers Gesicht, Unsicherheit vermischt mit etwas Kälterem, Tödlicherem, sagte mir, dass er sehr viel mehr Interesse an Callahan hatte, als dieser vermutete.

„Moment, warte –", begann ich.

„Nein, nicht mehr", schnappte Callahan, bevor er mit steifen Schritten selbst zur Bar stakste.

Redeker fuhr zu mir herum. „Was zum Teufel sollte das?"

Ich wog ab, was ich sagen sollte und entschied, dass es egal war. Vorsicht war hier nicht von Nöten. „Ich glaube, Ihr Partner hat das Warten satt."

„Was?"

„Können wir das bitte sein lassen?", sagte ich missmutig. „Ich weiß, was ich sehe."

„Und was soll das sein?" Ich ignorierte ihn und er schüttelte den Kopf. „Sie liegen gewaltig daneben, Jones. Sie haben keine Ahnung, wovon Sie reden."

„Unternehmen Sie etwas oder lassen Sie es sein, mir ist das egal", fuhr ich fort. „Ich bin morgen wieder weg."

Redeker sah mich eindringlich an. „Ich könnte sein ganzes Leben ruinieren, ist Ihnen das klar?"

Mir war klar, dass er das *dachte*.

„Seine Karriere, seine Familienplanung, es könnte alles in einem einzigen Augenblick den Bach runtergehen, wenn ich vergesse, was hier meine Verantwortung ist."

Seine gedehnte Sprechweise, seine tief und heiser gewordene Stimme, sein hartes, fast ein wenig furchteinflößendes Aussehen, das durch seine Grübchen weicher gemacht wurde – ja, ich konnte den Reiz dieses Mannes sehen. Jeder wollte einen Cowboy sein eigen nennen. „Ich denke, es ist verdammt kurzsichtig von Ihnen, zu glauben, dass Sie wissen, wie er sich sein Leben vorstellt."

Er schüttelte den Kopf, als hätte ich keine Ahnung, wovon ich da sprach.

„Aber Sie werden es nie mit Sicherheit wissen, wenn Sie den Schritt nicht wagen."

Sein Blick wurde absolut finster. „Nicht jeder von uns hat so ein Sicherheitsnetz, wie Sie es anscheinend in Chicago haben, so wie Sie mich hier angehen. Alle sind nett und offen, was?"

„Nein, aber mein Vorgesetzter und die Männer, mit denen ich arbeite, interessiert es einen Dreck, mit wem ich schlafe. Alles, was sie interessiert ist, wie ich meinen Beruf ausübe."

Einen Moment später nickte er.

„Ich mag mein Sicherheitsnetz und vielleicht haben Sie hier keines, aber dann sollten Sie mal darüber nachdenken, irgendwohin zu gehen, wo es eines gibt", scherzte ich und lächelte auf die Art, die die Leute für gewöhnlich zur Weißglut brachte. „Sie könnten beide morgen den Antrag auf Versetzung einreichen, ohne Probleme. Aber Sie werden es nicht tun, weil Sie Angst davor haben, was das für Sie beide bedeuten wird."

„Sie wissen gar nichts über mich. Oder über ihn."

„Nein", stimmte ich zu. „Ich weiß nur, dass Ihr Partner Sie ansieht, als könnten Sie über Wasser gehen und dass Sie das sehr genießen."

„Hören Sie –"

Ich redete rücksichtslos über ihn hinweg: „Sie haben alle Macht hier, und er hat absolut gar nichts. Weil Sie ihm keinen reinen Wein eingeschenkt und ihm nicht gesagt haben, dass der Gedanke, ihn mit nach Hause zu nehmen, Sie spitz macht."

Ich erwartete, dass er versuchen würde, mich zu schlagen und bereitete mich darauf vor. Was ich nicht erwartete, war der Ausdruck absoluter Überraschung auf seinem Gesicht.

„Oh, jetzt kommen Sie", sagte ich, im Hinterkopf die Erinnerung daran, wie ich mein Herz vor Ian verborgen hatte und wie viel länger wir schon hätten zusammen sein können, wenn ich ihm von Anfang an gesagt hätte, was ich für ihn fühlte. „Man muss schon absolut blind sein, um nicht zu sehen, was Sie ihm bedeuten. Sie sind derjenige, der sich nicht in die Karten gucken lässt."

„Ich –"

„Es war bei mir genauso, von daher verstehe ich es. Ich schwöre Ihnen, ich würde auf der Sache nicht so herumreiten, wenn ich nicht selbst in genau der Situation gewesen wäre, in der Sie jetzt sind."

„Woher wollen Sie das wissen?"

Ich zuckte die Schultern. „Sie waren eben eifersüchtig, als Sie von der Bar zurückgekommen sind. Der Kommentar mit dem Flirten? Und dann – Sie stehen immer sehr nah neben ihm, direkt in seinem persönlichen Bereich. Ich kenne dieses Manöver sehr gut."

„Oh?"

„Ich lebe mit meinem Partner zusammen."

Er brauchte eine Sekunde. „Nicht als Mitbewohner."

„Nein."

„Wo ist er jetzt?"

„Im Einsatz mit der Armee."

„Tut mir leid."

„Es ist seine Berufung."

Er nickte und schwieg einen Moment lang. „Callahan ist noch sehr jung."

„Und Sie wollen sein Leben nicht kaputtmachen. Ich weiß. Das haben Sie gesagt."

„Genau. Es muss alles so bleiben, wie es jetzt ist und wir bleiben nur Freunde."

Ich holte tief Luft, stieß sie wieder aus und beschloss, mich aus der Nummer komplett herauszuhalten. „Okay."

„Okay? Das ist alles? Erst nehmen Sie mich ins Kreuzverhör und jetzt heißt es nur okay?"

„Ja. Sie sind stärker, als ich es war, Mann und wenn Sie es aushalten, gut für Sie."

„Wenn ich was aushalte?"

„Dabeistehen und zusehen, wie er mit anderen ins Bett geht."

„Das kratzt mich kein bisschen." Es klang sehr herablassend, wie er das sagte, so als stünde er völlig über derlei Dingen.

„Das wird es aber, wenn er sich verliebt", schoss ich zurück.

Nach einem langen Augenblick sagte er: „Ja, ich nehme an, Sie haben recht."

„Aber daran lässt sich nichts ändern, nicht wahr?"

Er lehnte es ab, mir zu antworten.

Das „Hey, hi, hallo" kam völlig aus dem Nichts.

Ich drehte mich um und vor mir stand Josue Hess. Eins siebzig groß und in Natura sogar noch zarter und schöner als auf den Bildern im Internet. Seinen Augen fielen mir als erstes auf, denn das war eine Angewohnheit, die ich noch aus meiner Kindheit in verschiedenen Pflegefamilien hatte: Immer erstmal sehen, ob die Leute freundliche Augen hatten. Hess' waren dunkles, glitzerndes Obsidian. Diese Augen und seine wunderschöne dunkelsienabraune Haut mit ockerfarbenen Untertönen, ein altgoldenes Rouge über samtigem Braun, die er von seinem jamaikanischen Vater geerbt hatte, machten ihn verkehrsgefährdend schön. Von seiner deutsch-holländischen Mutter hatte er die spitzen, elfenhaften Züge: eine kleine Stupsnase, einen breiten, ausdrucksstarken Mund und lange, geschwungene Wimpern. „Hübsch" war das einzige Wort, das diese verheerende genetische Kombination vor mir adäquat beschrieb.

„Josue", grüßte ich. „Darf ich Josue sagen?"

Er nickte schnell und mir fiel auf, dass er mich so eindringlich musterte, als inspizierte er mich auf einen Makel hin. Es war ein wenig beunruhigend, aber der prüfende Blick sprach nicht von Interesse, sondern wirkte mehr so, als würde er eine Entscheidung über meinen Wert als menschliches Wesen treffen.

„Wie geht es dir?", fragte ich ihn.

Er kam näher und sah hoch in mein Gesicht, studierte mich eingehender.

„Josue?"

„Okay", sagte er nach ein paar weiteren Momenten des Schweigens und nickte. „Das macht mehr Sinn. Körper, Geist und Seele im Einklang mit dem, was ich erwartet habe."

„Bitte was?"

„Du siehst einfach genau so aus, wie ich es mir vorgestellt habe, das ist alles."

„Wie bitte?"

„Ihr drei, ihr seid Marshals", verkündete er und zeigte mit dem rechten Zeigefinger der Reihe nach auf mich, Redeker und Callahan, der gerade erst wieder zu uns getreten war. „Aber ich habe sie in meiner Legung nicht gesehen, nur dich, also bist du derjenige, mit dem ich gehen soll."

Hatte er meine Dienstmarke gesehen?

„Entschuldige, ich mache dir Angst. Es tut mir leid. Ich habe heute Morgen Karten gelegt und der Ritter der Schwerter lag vor mir. Ich habe das als beschützend interpretiert", erklärte er, dann schnitt er eine Grimasse und nickte zu Callahan und Redeker hinüber. „Diese beiden – sie inspirieren nicht unbedingt Vertrauen und Loyalität, aber du … dich verstehe ich."

Karten? „Ich kann immer noch nicht folgen."

Er räusperte sich. „Ich bin ein Medium. Deshalb weiß ich, was vor sich geht und deshalb wusste ich auch, dass ich bisher sicher war."

Oh *nein*. Ich sah über seinen Kopf hinweg zu Callahan und Redeker hinüber. „Niemand hat mich darüber informiert, dass er ein Hellseher ist."

Er tippte mir auf die Brust, was meine Aufmerksamkeit zu ihm zurückbrachte. „Ich bin nicht verrückt. Mein Vater hatte diese Gabe, also habe ich diese Gabe."

Hatte. Verdammt. Waise übertrumpfte meine Gefühle hinsichtlich übersinnlicher Fähigkeiten. „Du bist also ganz allein, Junge, ja?"

Er nickte.

Ich konnte den Schmerz seiner Vergangenheit in diesen dunklen, viel zu ernsten Augen lesen und ich wusste aus eigener Erfahrung, wie es sich anfühlte. Meine Vorbehalte schmolzen und ich seufzte, als mir klarwurde, was passieren würde. Meine Entscheidung war gefallen. Ich würde ihn mit nach Chicago nehmen, ob er wollte oder nicht. Ich setzte sein Leben über meins und war bereit, mich für ihn zu opfern.

„Lass uns gehen und deine Sachen packen."

„Okay", seufzte er und lächelte mich an.

„Ich dachte, es würde länger dauern, dich zu überzeugen."

„Nein. Wie ich gesagt habe, die Karten haben mir gesagt, dass du kommst. Ich habe erst vor ein paar Tagen den Turm gezogen, also habe ich der Band gesagt, dass ich aussteige, damit ich bereit bin, weil, na ja, mein ganzes Leben sich verändern würde. Und dass es keinen Sinn macht, dagegen anzukämpfen."

„M-hm."

„Deshalb haben wir allen gesagt, dass heute unser letzter Auftritt ist. Meine Karten irren sich nie."

„Absolut", stimmte ich zu.

Er verdrehte die Augen. „Glaube, was du willst, Marshal. Ich vertraue dir, weil alle Zeichen darauf hingewiesen haben, dass ich das tun soll und dass der Weg, auf den du mich führst, Glück und Liebe bringt."

„Liebe, ja?"

Er nickte.

„Ich bringe dich zu deiner Liebe? Ist sie hübsch?"

„Er", wurde ich korrigiert, „und ja, *er* ist wunderschön."

Callahan und Redeker sahen mich an, als wären mir Hörner gewachsen. Der komplette Plan, in den Club zu fahren, die Lage zu peilen und eine Möglichkeit zu finden, Hess allein zu erwischen, war in weniger als zehn Minuten hinfällig geworden. Hess war bereit zu gehen und es hätte einfacher nicht sein können. Es waren keinerlei Überredungskünste nötig.

Weil aber nichts jemals wirklich einfach ist, war es nur natürlich, dass sich die Dinge änderten als wir den Club verließen und Josue Ziel mehrerer Kugeln wurde.

Ich hörte das Quietschen von Reifen vor dem *Pop-pop-pop* abgefeuerter Schüsse und eine Kugel schlug in den Türrahmen neben mir ein. Ich stieß Josue gegen die Wand und schirmte ihn mit meinem Körper ab, duckte mich, um meine Waffe zu ziehen und schrie den Umstehenden zu, sich auf den Boden zu werfen. Ich wünschte mir, Ian wäre bei mir. Nicht, weil ich wollte, dass ihm auch Kugeln um die Ohren flogen, sondern weil er gut in lebensbedrohlichen Situationen war und weil er mich fest am Boden hielt. Wie in einer solchen Situation, in der ich das Feuer nicht erwiderte. Ich konnte nicht und Ian hätte es auch nicht getan – die Straße war voller Menschen. Ich hoffte nur, mein Gebrüll und die offensichtliche

Gefahr reichten aus, dass die Leute ihr Gehirn einschalteten, meinem Befehl folgten und sich zu Boden warfen.

Aber wie gewöhnlich geschah genau das Gegenteil. Kopflose Hühner wären klüger gewesen. Der Mangel an Selbsterhaltungstrieb in den meisten Menschen erstaunte mich immer wieder. Sie rannten in die Kreuzung hinein statt von ihr weg und so blieb mir keine Wahl, als mich ebenfalls in die Schusslinie zu begeben. Ich befahl Josue zu bleiben, wo er war und rannte hinaus ins Chaos.

„Stehenbleiben!", schrie ich eine Frau an, die es anscheinend für klüger hielt, mit ihrer kleinen Tochter zu einem nahen Restaurant zu rennen, statt sich hinter ein parkendes Auto zu ducken.

Gütiger Gott.

Als ich auf meinen Stern zeigte, nickte sie, dass sie verstanden hatte und blieb stehen. Ein junges Pärchen war drauf und dran, ebenfalls seine Deckung zu verlassen, aber ich drohte ihnen, sie hinter Gitter zu bringen. Sie sahen absolut entsetzt aus.

„Er versucht euer Leben zu retten!", schrie Josue hinter mir.

Natürlich hörten sie auf den bildschönen angehenden Rockstar und hoben die Hände, um ihn wissen zu lassen, dass sie verstanden hatten. Sicher doch: Vergiss den Stern, der inzwischen sichtbar an meinem Gürtel klemmte, nachdem ich mein Hemd dahintergesteckt hatte. Der Rechtsvollzugsdienst war neben seinem Kultstatus völlig unbedeutend.

„Jones!", schrie Callahan, als er neben mir zum Stehen kam.

„Beschützen Sie ihn!", befahl ich und wies auf Josue, dann rannte ich hinaus auf die Straße, Redeker dicht hinter mir. „Halten Sie mir die Typen vom Leib!"

„Wird gemacht!", brüllte Redeker hinter mir.

Die Männer in dem Auto feuerten auf uns, aber wir rannten zu schnell und die Entfernung war auch nicht sehr groß. Kein Vergleich zu dem, was ich erst vor wenigen Tagen in San Francisco gerannt war. Es war also keine große Sache, dass ich das Auto unbeschadet erreichte, die Tür aufriss und einen Hechtsprung hinein und quasi auf den Schoß des Mannes, der dort saß, machte. Dass Redeker gleich hinter mir war, sich durch das Fahrerfenster warf und mit dem Fahrer um das Steuer rang, das schon.

Ich spürte, wie der Wagen unter mir einen Satz vorwärts machte. Im nächsten Moment wurden wir alle herumgeschleudert, als das Auto mit einem Ruck zum Stehen kam. Die Geräusche von aufprallenden Fäusten und fliegendem Atem waren laut in dem beengten Raum. Redeker versuchte, den Fahrer k.o. zu schlagen und gleichzeitig den Schlüssel aus dem Zündschloss zu ziehen.

Halb verdreht auf der Rückbank landete ich eingeklemmt im Fußraum hinter den Vordersitzen, meine Waffe unter mir. Ich hatte gerade genug Bewegungsraum, dass ich dem Typ, auf den ich gefallen war, einen Tritt verpassen konnte. Ich erwischte ihn seitlich am Kiefer und sein Kopf flog zur Seite. Er sackte bewusstlos zusammen, während ich das Handgelenk des zweiten Typen auf der Rückbank packte, was ihn daran hinderte, mich zu erschießen. Leider hinderte nichts den Kerl auf dem Beifahrersitz daran, seine Waffe nach unten auf mein Gesicht zu richten und abzudrücken.

Das Geräusch der abgefeuerten Waffe im Innern des Wagens war ohrenbetäubend. Ich hatte den Arm des Mannes von unten getroffen, sodass er hochgeruckt war. Die Kugel verfehlte mich, durchschlug den Sitz, in dem sie ein beachtliches Loch hinterließ und fuhr weiter in den Kofferraum. Ich hörte, wie sie dort auf Metall traf, während der Wagen unter mir wieder beschleunigte.

„Scheiße, was machst du da?", schrie der Kerl, mit dem ich kämpfte, den Schützen an. „Du bringst mich noch um!"

„Benutz dein verdammtes Messer!", kreischte der Fahrer, der immer noch mit Redeker rang.

Die Mercedes E-Klasse Limousine, mit der die Herren vorgefahren waren, hatte wirklich einen ziemlich großen Fußraum, aber nach dem harten Bremsmanöver von eben hingen wir alle aufeinander. Ich drückte den Arm des Typen, mit dem ich kämpfte, gegen den Sitz und schlug ihn mit so viel Wucht ins Gesicht, wie ich zwischen dem Rücken des Vordersitzes und seinem Schoß eingeklemmt aufbauen konnte.

Das war nicht sehr viel. Ein zweiter Schlag wurde vereitelt, indem er seine Beine wegzog, wodurch ich das Gleichgewicht verlor und auf ihn fiel. Wir schubsten, drückten und wanden uns wie Aale in dem Versuch, der erste zu sein, der sich aufsetzte.

„Wo zum Henker ist dein Messer?"

Ein Butterfly oder vielleicht ein Klappmesser, das hätte ich bei diesen Worten erwartet. Die *Crocodile Dundee* Version, die mir durch die Rückenlehne entgegenkam und einen Schnitt in meinem Oberarm hinterließ – darauf war ich nicht vorbereitet.

„Scheiße!", keuchte Redeker, der das Messer sah, als der Typ es wieder aus dem Sitz riss. Er warf sich mit mehr Wucht vor und erwischte – endlich – den Fahrer mit genug Kraft, dass der das Steuer verriss.

Meine Waffe lag irgendwo unter mir, konnte mir also nicht helfen. Ich war zwar ziemlich beweglich, andererseits aber auch nicht klein. Ich trug eine ganze Menge Muskelmasse mit mir herum und meine Schultern und meine Brust waren breit genug, dass ich feststeckte. Beinahe komplett kopfüber. Als das Auto gegen was auch immer prallte, dachte ich für einen Moment, es hätte mir die Wirbelsäule gebrochen. Dann war das Messer zurück; ich sah das Licht auf der Klinge aufblitzen.

Adrenalin ist eine ziemlich krasse Nummer. Man kann die verrücktesten Dinge anstellen, wenn man genug davon im Blut hat.

Ich wuchtete mich hoch, verdrehte mich auf eine Art und Weise, die Ian einen Schock verpasst hätte – der Mann war immer wieder überrascht von den Positionen, in die ich mich brezeln konnte – und bekam ein Bein zwischen die

Vordersitze. Als der Beifahrer sich also auf Redeker warf, war der in der Lage, das Handgelenk des anderen Mannes und dann auch sein Messer zu packen.

„Auf den Boden!", schrie Callahan, der plötzlich vor meinem Fenster stand, die Waffe auf den Typen gerichtet, mit dem ich gerungen hatte. Dann lehnte er sich vor, schob einen Ellbogen durchs Fenster und rammte ihn dem Beifahrer ins Gesicht.

„Scheiße", keuchte ich, immer noch größtenteils kopfüber.

„Wir springen normalerweise nicht in Autos", schnaufte Redeker, während er dem Fahrer einen Schlag gegen den Kopf versetzte. Callahan war inzwischen damit beschäftigt, Handfeuerwaffen aus dem Auto zu holen und sie auf die Straße zu werfen.

„Nicht?", japste ich und bekam endlich die Füße wieder auf den Boden, öffnete die Autotür, stolperte auf die Straße und richtete mich neben Callahan auf. „In Chicago machen wir das. Wir sind Hardcore in der Windy City."

„Hnnn", ächzte Redeker, rutschte aus dem Auto, beugte sich vornüber, um wieder zu Atem zu kommen und verschwand so aus meinem Blickfeld.

„Dafür wird mein Vorgesetzter Sie in der Luft zerreißen, Jones", informierte Callahan mich.

„Aber außer mir und Redeker ist niemand verletzt worden", protestierte ich und wies mit einer Geste um mich. „Wieso sollte ihn das wütend machen?"

Callahan wackelte mit den Augenbrauen.

„Na ja, schön", sagte ich nach einem Moment, „dann muss er sich hinten anstellen."

Oh Himmel.

UND ICH hatte gedacht, der Zirkus in Chicago wäre irre. Sin City an diesem Montagabend war der reine Wahnsinn. Die Polizei aus New Orleans wollte die Männer haben, da ihr Anschlag auf Josues Leben mit ihrem Fall zusammenhing, aber die Polizei von Las Vegas sagte, sie würden die Schützen behalten, da der Fall sich in ihrem Revier ereignet hatte. Die Marshals übertrumpften beide Behörden, bis das FBI sich einmischte und allen mitteilte, dass *sie* die Männer in Staatsgewahrsam nehmen würden, da Alessi in mehreren Bundesstaaten wegen Drogenschmuggels und organisiertem Verbrechen gesucht wurde.

Wie bei Barnum und Bailey – die beste Zirkusmanege auf Erden.

Ich hatte Josue in der Zwischenzeit den State Troopers übergeben. Sie waren mit ihm erst zu seiner Wohnung gefahren, um alle potentiell lebenswichtigen Dinge einzusammeln, die er für die Dauer seines Abenteuers brauchen mochte, dann hatten sie ihn, immer noch schwer bewacht, in mein Hotel und zu meinem Zimmer eskortiert, wo das Büro des Sheriffs übernommen hatte, mit einem Mann vor der Zimmertür und einem Mann hinter der Tür bei ihm. Ich hatte Josue meine Telefonnummer gegeben, bevor er aufgebrochen war und nachdem er schnell ein

Bild von mir gemacht hatte, lächelnd und mit blutüberströmtem Arm, hatte er sie brav in sein Handy eingetippt. Das Blut erweckte die Besorgnis der Rettungssanitäter vor Ort und sie wollten mich ins Krankenhaus bringen, um zu sehen, ob ich genäht werden musste. Aber es war nur eine leichte Schnittwunde, keine Stichwunde und alles, was ich brauchte, war ein Pflaster.

Da das einzige, was man mir vorwerfen konnte, das in Gewahrsam nehmen meines Zeugen war, hatte das FBI mich freigesprochen, um „mit der Aufnahme meines Zeugens in den Schutzgewahrsam fortzufahren". Idioten, allesamt. Redeker fragte mich, ob ich mit ihm und Callahan zu Abend essen wollte und da ich wusste, dass Josue in Sicherheit war – und dass die Trooper ihm Zimmerservice bestellen würden – nahm ich ihr Angebot an.

Sie führten mich zur Peppermill, direkt auf dem Strip. Es war ein interessanter Laden mit einer Menge Neonlichter, einer großen, runden offenen Feuerstelle in der Mitte und Spiegeln überall. Laut war es auch, was normalerweise nicht so mein Fall war, aber da ich keine Lust hatte zu reden, kam mir der Geräuschpegel sehr entgegen. Ich bestellte ein Sandwich mit Schinken und Avocado, dazu Süßkartoffelpommes und trank Wasser, da ich definitiv dehydriert war. Es fühlte sich an, als würde die trockene Hitze jegliche Feuchtigkeit aus mir heraussaugen.

Callahan bestellte ein Porterhousesteak mit gebratenen Pilzen und ebenfalls ein Wasser, während Redeker Wings orderte, einen Pastramiburger, Zwiebelringe und Mozzarellasticks und alles mit einem doppelten Screwdriver hinunterspülte.

„Sie werden einen Herzinfarkt bekommen und sterben", versicherte ich ihm, als immer mehr Teller an unseren Tisch gebracht wurden.

Die Portionen waren allesamt riesig. Nirgendwo wurde gespart und das schloss den Alkohol mit ein.

„Das sage ich ihm auch immer", sagte Callahan. „Bei den Mengen, die er isst und auch trinkt, fällt er um, bevor er fünfzig ist."

Ich lachte schnaubend. „Mann, Chicago würde Ihnen gefallen."

Redeker sah mich an. „Warum sagen Sie das?"

„Jede Menge gutes Essen."

Er nickte.

„Chicago?", fragte Callahan und sah zwischen uns beiden hin und her.

„Ja", sagte Redeker mit einem Hüsteln. „Jones sagt, dass sein Chef nach weiteren Mitarbeitern Ausschau hält. Er dachte, dass wir vielleicht Interesse an einem Klimawechsel hätten."

Callahan verschluckte sich fast an seinem Wasser. „Wir?", brachte er heraus, als er wieder atmen konnte.

Redeker zuckte die Schultern. „Na ja, sicher. Warum sollte ich ohne dich gehen wollen?"

Callahan drehte sich langsam zu mir um.

„Was?"

„Danke für die Vorwarnung, Jones", sagte er leise und so, als meinte er jedes Wort.

Ich lächelte ihn an, denn ich wusste, wie es sich anfühlte, wenn man seinen Partner in einer Sache endlich durchschaute. Mir war es schließlich genauso ergangen.

SIE SETZTEN mich an meinem Hotel ab und nachdem ich Callahan umarmt und Redeker die Hand geschüttelt hatte, machte ich mich auf den Weg zu meinem Zimmer. Ich war überrascht, als ich auf halbem Weg dorthin einen Anruf von Josue erhielt.

„Was ist? Du sollst mich doch nur im Notfall anrufen", schimpfte ich.

„Ich habe mir Sorgen um dich gemacht."

Ich knurrte.

„Das habe ich! Du warst so mitgenommen und hast geblutet. Für einen Ritter in schimmernder Rüstung wirst du ziemlich leicht verletzt."

„Wovon redest –"

„Die Karten!", erinnerte er mich.

„Ah, ja. Die Karten."

„Sprich nicht in diesem Tonfall vom Tarot." Er war tief entsetzt, ich konnte es in seiner Stimme hören.

„Okay."

„Du hast mir einen Riesenschrecken eingejagt. Ich wollte nur wissen, wo du bist?"

„Ich bin fast da", sagte ich und legte auf.

Er rief mich augenblicklich zurück.

„Was?"

„Du solltest netter sein, wenn du ans Handy gehst. Sag so etwas wie: Hallo, Josue, Liebling, wie geht es dir?"

Ich seufzte, lange und laut und mit Nachdruck, damit er nicht überhören konnte, dass ich ziemlich genervt war.

„Hm, also bist du einer von der Sorte, die auf Schmerzen steht, ja?"

„Wovon redest du?"

„Ich meine den Genuss des kleinen Schmerzes, wie extrem scharfes Essen zu essen oder Achterbahn zu fahren oder sich Horrorfilme anzusehen."

„Wer mag das nicht?"

„Oh, eine Menge Leute mögen das nicht. Und du solltest unbedingt darauf achten, dass es nicht ausufert und du anfängst, wahnwitzige Risiken mit deinem Leben oder in der Liebe einzugehen."

Oh, ja, es würde ein Heidenspaß werden, den Schutzengel für ihn zu spielen.

„Ich denke, ich werde dich meinen Freunden Kohn und Kowalski übergeben, wenn wir in Chicago sind. Sie haben im Moment keine Kinder."

„Ich bin kein Kind", beharrte er verdrießlich.

Er war ein Baby.

„Und ich weigere mich, an andere übergeben zu werden. *Du* bist mein Marshal, mein Ritter."

Ich lachte leise.

„Na bitte, das war ein wunderbarer Laut, den du da gerade von dir gegeben hast. Man muss einen Mann mit einem tiefen, warmen Lachen einfach lieben."

Oh, er würde nicht einfach werden.

„Rate mal was?"

„Ich habe keine –" Ich war zu müde für Fragespiele. „Sag es mir einfach."

„Ich habe mit den Hilfssheriffs Poker gespielt – Kirkland, der draußen gestanden hat, ist reingekommen – und ich habe schon zwanzig Dollar gewonnen!"

Karten? Wieso spielte er Karten? Wieso hockte er nicht in einer Ecke oder versteckte sich in der Badewanne und schaukelte vor und zurück? „Warum hast du keine Angst?"

„Angst wovor?" Er fragte das, als hätte ich ihn nicht erst vor ein paar Stunden mit meinem Körper vor Kugeln abgeschirmt.

„Erschossen zu werden, du Dummkopf."

„Aber das habe ich dir doch bereits gesagt."

„Nein, hast du nicht."

„Doch, habe ich." Ich konnte förmlich hören, wie er die Augen verdrehte. „Du bringst mich zu meiner Liebe. Das habe ich gesehen. Alle Zeichen sprechen dafür, dass ich glücklich sein werde und … und jetzt bin ich es nicht, also … Es ist eine Zeit des Wandels für mich. Ich bin bereit für mein Abenteuer."

Und ich war bereit, ihn zu führen.

„Du bist mein Marshal, aber du bist auch mein Ritter, Miro Jones. Ich weiß, dass ich bei dir sicher bin."

Er glaubte an mich und das war wirklich sehr nett.

Ich hielt an, als ich vor meiner Zimmertür ankam und stand einen Moment lang einfach da und atmete und erlaubte der Welt, um mich herum zur Ruhe zu kommen. Dann hörte ich einen Aufschrei und im nächsten Moment warfen sich sechzig Kilo Josue Hess auf mich. Ich ließ beinahe mein Handy fallen.

„Um Himmels willen", grummelte ich und versuchte ihn von mir wegzuschieben. Im Hintergrund konnte ich die Hilfssheriffs glucksen hören.

„Tu mir das niemals wieder an!"

„Was? Dein Leben retten?"

„In einen Kugelhagel rennen!" Er ließ mich los, sah mich völlig außer sich mit weit aufgerissenen Augen an und seine Hände flatterten aufgeregt. Es war irgendwie niedlich.

„Ein Kugelhagel?", fragte ich ihn. „Wirklich?"

„Oh lieber Gott, willst du dich wirklich über die Wortwahl mit mir streiten? In so einem Augenblick?"

Es war, als stünde man vor einem empörten Kaninchen. „Tut mir leid, entschuldige."

Er warf sich wieder in meine Arme und ich tätschelte seinen Rücken, während er sich an mich klammerte, als wäre *er* derjenige gewesen, der beinahe gestorben wäre.

„Die Karten haben nicht gesagt, dass du einen Todeswunsch hast. Vielleicht sollten wir vor dem Schlafengehen einmal Karten für dich legen."

Nein. Lieber Gott, nein. „Hör mal –"

„Aber erst muss ich für Kirkland die Karten legen, ich habe es ihm versprochen."

Ich sah über Josues Kopf ins Innere des Zimmers, wo die beiden Hilfssheriffs standen und mit den Köpfen schüttelten. „Ich glaube, sie haben beide nichts dagegen, wenn du es ausfallen lässt."

Er drehte den Kopf, sah über seine Schulter hinweg zu ihnen zurück und sofort wurde aus dem Kopfschütteln ein Lächeln. Offenbar wollte keiner der beiden Männer seine Gefühle verletzen.

„He", sagte ich, um seine Aufmerksamkeit wiederzugewinnen.

Große, klare Augen richteten sich auf mich.

„Hast du einen warmen Mantel?"

Er sah zu mir hoch. „Warum?"

„Wenn du meinst, dass herumfliegende Kugeln unheimlich sind, dann warte nur ab, bis du es mit dem Wetter von Chicago zu tun hast."

„Wieso, wird es kalt dort?"

Ich machte mir im Geist eine Notiz, ihm einen Schneeanzug zu besorgen.

12

FRÜH AM nächsten Morgen sammelte ich meine zwei Taschen ein sowie das gefühlte Dutzend, das Josue bei sich hatte, warf sie allesamt in den Kofferraum eines Taxis und beförderte uns zum McCarran International Airport. Mein Begleiter hatte während des Fluges eine Menge zu sagen. Wir landeten zur Mittagszeit in Chicago.

Als wir im Aufzug waren, der zu meiner Dienststelle hochfuhr, fragte er mich: „Wieso hast du mir noch nicht gesagt, dass ich den Mund halten soll?"

„Du bist unterhaltsam", erwiderte ich. „Ich hätte im Flieger ohnehin nicht geschlafen und jetzt habe ich von Myal und Obeah gehört und kenne die Unterschiede zwischen ihnen. Ich habe von deinen Eltern gehört und wie sie sich begegnet sind, wie sehr sie dich geliebt haben, dass es ihnen egal war, dass du schwul bist und dass sie an gutes Essen und gute Magie geglaubt haben."

Er strahlte mich an. „Du bist ein wirklich guter Zuhörer."

„Ich tue mein Bestes."

Als wir oben angekommen waren, parkte ich Josue mit einer Pepsi und dem Versprechen, ihm etwas zu essen zu besorgen, im Konferenzraum und ging weiter zu meinem Schreibtisch. Ich hatte nicht mal Zeit, mich hinzusetzen und meine Maus zu suchen – die immer wieder verschwand, weil irgendwer darauf bestand, sie sich auszuleihen – bevor sich die Tür zu Kages Büro öffnete, er den Kopf heraussteckte und mich zu sich hereinrief.

Ich betrat den Glaskasten, der sein Büro im Grunde genommen war und im von Jalousien vor Blicken geschützten Innern fand ich nicht nur ihn vor, sondern auch noch vier andere Männer, die ich nicht kannte.

„Jones", sagte Kage und klang verärgert und gleichzeitig erschöpft. „Setzen Sie sich."

Ich ließ mich auf die Couch fallen, da der Stuhl, in dem ich normalerweise saß – der rechte von den beiden, die vor Kages riesigem Koloss von einem Schreibtisch aus Kirschbaumholz mit Glasplatte standen – bereits besetzt war.

„Jawohl, Sir."

Er kniff die Augen zusammen, als litte er Schmerzen und mein Atem stockte, denn plötzlich *wusste* ich, wusste ohne jeden Zweifel, warum er mich hereingerufen hatte.

„Vor zwei Wochen hat das FBI Craig Hartley aus dem ADX Florence verlegt, um Bestätigung für den Aufenthaltsort der Leichen von fünf Frauen zu erhalten, die einer von Hartleys Anhängern getötet hat. Edward Bellamy bestand darauf, diese Informationen nur Hartley persönlich übergeben zu wollen."

Es war ein Gefühl, als ob sich einem jemand von hinten nähert und in ein Schwimmbecken schubst. Im einen Moment unterhält man sich nichtsahnend und lacht und im nächsten ertrinkt man für die eine endlose Sekunde, die es dauert, bis man sich orientiert hat und zur Oberfläche schwimmt, um Luft zu holen.

„Jawohl, Sir", krächzte ich mit versagender Stimme.

Kage holte tief Luft. „Im Verlauf dieses Transfers, als Hartley sich im alleinigen Gewahrsam des FBIs befand und kein Vertreter des Bundesamts für Gefängnisverwaltung oder des Justizministeriums anwesend war – ist er entkommen."

Es war das FBI gewesen, das ihn verloren hatte. Das machte Kage mit seinen Worten sehr deutlich. Er wollte, dass ich ohne jeden Zweifel wusste, dass meine Leute, die Marshals, mich nicht im Stich gelassen hatten.

Es half nicht.

Hartley war frei – wieder einmal. Er war wieder einmal auf freiem Fuß, lief irgendwo dort draußen herum und konnte mir jederzeit einen Hausbesuch abstatten.

Es überraschte mich kein bisschen, dass ich plötzlich am ganzen Körper anfing zu zittern. Genauso wenig überraschte es mich, dass ich es nicht unterdrücken konnte, egal wie sehr ich mich bemühte. Allein der Gedanke von Hartleys Händen auf meiner Haut, seinem Atem, oder sein Gesicht zu sehen und in seine katzengrünen Augen zu blicken … Mir wurde schlecht.

„Gehen Sie", wies Kage mich an.

Ich stürzte aus seinem Büro und rannte zwischen unseren Schreibtischen hindurch, ohne ein Wort zu jemandem zu sagen, ohne auch nur irgendjemanden wahrzunehmen. Alles um mich herum blieb verschwommen und unscharf, bis ich die Toilette erreicht hatte. Ich riss die Tür zu einer der Kabinen auf und erbrach Galle und schalen Kaffee, denn mehr befand sich nicht in meinem Magen.

Ich würgte minutenlang über die Kloschüssel gebeugt, denn jedes Mal, wenn ich mich ein wenig beruhigt hatte, dachte ich wieder an Hartley und das Spiel ging von vorne los. Tränen brannten heiß in meinen Augen und auf meinen Wangen, meine Sicht blieb verschwommen und das Zittern in meinen Gliedern war vollkommen unkontrollierbar geworden. Ich hatte keine Ahnung, wie lange ich dort hing, bevor ich eine Stimme auf der anderen Seite der Kabinentür hörte.

„Miro?"

Niemand außer Ian war in dem Moment willkommen.

„Bin gleich draußen", rief ich zurück in dem Versuch, die Person auf der anderen Seite der Tür dazu zu bringen, mich in Ruhe zu lassen.

„Kannst du die Tür aufmachen?"

Scheiße. Josue.

„Ich brauche einfach einen Moment, okay?"

Aber er ging nicht. Stattdessen erschien unter der Kabinentür ein Glas Wasser mit Zitronenscheiben darin.

„Was ist das?", fragte ich und nahm es aus seiner ausgestreckten Hand entgegen.

„Soll das ein Scherz sein?"

Wider Willen musste ich lächeln, denn seine Stimme war nicht sarkastisch oder genervt. Sondern überrascht. Konnte ich denn nicht sehen, was das war?

„Die Zitrone hilft gegen Übelkeit", informierte er mich. „Wusstest du, dass in eurem Pausenraum ein riesiger Obstkorb steht?"

„Ja", seufzte ich. „Weiß ich."

Er räusperte sich leise. „Ingwertee wäre besser gewesen, aber der braucht seine Zeit und Kamille habe ich auch nicht gefunden, also bekommst du Zitronenwasser."

Ich nippte vorsichtig an meinem Glas. Allein der Geruch war schon beruhigend.

„Ich habe auch Pfefferminzöl in meiner Tasche, wenn du möchtest, das hilft auch –"

„Nein, das Wasser reicht. Danke dir."

Er blieb still, was ungewöhnlich für ihn war und nach ein paar weiteren Minuten betätigte ich die Toilettenspülung und kam aus der Kabine. Ich war der Erwachsene in dieser Beziehung; ich musste mich zusammenreißen. Ich war sein Ritter, also musste ich stark sein und diese Verantwortung half mir, ruhig zu werden.

Er kaute an seiner Unterlippe, während er mein Gesicht studierte. „Warum weinst du?"

Ich atmete tief durch, nahm noch einen Schluck von meinem Wasser und drehte mich zum Waschbecken um, stellte das Glas auf den Waschbeckenrand, drehte den Hahn auf und spritzte mir kaltes Wasser ins Gesicht. Dann hielt ich mich am Waschbeckenrand fest, ließ den Kopf nach vorn sinken und konzentrierte mich ganz auf meine Atmung.

Seine Hand, die beruhigend über meinen Rücken strich, war eine Wohltat.

„Ich bin okay", sagte ich, öffnete die Augen und drehte mich zu ihm um. „Ich habe nur gerade eine schlechte Nachricht bekommen, das ist alles."

Er kam näher, dicht an mich heran und seine Hand glitt hoch in meinen Nacken und massierte die schmerzhaft verspannten Muskeln. „Du brauchst eine Dusche, etwas zu essen und ein paar Tage Schlaf."

Ich nickte.

„Und am allermeisten brauchst du mich."

„Ach ja?"

„Ja", versprach er. „Ich werde mich um dich kümmern und mit dir schlafen und dich die ganze Nacht ganz fest in meinen Armen halten."

Das war ein sehr süßes Angebot. „Wenn mein Herz nicht bereits vergeben wäre, würde ich dein Angebot annehmen."

Sein Lächeln war warm, als er die Hand sinken ließ. „Ich werde die Sache eine Weile auf sich beruhen lassen, aber wenn ich deinen Typ nicht innerhalb von zwei Monaten zu Gesicht bekomme, dann werde ich es wiederholen."

„Ich habe keine Ahnung, wie lange er fort sein wird", gab ich zu, während ich den Wasserhahn zudrehte. Dann richtete ich mich auf und betrachtete prüfend mein Gesicht im Spiegel. „Gott, ich sehe scheiße aus."

„Du siehst müde aus", korrigierte Josue mich und reichte mir ein paar Papierhandtücher von dem Stapel neben dem Spiegel. „Blass, und die Ringe unter deinen Augen sind ziemlich tief."

Ich trank noch ein paar Schlückchen von meinem Wasser und stellte fest, dass mein Magen sich tatsächlich beruhigte. Vielleicht war es das Wasser oder vielleicht lag es am Erbrechen oder schlicht an Josues besänftigendem Verhalten. Was auch immer es war, ich fühlte mich wieder menschlich.

Ich drehte mich zu ihm um, zog ihn an mich und umarmte ihn fest. „Wenn mein Partner nicht hier ist, dann gibt es niemanden, der sich um mich kümmert und nach mir sieht. Ich weiß es zu schätzen, wirklich."

Er lehnte sich schwer an mich und ich wusste, dass er auch Angst hatte. Sein ganzes Leben hing in der Luft. Das durfte ich nicht vergessen.

„Du wirst jemanden sehr glücklich machen", sagte ich.

„Dieser jemand könntest du sein, Marshal. Vergiss das nicht."

Ich schob ihn auf Armeslänge von mir. „Ich dachte, ich bringe dich zu deiner Liebe."

Er kniff die Augen zusammen und dachte darüber nach.

„Okay, komm", sagte ich, drehte ihn um und schob ihn in Richtung Tür.

Nachdem ich Josue wieder in den Besprechungsraum gebracht hatte, ging ich zurück zu Kages Büro. Mein Wasser nahm ich mit. Ich schloss die Tür hinter mir, ging hinüber zur Couch, setzte mich und stellte das Glas auf einen Untersetzer auf dem Beistelltisch.

Es war eigenartig. Niemand im Raum sagte ein Wort. Es war, als wären sie alle zu Stein erstarrt gewesen, während ich fort war. Alle bis auf Kage, der jetzt an seinen Schreibtisch gelehnt dastand und mich ansah.

„Entschuldigen Sie."

„Es gibt nichts, wofür Sie sich entschuldigen müssten", versicherte er mir. „Sagen Sie uns Bescheid, wenn Sie soweit sind."

Ich wartete noch einen Herzschlag lang ab und als ich dann hoch sah und Kages Blick begegnete, nickte er mir kaum sichtbar zu.

„Okay."

Alle fingen gleichzeitig an zu reden, bis Kage die Stimme erhob und bei seinem tiefen Grollen verstummten die anderen.

„Soweit das FBI es nachvollziehen kann, begann er auf dem Weg vom Gefängnis zum Flughafen in Denver über Übelkeit und Unwohlsein zu klagen.

Daraufhin haben sie an einem Krankenhaus angehalten, das auf dem Weg lag. Die darauffolgenden Ereignisse sind ein wenig verworren und unklar."

Ich sah die Anzugträger in Kages Büro der Reihe nach an, bis einer von ihnen sich räusperte und vorbeugte.

„Wir sind uns nicht sicher, wo genau es zum Bruch in der Kommunikation gekommen ist. Aber wie Sie wissen, präsentiert Hartley sich als das, was er ist: ein friedfertiger Arzt, der keine Bedrohung darstellt."

Das Lachen, das aus mir hervorbrach, bevor ich auch nur darüber nachdenken konnte, es zurückzuhalten, war hart und beißend.

„Marshal Jones?"

„Was für ein absoluter Schwachsinn", blaffte ich. „Mit Verlaub, Sir, ich habe Craig Hartley nie als keine Bedrohung erlebt. Wir haben ihn ursprünglich ins Gefängnis gebracht, weil er neunzehn Frauen umgebracht hatte."

„Ich weiß, dass er –"

„Neunzehn!", schrie ich ihn an. „Tot. Ermordet."

„Marshal –"

„Wie kann ein Mann, der neunzehn Menschen umgebracht hat, als *keine Bedrohung* eingestuft werden?"

„Wir –"

„Als er das letzte Mal entkommen ist, hat er eine Freundin umgebracht, die ihm bei der Flucht geholfen hat, ein älteres Ehepaar sowie FBI Special Agent Cillian Wojno. Er hat Saxon Rice entführt, er hat mich entführt und gefoltert. Außerdem hat er jeden Mann umgebracht, der für ihn gearbeitet und ihm bei Entführung und Folterung geholfen hat, insgesamt zehn. Die Worte ‚friedfertig' und ‚keine Bedrohung' sind *nicht* angemessen!"

Lange Zeit sagte niemand ein Wort. Dann sprach Kage.

„Brauchen Sie einen Moment?"

Ich konzentrierte mich darauf, mich wieder zu beruhigen. „Nein, Sir. Ich bitte um Entschuldigung."

Er machte eine kurze Geste mit der Hand. „Nicht nötig."

Nachdem ich meinen Atem wieder unter Kontrolle bekommen hatte, nickte ich ihm zu.

„Dem FBI liegen bestätigte Augenzeugenberichte vor, denen nach zu folgen Hartley vor einer Woche die Grenze nach Mexiko überquert hat. Zwei Tage später ist er in einem Privatjet, der Javier Aranda gehört, vom Monterrey International Airport aus gestartet. Ziel unbekannt."

„Aranda ist der Leiter von Vicario Capital", erklärte mir der Agent, den ich angeschrien hatte. „Er sitzt in Nuevo Leon und hinter dem Unternehmen verbirgt sich das Salazar Kartell in Tamaulipas."

Alle bis auf Kage sahen mich an, als müsste ich eine Meinung dazu haben. „Okay", sagte ich, damit sie weitermachten.

„Wann sind Aranda und Hartley Freunde geworden?", warf Kage ein.

Als keiner der Agenten antwortete, wandte er sich an mich. „Jones?"

Ich räusperte mich. „Ich wusste nicht, dass es Aranda ist, aber Hartley hat mir erzählt, dass er vor einigen Jahren mit seinem Team nach Mexiko geflogen ist, um die Mutter eines Kartellbosses zu operieren."

„Hat er das?", fragte der leitende Agent mich.

„Ja."

„Und ihr natürlich das Leben gerettet", schloss Kage.

„Ja, Sir. Er hat mir gesagt, dass er später einen Nachbericht von den Ärzten dort erhalten hat und sie war das blühende Leben."

„Himmel", entschlüpfte es dem leitenden Agenten.

Ich beugte mich vor und verbarg mein Gesicht in den Händen. Ich wollte nicht wieder zusammenbrechen, aber ich spürte das Brennen in meinem Magen und das Flattern von Panik in meiner Brust. Es war zutiefst beängstigend, der Hartley Experte zu sein, mehr zu wissen als alle anderen, weil er mir bei meinen zweimal im Jahr stattfindenden Besuchen so viel von sich erzählt hatte. Er wollte, dass ich ihn kannte.

Alle wollten sie mit ihm sprechen – die Psychiater und Psychologen, die Bücher über ihn schrieben, der gesamte Rechtsvollzugsdienst. Sie alle wollten Einsicht in die tiefsten, dunkelsten Winkel seines Geistes erlangen, aber er blieb stumm wie eine Auster.

Außer bei mir.

Ich war derjenige, dem er Briefe schrieb, den er sehen wollte und den er bat, ihn zu besuchen. Der Gefängnisdirektor des Elgin hatte mir einmal gesagt, dass Hartley in mich verliebt sein musste, es gab sonst keine andere Erklärung. Er irrte sich natürlich, sie irrten sich alle und ich wusste das, weil ich Hartley *kannte*. Er war nicht in mich verliebt. Tatsache war: Er wollte mich umbringen. Aber es musste zu seinen Bedingungen sein, an dem von ihm gewählten Zeitpunkt und in seinem Tempo. Während er machtlos im Gefängnis gesessen hatte, war die einzige Waffe, mit der er mich hatte verletzen können, seine Erinnerung gewesen. Also hatte er erzählt und ich hatte zugehört, dabei viele Dinge erfahren und sie traurigerweise alle behalten. Jetzt war ich Hartleys lebende Biografie. Ich war der Experte, was ihn anbelangte und das war gerade erst wieder unter Beweis gestellt worden. Das FBI hatte keine Ahnung davon gehabt, was die Verbindung zwischen Hartley und Aranda war, bis ich es ihnen gesagt hatte.

„Jones?"

Ich hob den Kopf und sah Kage an.

„Er weiß, dass er ins Hochsicherheitsgefängnis zurückwandert, um dort zu verrotten, wenn er in dieses Land zurückkehrt", informierte er mich. „Interpol hat seinen Namen. Es ist nur eine Frage der Zeit, bis er gefasst wird."

„Jawohl, Sir", erwiderte ich automatisch.

„Es tut mir leid, Jones."

„Warum tut es Ihnen leid? Sie haben alles in Ihrer Macht stehende getan, mich und alle anderen zu beschützen. Das geht auf die Kappe des FBI. Direkt." Alle Augen ruhten auf mir. „Hat er jemanden umgebracht?"

„Nein", erwiderte der leitende Agent. „Einer unserer Agenten hat eine Krankenschwester erschossen, als sie zwischen ihn und Hartley geraten war."

„Wenigstens hat er aufgehört, seine Freunde umzubringen", murmelte ich und stand auf. „Ich muss mich um meinen Zeugen kümmern, Sir, wenn Sie gestatten."

„Verlassen Sie das Gebäude nicht eher, bevor ich mit Ihnen gesprochen habe."

„Jawohl, Sir", sagte ich, stand auf und ging.

Sobald ich die Tür hinter mir geschlossen hatte, wurden in dem Raum Stimmen laut. Sie waren laut genug, dass ich hörte, wie einer der Agenten vorschlug, mich darüber zu befragen, wo Hartley hingegangen sein mochte und wie Kage dem sofort einen Riegel vorschob und es explizit und mit Nachdruck verbot. Er würde da nicht mit sich reden lassen. Sie würden keine zweite Chance bekommen.

Mir tat der Kopf weh und ich sehnte mich in dem Moment so sehr nach Ian, dass es mich beinahe in die Knie zwang. Ich wollte, dass er mich hielt, wollte mich anlehnen und beschützt werden. Das war albern, dumm und Ian gegenüber nicht fair, aber so fühlte ich nun mal. Ich wollte ihn mehr als alles andere.

„Und?", fragte Becker, als ich zu meinem Schreibtisch ging.

Ich schob die Gefühle, die mich zu überwältigen drohten – Schmerz, Sehnsucht, Panik – brutal beiseite und zwang mich zu einem Lächeln. Zuzusehen, wie ich zusammenbrach, half niemandem und mir schon gar nicht. Dann sah ich mich im Raum um. Das gesamte Team war anwesend. Nur Ian fehlte.

„Und", verkündete ich. „Ratet mal, wer dem FBI während seines Urlaubs vom Supermax entkommen ist."

„Scheiße." Sharpe keuchte. „Wie?"

„Kapieren es die Feds denn nicht, dass Hartley ein Verbrecher ist?", wollte Dorsey wissen.

„Das ist doch irre", fauchte Kohn.

„Hartley hat um ein Wunder gebetet, aber er braucht es nie", witzelte ich und grinste übertrieben breit. „Er hat das F … B … I."

„Er und Hans Gruber", grollte Ryan.

Ich lachte, aber es war zu laut, klang zu gezwungen und beinahe schrill. „Komm mit, du Saftsack und beglaubige die Aufnahme meines Zeugen ins Schutzprogramm."

„Nicht", sagte Ryan, stand von seinem Schreibtisch auf und kam zu mir. „Du musst das nicht. Du musst uns nichts vorspielen. Es sind doch nur wir."

Ich sah mich im Raum um und die Blicke, die mir begegneten, waren nicht verurteilend. Sie waren besorgt.

„Aber komm, lass uns den Papierkram machen", sagte Dorsey, kam ebenfalls zu mir und legte eine Hand auf meine Schulter. „Je schneller der erledigt ist, desto eher kannst du nach Hause und dich hinlegen."

„Ich bin okay", versicherte ich ihm.

„Bist du nicht", widersprach Kohn. „Ich wäre es auch nicht. Geh einfach und sieh nach deinem Zeugen. Bring die Formalitäten hinter dich, damit wir essen gehen können."

„Ich brauche keinen Babysitter", murrte ich.

„Du stehst hier und streitest dich mit uns, wenn du dich um den Papierscheiß kümmern solltest", betonte Kowalski. „Du weißt doch, dass das ewig dauern wird."

Ich wusste das. Die meisten Leute dachten, dass der Papierwust aus Anträgen, Dokumenten und Verträgen beim Hauskauf endlos war. Aber eine Hypothekenbank war nichts im Vergleich zum Zeugenschutzprogramm. Das Justizministerium kannte das Sprichwort ‚Wer schreibt, der bleibt' und es ging damit los, dass man einen scheißgroßen Baum umhaute. Wahlweise auch ein kleines Wäldchen.

„Jetzt komm", sagte Ryan, ergriff meinen Oberarm und zog mich mit sich. Das tat er sonst nie. „Lass uns deinen neuen Jungen ordnungsgemäß aufnehmen, okay?"

Ich folgte ihm gehorsam und ließ mich von ihm durch den Raum lotsen. Es war schön, dass sie mich alle gern genug hatten, dass sie sich Sorgen um mich machten. Ich folgte Ryan und Dorsey zum Konferenzraum zu Josue und als ich mich neben ihn setzte, stieß er meine Schulter mit seiner an und sagte, er hätte mich schon vermisst.

„Ich sehe schon", gähnte Dorsey und nickte. „Kaum sind deine zwei Kinder aus dem Haus, da holst du dir ein neues."

Ich gab einen Laut von mir und legte den Kopf auf den Tisch. „Du kennst mich", klagte ich und schloss die Augen. „Ich bin der geborene Kümmerer."

„Weiß ich", stimmte er zu, was mich überraschte. Sonst war er nicht so nett.

„Du brauchst Schlaf", stellte Ryan fest.

Warum sagten das immer alle? „Besorge ich mir heute Nacht."

„Das hoffe ich für dich."

KAGE RIEF mich anderthalb Stunden später aus dem Besprechungsraum, aber zu meiner Überraschung schleppte er mich nicht zurück in sein Büro, sondern verließ zusammen mit mir das Gebäude. Wieder war ich überrascht, dass er nicht den Kaffee und Bagel Foodtruck ansteuerte, der immer vor dem Gebäude stand, sondern mich um die Hausecke zu einem anderen Truck führte, den ich noch nie gesehen hatte, da ich immer an dem anderen stehen blieb. Wir stellten uns an und ich wollte ihn gerade fragen, was er empfehlen konnte, als er sprach.

„Damit Sie es wissen, Jones: Carrington Adams Familie ist Ihnen dankbar für das, was Sie getan haben, um ihnen Gewissheit über sein Schicksal zu bringen."

Ich hatte nichts anderes getan, als zu berichten, was man mir erzählt hatte. „Haben sie sich über seine Auszeichnung gefreut?"

„Ja, das haben sie. Sie wollen seine Pension dazu verwenden, an seiner alten Highschool ein Stipendium in seinem Namen einzurichten."

„Das ist gut."

„Das ist es", stimmte Kage zu und schlang sich den Schal enger um den Hals. „Zweitens. Uns liegen die letzten Unterlagen für die Aufhebung des Schutzes Ihrer zwei Zeugen vor."

Ich brummte.

„Was ist?"

„Es klingt ein bisschen so, als würden Doyle und ich sie nie wiedersehen. Wenn doch das genaue Gegenteil der Fall ist."

Er nickte. „Die beiden sind noch sehr jung. Es ist nur natürlich, dass Sie Teil ihres Lebens bleiben."

Natürlich verstand er. Ich hätte auch nichts anderes angenommen.

Als ich damals angefangen hatte, für Kage zu arbeiten, hatte ich ihn für fair, aber kalt und absolut emotionslos gehalten. Aber im Lauf der Zeit hatte ich ihn besser kennengelernt und einige Dinge erfahren. Zum Beispiel, dass er zwar sehr streng war, aber nur, weil er sich Sorgen machte. Und dass er in der Regel nur dann anfing herumzubrüllen, wenn einer von uns – einer seiner Männer – ihm einen Schrecken eingejagt hatte. Er war loyal, verlässlich und hielt immer sein Wort. Ich hoffte, ihm eines Tages das Wasser reichen zu können. Er war das, was ich sein wollte.

„Vielen Dank, Sir."

„Wofür?"

Ich räusperte mich. „Dafür, dass Sie verstehen, dass nicht immer alles genau nach Vorschrift passieren muss."

„Wir halten uns daran so gut es geht."

„Ja, Sir." Ich atmete aus, spürte meine Erschöpfung bis in die Knochen. „Ich denke, ich werde unseren neuen Jungen ebenfalls zum Truthahntag einladen."

„Habe ich auch keine Einwände gegen. Sie und Doyle sind zum großen Teil sehr professionell im Umgang mit Zeugen. Junge Menschen ohne Familie, Waisen … ich habe nie solche Zeugen betreut. Alle jungen Menschen, mit denen ich zu tun hatte, hatten immer Eltern."

„Tja, Doyle und ich bekommen eben immer die lustigsten Fälle."

„Oh, das tun Sie", sagte er abschätzig, trat ans Fenster des Foodtrucks und lächelte offen. Ein völlig ungewohnter Ausdruck auf seinem Gesicht. „Hallo, Iris."

Die junge Frau in dem Wagen schmolz förmlich dahin. Es war aber weniger die Reaktion einer Frau auf einen attraktiven Mann und mehr so, als wäre er einfach zu schnuffig. „Dasselbe wie immer, Onkel Sammy?"

„Und einen für ihn."

Ihre Augen huschten zu mir herüber und jetzt trat Interesse in ihren Blick, was sehr schmeichelhaft war, denn in letzter Zeit fühlte ich mich wie die ausgelutschten Reste von gestern. „Hallo."

Ich lächelte zu ihr hoch. „Hallo zurück."

„Ich heiße Iris", sagte sie und hielt mir ihre Hand hin. „Arbeiten Sie für meinen Onkel?"

„Miro und ja, das tue ich." Ihre Hand war zart und warm in meiner.

„Sie müssen jemand Besonderes sein. Er bringt sonst nie jemanden von der Arbeit mit zu mir."

„Das reicht", brummte Kage.

Ihr warmes Glucksen sagte mir, dass er ihr nicht die geringste Angst einjagte. „Mögen Sie vietnamesischen Kaffee auch so gerne?"

„Sicher", sagte ich, weil ich den Cherub mit den dunkelkastanienroten Haaren, den großen smaragdgrünen Augen mit langen Wimpern und der alabasterfarbenen Haut nicht enttäuschen wollte. Sie hätte irgendwo modeln sollen, statt in einem Imbisswagen zu arbeiten.

Kage hielt ihr einen Zwanziger hin, über den sie den Kopf schüttelte, bis sich seine Stirn in tiefe Falten legte und sie aufgab und das Geld nahm. Wir gingen zu einer der Steinbänke in der Nähe und setzten uns.

Irgendwie war es lustig, dass wir hier zusammensaßen, denn er war mein Vorgesetzter und ich konnte mich schon nicht mehr daran erinnern, wann Ian und ich das letzte Mal mitten am Tag einfach mal vor die Tür und zu einem der Foodtrucks gegangen waren. Entweder wir arbeiteten oder er war weg und im Einsatz. Wann hatten wir das letzte Mal einfach so zusammengesessen? Wann waren wir das letzte Mal gemeinsam Abendessen gewesen? Ich konnte mich auch nicht mehr erinnern, wann wir das letzte Mal zusammen zu Hause auf dem Sofa gesessen und ein Footballspiel angesehen hatten oder zu einem Baseballspiel gegangen waren. Wir machten nichts anderes mehr als arbeiten und wenn wir nicht arbeiteten, dann stritten wir uns. Wann war das passiert? Wie war das passiert? Wann und wie war unsere Beziehung so furchtbar geworden?

„Jones?"

„Entschuldigung."

„Keine Ursache. Ich wollte Ihnen nur noch sagen, dass Cochran und sein Partner für die nächsten vier Wochen an eine DEA-geführte Einsatzgruppe unten in Plano ausgeliehen werden."

„Wo ist das?"

Er sah mich aus zusammengekniffenen Augen an. „Das ist in Texas, Jones." Die Art wie er das sagte, als wäre ich dumm wie Brot, war nicht sehr nett. „Was ist mit Ihnen, möchten Sie aufgrund Hartleys Flucht in eine andere Stadt geschickt werden?"

Ich schüttelte den Kopf. „Nein, vielen Dank, Sir. Das hat letztes Mal auch nicht so gut geklappt." Und ich wollte nirgendwo hingehen ohne Ian, mit dem ich darüber sprechen konnte. Wenn er nach Hause kam und ich war nicht da … „Wenn er mich will, dann wird er mich finden, aber vielleicht will er mich ja dieses Mal nicht. Vielleicht ist er ja jetzt bereit, sich mit anderen Dingen zu beschäftigen als mit Rache."

„Sie glauben, dass es das ist?"

„Sir?"

„Ihnen ist doch bewusst, dass Hartleys Motivation Ihnen gegenüber niemals Rache gewesen ist."

„Wie bitte?"

„Er bewundert Sie, Jones. Sie haben ihn geschnappt und dann haben Sie sein Leben gerettet. Er verehrt Sie."

„Es ist nicht so, dass ich Ihre Worte bezweifle, Sir, aber er versucht immer wieder mich umzubringen."

„Und Sie entkommen ihm immer wieder. Auch das ist ein Grund für seine Bewunderung."

„Das glaube ich nicht."

„Auf seine eigene, kranke Art und Weise mag er Sie sogar lieben."

„Wie kommen Sie auf den Gedanken?"

Er zuckte die Schultern. „Wenn er Sie umbringen wollte, warum Sie dann nicht einfach erschießen?"

Da hatte er recht.

„Stattdessen hat er Ihnen eine Rippe entnommen. Er brauchte etwas aus dem Inneren Ihres Körpers, so dringend musste er einen Teil von Ihnen besitzen."

„Er ist ein Psychopath. Nichts, was er tut, macht Sinn."

„Doch, natürlich tut es das", argumentierte er und richtete sich auf, als Iris zu uns kam, zwei Teller in der Hand. Sie gab einen Kage und den anderen mir.

„Ich bringe euch noch den Kaffee", sagte sie und küsste ihn auf die Wange. „Ach ja, Dad sagt, dass der Köder, den er haben will, bei Park im Angebot ist und dass du besser so bald wie möglich hinfährst."

Er räusperte sich. „Sag deinem Vater, dass eher die Hölle zufriert, als dass ich ihm den Köder ersetze."

Sie gluckste. „Oh, ernsthaft. Wieviel kostet er, sechs Dollar?"

„Darum geht es hier nicht, kleines Mädchen."

Sie schüttelte den Kopf und ging, um uns unseren Kaffee zu holen.

„Sie ist Ihre Nichte, Sir?"

„Sie ist die älteste Tochter meines alten Freundes Pat. Sie ist gerade mit der Uni fertig geworden und besitzt schon vier von diesen Trucks. Sie hat zusammen mit ihrem Freund mit einem angefangen, als sie im ersten Semester waren und seitdem haben sie jedes Jahr einen dazugekauft."

„Heilige Scheiße."

„Ich weiß. Sie ist zweiundzwanzig und bereits eine Unternehmerin."

„Kann sie kochen?"

Er nickte mir zu. Ich biss in mein riesiges Sandwich und stellte sehr schnell fest, dass sie es bei Gott wirklich konnte.

„Das ist fantastisch."

„Das Rezept stammt von ihrer Mutter: scharfe Chorizo, ein Spiegelei und genug Cheddar für eine Arterienverfettung."

Der Himmel zwischen zwei Brotscheiben.

„Ihre Mutter muss eine fantastische Köchin sein."

Kage nickte und biss seinerseits in sein Sandwich. Iris brachte uns zwei große durchsichtige Becher mit Deckel; die Becher waren gefüllt mit einer Mischung aus Kaffee und Milch, aber es war kein Latte sondern schmeckte anders.

„Dunkle Kaffeeröstung auf gesüßter Kondensmilch", erklärte Kage mir. „Daher der Geschmack."

„Es ist wirklich sehr gut."

„Essen Sie Ihr Sandwich."

„Jawohl, Sir."

13

ICH WAR erschöpft. Ich hatte in den letzten vierzig Stunden nicht mehr als eine Handvoll geschlafen, aber das Sandwich und der Kaffee gaben mir neuen Auftrieb. Genug, dass ich daran dachte, Josue jeweils eines davon mitzubringen. Er war sehr dankbar für etwas zu essen und machte sich eifrig über sein Sandwich her, während er gleichzeitig Dorsey, der die verschiedenen Aspekte des Eintritts in das Zeugenschutzprogramm mit ihm durchging, aufmerksam zuhörte.

Sozialversicherungskarte, Führerschein, Immatrikulation an einer Universität – was Josue nachdrücklich ablehnte – und die Vermittlung eines Arbeitsplatzes.

„Wir werden Sie bei jedem Schritt begleiten", versicherte Dorsey ihm.

Josue würde den Namen Hess ablegen und Morant werden; wir hatten die neuen Ausweise und Unterlagen bereits vorliegen. Es machte ihn traurig, seinen Namen aufzugeben, das erkannte ich daran, wie er sich auf die Unterlippe biss.

„Es ist nicht für immer", erinnerte ich ihn. „Versprochen."

Er nickte, anstatt zu weinen.

„Es ist nur für eine Weile und was immer du als Morant tust und erreichst wird auf Hess übertragen werden, sobald du das Schutzprogramm verlässt. Oder vielleicht stellst du auch fest, dass dir Morant gefällt, weil der Name dir allein gehört und du behältst ihn. Das ist ganz dir überlassen."

Ein zweites schnelles Nicken, während er sich gleichzeitig mit den Fingern unter den Augen entlangfuhr.

„Aber wie immer du möchtest."

„Okay."

Als Nächstes informierte Dorsey ihn über die möblierte Wohnung, in der er unterkommen würde, bis wir eine dauerhafte Wohnung für ihn gefunden hatten, in der er tun und lassen konnte, was immer er wollte.

„Du beginnst ein ganz neues Leben und das erfordert eine Menge Zeug", sagte ich und unterbrach Dorsey damit wohl zum zehnten Mal.

„Möchtest du ihm das vielleicht gerne alles erklären?"

Ich hielt den Mund. Das ewig lange Abkommen durchzugehen, alle Details darzulegen und zu erklären und auf jede gestrichelte Linie hinzuweisen, auf der es einer Unterschrift bedurfte, dazu hatte ich in dem Moment nicht die Nerven.

Es dauerte noch zwei Stunden, bis sie durch waren und dann begleiteten Sharpe und White mich, als ich Josue zeigte, wo er fürs Erste wohnen würde.

Die gesicherte Wohnung in Staatseigentum, zu der wir ihn brachten, befand sich in einem Hochhaus in der Innenstadt in der Nähe unserer Dienststelle. Das

Gebäude selbst war supersicher, mit einem Wachposten an der Tür und einem weiteren hinter dem Empfangstresen. Sharpe überreichte Josue den elektronischen Schlüssel, der ihm Zugang zum Aufzug gewährte und zeigte ihm, wie er ihn benutzen musste. Dann gab White Josue die laminierte Karte mit der Anleitung, die er brauchte, als wir oben an der Wohnung ankamen. White sah zu, wie Josue den Zugangscode für die Etage änderte und dann auch den für die Wohnung selbst. Es war eine wahre Geduldsprobe aus Zahlen eintippen und mit dem speziellen, elektronischen Schlüssel, den man nicht mal eben so im Walmart nachmachen lassen konnte, die Tür öffnen. Alles war hochmodern und meines Wissens nach hatte noch nie jemand versucht, die Prozedur zu umgehen.

Die Bedrohung für Josue wurde nicht als sehr hoch eingestuft; er galt als wenig gefährdet. Stark gefährdete Zeugen wurden nicht in einer Wohnung in Staatseigentum in einem Gebäude in der Innenstadt untergebracht, egal wie sicher sie war. Man brachte sie auch nicht wie im Fernsehen in einsamen Hütten mitten im Nirgendwo unter oder in malerischen kleinen Küstenstädten. Man versteckte sie in unterirdischen Bunkern oder im Gefängnis. Gegen die Mafia auszusagen oder ein Mitglied unserer eigenen Regierung zu denunzieren oder das einer ausländischen Macht, war alles andere als glamourös und die in solchen Fällen notwendigen Sicherheitsmaßnahmen waren wahrlich erstickend. Wenig gefährdete Zeugen wie Josue lebten als normale Menschen weiter, da sie nur dann, wenn sie geographisch greifbar waren, entführt beziehungsweise umgebracht wurden. Wenn man sie aus dem Staat herausholte, in dem die Bedrohung für sie akut war, ihnen neue Identitäten und ein neues Leben verpasste, tendierte die Gefahr gegen Null, dass jemand sie fand und ermordete. Soweit ich das wusste, war noch niemandem, der sich im Schutzgewahrsam der Marshals befand, etwas zugestoßen.

Josue würde unter schwerer Bewachung zu den Treffen vor der Hauptverhandlung und auch zum Prozess selbst begleitet werden, aber das würden die einzigen Gelegenheiten sein, bei denen er aktiven Schutz bekam. Der Rest seines Lebens gehörte ihm. Wir sahen nach jedem Erscheinen vor Gericht nach unseren Zeugen und waren während ihrer gesamten Zeit im Zeugenschutzprogramm im steten Kontakt mit ihnen. Aber für Josue, wie damals bei Drake und Cabot, war die Bedrohung minimal, von daher war das, was wir hier veranstalteten, im Grunde genommen des Guten zu viel. Trotzdem. Ich beobachtete, wie Josue die Zugangscodes eingab und versuchte nicht zu gähnen.

„Brauchst du nicht auch einen Code, Miro?" Das machte ihm offenbar Sorge.

„Ich habe einen Spezialzugangscode, Junge", erklärte ich ihm.

Nachdem er offiziell eingezogen war, luden wir seine Taschen auf dem Bett ab und verließen die Wohnung wieder. Ich brachte ihn zurück in die Dienststelle, wo wir sein neues Bankkonto einrichteten. Das konnte erst dann erfolgen, wenn der Zeuge sein neues Domizil bezogen hatte. Normalerweise war ich faul, ließ mir den üblichen Tagessatz in bar geben und drückte das Geld meinem Zeugen in die Hand mit der Anweisung, sich auszutoben. Aber in diesem Fall sah die Sache anders aus. Josue war seit langem mein erster Zeuge, der bei seinem Eintritt ins Zeugenschutzprogramm allein war. Er brauchte Freunde und im Moment gab es niemanden außer mir. Ich wollte ihn so gut wie möglich versorgt wissen.

Auch wenn seine Fragen mich noch umbrachten.

„Aber ich verstehe das nicht. Wie bekomme ich Geld zum Einkaufen? Ich meine, soll ich nicht etwas kochen und zum Essen mitbringen?"

„Nein, nein. Du brauchst nichts mitzubringen außer dir selbst."

Vierzig Minuten später saßen wir zusammen mit White an dessen Schreibtisch und er tippte, weil ich nicht mehr geradeaus gucken konnte – ich sah vor Erschöpfung doppelt und brauchte dringend Schlaf. Josue ebenfalls. Er hatte nicht viel mehr Schlaf bekommen als ich, aber ich vermutete, dass Adrenalin und die neuen Erfahrungen ihn wachhielten.

„He."

Ich drehte mich um und sah zu Sharpe hinüber.

„Komm mal grad her."

Ich rollte von meinem Schreibtisch zu seinem. „Was ist?"

„Meine Kumpel in Jersey haben sich bei mir gemeldet wegen des Typen, den Ian gesucht hat."

„Oh, okay. Und?"

„Er hat sich knapp einen Monat, nachdem er von dem Einsatz vor vier Jahren zurückgekommen ist, umgebracht."

Das war traurig und gleichzeitig auch beängstigend. Denn Kerry Lochlyn war schon lange tot und wenn nicht er derjenige war, der sich an den anderen Männern in seiner Einheit rächen wollte, wer dann? „Was ist mit seiner Familie?", fragte ich.

„Seine Eltern sind vor einem Jahr bei einem Autounfall ums Leben gekommen", las Sharpe die Information von seinem Bildschirm ab. „Es gibt jetzt nur noch eine Schwester und einen Bruder."

„Wo lebt der Bruder?"

„Das wissen sie nicht. Er ist seit Kerrys Tod vom Rest der Familie entfremdet."

„Wie entfremdet?"

„Hat seinen Namen geändert und sie haben nie mehr von ihm gehört."

„Warum?"

„Laut Kramer, der mit der Schwester gesprochen hat, die jetzt in Albuquerque lebt, hat er seinen Eltern den Selbstmord seines Bruders nie verziehen. Seiner Ansicht nach haben sie ihn dazu getrieben."

„Oh Gott."

Er zuckte die Schultern. „Familie kann einen schneller als alles andere dazu bringen, sich die Pistole an den Kopf zu setzen."

Ich musste ihm das aufs Wort glauben, denn ich hatte keine.

„Jones", blaffte White und ich sah auf. Er sah ein wenig gerädert aus und mir wurde klar, dass, während ich mit Sharpe gesprochen hatte, Josues Aufmerksamkeit zu 110 Prozent ihm, und nur ihm, gegolten hatte. Und die Fragen sprudelten nach wie vor wie ein Sturzbach aus Josue hervor.

Zehn Minuten später und mit allen Informationen ausgestattet, die er für den nächsten Tag brauchte – wie zum Beispiel den Namen der Person, mit der er in der Bank sprechen musste, um seine Bankkarte zu bekommen – saß Josue wieder an meinem Schreibtisch.

„Aber wie soll ich denn diese" – er kramte die Visitenkarte heraus, die ich ihm gegeben hatte und las den Namen ab – „Lillian Doss morgen sehen, wenn ich kein Geld für ein Taxi habe, um zu ihr zu kommen?"

„Deshalb habe ich ja gesagt, dass dich morgen früh ein Marshal abholen kommt. In dem Material, das du von uns bekommen hast, ist eine ganze Checkliste drin, schau sie dir an. Außerdem findest du laminierte Karten mit Telefonnummern für Notfälle. Ach ja, und auf dem Handy, das wir dir gerade gegeben haben, ist zusätzlich eine entsprechende App, die nur mit deinem Daumenabdruck geöffnet werden kann."

„Ja, okay, mache ich", sagte er mit sehr schwacher Stimme, dann hob er seine großen, dunklen Augen zu mir auf. „Kannst du mich abholen kommen?"

„Ja, mache ich."

„Warum übernachtest du dann nicht bei mir? Wir stehen früh auf und frühstücken zusammen, dann musst du nicht fahren."

„Hör zu, das ist –"

„Oder ich komme mit zu dir und wir starten von dort."

Ich schüttelte den Kopf.

„Warum?" Sein dramatischer Aufschrei, komplett mit zurückgeworfenem Kopf, geschlossenen Augen und zu Krallen verkrampften Fingern war zugegebenermaßen komisch und er entlockte mir ein Lächeln, aber wir würden trotzdem nicht allerbeste Freundinnen werden.

„Weil du hier nie Anschluss finden wirst, wenn du dich nur auf mich verlässt."

Er gab ein Geräusch von sich, als wäre ich einfach nur ärgerlich.

„Du musst es versuchen und der Versuch beginnt gleich jetzt."

„Nein, weißt du was? Ich glaube wirklich, ich sollte bei dir bleiben. Ich vertraue dir und Vertrauen hilft und … ja", sagte er, Entschluss gefasst und nickte mehrfach nachdrücklich. „Ja, ich … ich denke ja. Ich bleibe bei dir."

Ich holte tief Luft. „Moment mal, Kleiner."

„Oh, oh, Mann", wimmerte er. „Vielleicht war es doch ein Fehler."

„Das stand nicht in den Karten", erinnerte ich ihn und ergriff seine Schulter. Fest, aber nicht zu fest, hielt ich ihn neben mir und hinderte ihn am Aufstehen, während ich mit der freien Hand den Kontakt in meinem Handy fand. „Du brauchst nur ein wenig Unterstützung."

„Ich denke, ich sollte bei dir wohnen."

Er würde definitiv *nicht* bei mir wohnen.

„Hi", brummte ich die Person am Telefon an, während ich mich gleichzeitig auf den jungen Mann neben mir konzentrierte, der im Begriff stand, sich aufzulösen. „Kann ich dich um einen Gefallen bitten?"

„Immer", war die Antwort vom anderen Ende.

Da sich Drake und Cabot nun offiziell nicht mehr im Zeugenschutzprogramm befanden, konnte ich sie herumkommandieren wie meine Lakaien und niemand konnte etwas dagegen sagen. Außerdem kannten sie sich mit dem Zeugenschutzprogramm aus. Zugegeben, das entsprach nicht der korrekten Verfahrensweise, aber mir war das egal, denn es war zum Besten meines Zeugen.

Eine Stunde später waren beide Jungs in meinem Büro, Besucherausweise um den Hals, Lächeln im Gesicht und bereit zu helfen. Bis sie eintrudelten, hatte ich Josue ein weiteres Mal gefüttert, ihm ein weiteres Mal erklärt, wie die ganze Sache funktionierte und erkannt, dass er, obwohl er weitaus gefasster war, als Cabot und Drake es gewesen waren, nichtsdestotrotz sehr jung und sehr allein war. Und dass ich, wenn ich mich als Rettungsanker präsentierte, darauf gefasst sein musste, dass die Leute sich festklammerten und nicht mehr loslassen wollten. Manchmal vergaß ich, dass nicht ich es war, der diese Wahl traf, sondern jene, die ich beschützte. Niemand konnte sie dazu zwingen, diesen Schritt zu tun; sie taten ihn, wenn sie bereit dazu waren. Also musste ich dafür sorgen, dass Josue bereit dazu war. Das bedeutete, dass ich den Schritt verlockender und interessanter machen musste, als mein Rettungsanker es war.

Ich sah, wie die Jungen hereinkamen und sagte Josue, dass seine neuen Freunde gerade angekommen waren.

Er blickte auf und sah sie den Raum durchqueren. Drake lächelte und Cabot winkte. Aus den Augenwinkeln heraus sah ich, wie Josue durchatmete, so als würde vielleicht doch alles gut werden.

„Hi", seufzte er, als Cabot schnurstracks auf ihn zuhielt und ihn umarmte.

„Hallo", grüßte Drake fröhlich und umarmte ihn, nachdem Cabot ihn losgelassen hatte. „Hat Miro dich auch adoptiert?"

Josue nickte und ich verdrehte die Augen, denn sie waren allesamt Blagen, aber ich war auch erleichtert. Sie fingen an, sich über das T-Shirt zu unterhalten, das Josue trug. Es zeigte das Bild einer Band, die sie alle mochten.

Ich hörte nicht zu. Mir war das egal.

„He, Miro, wusstest du, dass Josue einen Webcomic zeichnet? Ist das nicht cool?"

„Das tut er jetzt nicht mehr", informierte ich sie, denn seine gesamte Onlinepräsenz war gelöscht worden. Er hatte keine Links mehr zu digitalen Portfolios, keinen Facebook Account, kein Twitter, nichts. Er war komplett aus allen sozialen Medien verschwunden.

„Ja, ja, sicher. Aber Cab hat einen geplant, also können sie da zusammen dran arbeiten", sagte Drake begeistert.

„Super, fantastisch, verschwindet jetzt", befahl ich und winkte sie mit beiden Händen in Richtung Aufzug. „Ich sehe euch dann alle am Donnerstag."

Die Unterhaltung wurde nahtlos wieder aufgegriffen und ich war dankenswerterweise vergessen, als sie langsam und lärmend unsere Dienststelle verließen und zum Aufzug gingen. Ich überholte sie auf dem Weg zum Kühlschrank im Pausenraum, wo ich mir eine Flasche Wasser holte und als ich wiederkam waren sie weg.

Ich sank in meinen Stuhl und einen Augenblick lang genoss ich die segensreiche Stille. Dann beschlich mich das komische Gefühl, dass irgendetwas nicht ganz in Ordnung war. Irgendetwas war verdächtig und als ich aufblickte, sah ich alle Augen auf mich gerichtet.

Buchstäblich jeder im Raum starrte mich an.

„Was?", fragte ich, denn sie waren mir ziemlich unheimlich.

„So." Sharpe zog das Wort in die Länge. „Und was gibt's am Truthahntag?"

„Bitte?"

„Sag mir, was ich mitbringen soll, du Horst."

„Was du mitbringen sollst?"

„Mann, wie müde bist du?"

War ich wach?

„Was?", rief White mir zu. „Lädst du etwa nur die Kinder ein?"

Ein schneller Blick in die Runde bestätigte mir, dass nicht nur er das wissen wollte. Alle waren an meiner Antwort interessiert. In dem normalerweise lauten Raum hätte man eine Stecknadel fallen hören können. „Nein?"

„Richtig. Nein", stimmte White zu. „Ich und Pam bringen etwas Alkoholisches mit und ihren weltberühmten Cranberrysalat."

„Super", sagte ich steif, denn was um alles in der Welt ging hier vor sich?

„Meine Eltern sind dieses Jahr auf einer Kreuzfahrt", teilte Becker mir mit, als ich mich mit meinem Stuhl langsam so drehte, dass ich den ganzen Raum überblicken konnte. „Und Olivias Familie ist in Portland, wie du weißt."

Ich hatte nicht die geringste Ahnung gehabt, dass die Familie seiner Frau in Oregon lebte.

„Was sollen wir mitbringen?"

„Ich –"

„Meine Familie besucht dieses Jahr meinen Bruder in Hartford", erklärte Ching, bevor ich Becker antworten konnte, „aber Gail gibt am Montag drauf ein Seminar, also können wir nicht fahren."

Ich nickte.

„Ich schicke ihr eine SMS und frage sie, ob sie Füllung machen will und ich mache einen Ambrosiasalat, bei dem dir dein Gesicht schmilzt."

War das gut?

„Meine Mutter kocht und sie wird dir bestimmt alles Mögliche einpacken wollen, also rechne damit, dass ich einen Riesenberg Beilagen mitbringe", versprach Kohn und nickte mir zu, als wäre die Sache damit beschlossen.

„Meine Eltern besuchen dieses Jahr meinen Bruder Elliot und seine Frau, Jones. Wir schauen erst bei Sandis Eltern vorbei, aber danach gehören wir ganz dir", sagte Dorsey, als würde er mir damit einen Gefallen tun. Was er auch tat, nämlich mit seiner Frau. Sandi Dorsey war immer willkommen; sie war nett, lustig und bodenständig. Ihr Arsch von einem Ehemann war eine ganz andere Geschichte. „Sie wird dir ihren Brokkoli-Käse-Auflauf machen wollen. Der ist echt lecker."

Das bezweifelte ich nicht.

„Olivia macht eine unwiderstehliche Pecan Pie", warf Becker ein. „Sie weigert sich, eine für mich zu machen, weil ich dann das ganze Ding in einem aufesse, aber ich wette, ich kann sie dazu überreden, sie für dich zu machen."

Ich sah zu ihm hinüber.

„Sie scheint dich zu mögen, warum auch immer."

Lieber Himmel.

Wie viele Leute kamen zu einem Abendessen, für das ich absolut nichts eingekauft hatte?

„Ich mache einen höllisch guten Grüne-Bohnen-Eintopf", informierte Kowalski mich. „Und Theresa hat ein Rezept für geröstete Süßkartoffeln mit Rosmarin, nach denen du schon beim ersten Bissen süchtig wirst."

„Ich bringe auch noch ein paar Sachen mit, die bei meiner Mum übrigbleiben. Ich schulde dir immer noch einen Kuchen, stimmt's?" Ryan gähnte.

Ich war ein wenig überwältigt.

„Ich glaube, er braucht ein Nickerchen", bemerkte Kohn und ich zeigte ihm dem Mittelfinger.

„Ich glaube, er braucht etwas zu trinken", schlug Sharpe vor und erhob sich von seinem Schreibtisch. „Und es ist Happy Hour."

Endlich ein Vorschlag, der gut klang.

ICH HATTE müde hinter mir gelassen und war in eine Art Delirium eingetreten, in dem ich außerhalb meines Körpers funktionierte und alles heller und lustiger und interessanter war, als es hätte sein sollen. Der Wodka half kein bisschen. Ich hätte wirklich einfach nach Hause gehen sollen, aber der Gedanke daran, ein leeres Haus zu betreten – Aruna hatte Chickie, wie üblich und Ian war nicht da – erfüllte mein Herz mit einem unheimlichen, kalten Schmerz. Kurz gesagt, ich hatte Angst nach Hause zu gehen und vor einem leeren Bett zu stehen, ich hatte Angst zu schlafen und mich mit meinen Ängsten konfrontiert zu sehen, war aber gleichzeitig auch nicht bereit, mit irgendeiner Menschenseele darüber zu sprechen. Also waren Kneipenfraß in mich hineinstopfen, saufen wie ein Loch und mit den Jungs Billard spielen, die einzige Rettung, derer ich habhaft werden konnte.

Wir waren laut, aggressiv laut, und Sharpe zockte uns so richtig fies beim Billard ab. Nicht auf kameradschaftlich lustige Art, sondern richtig fies und hundsgemein, bis White damit Schluss machte, sich ihn und seine Jacke schnappte und verkündete, dass sie sich auf den Heimweg machten.

„Nein, nein, nein", jammerte Sharpe und streckte die Hand in meine Richtung aus. Er haschte vorbei, als White ihn mit einem Ruck zur Seite zog. „Pam wird mich zwingen, mich zu ihr aufs Sofa zu setzen und über meine Gefühle zu sprechen und dann mit ihr eine romantische Komödie zu gucken, während wir Tee trinken."

Das war zum Schreien komisch und ich konnte nicht aufhören zu lachen. Er sah entsetzt aus, als White ihn mit einem gebrüllten „Mañana" aus der Sportbar zerrte, was von ihm kommend ebenfalls zum Schreien komisch war, weil es vermutlich das einzige Wort Spanisch war, das er kannte.

Was mich überraschte war, dass die anderen ebenfalls bereit waren Feierabend zu machen und nach Hause zu gehen. Nach Hause zu ihren Ehefrauen. Ich beneidete sie. Das hieß, Kohn und Ryan wollten noch nicht nach Hause. Aber sie wollten, dass ich mich verduftete, weil sie Bowling spielen gehen wollten. Anscheinend hatte Ryan eine sehr nette Frau kennengelernt, die eine Freundin hatte.

„Warum Kohn und nicht Sharpe?", fragte ich Ryan, als wir die Bar verließen.

„Sharpe ist immer noch sauer auf seine Ex", sagte er mit einem Schulterzucken. „Und man kann nicht nett zu jemand Neuem sein, wenn man noch in der Vergangenheit lebt."

Mein Handy klingelte in dem Moment, also wünschte ich ihnen viel Spaß beim Bowlen und einen schönen Abend und ging ein Stück die Straße hinunter, wo es weniger laut war, bevor ich überhaupt einen Blick auf das Display warf. Als ich es dann tat und sah, dass es nicht Ian war, der anrief, wurde mein Herz schwer. Es war albern. Er war mit Gott weiß was beschäftigt. Trotzdem, ich fühlte mich wie ein Boot, das ohne Anker ziellos umhertrieb. Ich wollte meinen gottverdammten Anker wiederhaben.

Ich wollte Ian.

„Hallo?", meldete ich mich schließlich mit erstickter Stimme und hustete, damit der Anrufer nicht die richtigen Schlüsse zog. Es war vermutlich jemand, den ich kannte, auch wenn mir die Nummer selbst nichts sagte und ich zu sehr neben mir stand, um die Ortsvorwahl zu erkennen.

„Miro?"

Mein Name war genug, um die Stimme zu identifizieren. „Hi, Powell", grüßte ich Janet. „Wie geht es dir, Mami?"

Sie atmete hörbar ein.

Und so schnell war ich wieder nüchtern. Es war immer wieder erstaunlich, aber ein trauriger, nasser Laut von einer meiner ältesten, liebsten Freundinnen hatte jedes Mal diese Wirkung. „Oh, Scheiße", flüsterte ich und zog intuitiv den einzig möglichen Schluss. „Schätzchen, es ist okay, du wirst eine großartige Mutter sein."

„Woher willst du das wissen?"

Volltreffer. „Weil du die erste Person in meinem Leben warst, die sich wirklich um mich gekümmert hat."

Das war es. Sie fing an zu schluchzen.

„Oh, verdammt."

Dem war ich nicht gewachsen. Ich sah mich um und entdeckte Ryan und Kohn, die immer noch vor der Bar standen.

„Was?", formte ich stumm mit den Lippen. Kohn bedeutete mir mit einer Geste, dass ich auflegen sollte. Ich winkte ihnen, dass sie gehen sollten. Ryan schüttelte den Kopf und ich verstand. Niemand trank allein; das war eine Kage Regel, eine Marshal Regel und eine Regierungsanweisung an alle Beamten des Rechtsvollzugsdiensts, die eine Waffe führten. Das war der Grund, warum wir immer zu zweit waren, warum jeder einen Partner hatte: Es musste immer jemand da sein, der Rückendeckung gab und Verstärkung. Selbst wenn beide Marshals etwas tranken, dann trank immer einer weniger als der andere. Es sei denn, sie waren zu Hause. Einer musste immer, wenn schon nicht nüchtern, dann doch zumindest noch fahrtüchtig sein. Weder Ryan noch Kohn würden mich aus den Augen lassen, bevor sie nicht mit mir gesprochen und gehört hatten, was ich tun und wohin ich gehen würde.

Ich hob meine Hand, um ihnen zu signalisieren, dass sie warten sollten und wandte mich wieder meinem Mädel zu.

„Warum kommst du nicht zum Truthahntag her und bleibst den Rest des Wochenendes bei mir?", schlug ich vor.

Sie schniefte. „Wird Ian da nichts gegen haben?"

„Ian ist nicht hier", sagte ich und versuchte, nicht bitter zu klingen. „Ich glaube, er hält sich derzeit in deiner Stadt auf. Es läuft eine gerichtliche Untersuchung über einen der Männer, mit denen er gedient hat. Und wenn er nicht bei dir oben ist, dann ist er wieder im Einsatz. Ich habe ihn die letzten vierundzwanzig Stunden mindestens eine Million Mal angerufen und er geht nicht dran. Wenn du also herkommen und mir Gesellschaft leisten, meine Hand halten und mich mitten in der Nach trösten könntest, dann wäre das wirklich fabelhaft."

„Du brauchst mich?" Ihre Stimme bebte.

„Ja."

Sie putzte sich die Nase. „Wieso gehst du nicht zu Aruna?"

„Ich meine mich erinnern zu können, dass sie dieses Jahr ihre Schwiegereltern zu Besuch hat und für alle kocht und ich wollte nicht im Weg sein."

„Also sind es nur wir zwei? Das klingt gemütlich."

Ich lachte schnaubend. „Alter", begann ich – ein Wort, das ich nur dann verwendete, wenn ich *richtig* müde war – „aus irgendeinem Grund bin ich derjenige, der für verdammt *alle* kocht. Du musst mir helfen."

Ich konnte ihr Entzücken förmlich hören. „Ich bin morgen da."

„Kann ich fragen?"

„Natürlich."

„Wo ist Ned?"

„Er hat gesagt, dass er meine Hormone nicht mehr erträgt und dann ist er abgerauscht, um den Feiertag bei seiner Mutter zu verbringen."

„Scheiße."

„M-hm."

Ich räusperte mich. „Also, nicht, dass ich auf seiner Seite bin", begann ich vorsichtig und taktvoll, „aber …" Oh Gott, das war, wie sich auf einen gerade erst zugefrorenen See zu begeben: dünnes Eis. „... war es eventuell so angedacht, dass du dich Mittwoch nach der Arbeit in den Zug setzt und nach Alexandria fährst, um den Feiertag mit Ned und seiner Familie zu feiern?"

Schweigen.

Jepp, das war genau das, was sie tun sollte. „Also … Janet … Herzchen … er ist nicht wirklich abgerauscht, oder? Ich meine, er ist früher hingefahren, um seinen Eltern beim Einkaufen und so zu helfen." Ihr Ehemann, Edward oder kurz Ned, war das mittlere Kind, gewissermaßen, falls man denn bei acht von einer Mitte reden konnte. Wenn also sämtliche Geschwister samt Ehefrauen, Ehemännern und Kindern bei den Eltern einfielen, dann brauchten besagte Eltern Hilfe, um das zu bewältigen. Weil Ned und Janet am nächsten wohnten, in Washington DC, waren es für gewöhnlich sie beide, die zuerst hinfuhren. „Er liebt dich und er liebt das Baby."

Keine Antwort.

Ich kannte Ned Powell ziemlich gut. Ich stand ihm nicht so nahe wie Catherines Ehemann Eriq – ich war sein Platzanweiser bei ihrer Hochzeit gewesen – oder auch Liam, aber Ned und ich waren Freunde. Ich wusste, dass er durchdrehen würde, wenn sie ging. Er arbeitete für die NSA, von daher erforderte es einiges, um ihn aus der Fassung zu bringen, aber das Verschwinden seiner Frau würde definitiv ausreichen.

„Möchtest du ihn anrufen? Vielleicht?"

„Wenn du hetero wärst, dann hätte ich dich geheiratet."

Das wusste ich. Mir ging es genauso. Sie war die Eine. Wir verstanden uns, als wären wir zwei Hälften eines Ganzen. Die einzige Stelle, an der wir nicht kompatibel waren, war im Bett. Das hatte durch die Bank weg alle Kerle gestört, mit denen ich je ins Bett gegangen war und auch alle Kerle, mit denen sie ausgegangen war. Bis Ned dahergekommen war. Es kümmerte ihn kein bisschen, denn Janet und ich würden nie mehr sein als Freunde und er durfte sie zu seiner Frau machen. „Ja. Und?"

„Bei dir ist es einfach. Ist es immer schon gewesen. Und ich brauche gerade ein bisschen einfach."

Ich seufzte. „Dann komm her, Kätzchen. Lass uns kuscheln."

Ihr Winseln war niedlich.

„Um Gottes willen, Janet. Du weißt, dass ich mich freue, wenn du kommst."

„Ich bin morgen früh da. Ich schicke dir die Flugverbindung und dann rufe ich Aruna an."

„Nein, ruf sie – Scheiße", fluchte ich, als ich realisierte, dass sie aufgelegt hatte.

„Was ist los?", fragte Ryan, der nähergekommen war, Kohn an seiner Seite.

„Nichts", murmelte ich und stand auf. „Was zum Teufel macht ihr Nasen immer noch hier?"

„Das weißt du", sagte Ryan zu mir. „Wir müssen erst wissen, wo du hingehst und was du machst, bevor wir dich stehenlassen dürfen."

„Ja, ich weiß, entschuldige. Familienkrise."

„Doyle?", riet Kohn. Das war gar nicht mal so schlecht.

„Nein, meine Freundin Janet. Sie kommt zu Thanksgiving."

„Je mehr desto lustiger", versicherte er mir.

Sie verhielten sich komisch. Sie standen einfach da, taten nichts und es dauerte eine Weile, aber schließlich ging es mir auf. Es gab durchaus Dinge, die sie tun wollten und Leute, die sie treffen wollten, aber sie warteten auf mich.

„Ich hole mir ein Taxi und fahre nach Hause", verkündete ich.

„Versprochen?", wollte Ryan Gewissheit haben. Er machte sich Sorgen, ja, aber es war auch sein Job, das zu fragen und zu wissen.

Ich legte die Hand aufs Herz. „Versprochen. Keine weiteren Abstecher, geradewegs nach Hause und ins Bett. Wir sehen uns dann morgen."

Sie sahen beide skeptisch drein.

„Denkt dran, Männer: Wenn ihr nicht brav sein könnt, seid vorsichtig."

Das brachte mir von beiden den Stinkefinger ein, auf den ich gewartet hatte, aber sie blieben trotzdem und warteten, bis ich in ein Taxi eingestiegen war. Es war nett, dass ich nach dem Stinkefinger noch ein Winken zum Abschied bekam.

Ich sagte dem Fahrer, er solle mich einen Block von meiner Adresse entfernt absetzen, damit ich noch Lebensmittel einkaufen konnte. Aber als ich mich dann dem Laden näherte, schreckte mich die Vorstellung ab, mich unter all diese Neonlampen zu wagen. Ich hatte noch Kaffee zu Hause und Kaffeesahne und Ramen. Das reichte.

Es fing ziemlich stark an zu regnen und erst da fiel mir auf, dass ich meine Lederjacke im Büro gelassen hatte, über die Rückenlehne meines Schreibtischstuhls gehängt. Die Tasche, die ich aus Vegas mitgebracht hatte, stand unter dem Schreibtisch. Ich war mental woanders gewesen, als wir die Dienststelle verlassen hatten, in der Bar hatte der Alkohol mich gewärmt und der Taxifahrer hatte die Heizung auf volle Elle laufen lassen. Aber in dieser Sturzflut, die stark genug war, dass ich darin ertrinken konnte, würde ich vermutlich vorher an Unterkühlung sterben.

171

Ich rannte auf meine Haustür zu, als ich jemand meinen Namen rufen hörte. Ich blieb stehen und sah mich um. Barrett stand in seiner Tür, die er Gästen aufgemacht hatte und winkte mir zu.

Da zu Hause ohnehin niemand auf mich wartete, bog ich ab, rannte die Stufen zu seinem Haus hinauf und hielt auf seiner Fußmatte an. Ein kleiner Sturzbach ergoss sich aus ihr, als ich darauf trat, selbst als sie tapfer versuchte, das von mir herabrinnende Wasser aufzufangen.

„Du brauchst so eine mit Löchern darin, wie ich sie habe", informierte ich meinen Freund.

„Himmel, komm rein", entgegnete der, packte meinen Oberarm, zog mich ins Haus und schloss schnell die Tür hinter mir. „Du bist patschnass."

Ich machte ein zustimmendes Geräusch.

Er sah mich an, als hätte ich sie nicht mehr alle. „Ist alles in Ordnung mit dir? Deine Pupillen sind riesig."

„Ich glaube, ich habe gerade meine Alexander McQueens gekillt und das ist eine verdammte Schande."

Er sah mich wütend an. „Wir unterhalten uns wirklich über ein Paar Schuhe?"

„Stiefel", korrigierte ich ihn und nickte. Ich hatte wirklich keine große Hoffnung, dass sie all das Wasser überlebt hatten. Das Geräusch, das sie machten, wenn ich ging – eine Art quatschiges, nasses Quietschen – war gar nicht gut.

„Zieh die Stiefel aus und ich hole dir ein Handtuch."

Ich schüttelte den Kopf, was mehrere kleine, kalte Bächlein in meine Augen und meinen Nacken hinunterrinnen ließ. „Bin gleich zu Hause. Wollte nur hallo sagen."

„Du bist bis auf die Haut nass."

„Das bin ich", stimmte ich zu.

Er betrachtete einen Moment lang eingehend mein Gesicht, dann streckte er eine Hand aus und legte sie an meine Wange. „Nicht, dass es dir nicht steht, aber warum dieses schwarz auf schwarz Ensemble?"

„Das ist eine verdammt lange Geschichte", sagte ich, lächelte ihn an und drehte den Kopf so, dass seine Hand von meiner Wange glitt. Ich fuhr mir grob mit den Händen durch die Haare, drückte das Wasser heraus und wrang die zu einem kleinen Pferdeschwanz zusammenlaufenden Spitzen aus. Es war mehr als Zeit, mir die Haare schneiden zu lassen. Ich wunderte mich, dass Kage noch nichts gesagt hatte.

„Möchtest du hierbleiben?", fragte er leise und kam einen Schritt näher. „Du könntest hier duschen und ich laufe schnell zu dir rüber und hole dir ein paar von deinen Klamotten. Ich kann die anderen nach Hause schicken und dir ein richtiges Abendessen machen."

„Ein richtiges?"

„Ja", krächzte er und schenkte mir den Hauch eines Lächelns. „Ich habe im Moment nur Burger und Hot Dogs da."

„Klingt beides gut", sagte ich. „Wie wäre es damit: Ich laufe schnell zu mir rüber, dusche, komme dann wieder und esse mit dir und deinen Freunden zu Abend."

Sein Gesicht leuchtete auf. „Das wäre fantastisch."

„Okay."

„Ist Ian nicht da?"

„Nein, er ist im Einsatz."

„Wow, das ging aber schnell. Das tut mir leid."

Ich zuckte die Schultern. „Es ist sein Beruf."

„Ja und nein", rutschte es ihm heraus. „Aber geh nach Hause und komm dann wieder."

„Wenn ich nicht wiederkomme, dann bin ich ins Koma gefallen", sagte ich und wandte mich zur Tür.

„Dann geh noch nicht. Iss erst was. Lass mich dir ein Handtuch holen. Ich habe Angst, dass du wirklich ins Koma fällst mit nichts als Alkohol in dir."

„Woher weißt du, dass ich was getrunken habe?"

„Miro, mein Freund, du riechst nach Rauch und Bier."

„Bäh", sagte ich mit einem Lachen. „Dann sollte ich wirklich erst nach Hause."

Er betrachtete mich eingehend. „Aber du bist nicht betrunken."

„Nur noch ein bisschen angeheitert, aber nicht sehr. Und das Essen wird für den Rest sorgen."

„Na, dann lass uns etwas Essbares in dich hineinbekommen. Nachdem du gegessen hast, solltest du dir besser die nassen Sachen ausziehen und dich im Gästezimmer hinlegen. Ich glaube, ich behalte dich heute Nacht hier."

„Ian ist eifersüchtig auf dich", sagte ich, weil mein Hirn-zu-Mund Filter sich aufgelöst hatte. Allerdings nicht im Alkohol, sondern aufgrund extremen Schlafmangels.

Er grinste ein wenig. „Ian sollte Angst haben, aber nicht notwendigerweise vor mir."

„Angst?"

Er legte einen Arm um meine Schultern. „Mach dir keine Gedanken darüber. Kannst du laufen?"

„Ich bin gelaufen", witzelte ich. „Du hast mich doch eben gesehen."

„Ja, aber ich habe das Gefühl, du hast seitdem abgebaut."

Ich schnaubte spöttisch, obwohl ich spürte, wie meine Knie ein wenig wackelig wurden. Essen war nicht die schlechteste Idee.

Barretts Freunde waren nett. Es waren ein paar Typen aus seinem Fitnessstudio und ein paar Kollegen, die ihre Ehemänner bzw. -frauen mitgebracht hatten und ein Partner aus seiner Kanzlei mit seinem Ehemann. Plus ein alter Freund von der Uni, der aus New Jersey gekommen war und das Wochenende bleiben würde – so wie Janet bei mir –, der gerade oben war und telefonierte. Anscheinend war er schon seit Montag da.

„Also du bist der heiße Nachbar, von dem Barrett uns im Büro erzählt hat", sagte eine Frau, während ich damit beschäftigt war, meinen Burger förmlich zu inhalieren. Ich war weitaus hungriger, als ich gedacht hatte.

„Ich vermute mal, er hat von meinem Freund gesprochen", gab ich mit einem Augenzwinkern zurück.

Sie lächelte mich an. „Vielleicht."

Barrett räusperte sich, sichtlich unbehaglich. „Du weißt hoffentlich, dass du danach noch einen essen darfst, oder?"

Ich nickte kauend.

„Himmel, Miro, du brauchst jemanden, der dafür sorgt, dass du isst."

Normalerweise nicht.

Während ich vor mich hin kauend vor einem Lüftungsschlitz stand und mich von der hereinkommenden warmen Luft langsam trocknen ließ, kam einer der Männer in die Küche, um sich noch ein Bier zu holen und blieb direkt vor mir stehen.

„Dich kenne ich", sagte er.

„Wow, das ist ein klasse Spruch", sagte ein anderer von Barretts Freunden und grinste mich an. „Ich glaube, ich kenne dich auch."

Ich schüttelte den Kopf, schluckte und wies mit dem Kopf auf den attraktiven Mann vor mir. „Du nicht, er schon. Er war der behandelnde Arzt, als ich vor ein, zwei Jahren im Krankenhaus war. Wie war noch der Name, Doc?"

„Dr. Sean Cooper", sagte er mit einem Lächeln und kam näher. „Aber nenn mich einfach Sean. Und du heißt Miro, das habe ich Barrett sagen hören."

„Genau."

„Hier", sagte Barrett und stellte ein großes Glas Eiswasser vor mich. „Trink das, du brauchst Flüssigkeit."

Die letzten Reste meines Schwips waren bereits dabei, zu verfliegen. „Ich schwöre, es geht mir gut."

„Trink das verdammte Wasser."

Also tat ich das, dann verschlang ich den Rest meines Burgers.

„Du bist mit Dr. Benton befreundet", sagte der Mann vor mir, der es an Attraktivität wirklich mit einem Filmstar aufnehmen konnte und hob sanft mein Kinn an. „Und du wurdest in Ausübung deiner Pflicht angeschossen."

„Wurde ich", erwiderte ich mit einem Schulterzucken. „Es tut mir leid, wenn sie diktatorisch und rechthaberisch rüberkam. So ist sie immer, wenn sie Angst hat."

„Sie ist eine phänomenale Chirurgin."

„Und diktatorisch", wiederholte ich.

„In Ausübung deiner Pflicht?", fragte ein anderer Mann, der sich an den Worten aufgehängt hatte. „Welcher Zweig Rechtsvollzugsdienst?"

174

„Miro ist ein Deputy US Marshal", antwortete Barrett geistesabwesend und schob mir eine Haarsträhne hinters Ohr. „Du hast überall entlang deines Kiefers blaue Flecken."

Ich knurrte.

„Ja, das ist mir auch aufgefallen", gestand Sean, fuhr mit den Fingern über meinen Hals bis zum Kragen meines Calvin Klein Hemds und zog ihn beiseite, sodass er die Haut darunter sehen konnte. „Oh, Miro, du blutest."

Ich schüttelte den Kopf und schob mir eine Handvoll Pommes in den Mund, da der Burger weg war. „Das ist alt", sagte ich, ohne vorher zu schlucken. „Mir geht's gut."

„Dir geht es ganz und gar nicht gut." Sean sah mich finster an. „Wie viel hast du getrunken?"

Ich bekannte Farbe. „Eine Menge, aber das ist eine Weile her. Ich bin 90 Prozent nüchtern."

Er nickte. „Okay, aber ich glaube, wir sollten ins Krankenhaus fahren."

„Ich muss einfach nur ins Bett."

„Und wenn Barrett mitkommt?"

„Nein. Ich gehe jetzt nach Hause. Ich bin nur für einen schnellen Burger reingekommen."

Seans Blick huschte zu Barrett. „Ich denke, du solltest darauf bestehen."

„Miro", begann Barrett und schloss eine Hand um meinen Oberarm. „Warst du in einen Kampf verwickelt?"

„Deputy US Marshal", teilte ich ihm mit und zog eine Augenbraue hoch. „Steht quasi in der Stellenbeschreibung drin."

Er holte Luft. „Darf Sean dich dann wenigstens untersuchen?"

„Hat er doch schon."

„Wie wäre es, wenn du hochgehst und duschst, du kannst ein T-Shirt und eine Jogginghose von mir geliehen haben und er kann –"

„Ich geh einfach heim." Ich gähnte. „Ich hab keine Lust, mein Holster auszuziehen, bevor ich zu Hause bin."

„Du hast eine Waffe?", fragte ein anderer Freund von Barrett.

Ich war drauf und dran noch einmal „Marshal" zu sagen, machte mir aber nicht die Mühe. „Habe ich, ja."

„Du bist betrunken", sagte Sean scharf. „Und du trägst eine Waffe?"

„Ich bin kein bisschen betrunken und ja, ich führe eine Waffe. Allerdings habe ich nicht vor, sie abzufeuern."

„Vielleicht solltest du sie mir geben", schlug Barrett mit einem Lächeln vor, das nicht ganz herablassend war, aber kurz davor. Es war, als würde er denken, dass ich zu einfältig oder zu dumm war, zu verstehen, was er zu mir sagte. Ich verstand aber nur zu gut. Ich litt an Schlafmangel, ja, aber wie gesagt, ich war nicht betrunken.

„Miro, ich denke –"

„Ich mach mich dann auf", sagte ich, denn langsam wurde ich ärgerlich. Was fiel ihnen ein, mich so ins Verhör zu nehmen? Ich würde niemals jemanden mit Absicht in Gefahr bringen. Wie viele andere Menschen konnten das ebenfalls von sich sagen?

Er holte mich an der Haustür ein.

„Stopp, du brauchst nicht zu gehen, weil du sauer bist." Er lachte leise hinter mir.

Ich hatte die Tür einen Spalt breit geöffnet, als er sie zuschlug.

„Miro –"

„Nein", blaffte ich, fuhr zu ihm herum und richtete einen Finger auf sein Gesicht. „Was fällt dir ein, mich und die Art, wie ich meinen Beruf ausübe, so in Frage zu stellen? Du und dein Doktorfreund habt nicht die geringste Ahnung über die Art Ausbildung, die jeder Staatsbeauftragte durchläuft, der vierundzwanzig Stunden am Tag eine Waffe trägt."

„Nein, ich –"

„Nur dass du Bescheid weißt, ich war auf dem Weg nach Hause und die Männer in meinem Team haben sichergestellt, dass ich das tue. Sie würden mich niemals allein lassen. Wir alle haben die anderen als Sicherheitsnetz und als Rückendeckung. Mich zu hinterfragen bedeutet sie zu hinterfragen und das finde ich alles andere als lustig."

Das war der Grund warum es außer den vier Frauen, die mehr Familie waren als Freundinnen und den Männern, mit denen ich arbeitete, nicht mehr Menschen in meinem Leben gab. Niemand sonst verstand, dass ich mich niemals ganz gehenlassen konnte, dass ich niemals unachtsam werden und niemals das Holster ablegen konnte, bis ich zu Hause war.

„Miro, jetzt komm schon, ich –"

Ich ließ ihn mitten im Satz stehen und eilte durchs Wohnzimmer zurück in die Küche.

Sean trat mir in den Weg. „He, Miro, ich denke wirklich, dass –"

Ich machte einen Schritt um ihn herum und zur Hintertür, schloss sie auf und trat hinaus auf Barretts Terrasse, lief die Stufen hinunter zu dem schmalen kopfsteingepflasterten Pfad, der in den Garten führte, den die ehemaligen Bewohner angelegt hatten und von dort ins dichte, nasse Gras.

Jeder Schritt unter mir quietschend vor Nässe, rannte ich durch die Gärten zu meinem Haus, sprintete die Stufen hinauf zu der Terrasse, die das zweite war, das ich gebaut hatte, nachdem ich eingezogen war und grub in meiner Tasche nach meinen Schlüsseln, dankbar für die Terrassenlampe, die bei Dämmerung automatisch anging. Ich hatte die Schlüssel gerade zu fassen bekommen, als ich Barrett hinter mir laut meinen Namen rufen hörte.

Ich drehte mich nicht um, versuchte nur einfach weiter meine Schlüssel aus der Hosentasche zu ziehen. Aber die Hose war an sich schon eng und jetzt klebte sie wie eine zweite Haut an mir.

„Miro", sagte Barrett, der neben mir auftauchte. „Es tut mir leid, bitte entschuldige. Ich wollte damit nicht sagen, dass du unfähig bist oder dass du eine Dummheit machen würdest oder so. Ich mache mir nur Sorgen."

„Ich brauche dich nicht, damit du dir Sorgen um mich machst", fauchte ich ihn fast schon an. Endlich hatte ich meine Schlüssel aus der Tasche raus. „Dafür habe ich Ian."

„Ach ja? Wirklich?"

„Ja, wirklich!", fuhr ich ihn an. Ein Blick über seine Schulter und ich sah die Menge, die sich auf seiner Terrasse drängte. „Du solltest zurück zu deiner Party gehen."

„Ich will nicht zurück zu meiner Party gehen, ich will die Sache mit dir in Ordnung bringen", beharrte er, packte meinen Oberarm und zerrte daran, um mich dazu zu bringen, mich zu ihm umzudrehen.

„Ist schon in Ordnung gebracht, alles gut." Und das war es. Er und ich waren fertig miteinander, von einem gelegentlichen Winken, wenn ich an seinem Haus vorbeiging oder ihn auf der Straße traf, vielleicht mal abgesehen. Es war keinem Außenstehenden erlaubt, meinen Beruf zu hinterfragen oder die Männer, mit denen ich zusammenarbeitete oder die Art, wie ich mich verhielt.

„Nein, ist es nicht, du warst wütend, weil ich dich kritisiert habe und jetzt bist du wütend, weil ich Ians Beitrag zu eurer Beziehung in Frage stelle."

„Mach dir keine Gedanken wegen Ian", warnte ich ihn. „Bei Ian und mir ist alles gut."

„Nein, ist es nicht, weil er nie hier ist."

„Er ist oft genug hier", sagte ich und schob den Schlüssel in das untere Schloss, drehte ihn um und machte mich dann daran den Sicherheitsbolzen mit einem anderen Schlüssel zu öffnen.

„Was erwartest du denn von mir?", fragte er knapp. „Ich sehe dich, einen gut aussehenden, attraktiven, gefährlichen Mann, der mehr als jeder andere jemanden braucht, der sich um ihn kümmert und der immer allein ist, Nacht für Nacht. Was soll ich denn tun? Nie etwas sagen? Dich nie auf den Gedanken bringen, dass du Alternativen hast, dass du etwas Besseres verdienst?"

„Fick dich, Barrett", fauchte ich angewidert. „Du sollst mein verdammter Scheißfreund sein! Und nicht Ian niedermachen, wenn er nicht hier ist, das ist total beschissen!"

Er stieß mich zurück gegen die Tür – oder versuchte es zumindest. Ich hatte keine Ahnung, was er sich dabei dachte, denn ich war um einiges muskulöser als er und er konnte mich nicht von der Stelle bewegen.

„Geh nach Hause", sagte ich und schob ihn von mir.

„Miro, jetzt hör doch einfach –"

Aber plötzlich ging die Tür hinter mir auf und schnitt ihm das Wort ab. Überrascht sahen wir beide zu dem sehr schönen, sehr wütenden Mann hoch, der im Türrahmen stand.

„Genau", presste Ian zwischen zusammengebissenen Zähnen hervor. „Geh nach Hause."

Barretts Augen waren riesig, als er den Mann anstarrte, den ich liebte, aber Ians Aufmerksamkeit galt ausschließlich mir. Er packte mein Hemd mit der Faust, zerrte mich ins Haus und schlug die Tür so fest hinter mir zu, dass das Glas leise klirrte.

„Du bist zu Hause", hauchte ich.

Die Art, wie er mich ansah, wie ein hungriges Raubtier, hätte mir wahrscheinlich Angst einjagen sollen, aber stattdessen rann mir ein freudiger Schauer den Rücken hinunter.

„Wo zum Teufel bist du gewesen?", waren die ersten Worte aus seinem Mund.

Das war weder warm noch liebevoll, aber das machte nichts. Es war mir egal. Er war zu Hause.

14

Ich stand tropfend im Wohnzimmer, grinste wie ein Idiot und wischte mir Wasser aus dem Gesicht und den Augen. „Ich bin so froh, dich zu sehen!"

Er sah mich finster an.

„Was?"

„Wenn du so froh bist, dann komm verdammt noch mal her."

„Aber ich bin ganz nass", sagte ich und zitterte, wenn auch nicht vor Kälte, sondern vor Glück.

„Mir egal", murmelte er und öffnete die Arme.

Ich warf mich hinein, klammerte mich an ihn und er umarmte mich fest. „Ich bin so glücklich, ich könnte platzen."

Sein Knurren war ganz Ian, selbstzufrieden und sexy. „Lass das. Ich mag dich in einem Stück."

Ich küsste seinen Hals, seinen Kiefer und dann seine Lippen, hart und besitzergreifend, damit er wusste, dass er vermisst worden war, dass er geliebt und so sehr gebraucht wurde.

„Du schmeckst nach Scotch", sagte er, als er den Kopf hob, um Luft zu holen, „und nach Salz."

„Pommes", sagte ich und strahlte ihn an, saugte seinen Anblick in mich auf, sein Gesicht, seine Haare, seine Augen. Gott, er war so schön.

„Und was zum Teufel hast du an?"

Klamotten? „Warum, sehe ich komisch aus?", fragte ich und trat ein paar Schritte zurück, um an meinem patschnassen Hemd und meiner triefenden Hose hinunterzusehen. Ich war mir nicht sicher, was er sah.

„Nein", sagte er barsch. Sein Blick wanderte heiß über meinen Körper, bevor er sich wieder auf mein Gesicht richtete. „'Komisch' ist nicht das Wort der Wahl."

„Ach nein? Welches wäre es dann?", wollte ich wissen und schlich mich wieder näher an ihn heran und noch näher, bis mein Körper seinen berührte. Ich stand still und ließ die Wärme, die sein fester, muskulöser Körper ausstrahlte, in mich einsinken. Fast erwartete ich, an den Stellen, an denen wir uns berührten, Dampf aufsteigen zu sehen, so kalt und nass war ich und so heiß war er.

„Dekadent", flüsterte er und stieß den Atem durch die Nase aus. „Bist du den ganzen Abend lang so rumgelaufen?"

Er wollte mich.

Das war ganz deutlich in dem tiefen, kehligen Grollen seiner Stimme zu hören, so rau und verführerisch, dem gefährlichen Glitzern in den Tiefen seiner

Augen und der Art, wie er sich über die Lippen leckte, als wäre ihm der Mund trocken geworden.

„Ja, bin ich", schnurrte ich. Mit einem Grinsen drückte ich ihn rückwärts gegen die Tür und hielt ihn dort mit einer Hand auf seiner Brust fest. „Ich wollte dir die ganze Zeit über, gestern und auch heute, so viele Dinge sagen, aber gerade jetzt fällt mir kein einziges davon ein."

„Und wieso nicht?"

Ich winselte unwillkürlich. „Du bist endlich zu Hause."

Sein Atem stockte, als er seine Hände zu meinem Gesicht hob. Er berührte meine Haut, strich zart über die blauen Flecken und Abschürfungen, fuhr meine Augenbrauen und meine Wangen nach. Er sah mich an, mit seinen Blicken, seinen Händen. „Wo warst du?"

Eine Fangfrage, aber ich wusste, was er wirklich wissen wollte. „Wo glaubst du denn, dass ich war?"

„Nein", knurrte er und die Muskeln in seinem starken, kantigen Kiefer traten hart hervor, während er mich prüfend musterte. Ich wusste, er übersah nichts. „Sag du es mir."

„Na ja, zuerst war ich mit den Jungs unterwegs, dann hat Janet angerufen und dann war ich auf dem Weg nach Hause und habe bei Barrett reingeschaut."

„Warum?", hakte er nach, schob eine Hand in den Kragen meines Hemdes und strich über die Haut dort. Seine Finger wanderten weiter, erst zu meinem Schlüsselbein, dann zu meinem Halsansatz. „Warum bist du nicht direkt hergekommen?"

„Ich wusste nicht, dass du zu Hause bist. Ich konnte dich auf dem Handy nicht erreichen."

„Ich weiß. Es war uns nicht erlaubt, Anrufe zu machen und dann – dann wollte ich nur noch zurück."

„Oh?" Mein Herz hämmerte, meine Kehle schmerzte, mein Mund war trocken und das war alles Ians Schuld. So einfache Worte – er wollte nur noch zurück, zurück zu mir – und prompt verwandelte mein Inneres sich in ein Knäuel ängstlicher, aufgeregter Freude. Ich würde wirklich gleich platzen.

Er schwieg einen Moment lang, dann sagte er schlicht: „Es hat wehgetan, zu gehen."

„Ja?", hakte ich nach, denn – heilige Scheiße, Ian sagte so etwas *nie*. Es war so selten, dass er so aus den Tiefen seiner Seele sprach, dass ich jedes einzelne dieser Worte wie einen Schatz hütete.

„Weißt du doch", grummelte er. „Du weißt, wie sehr ich es hasse, nicht hier zu sein."

„Nicht hier wie in ‚nicht bei mir'?"

„Natürlich wie in ‚nicht bei dir', wen sollte ich sonst so – sag mal, bist du blau?"

180

Ich schüttelte den Kopf, als er anfing mein tropfnasses Hemd aufzuknöpfen. „Nicht mehr. Nur ein bisschen angeheitert vielleicht, aber das ist jetzt auch Stunden her. Nein. Müde."

„Und warum warst du ein bisschen angeheitert?"

Ich zuckte die Schultern und verlor mich in den Stoppeln auf seinem Kinn, in den Lachfältchen in seinen Augenwinkeln und seiner vollen Unterlippe. Meine Haut fühlte sich gespannt an, heiß und ich schluckte, als ein Schauer aus schwelenden Funken mich durchrieselte und mein Verlangen so schnell und so plötzlich hell auflodern ließ, dass ich beinahe aufschrie.

„Du weißt nicht, warum du einen trinken warst?"

„Hab dich vermisst", sagte ich im Flüsterton, als er mir das Hemd von den Schultern streifte.

„Scheiße, du blutest."

„Nur ein bisschen und das hört auch wieder auf", versprach ich und reckte mich, drückte einen Kuss auf seinen Hals, saugte und knabberte an der zarten Haut. Ich würde Spuren hinterlassen, aber an Stellen, die er verdecken konnte.

„Du ... eine Schnittwunde?"

„Gestern", schaffte ich es gerade noch zu sagen, bevor ich den Kopf hob und ihn küsste.

Er schmeckte so gut, nach Zahnpasta und einem Hauch von Bourbon, sein Mund war heiß und sein Atem kam flach und stotternd, was mir ein Lächeln entlockte.

„Scheiße", keuchte er, als ich lange genug innehielt, dass er Luft holen konnte, auch wenn ich nichts anderes wollte, als ihn besinnungslos zu küssen, bis er mich darum anflehte ihn zu nehmen.

„Ich sollte duschen gehen und mich umziehen", sagte ich in die Kuhle an seinem Halsansatz, leckte über seine Haut und sog tief seinen Duft ein. Ich wollte ihn in mir haben, in unserem Bett, überall. „Ich müffel ein wenig. Ich habe seit Sonntagmorgen weder geschlafen noch mich gewaschen."

„Du riechst nach Regen und Schweiß, deine Augen sind dunkel, deine Klamotten kleben an dir und an deinen Schultern und deiner Brust und lieber Himmel, Miro, du kannst nicht – Ich kann dich nicht alleine lassen, ich muss hierbleiben und dich bewachen, damit niemand auf die Idee kommt, er könnte meinen Platz einnehmen und haben, was mir gehört."

Und das war ich. Ich gehörte ihm.

Die Freude über seinen Besitzanspruch, darüber gewollt und begehrt zu werden, erfüllte mich mit süßem, warmem Stolz. Ich genoss das Gefühl, hüllte mich darin ein wie in eine warme Decke und ließ es all die leeren Stellen in mir füllen, die seine Abwesenheit hatte entstehen lassen.

„Miro", keuchte er, als ich meine Wange an seiner rieb und mich an ihn drückte. Ich hauchte einen Seufzer, biss sanft in seinen Unterkiefer und legte dann meinen Mund auf seinen, öffnete seine Lippen mit meiner Zunge.

181

Ich nahm mir, was ich wollte, einen Kuss nach dem anderen und jeder ließ ihn ein wenig mehr in meinen Armen dahinschmelzen, ließ ihn anschmiegsamer und williger werden. Schürte die in ihm schwelende Flamme, bis sie zu einem heißen, hungrigen, verzehrenden Feuer wurde.

Er stieß die Hüften vor, als ich meine Hand in seine Jogginghose schob und schlang beide Arme um meinen Nacken, klammerte sich an mich und erwiderte jeden Kuss fast schon brutal, bis in mir ein ähnliches Feuer brannte.

„Gott, ich habe dich so sehr vermisst." Ich brachte die Worte kaum heraus, meine Stimme rau und heiser und fast unhörbar, während ich beobachtete, wie Ian in meinen Händen bebte. „Das muss ich ändern."

Er schob mich ein Stück zurück, sodass er mein Gesicht sehen konnte. „Was?"

Ich kämpfte um Selbstbeherrschung und darum meinen Körper unter Kontrolle zu bekommen und nicht einfach über ihn herzufallen.

„Miro", heischte er fordernd.

Es war bemerkenswert, wie schnell er geistig umschalten konnte, wie schnell er von Sex auf logisch und kritisch hinterfragend umschwenken konnte. Offenbar war ich nicht so unwiderstehlich für ihn, wie ich gedacht hatte.

„Was musst du ändern?"

Ich fuhr mir mit den Fingern durch die nassen Haare und versuchte, mein müdes und noch ganz auf Sex eingestelltes Gehirn dazu zu bringen, die Worte für das zu finden, was ich sagen wollte.

„Miro?", wiederholte er heiser und erst da hörte ich ein Zittern der Angst in seiner Stimme.

Ich schüttelte den Kopf, bückte mich, um Stiefel und Socken auszuziehen und das nasse Hemd aufzuheben, das er fallengelassen hatte, als wir uns küssten.

„Sprich mit mir."

Ich holte Luft. „Ich vermisse dich zu sehr, wenn du fort bist, das macht mich unvorsichtig und fahrlässig mit Menschen und in bestimmten Situationen", sagte ich nachdenklich.

„Und was bedeutet das?", fragte er, denn er musste wissen, dass ich über die Arbeit sprach. „Bist du deshalb geschnitten worden? Ist das der Grund, warum Barrett dir über den Rasen hinterherrennt und mich schlechtmacht?"

„Es ist, was es ist", sagte ich und ging um ihn herum zur Waschküche.

Plötzlich stand er vor mir und ich musste stehenbleiben, um nicht in ihn hineinzulaufen. Er nahm mir alles, was ich in den Händen hatte, ab, ließ die Sachen auf den Boden fallen und schloss seine Hände um mein Gesicht. „Ich will aber nicht, dass du mich nicht vermisst."

„Ja, aber du kannst nicht alles sein. Das ist gegenüber keinem von uns beiden gerecht."

„Wovon zum Teufel redest du?" Er ließ seine Hände tiefer gleiten, legte sie um meinen Hals und ich kämpfte gegen den Drang an, mich einfach an ihn zu lehnen und zu atmen.

„Du kannst nicht mein Anker sein, wenn du nicht hier bist, weil ich mich dann haltlos fühle und zerrissen und so, als wäre mir alles egal, einfach weil du nicht hier bist, um mit mir zu reden und neben mir zu schlafen und mich auszulachen, wenn ich etwas Dummes anstelle." Ich seufzte und zwang mich zu einem Lächeln. „Das funktioniert nicht."

„Ich verstehe nicht", sagte er leise, fast lockend. Seine rechte Hand lag flach auf meiner Brust, über meinem Herzen, die linke glitt über meinen Bauch und tiefer. „Hilf mir zu verstehen."

„Irgendwann, irgendwie, habe ich vergessen, wie ich ohne dich noch Ich sein kann", sagte ich sachlich. „Ich bin nicht sicher, wann das passiert ist, aber ich bin sicher, dass ich anders geworden bin. Und das muss ich ändern."

„Aber ich will nicht, dass du das tust."

Ich seufzte niedergeschlagen. „Ja, sicher, aber in der Sache hast du kein Mitspracherecht. Genauso wie ich bei deinem Militärdienst keines habe."

„Jetzt warte mal."

„Es ist okay", beschwichtigte ich ihn und löste mich aus seinen Händen, zitternd in der kalten Luft. „Ich gehe besser schnell unter die Dusche. Kannst du mein Hemd in die Waschmaschine stecken und meine Stiefel ins Spülbecken stellen? Ich suche dann später nach Zeitungspapier, das ich in sie reinstecken kann."

„Sicher", entgegnete er und ich drehte mich um und rannte nach oben.

Es war nicht die beste Dusche aller Zeiten, aber sie lag ziemlich weit vorn. Als ich endlich aus der Kabine kam, waren die Wände feucht vor Kondenswasser und der Spiegel komplett beschlagen. Ich wischte eine Stelle frei, bevor ich mir die Zähne putzte und realisierte, wie kaputt und fertig ich aussah.

Unter einem zwei Tage alten Stoppelbart prangten blaue Flecken in den Schattierungen lila, gelb und rot und unter meinen Augen lagen tiefe, dunkle Schatten. Auch sonst sah ich nicht sehr gut aus, sondern blass und kränklich und meine Augen waren leblos und matt. Ich hatte keine Ahnung, was Ian oder sonst wer in mir sah.

Als ich in Flannelschlafanzughose; T-Shirt und endlich wieder warm aus dem Bad kam, sah ich überrascht Ian mit einer dampfenden Tasse Tee in der Hand auf dem Bett sitzen.

„Oh, das ist eine gute Idee. Ich hole mir auch einen."

„Der ist für dich, du Depp", grollte er. „Ich trinke diesen Oolong-Scheiß nicht."

Ich ging zu ihm hin, nahm die Tasse von ihm entgegen und setzte mich vorsichtig neben ihn, um nichts zu verschütten. „Danke", sagte ich, lehnte mich zur Seite und küsste seine Wange.

Er wandte sich mir zu, fing meinen Mund ein und küsste mich sanft und langsam. Selbst die Zähne, die an meiner Unterlippe knabberten, bevor er den Kopf wieder hob, waren zärtlich.

„Findest du es vielleicht nett, mich so zu küssen, wie du es eben unten getan hast und dann einfach zu gehen?"

Ich lachte leise und nahm einen Schluck von meinem Tee.

„Hallo?"

„Du warst derjenige, der dem ein Ende gesetzt hat. Also dachte ich, wir sind fertig."

„Fertig." Seine Stimme brach. „Du machst mich noch wahnsinnig."

Ich stellte die Tasse heißen Tee vorsichtig auf dem Nachttisch ab, dann wandte ich mich meinem Mann zu, legte eine Hand um seine Wange und sah tief in diese wunderschönen Augen. „Das habe ich nicht gesehen."

„Das hast du nicht gesehen?", schrie er mich beinahe an, packte meine Hand und drückte sie auf seinen langen, harten, voll erigierten Schwanz. „Kannst du es jetzt sehen?"

Ich drückte ihn durch die Jogginghose hindurch, die er trug und das fast winselnde Stöhnen, das aus seiner Kehle drang, brachte mich zum Lächeln. „Also, ich sehe, dass du mich willst", neckte ich ihn.

„Ja – verdammt, ja, ich will dich!"

„Ich habe offenbar Schwierigkeiten, deine Signale richtig zu deuten", sagte ich, während ich ihn aufs Bett drückte. Dann zog ich ihm mit einem Ruck die Jogginghose aus, beugte mich über ihn und saugte seinen Schwanz in meine Kehle.

Er brüllte meinen Namen, rau und kehlig und so, als wäre er ihm aus den Tiefen seiner Seele entrissen worden. Der Klang erfüllte mich mit einer fast flüssigen Hitze, die ich schon eine ganze Weile lang nicht mehr zwischen uns gespürt hatte.

Ich war vorsichtig.

Er war unsicher.

Beide waren wir liebevoll und rücksichtsvoll gewesen, aber keiner von uns hatte sich gehenlassen. Zu groß war die Angst gewesen, was dann passieren würde, was wir sagen würden. Ein Fehler hätte womöglich das Ende bedeutet, also waren wir wie auf Zehenspitzen um dieses Schlangennest herumgeschlichen und keiner von uns hatte gewagt, einen Vorstoß zu machen.

Mit unserem Zögern hatten wir Distanz zwischen uns entstehen lassen, denn wenn wir einander nicht zu nahe kamen, dann konnten wir auch nicht verletzt werden.

Ich liebte Ian mit allem, was ich hatte, ja, aber ich hatte auch Angst, dass er mein Herz in winzig kleine Stücke schlagen würde. Er seinerseits baute auf mich, setzte darauf, dass ich blieb, dass ich stark war. Aber gleichzeitig, ob nun bewusst oder unbewusst, testete er das. Testete mich. Wenn es hart auf hart kam, würde ich bleiben? Wenn er öfter weg war als zu Hause, lohnte sich die Beziehung für mich dann noch?

Doch in diesem Augenblick war er mir vollkommen ausgeliefert und nichts stand zwischen uns, keine Vorsicht, keine Distanz. Kein Zögern. Da waren nur wildes, verzehrendes Verlangen und mein Mund und meine Hände, die ihn verrückt machten.

Ich lutschte ihn hart, leckte ihn von den Hoden bis zur Eichel, dann schluckte ich ihn, schluckte um ihn herum, zeigte ihm alle Tricks in meinem Arsenal, bis er seine Hände in meinen Haaren zu Fäusten ballte und mit den Hüften hochstieß in meinen Mund. Als er mich wegschob, war ich ehrlich perplex.

„Was?", keuchte ich. Speichel tropfte mir vom Kinn, als ich sprach.

Er griff nach mir und rieb mir grob mit dem Daumen übers Kinn, dann schlang er einen Arm um meinen Hals, zog mich zu sich herunter und küsste mich.

Ich plünderte seinen Mund und er wölbte sich vom Bett hoch und rieb sich an mir, flüsterte meinen Namen in einer endlosen ehrfürchtigen Litanei.

„Ian", presste ich heraus, schob sein T-Shirt hoch, beugte mich vor und saugte an einer seiner aufgerichteten, harten Brustwarzen. Er war wunderschön in seiner ehrlichen Unterwerfung und die Spannung, die zwischen uns knisterte und wie Funken sprühte, ließ ihn in meinen Händen zucken, als ich ihn erneut küsste. Fester. Härter. Denn meine Sehnsucht war nicht nur voller Ehrfurcht, sondern auch voller Wut.

Warum verließ er mich immer wieder? Warum konnte er nicht einfach bleiben?

Das erste, was ich sah, wenn ich morgens die Augen aufschlug, das letzte, was ich sah, wenn ich sie abends schloss – das war es, was ich wollte: Ian in meinem Bett, sein Körper mit meinem verschlungen, unser Atem im Einklang.

„Ich hasse dich", zischte ich.

„Ja", sagte er rau, denn er wusste das. Er musste es wissen. „Aber das ist mir egal. Du liebst mich mehr."

Das war ebenfalls wahr.

„Fick mich", knurrte er an meinem Mund, als ich ihn erneut küsste, brutal und fast schon schmerzhaft, mehr Strafe als Liebkosung. „Das hab ich gewollt, seit ich gegangen bin. Ich will dich auf mir fühlen und in mir und einfach nur – Scheiße, Miro. Wie sind wir an diesen Punkt gekommen?"

Er war immer weg.

„Nichts macht mehr Sinn, wenn ich nicht hier bin. Und dann bin ich endlich hier, aber in letzter Zeit warst du nicht mehr du. Warum bist du so vorsichtig mit mir? Warum behandelst du mich so, als würde ich nicht dir gehören?"

Es war das ständige Stop and Go. Er ging und ich gewöhnte mich daran, dass er nicht da war. Dann kam er zurück und ich lebte in der beständigen Erwartung, dass er wieder fortmusste. Das war nicht wirklich leben. Aber ich liebte ihn, so viel mehr als klug war, denn wieviel Ian geben konnte und wieviel ich ertragen konnte, das war eine Frage, die keiner von uns beiden beantworten konnte.

All das waren Dinge, die wir klären mussten, allerdings nicht gerade jetzt. Das Einzige, was jetzt zählte, war zu spüren, wie Ian mich umschloss.

Ich setzte mich auf, drehte ihn auf den Bauch und drückte ihn in die zerwühlte Decke, bevor ich mich nach dem Nachttisch reckte und die Tube Gleitgel herauskramte.

„Denkst du überhaupt je an mich, wenn ich nicht hier bin?"

„Idiot", krächzte ich und ließ die Tube aufschnappen. Ich schmierte schnell meinen Schwanz ein und drückte ihn gegen seine blassrosa Öffnung. „Ich denke an nichts anderes als an dich."

„Dann küss mich, wenn ich nach Hause komme. Stoß mich gegen eine Wand oder beug mich über den Küchentisch oder was auch immer und halt mich fest. Bitte, Miro, hör auf. Sei nicht sanft. Zeig es mir."

Das war der Dreh- und Angelpunkt unserer Beziehung. Ich musste mir nehmen, was ich wollte, damit er wusste, dass er geliebt wurde. Und egal, wie es zwischen uns weiterging: Daran war nicht zu rütteln.

Ich schob mich in ihn, langsam, Zentimeter für Zentimeter, und spürte, wie seine Muskeln um mich herum zuckten und bebten und sich dehnten. Er war so eng, umschloss mich so unglaublich fest, dass ich beinahe augenblicklich kam.

„Scheiße, Ian", keuchte ich rau. Mit unregelmäßig gehendem Atem zerrte ich ihm das T-Shirt über den Kopf, sodass ich die dicken Narben, die sich über seinen Rücken zogen, küssen und mit der Zungenspitze nachfahren konnte. Er hatte sich früher einmal Sorgen gemacht, dass ich sie hässlich fand, bis ich ihm ausführlich und im Detail erklärt hatte, wie sehr jeder Teil seines Körpers ein Wunder für mich war.

„Beweg dich", flehte er und schob sich rückwärts, nahm mich tiefer in sich auf. „Miro ... Liebling."

Der Kosename – der einzige, den er je für mich verwendete und nur für mich – ließ mein Herz sich jedes Mal zusammenkrampfen.

„Zeig mir, dass du mich willst."

Worte, die ich nur deshalb hörte, weil mir allein seine Leidenschaft anvertraut war.

Ich schob mich tiefer in ihn, hart und unaufhaltsam, hielt inne, zog mich zurück und stieß erneut tief in ihn hinein. Wieder. Und wieder. Tiefe, harte Stöße in einem gleichbleibenden Rhythmus, der erst dann schneller und härter wurde, als Ian sich in die Hand nahm und begann, meinen Namen zu wiederholen.

„Ich schwöre dir, ich bin es wert", bat er flehentlich und seine Stimme, tief und so unfassbar verführerisch, hielt mich ebenso unerbittlich fest wie sein Körper. „Bleib nur bei mir."

„Ich weiß, dass du es wert bist", keuchte ich, rammte mich in ihn hinein und ließ los, ließ jede Selbstbeherrschung hinter mir, hielt nichts zurück, denn ich wusste: mein Herz lebte und starb für ihn, für ihn und nichts und niemanden sonst.

„Glaubst du denn, ich weiß das nicht? Kannst du das denn nicht sehen?"

„Dann gib nicht auf. Gib niemals auf."

186

„Nein", versprach ich und betete, dass ich dieses Versprechen auch halten konnte. „Jetzt komm für mich."

„Ich will – ich kann nicht – ich musste mich immer so sehr unter Kontrolle halten."

Und ich musste ihm diese Kontrolle nehmen. Ich war der Einzige, der seine sorgfältige Zurückhaltung und Selbstbeherrschung zunichtemachen konnte. Der Ian erlaubte, in der Sicherheit meiner Liebe vollkommen er selbst zu sein.

Ich zog mich aus ihm heraus, was einen Protestschrei auslöste, ließ mich aufs Bett fallen und streckte ihm meine Arme entgegen. „Komm, reite mich."

Er beeilte sich, meiner Aufforderung Folge zu leisten, schwang sich rittlings auf mich und pfählte sich begierig auf meinem Schwanz. Hände auf meiner Brust und die Fingernägel in meine Brustmuskeln gebohrt ritt er mich hart, fand genau den Winkel, den er brauchte und verfiel in einen Rhythmus, der ganz für ihn allein war, der nichts anderes in Betracht zog, als das, was er wollte und brauchte und was sich gut für ihn anfühlte.

Seine stahlharten Oberschenkel pressten sich gegen meine Hüften, sein Hintern umschloss mich wie eine eiserne Klammer und ich beobachtete, wie er sich selbst befriedigte, spürte die Muskeln in seinem Hintern zucken und wie sie sich unfassbar enger um mich schlossen, als er den Höhepunkt erreichte und sich über meine Brust ergoss.

Es war unendlich heiß, zuzusehen, wie Ian so völlig jegliche Selbstkontrolle verlor und ich war nur wenige Sekunden hinter ihm. Ich hatte quasi nur auf ihn gewartet und so packte ich jetzt diesen perfekten Hintern und hielt ihn fest, sodass ich in ihn hochstoßen konnte und rammte mich von unten hart in ihn hinein, bis Druck, Hitze, Widerstand das ihre taten und ich explodierte.

„Ian!", brach es wild aus mir heraus und er sackte auf mir zusammen, als seine Arme ihn nicht länger halten konnten. Schweiß und Sperma waren vergessen, als unsere Lippen verschmolzen, wie unsere Körper es getan hatten.

Als er den Kopf zur Seite neigte, dachte ich, er müsste Luft holen. Aber er hatte lediglich einen besseren Winkel gesucht, um seine Zunge noch tiefer in meinen Mund schieben zu können.

15

ICH WOLLTE mit ihm reden. Ich liebte nichts mehr, als neben Ian im Bett zu liegen und mich mit ihm zu unterhalten. Aber meine Augen wollten einfach nicht offen bleiben und als er sich von hinten an mich kuschelte, sein Gesicht in meinen Haaren vergrub und einen Arm um mich schlang, der mich fest an ihn zog, entschuldigte ich mich.

„Wofür", fragte er, ein Atemhauch an meinem Ohr.

„Ich schlaf gleich ein, dabei will ich noch nicht."

„Aber ich will für dich, also schlaf."

Es war keine weitere Ermutigung nötig.

Nachdem ich mehrere Stunden wie ein Toter geschlafen hatte, wachte ich mit seinem Kopf auf meinem Kissen auf und wir unterhielten uns.

Er wusste bereits, dass Lochlyn tot war. Sie hatten es ihm und den anderen im CID in Washington gesagt. Alle aktiven Soldaten waren nach Fort Bragg gebracht und dort stationiert worden, bis sie wieder in den Einsatz geschickt wurden oder die Bedrohung – jetzt eindeutig nicht mehr Lochlyn – identifiziert und beseitigt werden konnte. Weil Ian Reservist war, hatten sie ihn nicht ebenfalls dorthin befehligt. Da er aber außerdem auch Marshal war, hatte er mehrere Optionen zur Auswahl. Die naheliegendste war, nach Hause zurückzukehren und sich von seinem Partner und seinem Team beschützen zu lassen. Er hatte da nicht zweimal drüber nachdenken müssen und da sein Sondereinsatzkommando derzeit nicht gebraucht wurde, war er zu mir nach Hause gekommen.

Ich räusperte mich. „Okay, also, ich habe da einige Neuigkeiten."

Er drehte den Kopf, um mich anzusehen und wartete.

In dem Moment ging mir auf, dass ich vielleicht als Erster hätte erzählen sollen. Denn, na ja, Hartley war eine etwas andere Hausnummer als Lochlyn.

Oder vielleicht auch nicht. Schwer zu sagen, bis ich den Mund aufmachte und es ihm sagte.

„M?"

Ich räusperte mich, sah in sein Gesicht und … oh lieber Himmel. Er war zerzaust, ein wenig verschlafen und offen und vertrauensvoll und ich wollte das wirklich, *wirklich* nicht ändern.

Sein Lächeln zog spitzbübisch seine Mundwinkel hoch. „Ich glaube, ich weiß, was es ist."

Ich verzog das Gesicht. „Ich glaube nicht."

„Ich glaube, du willst mich tief in dir spüren", sagte er fast harsch und allein der Klang seiner Stimme sandte einen liebkosenden Schauer durch meinen Körper, bei dem mir der Atem stockte. „Oh ja, du willst mich. Sehr", sagte er und rollte sich auf mich.

„Ja, will ich", sagte ich heiser und meine Lider schlossen sich, als ich mein Gesicht seinem Kuss entgegenhob. „Und Craig Hartley ist nicht mehr im Gefängnis."

Nach einem Moment realisierte ich, dass Ian sich nicht mehr bewegte und dass der Kuss nicht kam. Ich öffnete die Augen und fand jede Spur träger Verspieltheit verschwunden, ersetzt von einem so finsteren Blick, dass er einen Stein das Fürchten hätte lehren können.

„Okay, warte."

Er rollte von mir herunter und rutschte auf seiner Seite aus dem Bett.

„Ian."

„Machst du Witze?"

Ich stöhnte, schnappte mir mein Kissen und drückte es mir aufs Gesicht.

„Soll das ein verdammter Witz sein?"

Wow, das war laut.

„Gottverdammt!"

Ich hätte wirklich mit Hartley anfangen sollen.

„Um Himmels willen, Miro!" Sein Gebrüll ließ vermutlich das ganze Haus erzittern. „Craig Hartley ist aus dem Gefängnis raus und du sagst mir das erst *jetzt*?"

Ich stöhnte in mein Kissen, das nach ihm roch. Ja, okay, ich war in Schwierigkeiten, aber … er war zu Hause. Mein Herz tanzte immer noch vor Freude und nichts, das er tat, konnte oder würde das ändern.

„Wie kannst du nicht – Miro!", donnerte er, riss mir das Kissen vom Gesicht und schlug mich damit, erst in den Bauch und dann auf den Kopf.

Ich tat wirklich mein Bestes, um das Lächeln zu unterdrücken, aber es schlich sich doch auf meine Lippen. Was mir einen weiteren Schlag ins Gesicht einbrachte. „Auuu, du Blödmann", schimpfte ich lachend.

„Das ist nicht witzig!"

Da hörte ich sie in seiner Stimme, die Angst, die Traurigkeit und als ich zu ihm aufblickte, sah ich sie in seinem Gesicht.

Furcht und Entsetzen hatten ihn gepackt.

„Ich war so glücklich", flehte ich und griff nach seiner Hand, zog ihn näher, drückte einen Kuss auf seine Knöchel und rieb meine stoppelbedeckte Wange an seiner Hand. „Du warst zu Hause und mein Verstand hat sich ausgeschaltet. Ich habe dich so vermisst und dann warst du plötzlich hier und … Ian … Baby …"

Er sank neben mir aufs Bett, packte mich und zerdrückte mich fast an seiner steinharten Brust. Er hielt mich so fest, dass ich Sorge hatte, er würde meine Lungen zerquetschen. Aber dann vergaß ich alles andere, denn im nächsten Augenblick umhüllte mich seine Wärme, sank bis tief in meine Seele, wo die Angst vor Hartley lebte und ließ Ruhe in jeden dunklen Winkel strömen.

„Ich hätte hier sein sollen", sagte er und die Worte brachen gequält aus ihm hervor, bitter vor Reue. „Miro … vergib mir."

Ich drehte den Kopf zur Seite, drückte meine Wange an seine Schulter und seufzte zufrieden, als ich die Augen schloss, erfüllt von mehr Freude und Zufriedenheit, als ich seit sehr langer Zeit gespürt hatte. Ich schlang meine Arme um ihn und drückte ihn an mich, genoss das Gefühl von ihm, seiner Stärke und seiner Wärme. „Es gibt nichts zu vergeben", schwor ich und atmete tief aus. „Du bist jetzt hier."

„Das bin ich."

„Versuch wenigstens ein Weilchen zu bleiben, ja?"

„Wenn das Wörtchen Wenn nicht wär und so", sagte er traurig.

Ich hoffte wirklich, dass er recht hatte.

Wir blieben so liegen, ineinander verschlungen, ein Gewirr aus Armen und Beinen, bis ich wieder einschlief. Als sich irgendwann später meine Lider wieder hoben, sah ich, dass Ian am Handy telefonierte und nachdem ich eine Weile lang zugehört hatte, wurde mir klar, dass er mit Kage sprach.

Ian tippte auf seine Brust und ich rutschte zu ihm rüber, streckte mich auf ihm aus und genoss das Gefühl seiner warmen, glatten Haut, hier und da unterbrochen von den raueren Stellen alter Narben. Die meisten waren kaum spürbar, bis auf die etwas dickeren, die ich unter meinen Fingerspitzen spürte, als ich über seine Rippen strich.

„Und wo glaubt man, ist er, Sir?"

Das gleichmäßige Pochen von Ians Herz war wunderbar beruhigend und ich schlief so schnell wieder ein, dass ich gar nicht mitbekam, was passierte, bis ich unter ihm wach wurde.

„Mist, entschuldige." Ich gähnte und streckte mich.

„Keine Entschuldigungen mehr. Wir sind fertig mit allen Entschuldigungen", sagte er, sein Lächeln träge und wunderschön.

„Bitte geh nicht weg", sagte ich unwillkürlich und bevor ich über meine Worte nachdenken konnte.

„Ich hasse es, dass ich gleich hier neben dir liege und alles, was du sagen kannst, ist: Geh nicht."

Ich nickte, denn er hatte recht. Das war beschissen. „Ich sollte langsam mal aufstehen."

„Nein, solltest du nicht."

„Ian, ich – Ian!" Er warf sich auf mich, als ich mich aufsetzte, stieß mich zurück aufs Bett und setzte sich auf meine Hüften, was es mir unmöglich machte, mich zu bewegen. „Was machst –"

„Ich gehe nirgendwo hin. Ich bleibe hier, verstanden?"

Ich nickte, denn meine Stimme versagte.

Er beugte sich vor und küsste mich. Ich spürte ein Flattern in meiner Brust, spürte mein Herz flattern wie einen Vogel im Käfig, der sich danach sehnt zu fliegen. Es sehnte sich danach zu fliegen, es wollte, musste fliegen. Musste zu Ian, immer, immer zu Ian.

„Ich liebe dich so sehr", flüsterte ich, doch in meinem Innern tobte ein Sturm. Er fühlte sich so sehr wie Wut an, dass ich meine Worte zügeln musste, damit sie nicht wieder aus mir herausplatzten, bevor ich darüber nachdenken konnte. Ich hatte Angst, meiner Seele Luft zu machen, Angst, dass er dann herausfand, wie nahe ich tatsächlich daran war, ein Ultimatum zu stellen. Ihn hier bei mir zu haben und dabei zu wissen, dass er jederzeit wieder gehen konnte, war beinahe so unerträglich, wie ihn nicht hier zu haben. Ich fragte mich, was wohl geschah, wenn beides gleichermaßen unerträglich wurde. Dann dachte ich nicht weiter nach, denn allein der Gedanke machte mir Angst.

„Du siehst mich an, als wäre ich ein Gespenst." Er küsste meine Augen und meine Nase und fuhr sanft, liebevoll mit der Zungenspitze entlang der Linie, wo sich meine Ober- und Unterlippe trafen. Dann schob er seine Zunge zwischen ihnen hindurch und nahm sich, was er wollte.

Ich öffnete meine Lippen für ihn und erwiderte jeden Kuss mit all dem in mir aufgestauten Hunger und als ich mich unter ihm wand und seine Oberschenkel fest umklammerte, hob er den Kopf und grinste mich an.

„Fies", verurteilte ich ihn.

Sein Lächeln war verlockend. „Jetzt erzähl mir von Vegas. Wen hast du mitgebracht?"

Allein der Gedanke an Josue reichte aus, meine Libido ersterben zu lassen. Vom heißen, sinnlichen Geliebten zur Vaterfigur in nur drei Sekunden. „Das wirst du morgen sehen."

„Warte", sagte er, als ich ihn zur Seite drückte und mich aus dem Bett rollte. „Lass uns von etwas anderem sprechen."

„Zu spät", erwiderte ich mit einem geschnaubten Lachen.

„Das war dumm von mir."

„Du wirst Josue mögen", versicherte ich ihm. „Er ist wirklich süß. Er hat fest darauf bestanden, dass er zum Truthahntag etwas mitbringt."

„Scheiße, es sind mehr geworden, oder? Wie viele sind wir jetzt, fünf? Sechs?"

Ich lachte schallend. Sechs. Ja, genau. In seinen Träumen.

„Oh nein."

Ich kicherte.

„Was hast du angestellt?"

„Ich glaube, wir sind jetzt bei zwanzig", sagte ich lachend, dann warf ich den Kopf zurück, schloss die Augen und lachte, bis mir die Tränen kamen.

„Zwanzig?" Er klang entsetzt und das half mir nicht, mit dem Lachen wieder aufzuhören.

Was hingegen half, war das plötzliche Hämmern an der Haustür, begleitet von einem Sturmklingeln. Ich sprang schnell wieder in meine Schlafanzughose, warf mir das T-Shirt über und eilte die Treppe hinunter.

„Warte", befahl Ian scharf, seine Stimme laut hinter mir. „Mach die Tür nicht auf – ich hole meine Waffe."

„Wir wissen beide, dass das wohl kaum Hartley ist", rief ich zurück, eilte zur Haustür und riss sie auf, bereit und willens, der davorstehenden Person den Kopf abzureißen. Ich hielt überrascht inne, als ich Cabot, Drake und Josue vor mir stehen sah, zusammen mit einer stinkwütenden Aruna, die Chickies Leine in der Hand hielt. Eigenartig, sie hier zusammen zu sehen – sie und die Jungen hatten sich nie kennengelernt.

Der Werwolf sprang an mir hoch und leckte mir zur Begrüßung das Gesicht ab, was Josue zu Tode erschreckte, aber weder Cabot noch Drake ein Wimpernzucken entlockte. Sie hatten ihn das schon öfter tun sehen. Dann raste Chickie an mir vorbei zur Treppe, wo Ian stand, ohne Hemd und mit zusammengekniffenen Augen.

„Verdammt, Miro", hauchte Josue, nachdem er sich von dem Schrecken, mich als Werwolfsfutter enden zu sehen, erholt hatte. „Kein Wunder, dass du nicht mit mir schlafen wolltest."

„Was?", rief Ian von hinter uns.

Ich winkte über die Schulter, legte den Kopf schräg und sah Aruna an. „Was hat dir die Türklingel getan?", fragte ich, denn ich wusste, dass die Jungs niemals so fies gewesen wären, Sturm zu klingeln. Selbst Josue nicht.

„Wie kannst du es wagen, Janet einzuladen, dir beim Kochen zu helfen und mich nicht!" Sie war wütend und ihre Stimme laut und schrill.

„Du hast mir gesagt, dass du dieses Jahr für deine Schwiegereltern kochst", schoss ich zurück.

„Ich weiß, aber sie wollen mich nicht. Sie sagen, ich kann keine traditionellen Gerichte kochen."

„Was? Natürlich kannst du."

„Ich weiß!", stimmte sie laut zu. „Aber sie wollen nicht, dass die Inderin kocht."

„Das ist doch verrückt", sagte ich

„Ich weiß!", schrie sie beinahe.

„Du kannst alles kochen."

„Ich weiß!" Wutentbrannt hatte sie ihre volle Lautstärke erreicht.

„Chickie, verdammt noch mal", beschwerte Ian sich hinter mir.

„Warte einen Moment", sagte ich zu Aruna. „Bleib einfach nur da stehen, okay?"

Sie schnaubte und verschränkte die Arme, blieb aber stehen.

„Okay", begann ich und wandte mich an die Jungs. „Warum seid ihr hier?"

„Um dir zu sagen, dass wir mit Josue zu seinem Termin bei Lillian gehen. Wir wissen, wo ihr Büro ist und alles und so musst du nicht hin."

„Oh. Okay, das ist nett", sagte ich mit schmalen Augen. „Aber ihr hättet auch einfach anrufen können."

„Josue wollte sehen, wo du wohnst."

„Es gefällt mir", sagte er und strahlte mich an, schlang die Arme um mich und legte seinen Kopf an meine Brust. „Aber hauptsächlich wollte ich herkommen und dir danken, dass du mein Leben gerettet hast. Ich habe dich wirklich lieb."

„Finger weg vom Marshal", dröhnte Ian hinter mir. „Chickie, es ist jetzt gut!"

„Gern geschehen", sagte ich, tätschelte Josue den Rücken und sah hilfesuchend zu Drake hinüber. Aber auf seinem Gesicht lag derselbe Ausdruck, den ich auch auf Cabots Gesicht entdeckte, als ich den Kopf wandte und zu ihm sah. „Oh, um Himmels willen", grummelte ich.

Die Jungen kamen näher und plötzlich war ich der Mittelpunkt einer Gruppenumarmung.

„Oooh, das ist ja nett", sagte Aruna und verlagerte ihr Gewicht, sodass sie an mir vorbei zu Ian sehen konnte. „Lässt du neuerdings einfach jeden, der hier reinkommt, deinen Mann umarmen?"

„Ich hole meine Waffe", verkündete er, dann wies er auf Chickie. „Kann einer von euch bitte den Hund –"

„Er freut sich einfach, dich zu sehen, du undankbares Stück Scheiße!", fuhr sie ihn an.

„Warum bist du jetzt wütend auf mich?", wollte Ian empört wissen.

„Janet", schrie sie. „Ihr habt Janet gebeten, euch zu helfen, die Meute zu füttern und nicht mich?"

„Ich war nicht mal – ich habe nichts – Moment mal, welche Meute? Seit wann reden wir von einer Meute?" Ian klang völlig verwirrt und ein wenig ungläubig.

Sie machte ein angewidertes Geräusch und wandte ihre Aufmerksamkeit wieder mir zu. Die Jungen stoben förmlich zur Seite, als sie näherkam. Dann stand sie direkt vor mir, die Hände in die Hüften gestemmt und Wut strömte wie in Wellen von ihr aus.

„Ich habe es doch nicht mit Absicht gemacht", beklagte ich mich. „Ich dachte, du bist mit deinen verdammten Verwandten beschäftigt. Gib nicht mir die Schuld daran, dass du nicht kommunizieren kannst."

„Ich will kochen."

„Warum?"

„Weil es mich beruhigt!"

Natürlich tat es das.

„Schön. Ich freue mich, wenn du kochst. Das weißt du."

„Gut!"

„Prima!"

„Gut!"

Wir schwiegen eine Minute lang.

„Ich fahr dann Janet vom Flughafen abholen", quietschte sie plötzlich fröhlich und ihre Schultern entspannten sich. „Ich kann's kaum erwarten, sie zu sehen."

„Du bist wahnsinnig", teilte ich ihr mit, als sie sich zu mir reckte, um mich zu küssen.

Ich beugte mich ihr entgegen und bot ihr meine Wange an. Sie hauchte ein Küsschen darauf und tätschelte sie sanft. „Janet und ich werden hier sein, wenn ihr später wiederkommt. Also kommt hier nicht reingeplatzt in der Erwartung, ihr könntet was Perverses miteinander anstellen."

„Ich würde glatt dafür bezahlen, das zu sehen", warf Josue ein, sah um mich herum und legte den Kopf schräg, offenbar in Bewunderung von Ians Gestalt. „Dieser Mann ist heiß."

Aruna legte eine Hand auf Josues Schulter. „Du hast noch gar nichts gesehen. Warte, bis ich dir meinen Ehemann vorstelle. Er hat Muskeln auf seinen Muskeln und er ist groß und stämmig und absolut umwerfend – du wirst sterben."

Sein Gesicht leuchtete auf, als er sie ansah.

„Und" – sie wackelte mit den Augenbrauen – „er ist Feuerwehrmann."

„Oh, Junge", sagte Josue und fächelte sich Luft ins Gesicht.

„Ich stelle ihn dir morgen vor, ähm …"

„Josue", seufzte er und hielt ihr seine Hand hin.

„Ich bin Aruna", sagte sie und klang so süß und lieb dabei, als könne sie kein Wässerchen trüben. Was eine faustdicke Lüge war. Sie war eine absolute Harpyie. „Wer sind deine Freunde?"

Irgendwie stellte sich jeder jedem vor und Aruna bot den Jungen an, sie in die Innenstadt zu bringen, da sie ohnehin in die Richtung fuhr. Mir war das egal. Sie waren alle wieder weg, das war die Hauptsache.

Nachdem ich die Haustür geschlossen hatte, sah ich mich einem ziemlich verstört dreinblickenden Ian gegenüber, dessen Haare auf einer Seite senkrecht vom Kopf abstanden.

„Was hast du gemacht?"

Offenbar hatte Chickie es in Form geleckt.

„Deine Haare sind voller Hundesabber", sagte ich lachend.

„Meute?", wiederholte er und klang jetzt auch ein wenig verstört.

„Gruppe", berichtete ich hilfsbereit.

Er ließ mich stehen und ging in der Küche nach Kaffee suchen.

SPÄTER AM Morgen, nachdem wir in der Dienststelle angekommen waren, rief Kage Ian zu einem Vier-Augen-Gespräch zu sich und während sie hinter verschlossenen Türen miteinander sprachen, erhielt ich einen Anruf vom Empfang im Erdgeschoss, dass Besucher an der Sicherheitskontrolle auf mich warteten.

Ich rechnete halb mit Janet, obwohl Aruna gesagt hatte, dass sie sie abholen würde. Josue und die Jungen wären auch keine Überraschung gewesen, wobei Josue ohne Probleme durch die Sicherheitskontrolle gekommen wäre, da er ja im Zeugenschutzprogramm war. Colin Doyle dort zu sehen, Ians ihm entfremdeten Vater, zusammen mit seiner Frau Linda, Ians Stiefmutter, das war allerdings sehr überraschend.

Ich ging durch die Sicherheitskontrolle und als ich nah genug gekommen war, streckte ich ihm meine Hand entgegen.

„Hallo, Colin", grüßte ich ihn und dann auch Linda, die mir zu meiner Überraschung ebenfalls die Hand hinhielt. „Wie geht es dir?"

„Gut, gut", sagte er, wobei er deutlich unbehaglich dreinsah. „Aber wir haben ein Problem mit Lorcan, unserem Jüngsten."

„Und was für ein Problem?"

„Seine Freunde haben uns erzählt, dass die Polizei ihn festgenommen hat, aber wir rufen schon seit gestern Abend immer wieder an und niemand kann ihn finden", platzte es aus Linda heraus. Dann atmete sie tief durch und sah ein wenig verlegen aus.

„Wofür wurde er verhaftet?"

„Das wissen wir nicht", teilte Colin mir mit.

„Okay, kommt mit nach oben." Ich winkte sie vor mich und zu dritt gingen wir durch die Expresskontrolle, die für Justizbeamte reserviert war. Ich hängte ihnen beiden Besucherausweise um, nachdem wir durch waren und trug sie ins Gästebuch ein.

Als wir aus dem Aufzug kamen, sah ich zu meinem Schreibtisch hinüber. Ians Gesicht leuchtete auf, sobald er mich sah. Dann entdeckte er seinen Vater und sein Gesicht wurde ausdruckslos.

„Er hasst mich", murmelte Colin.

„Nein, tut er nicht", korrigierte ich ihn. „Sicher, Ian hat sich nicht bei dir gemeldet, aber mit Verlaub, du hast dich auch nicht bei ihm gemeldet."

„Das habe ich ihm auch gesagt", erklärte Linda und ich sah sie an. Obwohl ich sie nach der Nummer, die sie an Colins sechzigstem Geburtstag abgezogen hatte – sie hatte Ian und seine tote Mutter komplett aus der Diashow über Colins Leben ausgeschlossen – nie wirklich gernhaben würde, konnte ich eingestehen, dass sie, rein sachlich betrachtet, eine sehr schöne Frau war. Sie hatte Anmut und eine zarte Stimme, war stets tadellos gekleidet und ihr Schmuck und Make-up waren elegant und dezent. Warum sie mit Colin verheiratet war, war mir schleierhaft. Er war eine Bulle, sie war eine Ballerina. Ich verstand es nicht, aber das musste ich auch nicht.

„Ich habe ihm gesagt, dass er Ian anrufen soll, wenn er eine Beziehung mit ihm haben möchte, anstatt darauf zu warten, dass er noch einmal einen Hundesitter braucht."

„Absolut", stimmte ich zu, führte sie in einen der kleineren Besprechungsräume und bat sie Platz zu nehmen. Nachdem ich sie gefragt hatte, ob sie etwas trinken wollten, ließ ich sie dort allein und ging zu meinem Schreibtisch und meinem Computer.

„Was machen die hier?", wollte Ian wissen, rollte um seinen Schreibtisch herum und hielt neben mir an. Er kam sehr, sehr nahe, wie er das schon immer getan hatte. Ich hatte das während der ersten drei Jahre unserer Partnerschaft, bevor wir zusammengekommen waren, nicht als das gesehen, was es war.

„Er ist hier, weil er Lorcan sucht. Es hat nichts mit dir zu tun."

„Er wollte meine Hilfe nicht?"

„Ich glaube, er wollte auf Nummer sicher gehen, weißt du? Er kommt und fragt nach mir und wenn du in die Sache reingezogen wirst, dann hat er einen Fuß in der Tür. Wenn nicht … na ja … er braucht immer noch Hilfe, seinen Sohn zu finden."

„Seinen Sohn", wiederholte Ian.

„Was du auch bist", betonte ich.

„Nicht wirklich", sagte Ian leise. „Ich bin nicht mehr sein Sohn, seit er Mom und mich verlassen hat."

Ich drehte mich zu ihm um und sah ihn an. „Hilft es dir wenigstens ein bisschen, der wichtigste Mensch in meinem Leben zu sein?"

Er beugte sich noch näher, sodass seine Lippen über mein Ohr strichen. „Es bedeutet mir alles, M. Das weißt du."

Ich erschauerte und spürte, wie ich Gänsehaut an den Armen bekam. „Lass das, ich bin bei der Arbeit und bei der Arbeit einen Ständer zu bekommen, ist nicht hilfreich."

Sein tiefes, leises Lachen ließ mich an Sex denken, was keine gute Idee war, wenn ich mich mental im Marshal-Modus befand.

„Kannst du wieder an deinen Schreibtisch zurückgehen?"

Er stieß mich mit einer Schulter an, dann spähte er mit zusammengekniffenen Augen auf meinen Bildschirm.

„Wieso machst du das?"

„Wieso mache ich was?"

„Kannst du den Bildschirm nicht lesen?"

„Was?" Seine Stimme stieg bis fast zu einem Quieken an.

„Heilige Scheiße, du brauchst eine Brille."

„Brauche ich nicht."

„Du brauchst eine Lesebrille."

„Brauche ich nicht."

„Um Himmels willen, Ian. Doch, die brauchst du."

„Kannst du dich bitte wieder damit beschäftigen, Lorcan zu finden, damit sie hier wegkönnen?"

Ich gab für den Moment auf und widmete mich der Suche in der NCIC Datenbank.

„Was genau ist passiert?"

„Dein Vater sagt, dass Lorcan von der Polizei festgenommen wurde, aber sie können ihn nicht finden."

„Und du denkst was, dass er irgendwo in einer Zelle sitzt?"

„Kann sein, aber ich vermute eher, dass es damit zusammenhängt, weswegen er verhaftet wurde. Vielleicht quetschen sie ihn aus, um jemand anderes dranzubekommen."

„Also nehmen wir an, dass Drogen im Spiel sind."

Ich zuckte die Schultern.

„Wer hat Drogen?", fragte Kohn von seinem Schreibtisch.

„Halt's Maul", fuhr Ian ihn an.

„Ach, übrigens", fuhr Kohn fort. „Meine Mutter will euch zwei kennenlernen, also bringe ich sie mit, wenn ich euch besuchen komme. Macht euch bereit."

Ich starrte ihn an. „Deine Mutter?"

„Meine Mutter."

Ich warf Ian einen Blick zu.

„Was? Ich bin sicher, sie ist sehr nett."

Kohn lachte laut. „Oh, sie ist die Beste, aber sie wird sich in alles einmischen."

„Sie will immer wissen, wann ich und Theresa endlich Kinder in die Welt setzen", warf Kowalski ein. „Und sie findet, dass Theresa mich nicht richtig bekocht."

Kowalski war ein Berg. Wie konnte Kohns Mutter da sagen, dass er nicht genug aß?

„Ich sehe hier nichts", sagte Ian, der meine Maus beschlagnahmt hatte und über meinen Bildschirm scrollte. „Sieht aus, als würdest du anrufen müssen."

„Wen anrufen?", fragte ich. Dank der anhaltenden Ermittlung des US Justizministeriums gegen die Polizei von Chicago und ihren Einsatz von Gewalt, tödlicher und anderer, standen wir nicht sehr hoch oben auf ihrer wir-helfen-einem-Kollegen-gerne-weiter Liste. Ich hätte vermutlich mehr Glück, wenn ich ein FBI Beamter wäre.

„Ruf Cochran an", schlug Ian vor.

„Bist du irre?", fragte ich. Meine Stimme kiekste, aber ernsthaft: Hatte er sie noch alle? „Er hasst mich wie die Pest und das beruht auf Gegenseitigkeit. Und vielleicht ist er auch schon in Plano."

„Vielleicht."

Ich beäugte ihn. „Weißt du, wo Plano ist?"

Er machte ein unmutiges Gesicht. „Natürlich, das ist in Texas. Weiß doch jeder."

Ich knurrte.

„Versuch's einfach und ruf ihn an", fuhr Ian fort. „Nach allem, was der Chef gesagt hat, hast du ihm den Hals gerettet, weil du drauf bestanden hast, dass er nur die Mindeststrafe bekommt für das, was er dir angetan hat."

Ians Logik war nicht ganz schlüssig, aber trotzdem rief ich im Fourth District Central an und ließ mich zu Detective Cochran durchstellen.

„Cochran", meldete er sich beim fünften Klingeln, mürrisch wie eh und je.

„Ich brauche deine Hilfe."

„Fick dich, Miro. Du hast grad erst mein ganzes Leben ruiniert", erwiderte er scharf und legte auf.

„Na, das lief ja super", murrte ich. „Jetzt werden wir ihn nie finden."

„Wen finden?"

Wir sahen auf und zu Kage hoch, der sich vor meinem Schreibtisch aufgebaut hatte. Er reichte mir die letzten Unterlagen für Drake und Cabots Akten, während er auf meine Antwort wartete.

„Ians Vater und Stiefmutter sagen, dass sein Halbbruder von der Polizei verhaftet worden ist, aber er ist nicht in ihrem System. Also zumindest lässt er sich in ihrer Datenbank nicht finden."

Kage nickte. „Kommen Sie mit."

In seinem Büro stellte er das Telefon auf Lautsprecher und rief im Eighteenth District Near North an, wo er sich ebenfalls durchstellen ließ. Allerdings nicht zu einem Detective. Er bat darum, zum amtierenden Commander durchgestellt zu werden, Duncan Stiel.

„Es ist beängstigend, wen sie dieser Tage alles befördern", sagte Kage fröhlich, als Stiel dranging. Ich hatte ihn noch nie in diesem Ton sprechen hören. Es war unheimlich.

„Ja, nun, da die gesamte Behörde so schlecht dasteht, dachten sich die hohen Tiere vermutlich, einen offen schwulen Beamten zu befördern macht gute PR."

„Machen sie dir irgendwelche Probleme?"

„Hier und da gibt es ein bisschen Widerstand, aber nichts Großartiges." Er seufzte. „Ich bin schon zu lange in diesem Beruf, zu viele von den Jungs kennen mich und wenn sie jetzt etwas sagen, zu mir oder über mich, dann fällt das nur auf sie zurück."

„Gut, das freut mich."

„Ach, wo ich dich an der Strippe habe: Denk dran, heute Abend ist die Ballettaufführung und Hannah muss um sechs fertig zum Aufbruch sein. Aaron kommt sie abholen."

„Gehst du hin?"

„Nein, Mann, ich arbeite für meinen Lebensunterhalt."

Kage knurrte.

„Warum rufst du mich auf der Arbeit an?"

„Ich habe hier zwei Marshals stehen, Jones und Doyle, und sie suchen Doyles Stiefbruder –" Er neigte den Kopf in unsere Richtung.

„Lorcan Doyle", sagte Ian schnell.

„Seine Eltern sagen, er wäre verhaftet worden, aber es gibt keinen Vermerk und keine Akte", fuhr Kage fort.

Tiefes Seufzen von Stiel. „Warte einen Moment."

Einige Augenblicke lang war es still, dann hörten wir das Klappern einer Tastatur.

„He, sind Doyle und Jones nicht diejenigen, die Hannah letztes Jahr vor Thanksgiving gefunden haben? Erinnere ich mich da richtig?"

„Ja", sagte Kage gereizt. Vermutlich wollte er nicht daran erinnert werden, dass seine Tochter letztes Jahr eine gute halbe Stunde lang entführt gewesen war. Sie war entkommen, weil sie sehr klug war und auch sehr mutig. Aber bei einem Vater wie Kage war das auch nicht sehr verwunderlich.

„Doyles Vorname ist Ian, richtig?"

„Richtig."

„Ian ist ein guter Name", sagte Stiel wehmütig und ich stutzte und fragte mich, was hinter dem Ton steckte. „Okay, da haben wir es. Lorcan Colin Doyle, fünfundzwanzig, wohnhaft in Marynook ... oh, er ist raus."

„Raus?"

„Ja, sieht so aus, als hätte seine Schwester die Kaution hinterlegt. Die Anklage lautet auf Drogenbesitz zum Zweck des Weiterverkaufs."

„Was für Drogen?"

„Ah ... oh, Gras."

„*Gras*?"

„Ich lese nur vor, was hier steht, spar dir den Kommentar. Marihuana ist in diesem Staat immer noch illegal."

Kage stöhnte.

„Wie es aussieht, hatte er auch eine Waffe bei sich, für die er keinen Waffenschein besitzt", fügte Stiel hinzu. „Wenn er dafür nicht zumindest eine Zeitlang hinter Gitter wandert, würde mich das sehr wundern."

„Aber du hast gesagt, dass er für den Moment raus ist."

„Ja, genau."

„Danke dir."

„Ich würde ja sagen es war mir ein Vergnügen", gluckste er, „aber das wäre gelogen."

„Schön zu sehen, dass dir deine Beförderung nicht zu Kopf gestiegen ist."

Er lachte. „Oh, übrigens, damit du es weißt, wir kommen morgen so gegen eins. Sollen wir irgendetwas mitbringen?"

„Nein", sagte Kage entschieden. „Bitte nicht."

„Letztes Mal hast du gesagt, wir sollen Nachtisch mitbringen."

„In meiner Einfahrt stand ein ganzer Transporter vom Catering Service, der nur Teller und Servietten ausgeladen hat. Wage es nicht."

Stiel lachte und legte auf. Kage drückte eine Taste an seinem Telefon und beendete die Verbindung.

„Okay, sagen Sie den Eltern, dass er raus ist."

„Ich frage mich nur, warum sich davon keine Spur im System finden lässt."

„Vermutlich, weil der Richter sich auf einen Einspruch eingelassen hat und das ist öffentlich. Aber ich wage zu bezweifeln, dass die Polizei noch vor den Feiertagen ihre Datenbank aktualisiert. Vermutlich erst hinterher. Sie hätten ihn wahrscheinlich gefunden, wenn Sie gewusst hätten, dass er bereits gegen Kaution entlassen wurde. Sie haben lediglich an der falschen Stelle gesucht."

„Vielen Dank, Sir."

„Keine Ursache. Ein schönes Wochenende wünsche ich Ihnen. Wir sehen uns am Montag."

Er hatte sich den Freitag nach dem Feiertag freigenommen. Der Rest von uns würde ins Büro kommen.

Ich drängte Ian, allein mit seinem Vater und seiner Stiefmutter zu sprechen, sodass ich Zeit hatte, Aruna anzurufen.

„Hast du das Paket bekommen?", neckte ich sie.

„Das habe ich." Aruna kicherte. „Und das Paket steckt bis zum Hals im Schlamassel."

„Was?"

Ich hörte Laute, die auf einen Kampf hindeuteten: Schläge, ein Klatschen und dann nannte Janet Aruna eine Petze und Aruna nannte Janet fett – was ein empörtes Keuchen hervorrief – und dann wurde das Handy fallengelassen.

„Ich bin nicht fett, du Hexe, ich bin schwanger!"

„Du bist im dritten Monat", sagte Aruna in ihrem hochmütigen Tonfall. „Wenn du weiter so isst wie bisher, wirst du noch so fett wie ein Wal."

Ein zweites Keuchen tiefster Empörung.

„Hallo!", schrie ich in mein Handy. „Warum steckst du tief im Schlamassel, Powell?"

„Entschuldige, was?"

Oh verdammt, dachte ich. „Oh verdammt", sagte ich. „Du hast Ned nicht gesagt, dass du herkommst."

„Ich glaube, die Verbindung bricht ab", sagte sie, dann war sie weg.

Ich war tot. Janets Ehemann würde denken, dass ich sie entführt hatte – oder noch schlimmer, dass ich von Anfang an eingeweiht gewesen war.

„He."

Ich drehte mich zu Kohn um und er deutete mit dem Kopf. Ich folgte seiner Geste mit dem Blick und sah Ian, der bei Colin und Linda stand und mir winkte zu ihm zu kommen.

Rasch durquerte ich den Büroraum und registrierte beim Näherkommen überrascht, dass Linda Ians Hand hielt. Ich war noch überraschter, als sie auch eine Hand nach mir ausstreckte.

„Vielen Dank." Ihre Stimme war fest und voller Nachdruck.

„Wir haben im Grunde genommen gar nichts gemacht", sagte ich mit einem Schulterzucken. „Deine Tochter hat ihn gegen Kaution rausgeholt."

„Aber wir hatten keine Ahnung, wo er war und jetzt müssen wir nicht abwarten, bis einer von ihnen sich bei uns meldet. Wir können ihn anrufen und herausfinden, was passiert ist."

„Wir können helfen", sagte Colin.

Linda wandte sich an mich. „Ian sagte, dass ihr Pläne für morgen habt, aber sollten die sich ändern, seid ihr willkommen, zu uns zu kommen und –"

„Kommt ihr doch zu uns", sagte ich, bevor mein Gehirn sich einschalten konnte. „Es kommt ein Haufen Freunde, ihr könnt gerne auch noch dazukommen. Wann ist egal, es wird den ganzen Tag über ein reges Kommen und Gehen geben – ein Thanksgiving Tag der offenen Tür, sozusagen." Ich lächelte sie an. „Wir würden uns freuen, wenn ihr kämt."

„Ich werde den ganzen Tag über zu Hause sein und kochen, aber –"

„Ich komme", sagte Colin und packte Ians Schulter. „Würde ich um nichts auf der Welt verpassen wollen."

Linda atmete scharf ein. „Wo bin ich mit meinen Gedanken? Es wird alles eigenartig sein dieses Jahr und – ich komme auch", schloss sie, legte eine Hand auf Ians Wange und tätschelte sie sanft.

Wenn Blicke töten könnten, dann hätte der, den Ian mir zuwarf, mich auf der Stelle zu Boden gehen lassen müssen.

„HAST DU den Verstand verloren?", wetterte er, als wir gemeinsam runter in die Garage gingen.

„Es war richtig, sie einzuladen."

„Meinen Vater." Er war ungläubig. „Machst du Witze?"

„Entspann dich, Doyle", spöttelte ich, während ich ihn zu unserem Auto führte.

Als wir näherkamen, wurden seine Augen groß und er blieb abrupt stehen, als wäre er unerwartet vor eine Wand gelaufen. Eine Hand kam hoch und gestikulierte wild.

Ich kicherte, denn Gott, das war einfach zu gut.

„… zum Teufel ist das?", fragte er entsetzt.

Ich breitete weit die Arme aus. „Das, mein Freund, ist ein 1988er Volkswagen Cabrio. In Nelkenrosa."

„Was zum Teufel sagst du da!", brüllte er.

Es war unmöglich, nicht zu lachen. „Du wirst wie ein echt krasser Typ aussehen, wenn du den fährst, Mann."

„Den Teufel werde ich!"

„Na ja, entweder das oder den Dodge Rambler von 1966 und das Cabrio schafft wenigstens hundert."

„Nein, nein, nein, nein", jammerte er. „Wie zum Teufel ist das passiert?"

201

„Tja, weißt du, die Nummer, die wir normalerweise abziehen? Einer sorgt oben im Büro für Ablenkung und der andere rennt runter und krallt sich das beste Auto?"

„Ja. Und?"

„Ich hatte keinen Partner, also bekommst du das da."

„Willst du damit sagen, es ist meine Schuld?"

„Willst du fahren?", fragte ich statt zu antworten.

„Scheiße."

Er musste fahren. Es ging nicht anders. Er war ein Kontrollfreak und zuzulassen, dass ich uns durch Chicago kutschierte, das war ein Ding der Unmöglichkeit.

„Es gibt keinen iPod Anschluss hier drin", beschwerte er sich laut, als ich einstieg.

Ich war *wirklich* froh, dass er zu Hause war.

16

IAN UND ich trafen uns mit Aruna und Janet im Lou Malnatis auf der State, denn es war nicht weit von unserer Dienststelle und Janet hatte so einen Schmacht auf ihre Pizza, dass sie sterben würde, wenn sie keine bekam. Behauptete sie.

Als wir ankamen, bemerkte ich, wie Janets Lächeln ein klein wenig wackelig wurde, als sie Ian sah. Aber sie erholte sich schnell wieder. Offenbar hatte Aruna versäumt ihr zu sagen, dass Ian inzwischen wieder zu Hause war.

Als ich sie umarmte, brach sie in Tränen aus und klammerte sich an mich.

„Wir bleiben die ganze Nacht auf und kuscheln auf dem Sofa, Schätzchen, versprochen."

Sie drückte mich fester, vergrub ihr Gesicht an meinem Hals und ich hielt sie einfach fest umarmt, streichelte ihr über den Rücken und sagte ihr, wie gern ich sie hatte und wie wichtig sie mir war. Es war leicht, ihr diese Dinge zu sagen, denn sie waren alle wahr.

Wir setzten uns an einen Tisch und Janet, die Süße, streckte ihre Hand nach Ian aus. Er nahm sie schnell, küsste ihre Knöchel und drückte sie. Prompt schmolz Janet ein kleines bisschen dahin.

„Wo ist Ned?", wollte Ian wissen.

Ihr Blick wanderte zur Decke. „Sie haben es so hübsch gemacht hier drin, findet ihr nicht auch?"

Ian sah mich an. Ich zuckte die Schultern.

Aruna formte stumm das Wort „vermisst" und zeigte auf Janet.

„Er wird mich umbringen", versicherte ich ihr.

„Nein, wird er nicht. Jetzt sei nicht so dramatisch, Miro. Ned kann das auf den Tod nicht ausstehen", sagte sie gereizt und ließ mich damit hören, wie Ned geklungen haben musste, als er mit ihr gesprochen hatte. „Ich meine, da möge Gott vor sein, dass seine schwangere Frau auch nur das kleinste bisschen emotional wird!"

„Er lernt eben erst mit den Hormonen umzugehen", kommentierte Aruna. „Liam hatte da auch eine Lernphase."

Janet sprach ihr Urteil: „Liam ist ein Heiliger. Mein Mann ist ein Arsch, dem es wichtiger ist, am Feiertag bei seiner Familie zu sein als bei seiner Frau."

Ich seufzte tief, während ich mir mit den Fingern durch die Haare fuhr. „Sag mir bitte, dass er nicht erwartet, dass du heute Abend in Alexandria ankommst."

„Er erwartet nicht, dass ich heute Abend in Alexandria ankomme." Das blendende Lächeln, das sie mir schenkte, machte es nur noch schlimmer.

„Er wird mich umbringen."

„Wir sprechen hier von Ned", sagte Janet, die Lippen zu einem spöttisch-bissigen Lächeln verzogen.

„Das war nicht sehr nett."

„Als ob ich –"

„Halt den Mund", befahl Aruna, die etwas auf ihrem Handy las.

„Das ist auch nicht sehr nett", sagte ich und versuchte spielerisch ihr das Gerät aus der Hand zu pflücken.

„Stopp – oh mein Gott", platzte sie heraus und ihre Hände zitterten, als sie das Handy Ian hinhielt. „Wusstest du davon?"

Ich lehnte mich zur Seite, um zu sehen, was sie so aus dem Häuschen brachte und sah Craig Hartley mich angrinsen. Die Worte „aus dem Hochsicherheitsgefängnis geflohen" und „landesweite Fahndung" stachen aus der Schlagzeile hervor.

„Ja, ich wusste davon", sagte Ian. Er streckte eine Hand nach ihr aus und fing gleichzeitig mit der anderen Janets wieder ein. „Ich verspreche euch beiden, dass es in Ordnung ist."

Keine der beiden Frauen sah mich an. Ian hatte ihre gesamte Aufmerksamkeit und sie klammerten sich an seine Hände und holten tief Luft.

„Alles ist in Ordnung", versprach er und nickte. Einen Moment später nickte Aruna ebenfalls, gefolgt von Janet. „Unsere Dienststelle ist an der Sache dran, genau so wie jede andere Strafverfolgungsbehörde, die es gibt. Miro wird nichts passieren."

Sie waren wie gebannt und keine von beiden konnte den Blick von ihm abwenden.

„Ich liebe ihn, richtig?"

Mehr zustimmendes Nicken.

„Und ihr wisst, dass ich das tue."

Und noch mehr.

„Ich könnte nie – ich meine, er ist mein Leben, also … was würde ich ohne ihn tun?"

Meine Brust schmerzte bei der Aufrichtigkeit in seinen Worten. Er liebte mich und er sagte es meinen Mädels, den Menschen, die mir auf der Welt am nächsten standen. Ich war sprachlos, überwältigt, dass er so offen mit ihnen war und noch überwältigter, dass es ihn nicht im Geringsten zu kümmern schien, wo wir waren. Für einen Mann, der jegliche öffentliche Liebesbekundung verabscheute, war er erstaunlich gefühlvoll.

„Ihr müsst wissen, dass ich ihn mit meinem Leben beschützen würde."

Beide Augenpaare füllten sich im gleichen Moment mit Tränen. Von Janet hatte ich das erwartet, sie war im Moment emotionaler als sonst, aber Aruna war gewöhnlich eine härtere Nuss.

„Ich pass auf, okay?"

Eine weitere Runde Nicken, dann drückte er ihre Hände ein letztes Mal und wandte sich mir zu.

„Ich wusste, dass du mich liebst", seufzte ich.

„Du bist so ein Arsch."

Nicht das, was ich erwartet hatte. „Aber du hast doch gerade gesagt, du –"

„Halt den Mund."

Ich wandte mich zu meinen Mädels.

„Wie kannst du mir nicht von der Sache mit Hartley erzählen?", schalt Aruna.

„Es ist nicht nett von dir, uns solche Sorgen zu machen", schaltete Janet sich ein.

„Ich –"

„Gott sei Dank ist Ian hier", sagte Aruna und lächelte ihn an.

„Ja, so ein Glück", stimmte Janet zu und bedachte ihn ebenfalls mit einem strahlenden Lächeln.

Ich warf die Hände hoch.

NACHDEM WIR uns an Pfannenpizza sattgefuttert hatten – Spinat für mich und Aruna, Salami für Ian und Janet –, rief Ian Kage an und fragte, ob uniformierte Streifenbeamte vor unserem Haus in Lincoln Park positioniert waren. Ich war überrascht, als Kage ihm mitteilte, dass es FBI Agenten waren, die dort standen, da sie es schließlich gewesen waren, die Hartley „verloren" hatten. Sie sahen das als eine persönliche Beleidigung an. Wenn Hartley sich im Lauf der nächsten Wochen nicht blicken ließ, dann würde die Situation neu eingeschätzt werden, aber für den Moment bewachten sie unser Greystone.

Ich war mir bewusst, dass Ians finsterer Blick mir Angst hätte machen sollen. Oder zumindest ein schlechtes Gewissen, damit ich vorsichtig war. Aber alles, was sein Blick in mir auslöste, war eine sich rasch ausbreitende Hitze. So viel sich aufstauende, schwelende Wut – sichtbar an den tiefen Falten auf seiner Stirn und den sich verdunkelnden Augen, hörbar in dem tiefen Grollen in seiner Stimme – brauchte eine Möglichkeit, sich zu entladen. Ich war mehr als bereit, mich als Ventil zur Verfügung zu stellen.

Als wir am Ende des Tages endlich nach Hause kamen, folgte ich Ian nach oben und stieß ihn aufs Bett.

„Nein. Ich bin wütend auf dich", grollte er mich an und drehte sich zur Seite weg. Aber er war nicht schnell genug und ich landete auf ihm. „Geh von mir runter."

„Oh, komm schon", lockte ich und küsste ihn sanft und sittsam. Dann knabberte ich an seiner Unterlippe. „Willst du mich denn nicht?"

Ich bewegte mich auf ihm, drückte meinen Hintern auf die Schwellung in seiner Hose und rieb meine Lenden an seinem Waschbrettbauch. Ich konnte jeden einzelnen Muskelstrang durch sein T-Shirt hindurch fühlen.

„Was, wenn Hartley hier auftaucht? Was, wenn er dich wieder entführt?"

205

„Nicht in einer Million Jahren kommt er meinetwegen her", versicherte ich ihm, absolut überzeugt davon, dass ich recht hatte und genoss das Gefühl von Ians steifer werdender Erektion unter mir und die Art, wie seine Hände sich um meine Gesäßbacken schlossen. „Aber ich komme deinetwegen her."

„Das ist nicht lustig."

„Nein", stimmte ich zu, rollte meine Hüften und wand mich in seinen Händen. Ich brauchte ihn, bevor einige meiner liebsten Menschen auf diesem Planeten bei uns einfielen. „Es ist nicht lustig."

„Hoch mit dir."

Ich erhob mich auf die Knie und er drehte sich unter mir wie ein Verrenkungskünstler, fand die Tube Gleitgel in dem Durcheinander aus Laken und Decke, das wir heute Morgen nicht geebnet hatten und setzte sich auf. Er fummelte seinen Gürtel auf und schob sich Hose und Unterhose bis zu den Knöcheln hinunter, ließ die Tube aufschnappen, tropfte Gleitgel auf seine Eichel und befahl mir, aus meinen Klamotten zu kommen.

„Sollte ich nicht wenigstens Hemd und Krawatte anlassen? Für den Fall, dass jemand vor der Tür steht?", fragte ich ihn schalkhaft.

„Nein. Ich will dich sehen", sagte er. Seine Stimme war klar und hart und ließ keinen Raum für Argumente. „Tu, was ich dir sage. Zieh deine Sachen aus und setz dich auf mich."

Oh ... Gott.

Es war, als hätte jemand einen Schalter umgelegt und ich plötzlich einen anderen Mann in meinem Bett. Einen Mann, der sich nahm, was sein war.

„Hast du mich gehört?"

Ich stieß keuchend den Atem aus, als pures flüssiges Verlangen mich durchströmte.

„Miro?"

„Ja", sagte ich rau, denn Ian, so besitzergreifend und dominant, war genug, um meinen Schwanz in Sekundenschnelle strammstehen zu lassen. Ich liebte es, derjenige zu sein, der ihn festhielt, der ihn auf die Matratze drückte und Befehle gab, ja. Aber es machte mich unglaublich an, ihn die Befehle geben zu hören.

„Ja, was?"

„Ja, Sir."

„Gut."

Ich beeilte mich zu tun, was er wollte, zerrte mir die dunkelbraunen Prada Budapester von den Füßen und riss mir die Klamotten vom Leib, so schnell ich konnte. Dann stand ich einen Moment lang nackt da und genoss den dekadenten Anblick, der sich mir bot: Ian, der eine Hand um seine Erektion geschlossen hatte und sie langsam auf und ab bewegte.

„Ich kümmere mich um dich, hast du verstanden?"

„Ja."

„Und zwar in jeder Hinsicht."

Ich brachte kein Wort heraus. Sein so offenkundiges Bedürfnis, mich zu beschützen und damit sicherzustellen, dass es mir gut ging, dass ich heil und sicher war, hatte mir die Sprache verschlagen.

„Komm her."

Ich warf mich förmlich in seine Arme, aber er bremste mich mit einer sanften Hand an meiner Hüfte. Dann half er mir ebenso sanft, mich rittlings auf seinen Schoß zu setzen.

„Nimm mich auf."

Diese drei Worte fegten alles andere aus meinem Kopf: Sorgen und Angst, Hartley und die Armee, Babys und andere Pläne, nichts blieb mehr übrig. Nichts außer ihm und dem Gefühl, wie er mich füllte, Zentimeter um Zentimeter, als ich langsam auf ihn herabsank, das Dehnen und das Brennen, die sich höher und höher auftürmende Woge der Erregung, seine Hände, die über meinen Rücken glitten, meine Seiten, hoch und wieder runter, mich überall berührten. Dann nahm er mein Gesicht in beide Hände, zog mich zu sich heran und küsste mich.

Er machte Liebe mit meinem Mund, liebkoste mich mit seiner Zunge und ich ritt ihn, bewegte mich auf ihm auf und ab, stieß tief hinunter, bis er ganz in mir war, zog mich weit hoch, bis er fast aus mir herausglitt.

„Oh Gott, du fühlst dich so gut an", sagte er mit belegter Stimme. Er klang fast betrunken. Ich packte seine Schultern, sodass ich fester nach unten stoßen konnte, härter und schneller. „Fick dich selbst auf meinem Schwanz."

Es dauerte nicht lange, bis es mir vollkommen gleich wurde, wer uns sah oder wer hereinkam. Nichts existierte außer Ian, der sich in mir bewegte, der eine Hand um mein Glied schloss, mich massierte und mit der anderen meine Schulter umfasste und mich festhielt. Er würde blaue Flecken hinterlassen, so fest packte er zu. Mein Herz quoll über und dieses Gefühl in Kombination mit der eisenharten, seidigen Hitze in mir war genug, mich zum Höhepunkt zu bringen. Ich kam in einem Rausch der Euphorie, die so stark war, dass mir weiß vor Augen wurde.

Ian legte erneut die Hände um mein Gesicht und küsste mich, als wäre ich Nahrung, Luft und Wasser, als wäre ich alles, was er brauchte und er war unersättlich. Dann packte er meine Beine, schlang sie um seine Hüften und rollte mich mühelos auf den Rücken.

Er folgte mir, hob meine Beine über seine Arme und hämmerte in mich hinein. Seine brutalen Stöße dauerten nur wenige Sekunden, dann spannte sich sein Körper an und er kam.

„Ich kümmere mich um dich", versprach er, als er meine Beine losließ und sich vorbeugte. Er küsste mich tief und innig, schob seine Hände unter meinen Hintern, umfasste meine Pobacken und knetete sie fest. Er war noch nicht bereit mich gehenzulassen. „Immer."

Ich sah zu ihm hoch, zu dem Mann, den ich liebte.

„Hast du verstanden?"

„Ja."

„Gut", flüsterte er, dann küsste er mich, zog mich in seine Arme und hielt mich. Fest.

Ians Umarmungen waren die besten, denn er legte stets sein ganzes Herz in seine Arme. Ich spürte jedes Mal, wie alle Spannung aus ihm wich, wie er bei mir ankam und einfach atmete.

„Was war das?", fragte er abrupt und brach damit den Bann.

„Ich höre ni–" Aber dann klimperten plötzlich Schlüssel in der Haustür. „Oh, Scheiße!"

Ian glitt behutsam aus meinem Körper heraus und küsste mich ein letztes Mal.

„Seid ihr zwei hier?", brüllte Liam, als er durch die Tür kam. Er hatte Chickie den Tag über gehabt und so wie es klang, brachte er ihn gerade zurück.

Ich warf mich flach aufs Bett, als Ian sich aufsetzte und sich über das Geländer lehnte.

„Lern verdammt noch mal zu klopfen", schrie er von dem Loft herunter.

„Dein Freund muss lernen, dass er sich nicht einfach nehmen kann, was ihm nicht gehört."

„Wie bitte?", fragte ich beleidigt und stand auf, das Laken um mich gewickelt und stellte mich neben Ian, sodass ich zu Liam hinuntersehen konnte.

Unglücklicherweise stand nicht nur er da, sondern auch Janet und Aruna, die Sajani auf dem Arm hatte. Beide Frauen sahen mit großen Augen zu mir hoch, das Urteil klar ins Gesicht geschrieben.

„Was?", blaffte ich sie an. „Das hier ist *mein* Haus."

„Und du darfst darin tun und lassen, was dir gefällt", versicherte Aruna mir, als Sajani meinen Namen rief und mir winkte. „Aber wie pervers fühlst du dich gerade?", fügte sie hinzu, als Sajani auch Ian zuwinkte.

Ich stöhnte.

„Ich fühle mich wie ein Gott", verkündete Ian. Janet kicherte, Liam verdrehte die Augen und ging in die Küche, um die Einkäufe abzustellen und Chickie raste die Treppenstufen zu uns herauf.

Aruna nickte. „Schön für dich, Ire", sagte sie und hielt beide Daumen hoch.

Er warf ihr sein Killer-Lächeln zu und ich wandte mich ab, um mich umzuziehen. Chickie raste auf seinem Weg zu Ian an mir vorbei.

„Runter vom Bett!", befahl der allmächtige Gott seinem Hund. Absolut ohne Erfolg.

ICH VERSUCHTE, Aruna das Geld für die Einkäufe zu geben, aber wie üblich weigerte sie sich, es anzunehmen. Selbst als ich das Geld in Liams Gesäßtasche schob, holte sie es wieder heraus.

„Ich fühle mich wie ein Stripper", kommentierte er.

„Also, das würde ich mir ansehen", sagte ich.

„Nur über meine Leiche", versicherte Aruna mir.

„Nimm das Geld", befahl ich ihr.

Eine Augenbraue hob sich und ich gab auf. „Ich zahle es auf das Konto für Sajanis Studium ein."

„Das finde ich eine gute Idee", stimmte sie zu und machte sich an die Vorbereitungen. Sie kommandierte Liam und Ian herum, während ich mit dem Kleinschneiden half und Janet auf einem Barhocker in der Küche saß und Gemüsesticks mit Ranch Dip aß.

Jedes Mal, wenn Liam in meine Nähe kam, gab Aruna ihm eine neue Aufgabe.

„Aber ich habe Miro etwas zu sagen", knurrte er.

„Das kannst du gerne tun. *Nachdem* du ihren Kühlschrank inspiziert und Platz gemacht hast für alles, was ich da reinstellen werde und *nachdem* du den besten Platz für die Kühlbox mit den Getränken gefunden hast."

Er war nicht sehr glücklich und riss beinahe die Kühlschranktür ab, als er sie öffnete. Ich sah zu Aruna hinüber, die die Augen verdrehte und die Schultern zuckte. Was immer es war, es war offenbar nichts Lebenswichtiges.

Irgendwann ging Ian mit Sajani und Chickie spazieren und kaum hatte sich die Tür hinter ihnen geschlossen, ging Liam, der im Wohnzimmer auf und ab getigert war, auf mich los.

„Du kannst sie nicht einfach behalten! Sie gehören dir nicht mehr!"

Ich sah zu Aruna. „Wovon redet er?"

„Ich habe keinen blassen Schimmer", sagte sie und schob mir einen Löffel von dem Green Curry in den Mund, das sie vor ein paar Tagen gemacht und für uns mitgebracht hatte.

„Sie lieben dich alle – Aruna, Janet, Min, Catherine – und kommen von jetzt auf gleich, wenn du anrufst. Hast du auch nur die geringste Ahnung, womit ich Aruna drohen musste, als du in Phoenix im Krankenhaus warst? Sie war schon dabei ein Flugticket zu kaufen, als ich ihr gesagt habe, dass ich sie ans Bett fessele, wenn sie versucht, das Haus zu verlassen."

„Pervers", zog ich ihn auf.

„Mmmmh, es wird heiß hier drinnen", sagte Aruna, drehte sich um und zwinkerte Liam übertrieben zu.

Er warf die Hände hoch, was an so einem Muskelprotz wie ihm witzig aussah. „Du musst die Nabelschnur durchtrennen, Miro! Diese Frauen sind deine Familie, ja, aber sie haben auch ihre eigenen Familien!"

Janet rutschte von ihrem Barhocker herunter und kam zu mir, lehnte sich an mich und schlang ihre Arme um meine Taille. „Ich bin so froh, dass ich hier bei dir und Ian einziehen kann, wenn das Baby da ist."

Ich sah vollkommen verständnislos zu ihr hinunter. „Wie bitte, was?"

„Ich habe Ian gefragt. Er hat gesagt, ich könnte. Er mag Sajani und er hat gesagt, dass er hier gern noch was Kleines rumlaufen hat, solange ich dazugehöre."

Es war wirklich süß von der Liebe meines Lebens, Janet das zu sagen. Er liebte mich so offensichtlich und war bereit in seinem Leben Platz für meine besten Freundinnen zu machen. Ja, das war wirklich sehr süß. Aber keine Chance, dass das wirklich so kam.

„Ooooh", machte Aruna und verzog das Gesicht in meine Richtung. „Er liebt meine kleine Zuckerschnecke."

Ich umarmte Janet fest und sah zu Liam, der brummte: „Ich hasse dich."

Als ich ihn angrinste, klingelte sein Handy und er ging dran.

„Was für eine Art Cranberrysalat soll ich machen?", fragte Aruna mich.

„Machst du nicht einfach nur eine Dose auf?"

„Barbar", titulierte sie mich.

„Oh", sagte Liam laut und dramatisch und kam mit dem Handy am Ohr in die Küche, „na so ein Zufall, dass du fragst. Ja, ja ist sie, Ned. Lass mich dich auf Lautsprecher stellen." Er hielt das Gerät in der Hand und lächelte triumphierend, als er in unsere Mitte trat. „Du kannst loslegen."

„Janet Eugenia Powell, wie kannst du einfach die Stadt verlassen, ohne mir Bescheid zu sagen!"

„Eugenia?", fragte Liam.

„Sie mag den Namen nicht", erklärte ich ihm.

„Um ehrlich zu sein, sie hasst ihn", stimmte Aruna mir zu.

Janet warf ihm einen Blick zu, der ihn hätte töten sollen.

„Miro, du selbstsüchtiges Stück Scheiße!", schrie Ned am anderen Ende der Leitung.

„Was?", entgegnete ich, überrascht, dass er tatsächlich ehrlich wütend klang. „Ich habe doch gar nichts gemacht."

„Doch, das hast du! Du machst das immer!"

Alle außer mir und Ian waren völlig verrückt geworden.

„Hast du vielleicht auch nur eine Sekunde lang daran gedacht, ihr zu sagen, dass sie nicht in den Flieger steigen soll? Hast du dir gedacht, oh, sie ist schwanger, dieses Thanksgiving ist sie schwanger, wäre es da nicht toll, wenn sie die Zeit mit ihrer Familie verbringen –"

„Ich bin bei meiner Familie!", kreischte Janet, machte sich von mir los und marschierte zu Liam, sodass sie direkt in sein Handy hineinschreien konnte. Der große Mann lehnte sich langsam zurück. „Das kapierst du nie! Wir machen immer alles mit *deiner* Familie. Jeden gottverdammten Feiertag sind wir bei *ihnen*, aber was ist mit *meiner* Familie? Wann darf ich mal herkommen und sie sehen? Wann ist es mal mein Jahr?"

„Janet –"

„Nur weil sie nicht blutsverwand sind, heißt das nicht, dass sie mir weniger wichtig sind oder dass ich weniger gern mit ihnen zusammen bin. Das ist genau der Punkt, den du dich weigerst, zu begreifen!"

„Janet –"

„Du glaubst, dass ich völlig allein dastehe, nachdem meine Mutter gestorben ist. Aber nur weil Miro und ich keine gemeinsamen Verwandten haben, heißt das nicht, dass wir nicht zu einer gottverdammten Familie gehören!"

Alle schwiegen. Keiner rührte sich.

„Ja, ich weiß, dass du das nicht kapierst. Genauso wenig wie Liam das tut oder Eriq oder Mins neuer Typ –" Sie drehte sich um und sah Aruna an. „Was macht er noch mal?"

„Irgend so eine komische Art Aktionskunst, bei der er Kaffee trinkt und einen ansieht", erklärte Aruna. „Und dabei malt."

„Wo ist da der Unterschied zur Uni?", wollte ich von Aruna wissen.

Sie zuckte die Schultern.

„Janet", versuchte es Ned erneut. „Ich bin nur –"

„Ich bin Sonntag wieder zu Hause, dann können wir darüber reden und uns überlegen, was wir dieses Jahr zu Weihnachten und Neujahr machen. Wenn du bei deinen Eltern bleiben willst, dann –"

„Nein!", schrie er. „Ich liebe dich und es tut mir leid, dass ich gemein zu dir war wegen deiner Hormone. Ich war ein unsensibles Arschloch, weil ich das doch auch noch nie mitgemacht habe. Wir lernen es ja beide noch. Aber zu meiner Verteidigung sei gesagt, dass ich an die Zahlenfresser-Janet gewohnt bin; die gefühlsbetonte, leidenschaftliche Janet hat mich völlig überrumpelt."

Wir konnten die Küchenuhr an der Wand ticken hören. Es war eine gute Uhr, ich mochte sie. Ich hatte sie mitgebracht, nachdem die alte den Geist aufgegeben hatte. Sie war aus Edelstahl, sehr 1950er Retro schick.

„Du findest mich leidenschaftlich?", fragte Janet zögernd. Ihre Stimme wurde leiser, silbrig und süß und es war mehr als klar, dass sie den Rest von uns zwar gernhatte, aber Ned ihr Ein und Alles war.

„Ja, Liebling, sehr."

„Vermisst du mich?"

„Schrecklich."

Ihr Seufzen war laut.

„Ich bin morgen bei dir", sagte er ihr. „Wir bleiben bei Aruna und Liam. Die haben wenigstens ein Gästezimmer."

„He", knurrte ich.

„Und dich prügle ich windelweich, wenn ich dich sehe", warnte er mich.

„Wenn du an dem Green Beret vorbeikommst, nur zu."

Einen Moment herrschte Schweigen.

„Ian ist ein Green Beret?"

Ich knurrte.

„Ähm."

„Genau, ähm."

„Okay, Liam wird mir helfen."

„Hast du Ian schon mal gesehen?", fragte Liam.

Ned räusperte sich. „Ich bin morgen früh da und Gott steh dir bei, wenn mein Flug Verspätung hat."

Ich hoffte wirklich, dass die Flugkonditionen gut waren. „Dann bis morgen."

„Haut ab, alle miteinander, damit ich mit meiner Frau sprechen kann."

Liam machte den Lautsprecher aus und Janet nahm sein Handy, ging ins Wohnzimmer und kuschelte sich aufs Sofa.

„Er liebt sie", sagte Aruna, eine Hand auf dem Herzen. „Das ist so süß."

„Bekomme ich auch was vom Curry ab?", fragte Liam sie, als sie mir einen Teller zurecht machte und großzügig Dillreis darauf häufte. Den mochte ich besonders gern und sie hatte ihn extra mir zuliebe gemacht.

„Ich weiß nicht. Bist du dir sicher, dass du etwas möchtest?", fragte sie scharf. „Deine Mutter wollte nicht."

„Um Gottes willen, Frau, das hat sie nie gesagt."

„Ach nein?"

Ich wollte die Erklärung auch gerne hören.

Er schnaufte gereizt. „Sie hat gesagt, da du die indischen Gerichte machst, übernimmt sie die traditionellen, damit du nicht so viel zu tun hast."

Sie nickte langsam. „Weil ich nicht beide machen kann. Denn endlich sind wir an der Reihe, Thanksgiving bei uns zu feiern und sie mischt sich ein und übernimmt das Kochen."

„Nein, sie wollte dir nur helfen, weil du arbeitest und dich gleichzeitig um Sajani kümmerst."

„Sie hat Karrie letztes Jahr nicht gefragt, ob sie Hilfe braucht und Karrie hat zwei Kinder, Liam, *zwei*. Und sie arbeitet Vollzeit als Grafikerin. Was passt hier nicht zusammen?"

„Vielleicht hätte Karrie auch gerne Hilfe gehabt."

„Das hat sie. Und sie hat mich gefragt, nicht deine Mutter! Wenn man endlich mal an der Reihe ist, mit dem kompletten Duffy Clan bei sich zu feiern, dann will man es nicht im Chaos enden lassen. Aber deine Mutter wartet nur darauf, dass wir im Chaos enden, weil sie dann das Experiment für beendet erklären und in Zukunft wieder alle Feste bei sich feiern kann!"

„Nun ja, Schatz, sie ist nun mal die Matriarchin der Fam–"

„Wer hat sich jahrelang jedes Jahr darüber beklagt, dass es so viel Arbeit ist? Deshalb haben wir uns ja darauf geeinigt, uns jedes Jahr abzuwechseln. Und dieses Jahr, wo endlich wir an der Reihe sind, muss sie mir helfen, weil meine Gerichte zu folkloristisch sind?"

Er stieß einen angewiderten Laut aus. „Das hat sie nicht gesagt!"

„Sie mag mich nicht."

„Oh, das ist nicht wahr."

„Wenn sie mit mir spricht, ist genug Gift in ihrer Stimme, um den ganzen Norden der USA umzubringen."

Ich lachte laut los.

„Oh Gott", jammerte ihr Ehemann.

„Weißt du was? Du kannst nach Hause gehen und dort mit deiner Familie essen, aber Sajani bleibt hier bei mir. Wir essen hier, mit *meiner* Familie."

„Wir sind letztes Jahr deine Familie in Dallas besuchen gefahren."

„Na, ich habe eben das Glück, hier auch Familie zu haben. Ich habe dich, Sajani, Miro und Ian hier, also bin ich niemals allein. Selbst wenn ich deine Mutter nie wiedersehe."

Sein Lächeln war besiegt und gleichzeitig auch sanft. „Du weißt schon, dass du mich zusammen mit unserem Kind und den Jungs aufgezählt hast, oder?"

Sie warf ihm einen finsteren Blick zu. „Natürlich habe ich das. Du gehörst zu mir. Warum sollte ich dich nicht mitzählen?"

Er machte einen schnellen Schritt vor, hob sie schwungvoll in seine Arme und sie schlang ihre Arme um ihn, reckte sich zu ihm hoch und küsste ihn.

Es war kein familienfreundlicher Kuss und als sie sich zurücklehnte und ihn anlächelte, konnte ich sehen, wie rot und verlegen er war.

„Ich geh trotzdem nicht rüber, selbst wenn du mich aufgeilst."

Ich verschluckte mich an meinem Curry.

Liam stöhnte.

Aruna sah sehr zufrieden mit sich aus.

Nachdem Ian, Sajani und Chickie nach Hause gekommen waren, knapp bevor der Himmel seine Schleusen öffnete und eine Sintflut herniederging, wollte Ian wissen, was er verpasst hatte.

„Nicht viel", versicherte Aruna ihm und tauschte einen Teller mit Essen gegen ihre Tochter aus. „Iss etwas. Du bist zu dünn."

Er sah mich an.

„Iss einfach."

Nachdem ich Chickie gefüttert hatte, rief Barrett an. Ich ließ zur Mailbox durchklingeln. Die nächsten vier Mal ebenfalls.

„Oh, Mist", verkündete Aruna. „Ich brauche Marshmallows. Mist!"

Manchmal gab es diesen Dominoeffekt. Ian brauchte Bier und Liam war mehr als bereit ihn bei diesem Einkauf zu begleiten. Janet wollte ein paar Sachen holen, da Ned jetzt auch kam und Traubensalat sein absolutes Lieblingsgericht war. Aber Chickie hatte gefressen und musste seinen Verdauungsspaziergang machen.

„Ich bleibe hier", sagte ich.

Keiner rührte sich.

„Oh, um Gottes willen. Ihr wisst, dass mir hier nichts passiert."

Aber niemand rührte sich. Ganz besonders Ian nicht, der seine Arme vor der Brust verschränkte und mich ansah.

„Oh, komm schon."

Er rührte sich keinen Millimeter.

„Darf ich dich daran erinnern, dass vor unserer Tür zwei FBI Agenten stehen?"

„Waren sie es nicht, die Hartley überhaupt erst verloren haben?", wollte Aruna wissen.

Ian neigte seinen Kopf in ihre Richtung, wie um zu sagen: Ganz genau.

Aber meine Gedanken waren woanders. Ja, es war ein wenig albern, aber trotzdem machte mich die Vorstellung, dass Ian und Liam gemeinsam einkauften und Bier aussuchten, sehr glücklich. Ich wollte, dass der Mann, den ich liebte, eine Beziehung zu dem Mann, den Aruna liebte, aufbaute. Denn ich hatte im Lauf des Tages die Beweise dafür gesehen, dass Ians Freundschaft mit meinen Mädels enger wurde und ich wollte, dass das gleiche auch für ihre Partner galt. Also war ein Ian, der gemeinsam etwas mit Liam unternehmen wollte, ohne mich oder Aruna dabei, perfekt. Das war es, was ich wollte. Ich wollte ein Netzwerk aus Freunden aufbauen und ich konnte ehrlich sein: Je mehr Ian sie alle mochte, desto fester und solider war das Fundament unseres gemeinsamen Lebens.

Aber just in diesem Moment ging er nirgendwo hin.

„Mir passiert schon nichts", versicherte ich ihm.

Er schüttelte den Kopf.

Dann wurde meine Hüfte angestupst und ich hörte ein lautes, hündisches Gähnen. Chickie setzte sich neben mich; sein Kopf reichte mir bis zur Hüfte.

Ich wies mit einer Geste auf den Hund, denn jetzt mal ehrlich: Wer wollte sich schon mit achtundsechzig Kilo Werwolf anlegen? Und Chickies ausgeprägter Beschützerinstinkt war nicht von der Hand zu weisen.

Ian gab nach. „Ja, na gut." Niemand war dumm genug zu versuchen, an Chickie vorbei das Haus zu betreten. Das war schlicht Selbstmord und Hartley war kein Selbstmörder.

Als ich sie alle aus dem Haus schob, blieb Ian neben mir stehen und gab mir zum Abschied einen brennenden Kuss. Ich musste mich am Küchentresen festhalten und Ian schenkte mir ein 1A Grinsen. Er war so stolz auf sich und seine Macht über mich. Mir gefiel es, ihn so zu sehen – sich seiner selbst absolut sicher. Es war sehr sexy.

Sobald ich allein war, ließ ich Chickie raus in den Garten, holte das Handtuch für hinterher, wenn er wieder reinkam und machte mich an den Abwasch. Als ich ein leises Klopfen an der Hintertür hörte, drehte ich mich um und sah Barrett dort stehen. Das Licht der Terrassenlampe schien in sein Gesicht und ließ ihn wie eine Silhouette vor dem Dunkel hervortreten, bevor er einen Schritt nach hinten machte und wieder mit den Schatten verschmolz. Ich ging zur Tür und öffnete sie langsam.

„Hi", grüßte er mich leise. „Kann ich mit dir reden?"

Ich schüttelte den Kopf. „Ich glaube nicht, dass wir uns viel zu sagen haben."

„Doch, ich denke schon."

„Hör zu, Barrett, ich –"

„Miro, ich möchte dir meinen alten Freund aus New Jersey vorstellen."

Ich öffnete den Mund, um nein zu sagen, als ein anderer Mann hinter ihm nähertrat. Er war genauso nass wie Barrett, etwa so groß wie er, sah aber bei weitem nicht so gut aus. Er war breiter, hatte mehr Muskelmasse. Was meine Aufmerksamkeit wie gebannt festhielt, war allerdings weniger sein Gesicht und mehr die Walther P22 in seiner Hand, die er auf mich gerichtet hatte.

„Wir haben Gesprächsbedarf."

„Wer zum Teufel sind Sie und was machen Sie hier?"

„Ich bin Eamon Lochlyn, Kerrys älterer Bruder."

Natürlich war er das.

17

WANN WAR ich ein so schlechter Menschenkenner geworden?

„Mach dir keine Vorwürfe, Miro", sagte Barrett freundlich. „Du konntest nicht von uns wissen. Niemand weiß das."

„Was wollen Sie?", fragte ich Lochlyn.

Er sah mich seltsam an. „Nach dem, was den anderen passiert ist, hätte ich gedacht, dass das offensichtlich ist. Ich will Ian Doyle töten für das, was er meinem Bruder angetan hat."

„Und was war das?"

„Er und die anderen haben ihn aus der Armee gemobbt und meine Eltern haben ihn zum Selbstmord getrieben. Sie haben ihn einen Versager genannt und gesagt, er sei kein echter Mann, weil er kein Soldat sein konnte."

„Meines Wissens nach sind Ihre Eltern tot."

„Ja, jetzt sind sie das."

Als Waisenkind träumt man davon, Eltern zu haben. Ich hatte das immer getan. Es ging über meine Vorstellungskraft hinaus, wie jemand seinen Eltern etwas antun konnte. „Sie haben Ihre eigenen Eltern umgebracht?"

Er räusperte sich. „Nein. Barrett hatte die Ehre."

Ich sah hinüber zu dem Mann, von dem ich gedacht hatte, er wäre mein Freund. Wir waren zusammen zu Hockeyspielen gegangen, hatten zusammen zu Abend gegessen, waren Bowlen gewesen. Und die ganze Zeit über hatte ich nicht gesehen, wer er wirklich war. „Du hast Menschen umgebracht?"

Er nickte.

Lochlyn schnippste mit den Fingern, um meine Aufmerksamkeit zu sich zurückzuholen.

„Also, wie ich gesagt habe, ich will Ian Doyle umbringen. Aber er ist weitaus besser ausgebildet als die anderen – er ist schließlich bei den Sondereinsatzkräften. Ihn zu erwischen ist fast unmöglich."

Ich hätte zugestimmt, aber meine Aufgabe war zuhören, nicht reden.

„Also, wenn er zurückkommt, richte ich die Waffe auf dich, sage ihm, er soll uns nach draußen folgen und schieße ihm dort in den Kopf."

Mein Magen drohte sich umzudrehen, aber ich atmete mehrmals tief durch.

„Und ich weiß, was du gerade denkst", teilte er mir mit. „Die Männer, die das Haus bewachen sollen, werden mich beschützen. Aber leider sind sie beide kürzlich verstorben."

„Das waren FBI Agenten. Dafür bekommen Sie die Todesstrafe."

„Ich glaube nicht, dass ich mir Gedanken darüber machen muss", sagte Lochlyn mit einem Lächeln. „Denn eine Sekunde, nachdem ich Ian Doyle eine Kugel in den Schädel gejagt habe, bringe ich dich um und auch jeden anderen, der mit ihm durch diese Tür kommt."

Ich hätte Geld darauf verwettet, dass Ian nicht erschossen werden würde und er war ausgebildet, sich nicht auf Geiselverhandlungen einzulassen, denn in neun von zehn Fällen starben die Geiseln ebenfalls.

Ian würde nichts passieren.

Aber den Mädels.

Aber Liam und Sajani.

Sie würden in Panik ausbrechen und Lochlyn würde zuerst Liam erschießen und sich dann weiter vorarbeiten bis zu dem bezaubernden kleinen Mädchen.

Das konnte ich niemals zulassen.

Ich warf mich mit dem ganzen Körper nach vorn, prallte hart gegen Lochlyn und riss ihn von den Beinen. Ich wirbelte ihn herum und ließ ihn krachend auf meinen soliden Echtholzfußboden niedergehen. Er war hart, das wusste ich, und so fest, wie Lochlyns Kopf aufschlug, wusste ich auch, dass er so schnell nicht wieder aufstehen würde.

Die Waffe glitt klappernd über den Boden und ich drückte mich hastig von Lochlyns Körper hoch, um ihr hinterherzuhechten. Aber Barrett hatte keine Hindernisse zu überwinden und war schneller.

Er erreichte die Waffe als Erster und richtete sie auf mich. „Was zum Teufel war das?", schrie er, wütend und ängstlich zugleich.

„Die wenigsten Leute erwarten, dass man sich aus dem Stand heraus auf sie wirft und lassen daher in ihrer Wachsamkeit nach", teilte ich ihm mit. „Das bringen sie uns allen so bei."

„Das ist riskant."

„Stimmt, aber das war es wert."

„Wieso?"

„Jetzt gibt es nur noch einen von euch und ich kann Ian warnen, bevor jemand anderes das Haus betritt. Ich sterbe vielleicht, aber Ian ist sicher."

„Eamon!", schrie er.

„Der ist k.o.", informierte ich ihn. „Der steht so schnell nicht wieder auf."

„Scheiße", sagte er wütend und richtete die Waffe auf meine Körpermitte. „Was zum Teufel hat er sich dabei gedacht? Er hatte überhaupt keinen Respekt davor, dass du ein Marshal bist."

„Und du hast das?"

„Natürlich habe ich das", entgegnete er. „Himmel, Miro, ich bin total in dich verschossen."

„Und doch" – ich wies mit dem Kopf auf Lochlyn – „liebst du einen Wahnsinnigen."

„Was? Nein, das hast du falsch verstanden. Ich habe Kerry geliebt. Kerry war es, den ich wollte, aber er war völlig kaputt, als er aus Afghanistan zurückkam. Dann hat er gesagt, dass er nicht mehr mit mir zusammen sein kann, weil er kein Soldat mehr ist."

„Das macht keinen Sinn."

„Ich weiß, aber für ihn machte das Soldat sein das Schwul sein okay. Ohne die Armee ... ging das nicht. Er war kein richtiger Mann mehr ohne die Armee."

So entsetzlich das klang, hatte ich doch die schreckliche Befürchtung, dass Ian genauso dachte. Wenn er kein Green Beret mehr war, wenn die Armee nicht länger Teil seines Lebens war, war er dann noch ein Mann? War Ian dabei herauszufinden, wer er sein wollte?

„Alle haben Kerry den Rücken zugekehrt und ich habe versucht sie alle zu ersetzen und alles für ihn zu sein. Ich wollte alles für ihn sein, aber seine Eltern haben ihn zu sehr verletzt. Also habe ich dafür gesorgt, dass sie dafür bezahlen und Eamon hat versprochen, dass er dafür sorgen wird, dass die Soldaten auch alle dafür bezahlen."

„Eine Teilung der Prioritäten."

„Genau", stimmte er zu. „Und jetzt wirst du – oh, *Scheiße*."

Ich drehte mich um und sah, was Barrett sah.

Ich hatte ihn vergessen, war zu sehr auf den Kampf auf Leben und Tod in meiner Küche fokussiert gewesen. Chickie war durch seine Hundetür gekommen – tropfnass, nachdem er wie ein Irrer draußen rumgerannt war, weil ich nicht dagewesen war, um ihn reinzurufen.

„Halt ihn still, Miro", warnte Barrett.

Chickie war unsicher, das konnte ich sehen. Er hatte den Kopf gesenkt, die Ohren zurückgelegt und das war meinetwegen. Ich verhielt mich eigenartig; ich bewegte mich nicht oder schimpfte ihn aus oder holte das Handtuch, um ihn abzutrocknen. Nichts davon war normal, also sah er von mir zu Barrett und zurück und überlegte, wartete auf ein Zeichen von mir, das nicht kam.

„Ich meine das ernst. Er soll sich nicht rühren."

„Platz, Chickie", befahl ich, halb in Panik, dass er mir nicht gehorchte. Selbst an guten Tagen waren die Chancen fifty-fifty. Chickie hörte besser auf Aruna als auf mich.

Schwer zu sagen, was den Hund zögern ließ. Es konnte der Ton meiner Stimme gewesen sein, ihre Rauheit oder das Beben der Angst darin. Vielleicht war es die Tatsache, dass ich ihn nicht zu mir rief. Aber was immer es war, er machte einen Schritt vor.

„Ich bringe ihn um."

„Nein, bitte", flehte ich und diesmal brach meine Stimme.

„Dann schick ihn raus."

„Chickie, raus", befahl ich und meine Stimme wurde vor Angst lauter. Angst um ihn, nicht um mich. Ich schluckte.

Er kam einen weiteren Schritt auf mich zu.

„Raus", schrie ich und das war es dann.

Er wirbelte herum und sprang knurrend auf Barrett zu, die Zähne gefletscht und bereit, mich zu verteidigen.

Ich hörte den Schuss, sah wie Chickie nach links geschleudert wurde und gegen das Bücherregal zwischen der Hintertür und dem winzigen Flur prallte. Es war nicht viel Blut zu sehen, aber das was ich sah, am Kopf unter dem rechten Ohr, ließ mich wissen, dass er tot war, bevor er in einem unkoordinierten Haufen zu Boden ging.

Der Laut, der aus mir herausbrach, Qual und Reue, hallte laut in meinem Kopf wider.

Damals, als Ian Chickie nach der Razzia adoptiert hatte, hätte ich nie gedacht, dass ich eines Tages so fühlen würde wie in diesem Moment. Ich konnte nicht atmen und ich dachte: *Ich wollte ihn doch mitnehmen, wenn ich ...* Mein Kopf wirbelte und dann – nichts. Herzstillstand. Wie überlebten Menschen den Tod eines Nahestehenden, wenn allein der dumme Hund schon so eine Reaktion bei mir auslöste?

Ich machte einen schlurfenden Schritt nach vorn.

„Bleib verdammt noch mal stehen."

Ich hob den Blick zu Barrett. Ich konnte ihn durch den Tränenschleier kaum sehen.

„Ich bringe dich jetzt um, Miro, gleich dort neben dem Hund."

Ich zitterte, aber nicht meinetwegen, sondern wegen Chickie Baby, den ich selbst in diesen letzten Sekunden vermisste.

„Eine Schande wegen des Hundes. Ich mochte ihn wirklich gern."

Hätte man der Art, wie er ihn erschossen hatte nach zu urteilen, nie angenommen.

„Jetzt wird Ian so leiden, wie Kerry gelitten hat."

Was sollte ich darauf sagen? Er wusste bereits, dass Ian mich liebte, dass er Chickie liebte. Das war ja der Grund gewesen, warum er und Lochlyn das getan hatten.

„Ich hätte dich wirklich gern gevögelt."

Als ob man die Liebe seines Lebens betrog.

„Aber keine Sorge. Ich werde Ian trösten und Eamon die Schuld für alles in die Schuhe schieben. Ich werde ihm reuevoll beichten, dass ich zu spät war, um dich und Chickie zu retten."

„Fahr zur Hölle", fauchte ich.

„Du zuerst", sagte er und hob die Waffe.

„Oh, nun, das ist ein wenig unangenehm."

Wir erstarrten und ich sah zum zweiten Mal an diesem Abend zur Hintertür. Dort, Pistole in der Hand, stand die letzte Person auf diesem Planeten, die zu sehen ich erwartet hatte.

„Wer zum Teufel sind Sie?", blaffte Barrett den Eindringling an.

„Oh, ich bin Dr. Craig Hartley", sagte er in jenem samtigen Ton, den die Leute immer wieder erwähnten, wenn sie über ihn sprachen. Es stand immer in allen Onlineartikeln und Zeitungen, wie kultiviert er klang, wie tief und seidig seine Stimme war. „Sie haben etwas, das mir gehört."

Ich hatte noch nie Grund dazu gehabt, „vom Regen in die Traufe" zu sagen – bis jetzt. Es war wie das Erwachen aus einem Albtraum, nur um sich in einem anderen wiederzufinden. Erst, wenn man das zweite Mal aufwacht, realisiert man, wie beschissen Träume sein können.

Ich war drauf und dran gewesen, kaltblütig erschossen zu werden. Wer dem Einhalt geboten hatte, war der Mann, der mich foltern und verstümmeln wollte, bevor *er* mich dann umbrachte. Da sollte einer geistig normal bleiben.

Barrett sah mich an und dann zurück zu dem makellos gekleideten Arzt in seinem Dreiteiler aus Tweed mit Fischgrätmuster und Einstecktuch unter einem schokoladenbraunen Wollmantel, der im Augenblick ein per Fahndungsbefehl international gesuchter Flüchtiger war.

„Und was ist das?"

„Nun, Marshal Jones hier natürlich", erwiderte Hartley drollig. „Er gehört ganz eindeutig mir und bevor Sie Zeit haben, Ihre Waffe auf mich zu richten, werde ich Sie mit meiner erschießen."

Barrett starrte ihn mit weit aufgerissenen Augen an.

„Sie glauben mir nicht und wir haben keine Zeit, dass Sie mich googeln könnten", sinnierte Hartley und seine Brauen zogen sich bestürzt zusammen, bevor er sie hochzog und sein Gesicht sich aufhellte. „Oh, ich weiß."

Ohne den Hauch eines Zögerns schoss er vier Mal auf Eamon Lochlyn und beendete so seinen Rachefeldzug gegen die Männer in Ians alter Einheit.

Barrett schrie auf und Hartley hob eine Hand, ihm Stille gebietend.

„Nun", sagte er mit einem Ausatmen, „lassen Sie mich Ihnen etwas über meine kleine Pistole hier erzählen."

Ich sah, wie sich Angst und Entsetzen über Barretts Züge legten, als er Hartley ansah, der gerade erst jemanden umgebracht hatte und nun so unnatürlich ruhig war. Es konnte einem in der Tat an die Nieren gehen.

„Was ich hier habe ist eine selbstladende .50-Kaliber Titanium Gold Desert Eagle mit einem fünfzehn Zentimeter langen Lauf, die sieben Runden lädt. Es ist, so habe ich mir sagen lassen, eine der, wenn nicht sogar *die* stärkste Handfeuerwaffe der Welt und wie Sie sehen können, veranstaltet sie eine ziemliche Sauerei."

Bei einer .50-Kaliber Kugel war das auch nicht anders zu erwarten.

„Sie war ein Geschenk."

„Von Aranda?", warf ich ein, denn Hartley kannte ich, Barrett hingegen nicht. Wenn schon einer von den beiden – und es war völlig wahnsinnig, das zu sagen, aber nichtsdestotrotz wahr – dann zog ich es vor, dass der Arzt die Überhand hatte. Hartley scherte sich keinen Deut um Ian oder die Mädels oder um sonst irgendwen. Barrett war der einzige im Raum, der für die Menschen, die ich liebte, eine Gefahr darstellte.

„Oh, du hast davon gehört?"

Ich nickte und schluckte schnell. Ich wollte mich nicht übergeben müssen, hatte aber Angst, dass ich es nicht verhindern konnte und dann würde Hartley wissen, wie viel Angst ich hatte. Es war nicht Angst davor, dass er mich umbrachte, das nicht. Die Angst, das Entsetzen, kam von dem Gedanken, dass er mich zwingen würde, mit ihm zu gehen und dann wären wir allein. Ich wollte nie wieder mit ihm allein sein. „Das habe ich", brachte ich heraus.

„Es ist immer gut, Freunde zu haben."

„Das ist es", stimmte ich zu.

Wir unterhielten uns, wie wir es immer taten. Für andere war es vermutlich unheimlich, aber ich war an Hartleys Geplauder gewöhnt. Barrett nicht und er war zutiefst verängstigt. Es stand ihm deutlich ins Gesicht geschrieben.

„Es kümmert mich nicht, wer zum Teufel Sie –"

„Mit mir ist nicht zu spaßen", belehrte Hartley ihn eisig. „Ich erschieße Sie auf der Stelle, wenn Sie nicht bei drei die Waffe ins Spülbecken haben fallenlassen und fünf Schritte zurückgetreten sind."

„Nein, ich –"

„Eins."

„Ich kann nicht zulassen –"

„Zwei."

Barrett ließ die Waffe aus seiner rechten Hand in die Edelstahlspüle gleiten und trat die erforderliche Anzahl Schritte zurück.

„Oh, Sie sind reizend. Gut gemacht", lobte Hartley, bevor er zu mir kam, eine Hand ausstreckte und sie auf meine Wange legte. Der Lauf seiner Pistole zeigte direkt auf mein Herz. „Warum weinst du?"

Ich hätte mich beinahe auf der Stelle erbrochen. Mein Magen fühlte sich mehr als schwummerig an, aber ich atmete scharf durch die Nase ein und bekam das Gefühl unter Kontrolle. Als ich sah, dass er Lederhandschuhe trug, konzentrierte ich mich darauf. Darauf und dass es nicht seine Haut war, die mich berührte. Das beruhigte mich.

„Miro?"

Ich wagte einen Blick zu Chickie hinüber.

„Oh weh", sagte er mit einem Zungenschnalzen, ging schnell zu meinem Hund hinüber, kniete sich hin und berührte Chickies Nacken. Hartleys Augenbrauen gingen hoch, dann berührte er Chickies Kopf. Nach einem Moment hob er eine Hand zum Mund und biss sanft in die Spitze des Zeigefingers, sodass er seine Hand aus dem Handschuh ziehen konnte, ohne das Leder zu zerknittern. Dann untersuchte er den Kopf meines Hundes eingehender mit den Fingern. Es war völlig verrückt, dass mir diese Details überhaupt auffielen, aber das taten sie, bei *ihm*. Immer. Ich bemerkte diese Dinge immer, als würde ich ihn studieren, damit ich in jeder Situation wusste, was er tat. Deshalb wandte ich den Blick nie ab, wenn er vor mir stand. Niemals.

„Er ist bewusstlos, das arme Lämmchen, aber er ist nicht tot."

Ich schnappte nach Luft und er schenkte mir ein Lächeln. „Hole dir ein paar Geschirrtücher und binde daraus einen Druckverband, um die Blutung zu stoppen. Es gerinnt zwar bereits, aber Druck wird helfen."

„Bist du sicher, dass er nicht tot ist?"

„Entschuldige bitte, seit wann bist du Arzt?", fragte er mich sanft.

„Er hat auf ihn geschossen", begann ich und eilte zur Schublade mit den Handtüchern, um genau das zu tun, was Hartley mir aufgetragen hatte.

„Nun, ich habe auch nicht geglaubt, dass du das getan hast, mein Lieber."

„Und er kommt wieder in Ordnung, glaubst du?" Natürlich war es jenseits des Wahnsinns, dass ich Hartley fragte und darum betete, dass er recht hatte.

„Habe ich dich in der ganzen Zeit unserer Bekanntschaft jemals angelogen?"

Nein, das hatte er nicht.

Der Ausdruck auf seinem Gesicht, herablassend und ein wenig gelangweilt, während er auf meine Antwort wartete, betonte nur den Wahrheitsgehalt seiner Frage.

Ich schüttelte den Kopf.

„Nun, da siehst du. Dein Hund hat eine Kugel in seinem Schädel stecken, die herausgeholt werden muss und die Stelle, an der der Knochen gebrochen ist, muss gegebenenfalls mit einer Metallplatte ersetzt werden."

„Aber er wird ganz sicher überleben?"

„Es wird nicht billig werden. Bist du bereit, für einen Hund so viel Geld auszugeben?"

„Oh ja."

„Nun, dann", seufzte er und lächelte mich an. „Beeil dich und verbinde seinen Kopf."

Ich beeilte mich und benutzte drei Handtücher: eines über Chickies Wunde gefaltet und die zwei anderen um seinen Kopf gebunden, sodass er aussah wie eine Figur aus alten Cartoons, die Zahnweh hatte.

„Was kümmern Sie sich um den Scheißhund?", brach wütend aus Barrett heraus. „Sie erschießen mich, aber das verdammte *Haustier* nicht?"

Hartley warf Barrett einen finsteren Blick zu. „Ich töte weder Kinder noch Haustiere. Guter Gott, was glauben Sie denn, das ich bin?", fragte er entsetzt.

„Na, Sie sind ganz offensichtlich nicht ganz richtig im Kopf."

Hartley stieß scharf den Atem aus. „Hören Sie, als ich noch Fernsehen geschaut habe, hat mich alles begeistert, was mit Verbrechen zu tun hatte. Aber ich konnte nie solche Sachen ansehen wie *Law & Order: New York*, wenn es darin um Kinder ging. Diese Dinge machen mich krank. Jeder ist der kleine Junge oder das kleine Mädchen von irgendjemand anderem, das weiß ich, aber wer älter ist als fünfundzwanzig, der ist für seine Taten selbst verantwortlich. Wer zur falschen Zeit am falschen Ort ist, selber Schuld. Aber Kinder und Tiere, nein. Sie zu verletzen, das ist nicht recht."

Barrett sah mich an. „Und er?"

„Miro gehört mir", erklärte er Barrett. „Er hat mir das Leben gerettet und – oh mein Gott", sagte Hartley plötzlich und wandte sich zu mir. „Ich glaube, wir sind quitt, oder nicht?"

Ich nickte, ängstlich und erleichtert zugleich. „Sind wir."

„Jetzt kann ich dich umbringen", sagte er glücklich und seine Stimme war voller Erleichterung und diebischer Freude, als er sich wieder an Barrett wandte. „Was für ein glücklicher Zufall, dass Sie hergekommen sind."

„Also erschießen Sie ihn jetzt?"

Hartley verschluckte sich beinahe und brauchte einen Moment, um sich wieder zu fangen. „Ihn erschießen? Entschuldigung, haben Sie mich gerade gefragt, ob ich ihn erschießen werde?"

„Ja."

„Niemals."

„Also lassen Sie ihn gehen?"

„Oh, Himmel, nein. Ich bin hergekommen, um ihn mit mir nach Paris zu nehmen, wo ich vorhabe, ihn mit aller Muße zu foltern, bevor er an seinen Verletzungen stirbt."

Einen Moment lang verspürte ich kalten Schock, eine eisige, mich bis ins Mark durchdringende Angst. Und doch: Wenigstens wusste ich jetzt, was er vorhatte. Er würde sich mir nicht eines Tages von hinten auf der Straße nähern und mich erschießen, wie ich das immer angenommen hatte. Sein Herzenswunsch war es, mich verbluten zu lassen, damit er zusehen konnte, wie jeder einzelne Tropfen meines Lebens aus meinem Körper herausrann. War das krank? Verdammt, ja. Aber es würde nicht schnell gehen, von daher war ich in dem Moment sicherer als Barrett.

„Wie wollen Sie ihn denn ins Flugzeug bekommen?"

„Ich habe Hilfe."

Das hatte Hartley für gewöhnlich.

„Ich verstehe das nicht."

„Ich will ihn beißen, bis er blutet und sein Fleisch in meinem Mund kauen."

In Anbetracht der Tatsache, dass er vorgehabt hatte, mich umzubringen, war Barretts Gesichtsausdruck, das Entsetzen darin, fast schon komisch. „Sie sind ein Kannibale."

„Nein, nein, nein. Ich bin nicht so eine fiktionale Figur, die Leber mit Favabohnen isst. Ich werde ihn nicht kochen und zu Lasagne verarbeiten oder dergleichen. Ich möchte nur sein Fleisch essen, Messer und vielleicht auch einige Spieße in seinen Rücken stoßen und ich glaube … seinen Schwanz lutschen."

Barretts Kinnlade klappte herunter.

Ich sog erneut den Atem durch die Nase ein. „Seit wann?"

Er betrachtete mich kühl, den Kopf zur Seite gelegt. „Das Schwanzlutschen meinst du?"

„Ja."

„Der Wunsch ist während meines Aufenthalts im Hochsicherheitsgefängnis entstanden. Es gab den ganzen Tag nichts anderes zu tun, als nachzudenken. Wie du weißt, gibt es nichts und niemanden außer dir, der meine Gedanken von morgens bis abends zu füllen vermag."

Ich konzentrierte mich aufs Atmen, denn ich wollte wirklich nicht anfangen zu hyperventilieren.

„Und nebenbei, du siehst furchtbar aus", merkte er an, „aber das ist nicht überraschend."

„Und warum nicht?"

„Nun, ich habe wie gewöhnlich von dir geträumt und ein jeder weiß ja, dass man immer dann nicht schlafen kann, wenn man in jemand anderes Träumen vorkommt."

Er brachte immer alles so sachlich und nüchtern vor, dass ich mich manchmal fragte, ob nicht er der geistig Gesunde war und ich der Irre.

„Oder in Albträumen", verbesserte er sich.

Ich nickte.

„Ich werde versuchen, es nicht mehr zu tun, damit du ein wenig Schlaf bekommst."

„Vielen Dank", sagte ich schwach.

Wir schwiegen.

„Das ist doch verrückt", schaltete Barrett sich ein und brach damit das Schweigen.

Hartley drehte sich zu ihm herum und das Licht fing sich in seinem perfekt frisierten, dichten kurzen blonden Haar. So wie er aussah, gehörte er in einen Liebesroman. „Was ist verrückt?"

„Ihr Ego. Zu glauben, dass Sie Miros Schlaf in irgendeiner Art und Weise beeinflussen können, ist völlig geisteskrank."

Hartley schürzte die Lippen und ich sah den herablassenden Blick, den er Barrett zuwarf. „Ich glaube, wir alle wissen, wer hier krank ist, nicht wahr?"

„Ich?"

„Nun, ja. Sie und Ihr toter Komplize dort drüben."

„Sie sind es, der hier in seiner Küche mit einer überkandidelten Pistole herumsteht."

Hartley schnalzte erneut mit der Zunge. „Das ist, wie bereits erwähnt, eine Titanium Gold Desert Eagle und Sie waren es, der seinen Hund erschossen hat." Er riss die Augen auf und schüttelte den Kopf. Das „Wie kann man nur so dumm sein" schwang deutlich hörbar in seinen Worten mit. „Ich glaube es war Ghandi, der gesagt hat, dass man die Größe einer Nation und ihre moralische Entwicklung daran ablesen kann, wie sie mit Tieren umgeht."

„Was hat das zu tun mit –"

„Sie haben versucht, einen Hund zu töten", erinnerte Hartley ihn und legte die Stirn in vernichtende Falten. „Sie sind ein ausgesprochener Barbar."

„Er hätte mich sonst angefallen!"

„Weil Sie in Miros Haus sind", sagte Hartley unversöhnlich. „Natürlich hat er Sie angefallen. Das ist nur logisch. Ihre Reaktion ist ähnlich, wie sich über einen Hai zu ärgern, der einen zu fressen versucht, wenn man in *seinem* Ozean schwimmt. Es ist ein Zeichen von Wahnsinn, dergleichen persönlich zu nehmen."

Barrett warf mir einen Blick zu.

„Miro wird mir da zustimmen. Aus der Richtung können Sie keine Hilfe erwarten."

„Nein, wirst du nicht", sagte ich zu Barrett. Hartley bewegte die Pistole, sodass ihr Lauf gegen meinen Bauch stieß und ließ seine freie Hand in meinen Nacken gleiten.

„Bist du jetzt entsetzt und betroffen, dass es tatsächlich etwas gibt, worin du mit mir übereinstimmst?", fragte er mich.

„Bin ich." Ich seufzte und fragte mich vage, ob ich wirklich wach war oder ob das alles nur ein ziemlich unheimlicher, ziemlich extremer und ziemlich lebhafter Traum war.

„Ah, aber sag mir, was denkst du darüber, dass ich deinen Schwanz kosten will?"

Ich räusperte mich. „Klingt für mich eher mordlüstern als sexlüstern."

„Wie meinst du das?"

„Ich glaube, es ist die Vorstellung davon, mir wehzutun, die dich anmacht."

„Ja, das habe ich auch gedacht. Aber wenn ich jetzt nachts in meinem Bett liege und an dich denke, nackt und blutend, dein Rücken aufgeschnitten, als ich dir die Rippe entnommen habe … dann bekomme ich eine Erektion."

Mein Magen drehte sich um, aber meine Stimme blieb ruhig. „Ich glaube, du verwechselst da Blutrausch mit Sex."

„Was durchaus möglich ist", gab Hartley zu. „Aber dann stelle ich mir vor, wie du nackt auf der Pritsche liegst, auf der ich dich beim letzten Mal hatte und meinen Penis in deinen Hintern ramme."

Ich wusste aus Erfahrung, dass er rücksichtsvoll war und nichts tun würde, solange er sprach und wir uns miteinander unterhielten. Der Trick war, sein Gehirn auf andere Dinge als Mord zu bringen. „Mit Gleitgel?", fragte ich. Ich war abgestoßen von meinen eigenen Worten, wusste aber auch, dass ich ihm andere Dinge geben musste, über die er nachdenken konnte. „Oder ohne?"

Er zog eine Augenbraue hoch. „Oh. Nun, das ist eine interessante Frage, nicht wahr? Denn auch Penetration ohne irgendeine Art von Hilfsmittel würde Verletzungen verursachen, richtig?"

„Würde es."

„Oh, dann hast du vermutlich recht. Das Verlangen ist nicht sexuell, es ist vielmehr ein Weg zum Schmerz, der letztendlich im Tod endet."

„Da siehst du", sagte ich leise und kämpfte darum, bedächtig zu klingen, meinen Atem zu kontrollieren, keinen Fehler zu machen und ruhig zu bleiben.

Er legte den Kopf schräg und lächelte mich liebevoll an. „Du siehst die Dinge immer so klar."

„Ich tue mein Bestes."

„Was zum Teufel?", brüllte Barrett. „Bringen Sie ihn jetzt um oder nicht?"

Das war ein Fehler.

Sein Gebrüll ließ Hartley zusammenfahren. Weil er das tat und weil Hartley es nicht mochte überrascht zu werden, niemals, stieß er ein leises Schnauben aus und zerschoss Barretts rechte Kniescheibe.

Barretts Aufschrei war ohrenbetäubend, so wie auch die folgenden Schreie.

„Hören Sie auf oder ich schicke die nächste durch Ihren Kopf", sagte Hartley, offensichtlich verärgert. „Ich habe einige Ersatzrunden für die Pistole in meinem Mantel."

Nicht, dass ihm bereits die Kugeln ausgegangen wären. Das wusste ich, ich hatte mitgezählt.

Barrett brachte es nur mühsam fertig, seine Schreie zu unterdrücken. Schließlich schob er sich eine Faust in den Mund und biss darauf.

„Miro, hast du noch mehr Handtücher?"

„Oben im Schrank", antwortete ich und wartete ab, was Hartley mir erlauben würde.

Er biss sich auf die Unterlippe. „Sei ehrlich: Hast du dort oben eine Waffe?"

„Da sind drei: zwei von mir, eine von Marshal Doyle. Aber sie sind alle in einem Waffenschrank verschlossen."

„Mir gefällt der Gedanke an die Treppenstufen nicht. Du könntest dich umdrehen, mich stoßen und du bist stärker und besser ausgebildet … Nein, es tut mir leid, ich kann es nicht riskieren. Nimm seinen Gürtel, binde ihn oberhalb der Verletzung um sein Bein und ziehe ihn an, bis du ein Nachlassen im Blutfluss feststellen kannst."

Ich flog förmlich zu Barrett, riss mir das T-Shirt über den Kopf, ballte es zusammen und drückte es gegen das, was von seinem Knie übrig war. Mit der anderen Hand zerrte ich an seinem Gürtel, riss ihn aus den Gürtelschnallen und band ihn fest genug um Barretts Bein, dass er wieder aufschrie.

„Oh, da siehst du, ausgezeichnete Arbeit", kommentierte Hartley, als Barrett das Bewusstsein verlor. „Wir können auf dem Weg nach draußen die Polizei rufen und es wird nicht lange dauern, bis jemand kommt und ihn und deinen Hund rettet."

„Bist du sicher?"

„Wie bitte?"

„Ich mache mir Sorgen", begann ich und schluckte, um meine Nerven zu beruhigen, „dass, wenn sie kommen, sie sich um Barrett kümmern, aber nicht um Chickie und dann wird mein Hund sterben, nachdem du ihn gerettet hast."

Er dachte einen Augenblick lang nach. „Das ist gut möglich. Die Menschen sehen sie beide und treffen die falsche Entscheidung, wer der wichtigere von beiden ist."

„Genau."

„Ein Dilemma, in der Tat." Er senkte langsam die Waffe, während er darüber nachdachte. In der Ferne hörten wir Sirenen. Irgendjemand war unterwegs, vermutlich alarmiert nach dem ersten Schuss, den Barrett auf Chickie gefeuert hatte.

„Hörst du das?", fragte ich.

„Ich höre es."

„Das ändert die Dinge ein wenig, oder?"

„Ein wenig."

Ich erhob mich von meiner knienden Position neben Barrett. „Sag mir eines."

„Alles."

„Was hast du mit meiner Rippe gemacht?"

„Was glaubst du denn, was ich mit ihr gemacht habe?", wollte er spielerisch wissen.

„Hast du sie gegessen?"

Er verzog das Gesicht. „Um sie dann später auszuscheiden und von immer von ihr getrennt zu sein? Bist du verrückt?"

Es traf mich wie ein Schlag und dann war es, als hätte ich die Antwort immer schon gewusst. „Du hast deine freie Rippe durch meine ersetzt."

Sein Blick war gütig, beinahe liebevoll – so man denn bei ihm davon sprechen konnte.

„Oder nicht?" Ich formulierte es als Frage, aber es war eine Feststellung und wir wussten es beide.

„Das habe ich", sagte er und lächelte in seiner wahnsinnigen Art. „Bezaubernde Geste, findest du nicht? Es hat mir auch wehgetan."

Was uns in seinen Augen quitt machte.

Die Sirenen kamen näher, aber es würde noch eine Weile dauern, bis sie uns erreicht hatten.

„Also?", bohrte ich nach.

„Ich wollte dich mitnehmen, aber dein Hund …" Er seufzte.

Letztes Jahr hatte er mich ohne zu zögern entführt, aber er hatte Hilfe dabei gehabt. In der jetzigen Situation war seine Hilfe nicht greifbar.

„Du wirst nie aus der Stadt herauskommen", versprach ich.

„Oh bitte", sagte er wegwerfend. „Wir wissen beide, dass das nicht stimmt."

„Ich –"

„Oh, ich vergaß ganz mich nach Detective Cochran zu erkundigen. Weißt du zufällig, wo er ist?"

„Warum? Bist du zu ihm gefahren?"

„Das bin ich, aber nur seine Frau und seine Kinder waren zu Hause, also bin ich nicht geblieben."

Ich musste nicht fragen. Ich wusste, dass er sie so hinterlassen hatte, wie er sie vorgefunden hatte. Er hatte nur einmal ein kleines Mädchen entführt und das hatte er getan, um ihre Mutter zu zwingen, mich abzufangen. Er hatte ihr nichts getan. Sie hatte Angst gehabt, sich aber gut von dem Schrecken erholt. Das hatte mir ihre Mutter berichtet, die in meiner Dienststelle vorbeigekommen war, um sich bei mir zu bedanken, dass ich ihr und ihrer Tochter das Leben gerettet hatte. Sie meldete sich immer noch ab und zu bei mir und ich hätte darauf gewettet, dass ich im Lauf der nächsten Tage von ihr hören würde, nachdem sie jetzt in allen Medien darüber berichtet hatten, dass Hartley wieder entkommen war. Sie würde sich Sorgen um mich machen und mich anrufen.

„Und?", hakte Hartley nach.

„Entschuldige. Er und ich sind aneinander geraten und die daraus resultierende Schlägerei war seine Schuld, also haben sie ihn irgendwo im Südwesten in eine Einsatztruppe gesteckt. Wenn er nicht zu Hause war, dann vermute ich, dass er bereits dorthin abgereist ist."

„Ich verstehe. Nun, ich habe ihm in jedem Fall eine Nachricht hinterlassen."

„Irgendwo, wo er sie sehen kann?"

„Oh, er kann sie nicht übersehen. Ich habe die Ölfarben seiner Tochter benutzt."

Ich würde wetten, dass seine Frau nach Japan ziehen wollte.

„Miro", flüsterte er und trat näher an mich heran. Der Lauf seiner Waffe drückte sich gegen die Innenseite meines Oberschenkels. „Komm und küss mich und lass mich sehen, ob es mir gefällt."

Zwei Gedanken schossen mir in kurzer Folge durch den Kopf: Erstens – er brachte mich um, wenn ich es nicht tat. Zweitens – er hatte mich und meinen Hund vor einem Kerl gerettet, den ich tatsächlich mehr verabscheute als ihn – Barrett war mein Freund gewesen, ich hatte ihm vertraut. Hartley war nie auch nur ansatzweise ein Freund gewesen. Er konnte mir nicht so wehtun, wie Barrett es getan hatte.

Ich packte Hartleys Gesicht mit beiden Händen, atmete ein, hielt die Luft an – ich wollte nicht mit ihm zusammen atmen –, beugte mich vor und presste meinen Mund hart und schnell auf seinen. Bevor er reagieren konnte, lehnte ich mich wieder zurück, stieß den Atem aus und wollte zurücktreten, aber er drehte die Waffe in meine Richtung, sodass der Pistolenlauf gegen meine Hüfte stieß. Dann legte Hartley eine Hand um meinen Nacken und zog mich an sich.

„Du solltest besser gehen", sagte ich, wobei ich es vermied, ihm in die Augen zu sehen. Das war eine Form der Intimität, die allein Ian vorbehalten war. „Sie werden bei Sichtkontakt schießen."

„So besorgt um mein Wohlbefinden", sinnierte er, dann schloss er die Distanz zwischen uns und küsste mich.

Seine Zunge glitt zwischen meine Lippen und strich sanft über meine. Seine Hand ballte sich in meinen Haaren zu einer Faust und hielt mich still, als sein Mund meinen in Besitz nahm und er mich an sich zog, als wäre ich sein lang verschollenes Puzzlestück.

Als ich noch bei der Polizei gewesen war, hatte ich einmal eine Edelprostituierte in einem Mordfall befragt und weil es spät geworden war, hatte ich uns den guten Kaffee geholt und wir hatten uns über andere Dinge unterhalten als ihren toten, drogendealenden Freund-Schrägstrich-Zuhälter. Sie hatte mir erzählt, dass es genauso war wie sie in *Pretty Woman* sagten und dass küssen sehr viel intimer war als bumsen.

„Bumsen kannst du vortäuschen", hatte sie mir gesagt. „Den Orgasmus kannst du vortäuschen und alles andere im Bett auch, aber küssen … das kannst du nicht vortäuschen. Wenn du küsst, dann bist du mittendrin im Moment, Auge in Auge und Wange an Wange. Wenn du nichts empfindest, dann machen sich deine Hände nicht selbstständig und fassen nach dem anderen und halten ihn fest. Das Gegenteil ist der Fall: Man will ihn nur von sich wegschieben – weit, weit weg."

Ich hatte zugehört und sie hatte gelächelt.

„Einen Kuss kannst du nicht vortäuschen. Wenn du ihn nicht willst, dann ist ein Kuss tot. Dann ist da nur Kälte und diese tiefe, grauenhafte Angst in deiner Magengrube, dass der andere spürt, was du eben nicht empfindest. Dass du ihn eben nicht willst." Sie hatte ihre feinknochige Hand um mein Handgelenk geschlossen. „Ein Kuss von einem Mann, den du nicht willst, das ist eine widerwärtige Berührung von Fleisch und Spucke und bei seinem Geschmack auf deiner Zunge wird dir kalt bis ins Mark. Tu das niemals, Schätzchen. Küsse nur Männer, die du liebst oder die du zumindest in deinem Bett haben willst."

„Okay", hatte ich zugestimmt. „Mache ich, versprochen."

Ich hatte mein Versprechen gegenüber dieser Frau, die ich nie wiedergesehen hatte, gehalten. Ich hatte es bis zu dem Augenblick gehalten.

Es war genauso, wie sie es gesagt hatte. Es fühlte sich an, als küsste ich eine Leiche und mein Herz schmerzte vor Entsetzen und Abscheu.

Aber in meinem Kopf wirbelte alles wild durcheinander.

Ich hatte panische Angst vor Hartley, aber er hatte mir gerade das Leben gerettet. Allein der Gedanke, dass er mir nahekam, dass er mich berührte, ließ mich nachts schweißgebadet aus einem tiefen Schlaf hochfahren und das einzige, das diese Erinnerungen fernhielt, war Ian, der neben mir schlief. Aber Ian war öfter weg als zu Hause, was nicht seine Schuld war und ich musste lernen, damit zu leben und es ihm nicht immer wieder vorzuwerfen, aber …

Hartley war hier. Er war das *Ding,* das ich am meisten fürchtete. Er war das Monster in all meinen Albträumen und er war Schuld daran, dass ich keinen nennenswerten Schlaf fand und wie ein debiler Zombie durch die Gegend schlurfte, aber ... er war hier.

Die Pistole eröffnete mir den Ausweg. Die Pistole sagte, ich hatte keine andere Wahl, als mich seinen Wünschen zu beugen. Danach konnte ich das Gefühl wieder tief in mir verbergen, was ich dem Psychopathen nur deshalb zeigte, weil er wirklich gut darin war, Geheimnisse zu bewahren.

Ich legte meine Hände erneut um sein Gesicht und mein Atem strich warm über seine Haut, bevor ich ihn küsste, meinen Mund hart auf seinen presste und an seiner Zunge saugte. In dem einen Moment gab ich ihm mehr von mir, als ich es je zuvor getan hatte, zeigte ihm all die dunklen Stellen in mir, die ich normalerweise so sorgsam verbarg.

Ich war mein ganzes Leben lang verlassen worden, ausgesetzt, im Stich gelassen und zu vertrauen fiel mir so *unendlich* schwer. In der letzten Zeit hatte ich mir selbst etwas vorgemacht, hatte mich glauben gemacht, dass der Mann, der ich von außen zu sein schien, unbeschwert und sorglos, tatsächlich ich war. Es war glücklicher Zufall gewesen, der die Mädels damals an der Uni in mein Leben geführt hatte. Janet war die Erste gewesen und ich hatte gehandelt, ohne nachzudenken. Dann war sie da gewesen, ein fester Bestandteil meines Lebens, bevor ich überhaupt realisiert hatte, dass zwischen uns eine Freundschaft entstanden war. Das hatte mich verändert und ich war nicht mehr so geizig mit meiner Zuneigung und Aufmerksamkeit gewesen, nicht mehr so peinlich darauf bedacht, was ich im Gegenzug bekommen konnte. Bis ich eines Tages erkannt hatte, dass es Liebe war, die ich spürte. Ich liebte jede einzelne von ihnen, aber nicht auf romantische Art. Was ich für sie empfand war nicht die alles verzehrende, tiefe, seelenverbundene Art von Liebe, die angeblich auf jeden von uns wartete und die, zusammen mit Sex, den Himmel auf Erden bedeutete. Die war mir vollkommen fremd.

Bis ich Ian begegnete.

Ich konnte mein Herz manchmal tatsächlich schlagen spüren, wenn Ian neben mir herging. Ich konnte die Vibrationen seiner Schritte in mir spüren, denn er war mein, *meine* Liebe.

Ich hatte gedacht, dass, wenn ich liebte, alles andere einfach wäre und gut und alle Probleme mühelos aus dem Weg zu schaffen wären. Die Realität aber sah anders aus. In der Realität brauchte ich Ian dort, wo ich ihn sehen konnte. Der Gedanke an ihn war nicht genug und statt mich zu verstecken, musste ich mich dieser Tatsache stellen, musste ihr in die Augen sehen. Es würde wehtun, mich von ihm zu trennen, aber das war besser, als mir das, was ich brauchte, von einem wahnsinnigen Psychopathen zu holen, der mich umbrachte, wenn er konnte.

Ich riss mich von Hartley los und wischte mir mit dem Handrücken über den Mund, tief entsetzt und beschämt.

Er trat einen Schritt vor und ohne darüber nachzudenken ging ich in Kampfhaltung, angespannt und wachsam.

„Du bist innerlich ausgehungert."

Das war ich und er sah es, fühlte es. Ich konnte es nicht bestreiten.

Er leckte sich über die Lippen. „Ich habe es mir anders überlegt."

Mir fehlten die Worte; ich war zu erschüttert, zu beschämt.

„Ich will dich nicht umbringen."

Ich nickte.

„Verletzen, ja. Töten, nein."

Die Sirenen heulten näher, näher, so nahe.

„Geh", flüsterte ich.

Er hob eine Hand, winkte mir mit den Fingern. „Komm mit mir."

„Wir sind nicht … das weißt du."

„Es hat geschmeckt, als wären wir."

„Jeder macht mal Fehler", sagte ich mit einer Grimasse.

„Oder nicht", schloss er. Er schenkte mir ein trauriges Lächeln, bevor er sich umdrehte und durch die Hintertür in die Nacht hinausrannte. Der Regen verschluckte ihn, als wäre er nie dagewesen.

18

ICH FUHR nicht mit Barrett ins Krankenhaus. Ich fuhr mit Chickie, denn er brauchte mich. Der Typ, der versucht hatte, mich umzubringen, hatte eine Stimme. Mein Hund nicht.

Mein Handy klingelte just in dem Moment, als Dr Alchureiqi aus seinem OP kam, also ließ ich es zur Mailbox durchklingeln und stand auf, um mit dem Tierarzt zu sprechen. „Es tut mir so leid, Sie am Vorabend von Thanksgiving wegen eines Notfalls zu stören."

„Aber das ist die exakte Definition eines Notfalls, oder etwa nicht?"

Ich war zu müde, um darüber nachzudenken. „Ich weiß es jedenfalls sehr zu schätzen."

„Natürlich", erwiderte er, seine Stimme sanft, wie sie es immer war, selbst wenn er mich dafür schalt, dass ich Chickies Zähne nicht putzte und sein Krallen nicht schnitt.

Ich wappnete mich für schlechte Nachrichten. „Und, ist er –"

„Mr Wolf ruht derzeit bequem und ich bin sehr zuversichtlich, dass er sich rasch und vollkommen erholen wird."

Endlich konnte ich wieder atmen. „Wird er eine Metallplatte in seinem Schädel brauchen?"

Er sah mich mit zusammengekniffenen Augen an. „Nein, nein. Die Kugel ist in seinem Schädel steckengeblieben, das ja, aber es war eine leichte Extrahierung und wir konnten sie entfernen, die Haarrisse schließen und die Bruchstellen problemlos glätten. Wir haben alle notwendigen Behandlungen abgeschlossen."

„Also ist er zugenäht, verbunden und alles?"

„Das ist er."

„Und er wird einfach wieder wach werden, wenn die Narkose nachlässt?"

„Ganz genau."

Meine Knie wurden weich, also setzte ich mich abrupt wieder hin.

„Der Druckverband hat verhindert, dass er verblutet – das haben Sie sehr gut gemacht – und Chickie ist ein kräftiger Hund mit einem starken Herzen. Sie müssen sich also wirklich keine Sorgen um ihn machen. Er wird sich gut erholen."

Ich nickte.

„Sie können ihn morgen früh gleich als erstes sehen. Er schläft jetzt und wir bleiben den Rest der Nacht bei ihm und dann morgen auch noch. Sie sollten nach Hause fahren und ins Bett gehen."

„Ja."

„Sie sehen furchtbar aus", fügte er hinzu.

Ich lächelte schief. „Danke, Doc."

„Nein, ich meine das ernst. Ich glaube, Sie benötigen ebenfalls ein Beruhigungsmittel."

Er lag da nicht falsch.

„Und um der Liebe Gottes willen, ziehen Sie sich ein Hemd und eine Jacke an. Es ist eiskalt draußen."

ICH HATTE Chickie in meinem Truck zum Tierarzt gefahren, auf dem Vordersitz ausgestreckt, sein Kopf auf meinem Schoß und meine Jeans hatte ein paar Blutflecke abbekommen. Ich hatte mir nicht die Zeit genommen ein Hemd oder etwas anderes anzuziehen, bevor ich das Haus verlassen hatte. Und ich wäre auch beinahe nicht durchgekommen, so viele Menschen waren plötzlich da. Sie hatten versucht mich zu überreden, ins Krankenhaus zu fahren oder wollten eine Aussage von mir, aber ich hatte sie angeschrien, dass ich meinen Hund zum Arzt bringen musste und sie hatten mich durchgelassen.

Natürlich, ich hatte genug Zeit gehabt, um Hartley zu küssen, also war Chickie vielleicht doch nicht so wichtig für mich.

Aber Hartley war ein Arzt, ein echter, und er war einer der besten in den Vereinigten Staaten gewesen, bevor sie ihn dabei erwischt hatten, dass er Leute umbrachte. Als er mir gesagt hatte, dass Chickie überleben würde, hatte ich ihm geglaubt.

Ja, Chickie musste zum Tierarzt. Aber ich hatte es erst wirklich mit der Angst zu tun bekommen, als Dr Alchureiqi bei unserem Anblick weiß im Gesicht geworden war. Er hatte Chickie gesehen und seine sichtbare Besorgnis hatte mich mit kalter Angst und tiefen Gewissensbissen erfüllt. Ich hatte den Atem angehalten und halb in Panik auf dem Flur gewartet, geschüttelt von der entsetzlichen Angst, dass Ians Werwolf doch noch starb.

Aber er war in Ordnung und das Adrenalin, das meine Adern durchströmt hatte, verpuffte mit einem Mal. Als ich jetzt auf dem Fahrersitz meines Trucks saß, mit blutbefleckter, regendurchweichter Jeans, zitternd und vollkommen kraftlos, wusste ich nicht, was ich tun sollte.

Ich lehnte mich im Sitz zurück und ging endlich an mein Handy.

„Miro."

Er nannte mich nie beim Vornamen. „Eli", revanchierte ich mich seufzend. „Wie geht's dir?"

„Wo zum Teufel bist du?", schrie er.

„Vor'm Tierarzt", murmelte ich. „Wo bist du?"

„Ich bin bei dir zu Hause. Das FBI hat uns alarmiert, nachdem ihre beiden Agenten es versäumt haben, Bericht zu erstatten."

„Eamon Lochlyn hat sie umgebracht."

„Ich verstehe. Und woher weißt du das?"

„Hat er mir gesagt."

„Okay."

„Also bist du bei mir zu Hause?"

„Bin ich."

„Kowalski auch?"

„Natürlich."

„Ist Ian schon zurück?"

„Nein. Ich versuche schon die ganze Zeit, ihn anzurufen, aber er geht nicht dran."

„Okay."

„Dein Haus ist voller Kugeln und Blut und die Typen von der Spurensicherung haben hier drinnen gerade Hartleys Abdrücke gefunden."

„Ja, ich weiß. Er war da. Ich hab ihn gesehen."

„Du hast ihn gesehen?"

„Na ja, wir haben uns unterhalten, ja. Er hat Lochlyn umgebracht. Er hat eine neue Pistole, auf die er anscheinend total abfährt."

„Miro!"

Er kreischte. Wie eigenartig. „Was?"

„Miro!"

Schon wieder mein Name. „Himmel, was ist denn?"

„Bist du verletzt?"

„Nein."

„Du hörst dich aber verletzt an."

„Hm."

„Miro?"

„Ich bin nicht verletzt."

„Dann völlig neben dir."

„Vielleicht."

„Nichts da, vielleicht."

„Es regnet."

„Ja, das tut es. Stehst du im Regen?"

„Nein."

„Ist dir kalt?"

„Ja", gab ich schnell zu.

„Du stehst vermutlich unter Schock."

„Wieso?"

„Oh, ich weiß nicht. Vielleicht weil dein Freund versucht hat dich umzubringen? Wegen Hartley? Such dir was aus."

„Ich klinge wie ein ziemliches Weichei, findest du nicht?"

„*Nein*. Du hast mehr mitgemacht als die meisten Menschen, die ich kenne."

„Wirklich?"

„Dir ist doch klar, dass die meisten Menschen im Lauf ihres Lebens nicht ein einziges Mal entführt werden, oder?"

„Da hast du vermutlich recht."

„Wo bist du?"

„Hab ich dir doch gesagt, ich steh vor'm Tierarzt."

„Warum?"

„Barrett hat versucht, meinen Hund zu erschießen."

„Er hat auf Chickie geschossen?"

„Hat dir das niemand gesagt?"

„Ich bin gerade erst angekommen! Ryan und Dorsey sind ins Krankenhaus gefahren, weil wir dachten, dass du da hingefahren wärst."

„Oh." Das machte Sinn.

„Miro!"

„Gott, hör auf zu schreien", stöhnte ich und legte mich seitwärts auf die Vorderbank. „Scheiße ist das kalt. Ich glaub, ein T-Shirt oder so wär doch gut."

„Wieso hast du kein T-Shirt an?"

„Ich hab meins benutzt, um Barretts Knie zu verbinden."

„Und dann hast du vergessen, dir ein neues anzuziehen?"

„Chickie musste zum Tierarzt."

„Okay."

„Ich glaub nicht, dass mein Truck an ist."

„Scheiße", stöhnte er. „Sag mir die Adresse von deinem Tierarzt."

Ich sagte sie ihm, dann legte ich auf und schloss die Augen. Als mein Handy wenige Minuten später erneut klingelte, ging ich dran, hielt die Augen aber geschlossen.

„Hi", sagte er leise und so sanft. Allein der Klang seiner Stimme bannte mich. Ich würde ihn vermissen, wenn er fort war.

„Ian", stöhnte ich beinahe.

„Was ist passiert, bist du eingeschlafen?"

„Nein."

„Du klingst, als wärst du im Bett."

Ich atmete aus. „Wir müssen uns trennen."

Schweigen. Es hielt so lange an, dass ich beinahe eingeschlafen wäre.

„Was?" Er klang wütend und aufgebracht.

Ich holte tief Luft, damit ich so bald nicht wieder einatmen musste. „Ich vermisse dich zu sehr und ich weiß, dass das beschissen ist und überanhänglich und ich klammere zu sehr und beklage mich zu viel, weil hunderttausende Menschen jedes Jahr auf Soldaten warten und ihr seid so stark und toll und ich bin schwach. So schwach. Du verdienst was Besseres. Du verdienst die Art Person, die jahrelang stark sein kann, wenn das nötig ist und das bin nicht ich."

„Liebling –"

235

„Ich will dich auch nicht nur deshalb, weil du die Albträume fernhältst, denn dazu brauche ich dich jetzt nicht mehr. Ich meine, wenn ich Hartley küssen kann, dann brauche ich keine Angst mehr zu haben, richtig?"

„Ich kann nicht – ich – du – *was*?"

„Du warst eifersüchtig auf Barrett, aber das hättest du nicht sein müssen, denn er war nie mein Freund. Er hat Kerry Lochlyn geliebt und sein Bruder Eamon – also Kerrys Bruder –, er war derjenige, der die anderen Jungs aus deiner Einheit umgebracht hat. Aber er ist jetzt tot. Eamon. Und Barrett ist im Krankenhaus. Also musst du dir keine Sorgen mehr machen und du kannst den anderen Jungs sagen, dass sie nicht mehr in Fort Bragg bleiben müssen."

„*Was*?", fragte er atemlos.

„Ruf Kohn an. Ich muss ein kurzes Nickerchen machen", sagte ich und legte auf, denn ich war wirklich erschöpft und brauchte Schlaf.

Der Regen, der aufs Wagendach trommelte, war beruhigend und ich versuchte, mir ein Leben ohne Ian vorzustellen. Es würde nicht leicht werden, in Chicago zu bleiben und vielleicht war das das Zeichen, dass es Zeit war, weiterzuziehen. Ian konnte das Greystone haben und Drake und Cabot und jetzt auch Josue. Ich fragte mich, ob er mir Chickie überlassen würde. Ich konnte nicht alles auf einmal verlieren. Das wäre zuviel.

Ich träumte, dass ich mit einem Wecker angelte, was ziemlich seltsam war und keinen Sinn machte, bis ich weit genug wach wurde, um an mein Handy zu gehen.

„Miro."

„Du hast die beste Stimme überhaupt", teilte ich ihm mit. „Hat dir das schon mal jemand gesagt?"

„Ja, du. Ständig", versicherte Ian mir. Mir fiel auf, dass er komisch atmete, ziemlich schnell und ich konnte ein ungewöhnliches Zittern in seiner Stimme hören.

„Weißt du, Barrett hat versucht, Chickie zu erschießen, aber Hartley hat mich gerettet und er hatte eine Pistole und ich habe ihn geküsst und als ich ihn geküsst habe, dachte ich – Ian wäre so sauer, weil, wenn du jemand anderen küsst, dann bringe ich dich um und dann dachte ich, das ist ziemlich scheinheilig von mir, weil ich mich ja an Hartley rangeschmissen habe und das war ziemlich mies und mir ist aufgegangen, dass ich dir gegenüber nicht fair bin. Ich lüge und sage, dass es okay ist, wenn du weggehst, aber das ist es nicht. Ich wäre lieber allein, als dich die ganze Zeit zu vermissen und wenn ich dann noch mal jemanden küsse, muss ich wenigstens kein schlechtes Gewissen deswegen haben."

„Du stehst vor der Tierarztpraxis hast du gesagt?"

„Hörst du mir überhaupt zu?"

„Ja, ich höre jedes Wort."

„Es ist nicht fair von mir, von dir zu verlangen, dass du dich änderst", sagte ich, öffnete die Augen und beobachtete den Regen, der gegen meine Scheiben trommelte. „Und es ist nicht fair von dir, von mir zu verlangen, dich weniger zu brauchen."

„Nichts davon ist fair, da stimme ich dir zu."

„Ich verkaufe das Greystone und gebe dir die Hälfte vom Geld."

„Warte erstmal."

„Wir müssen es aber erst sauber machen. Die Küche ist ganz voller Blut."

„Wir machen sauber."

„Chickie hat versucht mich zu retten."

„Aber er wurde verletzt und du wurdest verletzt und Craig Hartley musste euch beide vor dem Mann beschützen, der mich umbringen wollte."

„Ja, das stimmt", sagte ich und meine Lider sanken wieder herab. „Wie lustig."

„Miro –"

„Ich bin nicht verletzt worden", korrigierte ich ihn dann.

„Oh, ich würde sagen, das bist du."

„Ich werde nie wieder sauber sein."

„Was?"

„Ich habe Hartley geküsst. Das bekomme ich nie wieder ab."

Er legte auf, was ziemlich unhöflich war, schließlich waren wir gerade dabei, uns zu trennen, aber ich verstand. Vielleicht war es ihm ja doch nicht so wichtig.

Als mein Handy erneut klingelte, ging ich dran.

„Miro, mein Schatz, ist die Heizung in deinem Truck an?"

Dass Ian mich seinen Schatz nannte, ließ mich seufzen wie die Naïve in einem richtig schlechten Film auf Lifetime. „Was?"

„Die Heizung. Ist die Heizung im Truck an?"

„Äh-nö."

„Könntest du sie für mich anstellen?"

„Aber der Truck ist nicht an."

„Miro –"

„Es tut mir so leid, Ian." Ich schluckte ein Schluchzen. „Du verdienst jemanden, der –"

„Halt den Mund!", schrie er. „Du bist derjenige der verdammt noch mal etwas Besseres verdient hat, aber fick dich, Miro, vergiss es! Du hast mich am Hals und das war's, aus, Ende, finitus. Hast du kapiert? Verstehst du das? Du kannst die Entscheidung nicht einfach alleine treffen. Ich auch nicht. Das können wir nur zusammen entscheiden und wir bleiben zusammen. Punkt."

„Ich kann nicht", sagte ich heiser. „Ich zerbreche innerlich, wenn du gehst."

„Ich auch, du dämlicher Idiot!"

Er auch? „Du auch?"

„Scheiße, Miro, ja natürlich."

„Aber warum gehst du dann?", fragte ich und versuchte, nicht so verloren zu klingen, wie ich mich fühlte.

„Ich glaube, weil ich eine ganz bestimmte Vorstellung davon hatte, wie ein Mann ist, was ein Mann tut und was Mann-sein bedeutet. Weil ich mit dir zusammen bin, hatte ich das Gefühl, als müsste ich noch mehr tun, noch mehr Mann sein."

„Du wolltest nicht, dass irgendjemand denkt, dass mit mir zusammen zu sein, dich schwach macht."

„Genau", sagte er heiser.

„Aber das ist total dumm. Schwul zu sein oder bi oder was auch immer, das macht dich nicht schwach."

„Ja, das weiß ich."

„Was dann?"

„Es ist eine Sache, das zu wissen und eine ganz andere, das von sich selbst zu denken."

„Ja, das verstehe ich." Das tat ich. Dinge zu wissen half nicht, solange man nicht auch so fühlte.

„Aber wenn ich gehe, verlasse ich nicht nur den Mann, den ich liebe, ich lasse auch meinen Partner allein. Und du wirst verletzt, wenn ich gehe, weil niemand da ist, der dir den Rücken freihält."

„Das stimmt nicht", verteidigte ich meine Freunde. „Die Jungs halten mir den Rücken frei und das würden sie auch für dich tun."

„Aber du bist für niemanden oberste Priorität außer für mich."

„Weil du mich liebst", flüsterte ich. Ich wollte ihn so sehr, dass meine Haut vor Verlangen nach ihm schmerzte. „Richtig? Ian? Du liebst mich?"

„Ich habe noch niemanden so geliebt wie dich. Jemals."

Mein Atem stockte. „Es tut mir leid, dass ich Hartley geküsst habe."

„Ich verzeihe dir. Er hatte ja eine Pistole."

„Ja, aber ich hab's nicht deshalb getan, weil ich Angst hatte, dass er mich erschießt."

„Nein, ich vermute, es waren auch Einsamkeit und Dankbarkeit und vermutlich eine ordentliche Portion Schock mit im Spiel."

„Schock?"

„Barrett hat Chickie erschossen. Er hat dir gesagt, dass er dich auch umbringt, oder nicht?"

„Hat er."

„Das hattest du nicht erwartet, was?"

„Nein", sagte ich mit klappernden Zähnen.

„Oh, Gott, Liebling, bitte stell den Wagen an und dreh die Heizung auf."

„Mache ich."

„Vergiss es, ich mache es. Ich sehe dich."

„Was?" Aber ich verstand, als plötzlich jemand gegen die Fensterscheibe hämmerte und ich aufsah und Ian dort im strömenden Regen stehen sah.

„Mach die Tür auf!", schrie er, aber er klang gedämpft durch das Glas und das viele Wasser.

Ich rappelte mich hoch, löste die Verriegelung und rutschte dann schnell über den Sitz, damit er da draußen nicht ertrank.

Er riss mir augenblicklich den Schlüssel aus der Hand und ließ den Wagen an. Sobald heiße Luft ins Wageninnere blies, drehte er sich zu mir um. „Das Timing ist zwar total beschissen, weil du vollkommen neben dir stehst, aber ich wollte dir trotzdem sagen, dass ich die Entscheidung getroffen habe, aus der Armee auszutreten."

Ich halluzinierte.

„Miro?"

„Ich glaube, ich bin im Koma."

„Nein, bist du nicht."

„Ich stehe unter Schock."

„Das ja."

„Trittst du wirklich aus?"

„Ja."

„Warum?"

„Weil es keinen Sinn mehr macht", sagte er fest.

„Wie meinst du das?"

„Früher war es richtig für mich – früher war ich genau das. Aber jetzt bin ich hier investierter, zu Hause, bei dir."

Ich hatte Angst seine Worte zu verstehen, denn sie waren genau das, was ich hatte hören wollen und sie schienen einfach zu gut, um wahr zu sein.

„Ich glaube, dass ich nicht austreten könnte, wenn ich kein Marshal wäre, denn zu dienen – ob im Militär oder im Rechtsvollzug – das ist es, was ich bin."

Das war es, da stimmte ich zu. Ian war der Mann, der bereitwillig sein Leben für jemand anderen an zweite Stelle setzte, denn so war er gemacht, so war sein Herz gemacht. „Das ist, weil du ein guter Mann bist, Ian Doyle."

Er schüttelte den Kopf. Ich wusste, dass er in seinem Leben Dinge getan hatte, von denen er sich im Klaren war, dass sie das Gegenteil von gut waren und diese Dinge verfolgten ihn nach wie vor. „Ich trete nicht aus der Armee aus, weil ich denke, dass ich ihnen nicht mehr nützen kann. Ich trete aus, weil ich denke, dass ich hier zu Hause, mit dir, mehr nützen kann. Als Marshal und als dein Partner, im Büro und zu Hause."

Ich zitterte, denn seine Worte waren fantastisch und furchterregend zugleich.

„Du bist ein großer Teil davon, warum ich die Armee verlasse, aber du bist nicht der einzige Grund. Und ich denke, das ist gut für dich zu wissen."

Das war es. Die Entscheidung war nicht nur meinetwegen. Er hatte sie nicht nur meinetwegen getroffen. Sein eigenes Denken hatte sich verändert und ich konnte nicht mehr verlangen.

„Ich glaube wirklich, dass ich hier mehr Gutes tun kann als auf der anderen Seite der Welt."

Ich wollte ihn beim Wort nehmen und unser neues Leben planen, aber das war nicht fair. Das war nicht das, was er getan hätte, wenn die Rollen vertauscht gewesen wären. „Bist du dir sicher?"

„Ich bin mir sicher."

„Ja, aber –"

„Ich dachte, das ist das, was du willst."

„Das ist es. Das weißt du."

„Dann freu dich."

„Nicht, wenn es dich traurig macht. Nicht, wenn du einen Teil von dem, was du bist, vermisst. Da würde ich mich lieber von dir trennen, als das zuzulassen."

Er nahm mein Gesicht in seine Hände. „Ich bin nicht traurig. Ab jetzt kann ich bei dir zu Hause bleiben und glaube mir, das ist aufregend."

„Ich will, dass du dir sicher bist."

„Oh, das bin ich. Ich weiß, du bist das Abenteuer."

„Nein, das ist es nicht, was ich –"

Er lachte und versuchte, mich näher zu ziehen, um mich zu küssen.

Ich lehnte mich zurück, drehte den Kopf weg. Oder versuchte es zumindest, denn er hielt mich fester, sodass ich mich nicht bewegen konnte.

„Was zum Teufel soll das?"

Die Tränen waren keine Überraschung. „Ich muss nach Hause und mir die Zähne putzen, duschen und in Lauge getunkt werden oder so. Ich bin total schmutzig."

„Du bist voll von dem Blut unseres Hundes und auch von Barretts, der versucht hat, dich umzubringen und den du trotzdem gerettet hast. Aber was wichtiger ist, du bist immer noch du und du liebst mich, richtig?"

Ich konnte ihn durch meinen Tränenschleier hindurch nicht einmal sehen.

„Es ist alles sehr viel und sehr verwirrend, ich weiß. Aber küss mich jetzt, damit du dich daran erinnerst, wie küssen sich anfühlt. Wie es sich anfühlt, von dem Mann geküsst zu werden, der dich liebt."

„Wie kannst du das immer noch wollen?"

„Sei kein Idiot", schalt er mich sanft. „Du gehörst zu mir."

Ich atmete bebend ein.

„Stimmt's oder hab ich recht?"

„Recht", brachte ich heiser heraus.

„Dann dreh dich nicht weg von mir, *niemals*."

Ich atmete die Scham und die Angst aus, als Ian sich vorbeugte und mich küsste. Es war vermutlich reine Einbildung, aber die Art, wie er meinen Mund in Besitz nahm, fühlte sich anders an. Der Kuss fühlte sich anders an. Er war besitzergreifend, besonnen und verträumt. Als hätte er alle Zeit der Welt.

„Ian?"

„Ich bin jetzt wirklich und wahrhaftig zu Hause. Du wirst mich nie wieder los."

„Versprich es mir."

„Oh, absolut. Und du hast versprochen, mich zu heiraten, erinnerst du dich?"

Ich musste vor dem Sturm der Gefühle, der in mir tobte, die Augen schließen. „Ja."

„Wir sollten das bald tun."

Ich war völlig überlastet und überreizt. Das war der einzige Grund, warum mir erneut heiß und unaufhaltsam die Tränen in die Augen schossen.

„Komm, küss mich noch mal. Lass uns die Abmachung besiegeln."

Ich musste ihn beim Wort nehmen und den Sprung wagen. Also küsste ich ihn mit all der Hoffnung, all der Freude, all dem Vertrauen, die in mir waren.

Er war zu Hause und er würde bleiben. Es war ganz offiziell das beste Thanksgiving meines Lebens.

„Und jetzt fahren wir ins Krankenhaus, damit sie dich untersuchen können", verkündete er, sobald sich unsere Lippen voneinander lösten.

„Was? Nein. Mir geht es gut, ich schwöre bei Gott. Ich stand ein bisschen neben mir, tue es vermutlich immer noch, aber ich brauche nur Schlaf. Viel, viel Schlaf. Und viel, viel Sex", bat ich ihn. „Bitte, Ian, Krankenhaus ist Zeitverschwendung. Ich bin nicht verletzt, versprochen."

Er betrachtete mich eine Zeitlang eingehend, dann nickte er und reichte mir sein Handy. „Ruf Kohn an. Sag ihm, dass wir nach Hause kommen und dass er den Tatort – auch bekannt als unsere Küche – sofort freigeben lassen soll."

Ich stöhnte, als ich meinen Sicherheitsgurt anlegte und wir vom Bordstein losflogen. „Diese Jungs sind FBI. Die werden wir nie los – lässt du das Cabrio einfach hier stehen?", fragte ich, als ich das Auto ein paar Plätze entfernt stehen sah.

„Ja, vielleicht haben wir ja Glück und jemand klaut es."

Ich musste lächeln. Verdammter Ian. „Das ist nicht nett."

„Rosa Cabrio oder ein uralter Dodge. Was zum Henker", grummelte er.

„Aber wie ich gerade sagte, das FBI braucht Tage, um einen Tatort zu sichern und zu analysieren."

„Normalerweise ja, aber du bist ein Zeuge, Barrett ist auch ein Zeuge und ach übrigens, du darfst dir deine Freunde nie mehr selbst aussuchen", ordnete er an und warf mir einen Blick zu, der sagte, ich solle nur wagen zu widersprechen.

„Ja, okay."

Er knurrte.

„Aber denkst du, weil ich ein Zeuge bin und sagen kann, was passiert ist und weil Barretts Aussage meine wohl zum großen Teil bekräftigen wird –"

„Er wird vermutlich versuchen, seine Motivation anders darzustellen, aber Blutspritzer, Kugeln, Fingerabdrücke und was sie sonst noch alles finden, spricht seine eigene Sprache."

„Kohn wird sie kaum drängen können. Ein guter Tatortanalyst lässt sich nicht hetzen. Sie können den Tatort so lange abriegeln, wie sie wollen."

„Ja, aber in diesem Fall haben sie direkte Beweise. Sie haben dich."

Ich stöhnte. „Ich werde tagelang erklären müssen, was passiert ist. Ich werde von Glück reden können, wenn sie mich morgen auch nur etwas essen lassen. Gastgeber für meine Freunde und Familie sein, das kann ich vergessen."

„Wir haben jede Menge Leute, die uns helfen. Alles ist möglich. Hab ein wenig Vertrauen."

Ich konnte nichts anderes mehr tun. Ian war zu Hause, für immer.

19

Es GAB gute Nachrichten und schlechte Nachrichten. Die gute war, dass meine Küche, was Tatorte anging, ziemlich eindeutig war.

Alle Kugeln, die Hartley abgefeuert hatte, steckten in Lochlyn, abgesehen von der einen, die Barretts Knie zertrümmert hatte. Er hatte keine weiteren Schüsse abgefeuert und die Blutspuren in der Küche gehörten entweder zu Lochlyn oder zu Barrett. Die Walther in meiner Spüle war innerhalb des Hauses nur einmal abgefeuert worden und diese Kugel war zusammen mit Chickie beim Tierarzt und konnte dort eingesammelt werden.

Das Blut am Bücherregal war alles Chickies.

Ich hatte gedacht, dass die Forensikeinheit des FBI hundertmal länger brauchen würde als die der normalen Polizei, aber das genaue Gegenteil war der Fall. Sie hatten doppelt so viel Personal, waren hypereffizient und machten genug Fotos, um den gesamten Raum in Einzelbildern nachzubilden, sollte abstrakte Kunst ihr Ziel sein. In anderen Worten: Die schiere Anzahl an Personen, die den Raum untersuchten, bedeutete, dass sie in Rekordzeit fertig waren.

Als Ian und ich nach Hause kamen, waren sie bereits seit drei Stunden am Werk. Im ersten Moment dachte ich, ich hätte irgendwo ein paar Stunden verloren, aber dann erinnerte Ian mich daran, dass Chickie operiert worden war, was eine Weile gedauert hatte und dass ich diese Zeit voller Sorge um ihn verbracht hatte, was sie unbemerkt an mir hatte vorbeiziehen lassen.

„Wo sind Aruna und Janet und –"

„Sie sind alle bei Aruna zu Hause. Sie und Liam haben Janet mitgenommen."

„Okay."

„Komm, wir organisieren dir als erstes ein T-Shirt und einen Pullover. Und dann einen heißen Tee, was meinst du?"

Ich nickte, als Kohn auf uns zugestürzt kam. Er warf beide Arme um mich und umarmte mich, wie er das noch nie getan hatte, umarmte mich so fest, dass ich fast keine Luft mehr bekam.

„Jones", sagte Kowalski, der langsamer näherkam. „Ich hab schon eine Reinigungsfirma engagiert, um hier sauber zu machen. Sie wollen in einer Stunde da sein und –"

Ich machte mich von Kohn los, der sich daraufhin Ian krallte. „Wie hast du das denn geschafft? Morgen ist doch Thanksgiving."

„Morgen ist schon in einer Stunde, aber jeder arbeitet so lange, wie man sie bezahlt", erinnerte er mich.

„Das wird ein Vermögen kosten."

„Macht das was?"

Machte es ehrlich gesagt nicht. „Danke, Jer."

„Gern geschehen", sagte er und lächelte mich an, was eine ganz neue und ungewohnte Erfahrung war. „So, und jetzt geht der Spaß erst richtig los", grollte er, als hinter mir vier Anzugträger ins Haus traten.

Das FBI leitete die Ermittlungen, aber die Polizei von Chicago war ebenfalls vertreten, zusammen mit Kage. Es war nett von ihm, dass er gekommen war, obwohl er offiziell Urlaub hatte, aber andererseits war das sein Job. Der OPR Typ, McAllister, war ebenfalls mit von der Partie, um sich anzuhören, was ich zu sagen hatte und um eine Pressemitteilung vorzubereiten. Außerdem war er Anwalt und konnte, wenn nötig, Kage beraten. Alle sahen sie gestriegelt und gebügelt aus, was angesichts der späten Stunde und der Tatsache, dass sie durch den strömenden Regen ins Haus getreten waren, ziemlich bemerkenswert war. Kage sah besonders gut aus in einem marineblau karierten Anzug, schwarzem Baumwollshirt und Schnallenschuhen, die ich schwer im Verdacht hatte, Ralph Lauren zu sein. Er war für einen Abend im Restaurant oder Theater gekleidet.

„Waren Sie auf einem Rendezvous?", fragte ich ihn, sehr viel mutiger, als ich es sonst war. Musste an dem Abend liegen, den ich hinter mir hatte. Eine wahre Achterbahnfahrt der höchsten Höhen und tiefsten Tiefen.

Er wandte mir langsam den Blick zu. „Das war ich, ja."

„Tut mir leid."

„Menschen, die versuchen, meine Marshals umzubringen, haben den Vorrang vor meinem Liebesleben, Jones, aber ich warne Sie bereits jetzt – keine Faxen morgen. Haben Sie das verstanden?"

„Das ist nicht – es war doch nicht meine Schuld."

Sein geringschätziges Knurren ließ mich wissen, dass er nicht ganz hundertprozentig überzeugt war.

Wir setzten uns in unser Wohnzimmer: ich, Ian, Kohn, Kowalski, Kage, McAllister, die Anzugträger und Special Agent Tilden Adair, der das Mikrophon an seinem Handy anstellte und aufnahm, was ich sagte. Er bat mich, so sorgfältig wie möglich zu berichten, was genau sich ereignet hatte.

„Zuerst einmal, es tut mir leid, was Ihren Agenten zugestoßen ist. Eamon Lochlyn hat gesagt, dass er sie beide umgebracht hat. Ich hoffe, sie mussten nicht leiden."

„Ich danke Ihnen und nein, so wie es aussieht, mussten sie das nicht. Wir waren überrascht, dass es nicht Hartley war, der sie getötet hat."

„Nein, es war Lochlyn. Hat er sie erschossen?"

„Sie wurden beide erschossen, ja."

„Mit der Walther?"

„Die Kugeln scheinen übereinzustimmen, ja, aber wir warten noch auf die Bestätigung der Ballistik."

„Okay."

„Was für eine Art Waffe hat Hartley mit sich geführt?"

Also erklärte ich die ausgefallene Desert Eagle, warum er Lochlyn erschossen hatte und dann auch, wie Barrett ihn aufgeschreckt hatte, was dazu geführt hatte, dass er angeschossen wurde. Dann fing ich ganz von vorne an und ließ nichts aus. Sie alle – mit Ausnahme von Ian, Kage und, interessanterweise, Adair – wanden sich ein wenig, als ich erzählte, wie ich Hartley unter Zwang geküsst hatte und dass er mich genauso gern vögeln wie foltern wollte. Ich berichtete auch, warum und aus welchen Gründen Lochlyn seinen Rachefeldzug gestartet hatte und warum Barrett Van Allen ihm geholfen hatte.

„Hartley hat Ihnen das Leben gerettet", bemerkte Adair und als ich ihn ansah, schoss mir der unerwartete Gedanke durch den Kopf, dass ich vorher noch nie einen Menschen mit komplett pechschwarzen Haaren und ebensolchen Augen gesehen hatte. Er war wirklich ein sehr beeindruckender Mann, aber als „gut aussehend" hätte ich ihn nicht unbedingt bezeichnet.

„Ja, das hat er."

„So, wie ich es verstanden habe, hatte Hartley in Phoenix die Absicht, Sie zu töten."

„Ja, aber er will dabei nicht gehetzt werden. Er will mich in seinem eigenen Tempo umbringen, wann und wie er will und dabei nicht unter Zeitdruck gesetzt sein."

Adair nickte. „Haben Sie Angst um Ihr Leben, Marshal?"

„Jetzt nicht mehr."

„Glauben Sie, dass die FBI Agenten, wenn Lochlyn und Van Allen sie nicht getötet hätten, hätten sterben müssen?"

„Nein."

„Was führt Sie zu dieser Annahme?"

„Hartley denkt alles bis zu Ende durch. Er macht nie irgendetwas einfach so. Die Agenten hätten Hartley bei Sichtkontakt erschossen. Für Lochlyn und Barrett hatten sie keinen derartigen Befehl, was vermutlich der Grund ist, warum sie getötet wurden. Sie haben die beiden zu nah kommen lassen, weil sie nicht wussten, dass Lochlyn und Van Allen eine Bedrohung darstellten."

Er nickte. „Dem stimme ich zu. Sie waren beide gut ausgebildete Agenten. Sie haben nicht damit gerechnet, überrumpelt zu werden."

„Nein, wie hätten sie das auch."

Das Frage-und-Antwort Spiel zog sich über mehrere Stunden hin und ich war überrascht, dass Adair es den Reinigungsleuten erlaubte, hereinzukommen, während er noch mit mir sprach. Aber als sie an mir vorbeigingen, sah ich, dass sie alle einen Gehörschutz trugen wie die Leute, die auf dem Rollfeld arbeiteten und vermutlich gar nichts hörten. Kowalski, der vorausschauender war, als die meisten Menschen ihm zutrauten, hatte die Firma informiert, dass das eine Möglichkeit war und sie waren vorbereitet gekommen.

„Wir werden Ihren Namen natürlich aus den Medien heraushalten, aber ich vermute dennoch, dass es Journalisten geben wird, die eins und eins zusammenzählen und die Verbindung herstellen werden."

„Damit werden wir fertig, Agent Adair", versicherte McAllister ihm. „Wir kümmern uns um unsere Leute."

„Special Agent", korrigierte Adair ihn.

„Chief Deputy", sagte Kage und da er eindeutig den längsten Schwanz hatte, hielten alle anderen den Mund. „Ist das dann alles, Special Agent?"

„Für den Moment, ja."

Warum es danach noch mal eine halbe Stunde dauerte, bis sich das FBI verkrümelte, war mir schleierhaft, aber als sie weg waren, wirbelte McAllister zu uns herum und teilte uns mit, dass er persönlich bei der Polizei anrufen und dafür sorgen würde, dass von nun an uniformierte Beamte vor unserem Haus standen und es bewachten und zwar rund um die Uhr.

Ich schüttelte den Kopf. „Wenn Hartley mich will, dann wird er mich bekommen. Aber um ehrlich zu sein, glaube ich wirklich, dass er nach Paris geht, wie er das gesagt hat und dort eine Art Untergrundphänomen wird."

„Hat er gesagt, dass er dort eine Anhängerschaft um sich sammeln will?"

„Nein, das fände er zu angeberisch. Aber ich glaube, dass er derzeit andere Pläne hat, die mich nicht einschließen. Wenn sie das jemals wieder tun."

„Wieso glauben Sie das?"

„Na ja, ich meine … die Situation zwischen uns hat sich verändert. Damit meine ich nicht, dass wir jetzt Freunde sind, das wäre Irrsinn, aber … er hat es selbst gesagt: Er will mich nicht mehr umbringen. Mir wehtun, ja, wenn er die Chance dazu bekommt, aber töten, nein. Also bin ich jetzt kein … ich bin keine Requisite mehr, die er nach Belieben von hier nach da transportieren kann. Er muss mit mir sprechen, mich überzeugen und das auf eine Art, die nicht als Zwang oder Nötigung ausgelegt werden kann. An dem Problem wird er zu knabbern haben und es wird vermutlich eine ganze Weile dauern, bis er es gelöst hat. Vielleicht löst er es nie."

„Wenn ich Sie also richtig verstehe, glauben Sie, dass er sich von Ihnen fernhalten wird, bis er herausgefunden hat, wie er Sie dazu bringen kann, freiwillig mit ihm zu gehen."

„Ja, genau."

„Ich bin mir nicht sicher, ob Sie qualifiziert sind, eine solche Entscheidung zu treffen, Marshal."

„Leider kennt niemand von uns Hartley besser als ich", sagte ich zu ihm. „Verschwenden Sie also bitte keine Leute hier, wo sie nicht gebraucht werden."

Er sah hilfesuchend zu Kage.

„Ich stimme McAllister zu", sagte Kage, was mich überraschte. „Es werden jede Nacht Männer vor diesem Haus stehen und Wache halten, aber wir regeln das intern. Ich habe bereits die Gerichtssicherheit informiert und der stellvertretende Direktor hat mir ab Montagmorgen Sicherheitspersonal zugesichert."

„Und bis dahin?", wollte McAllister wissen.

„Marshal Jones steht unter Hausarrest und wir werden alle vier Stunden jemanden vorbeischicken, der nach ihm sieht. Außerdem lebt er mit Marshal Doyle zusammen, wie Sie wissen und als ehemaliger Green Beret ist er mehr als qualifiziert, Marshal Jones zu beschützen."

„Ehemaliger?", flüsterte ich.

„Lebt zusammen?", fragte McAllister.

Ian grinste selbstzufrieden. „Ja. Wir wollen heiraten."

Es dauerte eine ganze Weile und ich begann mir Sorgen zu machen, denn McAllister sah so konsterniert aus, dass ich dachte, er würde entweder in Tränen ausbrechen oder in eine Hasstirade. Aber weder noch: Er lächelte. Ein breites, aufrichtiges Lächeln, das mich überraschte, da ich nicht gewusst hatte, dass er dazu fähig war.

„Das wusste ich nicht, aber das ist wundervoll. Herzlichen Glückwunsch."

„Damit ist das geregelt", sagte Kage und stand auf, was das Signal war für McAllister und die vier anderen Anwälte – die Kage nicht namentlich vorgestellt hatte – ebenfalls aufzustehen. Ich wusste aus Erfahrung, dass Kage Menschen, die er nicht mochte, nie mit Namen vorstellte, also konnte er die vier hier nicht leiden und brachte auf diese Art seine Abneigung zum Ausdruck. Andererseits bedeutete es auch, dass sie in der Hierarchie ziemlich weit oben standen, denn Kage behandelte Untergebene niemals schlecht. Das war nicht seine Art, seinen Ärger an denen auszulassen, die nicht anders konnten.

„Sie sind ein wahrer PR Traum, Marshal Jones."

„Ich bin nur ein Marshal in Sam Kages Team, Sir."

Er nickte. „Ich muss sagen, nachdem ich Marshal Becker und Marshal Ching getroffen habe und nun Sie, vermute ich, dass der Chief Deputy sich ein sehr beachtliches Team aufgebaut hat."

„So amüsant das auch ist …", brummte Kage, dann packte er mich am Oberarm und führte mich zur Haustür. Er öffnete sie, sah einen Moment lang hinaus in den Regen und blickte dann hinunter auf die Türschwelle. „Sie treten vor Montagmorgen, wenn Sie zum Dienst erscheinen, einen Schritt hier drüber und ich erkenne Ihnen Ihren Status als Ermittler ab und leihe Sie dauerhaft an die Buchhaltung oder die Verwaltung oder" – und ich wusste, was kam, noch bevor er es sagte, denn genau so fies war er – „die staatliche Beschlagnahmung aus."

Ich zitterte.

„So oder so müsste ich Doyle einen neuen Partner suchen. Genauso wie ich für Sie einen neuen Partner hätte suchen müssen."

„Für mich, Sir?"

„Er war zu oft im Militäreinsatz. Ich hätte ihn als Ihren Partner ersetzen müssen. Ich hätte ihn im Team behalten, das ja, aber Sie brauchen jemanden, der hier ist. Dazu haben wir schließlich Partner."

Ich räusperte mich, denn mich hatte eine schreckliche Ahnung beschlichen. „Ist es das, worüber Sie gestern mit ihm gesprochen haben, Sir? In Ihrem Büro?" Dass Ian mein Partner war, war einer der Hauptgründe, warum ich meinen Beruf liebte. Ihn an meiner Seite zu haben, war der beste Teil des Tages. Ich konnte mir nicht einmal vorstellen, wie es ohne ihn weitergegangen wäre. Mein Verstand reichte nicht aus, diesen Verlust zu begreifen.

„Nein", sagte er beinahe verärgert. „Ich wollte mit ihm über die Ermittlung im Fall Lochlyn sprechen, aber da er mir nicht viel sagen konnte, haben wir nicht lange gesprochen. Natürlich habe ich ihn über die neuesten Entwicklungen in Sachen Cochran informiert, für den Fall, dass andere Polizisten, die Cochran kennen, auf die Idee kommen, Rache nehmen zu wollen. Aber wie es sich herausgestellt hat, hätte ich mir die Mühe sparen können."

„Ja, niemand kann ihn leiden."

„Niemand kann ihn leiden, das ist korrekt formuliert."

„Sir, warum haben Sie Ian – Doyle – nicht von Hartley berichtet?"

„Weil ich davon ausgegangen bin, dass Sie das bereits getan hatten. Was Sie angeht, werde ich nie wieder von Annahmen ausgehen, Jones."

Aus irgendeinem Grund wurde mir bei den Worten warm ums Herz und ich hätte ihn vielleicht sogar mit der Schulter angestoßen, aber er wählte den Moment, mir zu drohen.

„Nicht einen Schritt aus diesem Haus, Jones. Es sei denn, es brennt. Mit brennt meine ich, es steht lichterloh in Flammen, sodass der Ehemann Ihrer Freundin Aruna kommen muss, um es zu löschen."

„Woher kennen Sie Aruna, Sir?"

„Wir sind uns im Krankenhaus begegnet, nachdem Sie beim Schutz der Zeugin Nina Tolliver angeschossen wurden. Ich habe sie beide kennengelernt."

Und er erinnerte sich. „Ja, Sir."

„Nicht einen, Jones", sagte er, stellte seinen Kragen auf und rannte die Stufen hinunter.

Da ihm niemand augenblicklich folgte, drehte ich mich um. Die anderen vier standen ein paar Schritte hinter mir.

„Müssen Sie noch etwas mit mir besprechen?"

„Nein", erwiderte einer der vier Männer. „Wir warten nur darauf, dass Ihr unerträglicher Vorgesetzter aus dem Weg ist."

„Furchteinflößender Vorgesetzter", verbesserte ein anderer Mann. „Ich glaube, du wolltest 'furchteinflößend' sagen."

Der erste Mann wiegte den Kopf hin und her, als wolle er damit sagen *vielleicht*.

Nachdem sie weg waren, schloss Ian die Tür, schloss sie ab, küsste mich und wies mich an, hoch und unter die Dusche zu gehen.

„Genau, Jones, du stinkst", sagte Kowalski, während er das Curry, das Aruna gemacht hatte, aus dem Kühlschrank holte.

Während ich zur Treppe ging, dachte ich mir, dass die Reinigungsleute erstklassige Arbeit geleistet hatten. Und dann realisierte ich, dass sie weg waren.

„Wann sind die denn gegangen?", fragte ich Kohn.

Er sah mich an.

„Was denn?"

„Man sagt, die Beobachtungsgabe ist das erste, was nachlässt, wenn man übermüdet ist."

„Was?"

Er drehte sich zu Kowalski um. „Ich weiß, dass ich Englisch gesprochen habe."

Kowalski stöhnte, dann wandte er sich an mich. „Hör zu, geh duschen und dann ins Bett. Wir bleiben hier unten bei Doyle, also mach dir keine Sorgen."

Aber ich machte mir keine Sorgen wegen Hartley. „Glaubt ihr, dass überhaupt noch jemand kommen will, wenn die Gefahr besteht, dass der Märchenprinz herkommt?", fragte ich und benutzte den Namen, den die Medien Hartley damals gegeben hatten, als sie angefangen hatten von seinen Morden zu berichten.

„Ich habe meine Mutter schon angerufen und sie macht sich wirklich große Sorgen um dich. Sie meinte, sie wird ihre ganz besondere Matzeknödelsuppe für dich machen und mitbringen. Sie meinte, dass sie es kaum erwarten kann, all ihren Freundinnen davon zu erzählen, dass sie in einem Haus sein wird, in dem Craig Hartley gewesen ist."

„Super."

„Er ist berüchtigt. Stell dich schon mal darauf ein, dass die Leute wieder genauso ausflippen und hinter dir her sein werden wie damals, als du und Cochran ihn verhaftet habt."

„Ich hoffe nur, dass die anderen auch alle zum Essen kommen wollen."

„Ich glaube nicht, dass du dir da Sorgen machen musst."

ICH MUSSTE mir da keine Sorgen machen.

Nach dem zu urteilen, was ich hören konnte, als ich aufwachte, war das Haus bereits voll. Ich wollte nach unten gehen und Hallo sagen, aber als ich aus der Dusche kam, war mir schwindelig und Ian zwang mich dazu, mich gleich wieder hinzulegen. Es war dunkel gewesen, als ich das erste Mal eingeschlafen war und es war bedeckt, als ich wach wurde. Und weil wir in Chicago waren, fing es an zu schneien. Ich mochte Schnee, ehrlich gesagt, solange ich dabei drinnen sein und ihm zusehen konnte, wie er draußen vor den Fenstern fiel. Also lag ich da und sah zu, wie er fiel und sich auf dem Dachfenster ansammelte, das Ian und ich leicht versetzt direkt über dem Bett eingebaut hatten. Das war sehr angenehm, sehr beruhigend und ich schlief wieder ein.

Als ich das nächste Mal wach wurde, berichtete Ian, dass es früher Nachmittag war. Kohn brachte seine Mutter nach oben und als ich ihr ein Lächeln zuwarf, kam sie in ihrem dicken, flauschigen Nerzmantel zu mir ans Bett, umarmte mich, tätschelte mir die Wange und sagte mir, was für ein lieber Junge ich doch sei. Sie brachten ihr einen Stuhl, sodass sie sich setzen und mir Gesellschaft leisten konnte, während ich ihre Suppe aß und wir uns unterhielten.

Das war schön. Ich mochte Mütter. Ich hatte Janets verehrt, bevor sie gestorben war und mochte Ryans, da sie Pfirsichkuchen nur für mich buk und ihm für mich mitgab. Und natürlich liebte ich Aruna, die mich immer bemuttert hatte.

Nach der Suppe döste ich wieder ein wenig vor mich hin, wachte aber auf, als Ian mit erzählte, dass er beim Tierarzt gewesen war und Chickie besucht hatte. Chickie hing noch am Tropf, aber Dr. Alchureiqi – der extra in die Praxis gekommen war, um mit Ian zu sprechen und ihn auf den neuesten Stand zu bringen, nachdem er das Hüten seiner Patienten seinen Untergebenen aufs Auge gedrückt hatte – hatte gesagt, dass er sich wirklich gut erholte und dass er am nächsten Morgen, also am Freitag, nach Hause kommen konnte.

„Das sind großartige Neuigkeiten", flüsterte ich und lächelte zu ihm hoch.

Er beugte sich zu mir und küsste mich, einmal, zweimal und schließlich legte er sich auf mich und küsste mich tief und gründlich. Ich schlang meine Arme um ihn, damit er nicht weggehen konnte.

„Ich liebe dich so sehr. Danke, dass du aus der Armee austrittst und vorhast mich zu heiraten. Ich will nur nicht, dass du irgendetwas bereust, okay? Absolut überhaupt gar nichts."

„Nein", flüsterte er und verteilte Küsse entlang meines Kiefers. „Nein, Baby, ich bereue gar nichts."

Mann ... „Schatz" und „Baby" noch zusätzlich zum „Liebling". Ich war ganz verrückt nach diesem neuen, soliden, selbstbewussten Ian Doyle, den ich in meinen Armen hatte. Sein ganzes Verhalten; alles war anders. Als fühlte er sich wohl in seiner Haut. Als machte er sich keine Sorgen mehr, was irgendjemand dachte. Er wirkte sicher und geerdet. Er hatte entschieden, wer er sein wollte und die Freude darüber strömte ihm aus jeder Pore.

„Du siehst so gut aus."

„Na ja, ich fühle mich gut", sagte er mit seinem tiefen Grollen, bevor er mich erneut küsste.

Ich schaffte es, ihn auf den Rücken zu rollen und natürlich kamen just in dem Moment Aruna und Janet die Treppe herauf.

„Und die Leute fragen sich, wieso Schwulenpornos heiß sind."

„Wer fragt sich, ob Schwulenpornos heiß sind?", fragte Janet sie voller Ernst.

Ian stand auf – sehr zum allgemeinen Protest – und erklärte den Mädels, dass wir nicht hier waren, um sie zu unterhalten, und mir, dass er gleich wiederkommen würde.

Sie legten sich zu mir ins Bett, eine auf jede Seite und wir kuschelten, während ich ihnen wieder und wieder versprach, dass es mir gut ging, dass ich in Ordnung war, nur müde und erschöpft. Ich wollte wirklich gern nach unten gehen und würde das auch tun – sobald ich aufstehen konnte, ohne dass mir dabei schwindelig wurde. Ich konnte mich aufsetzen, aber weiter kam ich nicht.

Ned kreuzte gegen drei auf. Er trampelte die Treppe herauf wie ein angefressener Gockel, fand mich an die Kissen gelehnt im Bett sitzend und mit Liam sprechend, krabbelte aufs Bett und umarmte mich.

„Du bist mit ihm im Bett", kommentierte Liam, der auf dem Stuhl saß, der zusammen mit Kohns Mutter hochgekommen und seitdem nicht mehr bewegt worden war.

„Ich bin ein Mann, der in seiner Heterosexualität sicher ist", erklärte Ned. „Außerdem ist es total gemütlich und ich habe einen langen Flug hinter mir."

Letzten Endes hielten wir gemeinsam ein Nickerchen, während Liam Wache saß und sich ein Footballspiel auf meinem iPad ansah.

Margo Cochran, Norris' Frau, die ich nicht mehr gesehen hatte, seit er und ich keine Partner mehr waren, kam gegen vier und brachte mir ihren Möhrenkuchen, den ich immer besonders gern gemocht hatte. Es war mein Lieblingskuchen, nicht zu süß, schön saftig und mit nur einer dünnen Glasur.

„Warum?", wollte ich wissen, als ich mich im Bett aufsetzte und sie ansah. Beckers Frau Olivia hatte ihr den Kuchen abgenommen, als sie die Treppe heraufgekommen war. Olivia war da, weil sie mir dafür hatte danken wollen, dass ich Becker an dem Abend, an dem er von der Polizei angehalten worden war, unterstützt hatte. Ich hatte ihr gesagt, dass das selbstverständlich gewesen sei, schließlich war Becker mein Bruder. Sie umarmte mich gerade, als Margo von Aruna, die sich zur Wärterin der Treppe aufgeschwungen hatte, hochgelassen wurde.

„Wenn du nicht dafür gesorgt hättest, dass Nor für das büßt, was er getan hat, wäre er zu Hause gewesen und dann hätten meine Kinder jetzt keinen Vater mehr und ich keinen Ehemann."

Ich nickte, denn daran bestand kein Zweifel. Hartley hatte erst bei Cochran vorbeigeschaut, um auch dort einen finalen Schlussstrich zu ziehen.

„Sobald er wieder zurückkommt, ziehen wir nach Boston. Ich habe ihm da keine Wahl gelassen."

Das würde keinen Unterschied machen. Wenn Hartley Cochran wollte, dann würde er ihn auch irgendwann bekommen. Aber ich würde Geld darauf verwetten, dass Hartley, nachdem er beschlossen hatte, dass er mich nicht mehr umbringen wollte, auch das Interesse an Cochran verloren hatte.

„Also, ähm, darf ich …" Sie hob fragend die Arme.

„Ja, sicher, komm her."

Sie warf sich aufs Bett und drückte mich so fest, dass mir die Luft wegblieb.

„Oh, er sieht aus, als könnte er gute Umarmungen geben", bemerkte Olivia und dann war sie an der Reihe – nachdem sie Margo den Möhrenkuchen zurückgegeben hatte – und so fand Becker uns wenige Minuten später vor.

„Ich will erst gar nicht fragen", seufzte er, dann deutete er auf die Kuchenform, die Margo wieder in der Hand hielt. „Ist das Möhrenkuchen?"

Sie strahlte ihn an. „Ja, ist es."

„Das ist mein Lieblingskuchen."

„Na, dann lassen Sie mich Ihnen ein Stück abschneiden." Sie seufzte und drehte sich zur Treppe um. „Kommen Sie mit."

„Ich glaube, eine andere Frau hat gerade deinen Ehemann mit Kuchen weggelockt", teilte ich Olivia mit, während ich ihnen hinterhersah.

„Das versuchen sie alle, aber ich habe eine Geheimwaffe."

„Und die ist?"

Sie zog eine vielsagende Augenbraue hoch.

„Nein, nein, sag es mir nicht."

Ihr schallendes Gelächter war genau die richtige Mischung aus boshaft und fröhlich.

Irgendwann gegen sechs brachte Ian seinen Vater und seine Stiefmutter hoch in das Loft. Sie setzte sich auf den Stuhl und Colin stand neben seinem Sohn. Es war unbehaglich und hölzern, aber sie sprachen von Chickie und was für ein lieber Hund er war, dann über Lorcan und wann seine Gerichtsverhandlung war, dann drüber, wie sehr sie sich freuen würden, wenn Ian und ich demnächst einmal sonntags zum Mittagessen kämen. Ian versprach, dass wir das tun würden, ohne sich auf ein Datum festzulegen, dann führte er sie wieder nach unten, damit sie etwas essen konnten. Er selbst war wenige Minuten später wieder da.

„Bist du okay?", fragte ich.

„Ja, Baby, alles okay", versprach er, beugte sich zu mir, küsste mich und verschwand wieder.

Cabot, Drake und Josue waren anscheinend schon seit Stunden da und halfen Aruna beim Essen servieren und Geschirr spülen – Cabot war ihr absoluter Favorit – und Josue hatte seine Zelte in der Waschküche aufgeschlagen, wo er auf dem Trockner für alle Tarotkarten legte, die nicht schnell genug waren. Sie durften endlich zu mir hoch und natürlich plumpsten sie alle aufs Bett und ignorierten den Stuhl, der noch immer daneben stand.

Josue legte eine Hand auf meine Stirn. „Du hast kein Fieber. Fühlst du dich gut?"

„Mir geht es gut", gähnte ich. „Ich bin nur völlig fertig."

Er nickte. „Nun, du schläfst ja auch nie und du kümmerst dich auch nicht um dich selbst. Ich könnte hier einziehen und das für dich tun."

„Das mache ich", sagte Ian, der mit einem randvollen Teller und einem riesigen Glas Apfelsaft für mich die Treppe heraufkam. „Ich kümmere mich um ihn."

„Aber du bist nie zu Hause", sagte Cabot und sah verlegen aus. „Ich meine, sollten wir nicht anfangen, uns um Miro zu kümmern, weil –"

„Ich werde ab jetzt immer zu Hause sein. Ich bin fertig mit der Armee. Ihr werdet mich also von nun an häufiger zu Gesicht bekommen."

Er war verdutzt, als sie alle applaudierten, selbst Josue, das konnte ich an seinen zusammengekniffenen Augen erkennen.

„Oh, das freut mich so", seufzte Drake. „Ich meine, wenn ich dich schon ein bisschen vermisst habe, dann kann ich mir lebhaft vorstellen, wie es Miro ergangen sein muss."

Ian nickte und schickte sie alle wieder nach unten. Josue blieb oben an der Treppe stehen und sah zu mir zurück.

„Was?"

Er biss sich auf die Unterlippe. „Ich habe in dem Plattenladen auf der Oak Park, in dem ich arbeiten werde, jemanden kennengelernt. Er heißt Marcello McKenna. Ist das nicht toll?"

„Das ist es. Glaubst du, dass er derjenige ist?"

„Miro, er hat mich erst total eigenartig angesehen und dann hat er gesagt, dass er davon geträumt hat, dass ich in den Laden komme."

„Und?"

„Er hat gesagt, dass er nicht an diesen ganzen Esokram glaubt."

„Aber?"

„Aber er hat von mir geträumt."

Ich nickte. „Dann sei vielleicht einfach sein Freund, bevor du ihm erzählst, dass du ihn in den Karten gesehen hast, hm?"

Er nickte, stürzte zu mir zurück, beugte sich zu mir und küsste meine Wange, dann rannte er die Treppe hinunter und verkündete Aruna, dass er bereit war, ihr die Karten zu legen.

Als ich mich zu Ian umwandte, lachte der leise in sich hinein.

„Was?"

„Du hast einen seltsamen Effekt auf die Leute."

Sein Effekt auf mich war gar nicht seltsam. „Würdest du bitte den Teller abstellen, dich komplett ausziehen und mich dich unter der Decke haben lassen?"

„Oh, Baby, es wird Tage dauern, bevor du mich das nächste Mal nackt siehst. White hat seine Xbox mitgebracht und Sharpe kümmert sich um die Wäsche. Die Jungs werden sich hier bis Sonntagabend die Klinke in die Hand geben."

Ich stöhnte. „Seine Xbox? Weißt du, wie nervig er mit all seinen Ballerspielen ist?"

„Als ob er gegen mich gewinnen könnte."

„Oh nein. Jetzt schalte bitte nicht wieder in den Um-Jeden-Preis-Gewinnen Modus."

„Was?", protestierte er. „Ich will überhaupt nicht um jeden Preis gewinnen."

„Tu mir einen Gefallen und stell dich auf die andere Seite des Zimmers, damit der Blitz mich nicht auch trifft."

Er schnaubte spöttisch. „Ich bin sicher, Gott hat bessere Dinge zu tun."

Vielleicht.

„Was?"

Ich konnte nicht aufhören, ihn anzustarren.

„Sag was."

„Du bist gerade erst gekommen. Ich will dich küssen, dich in die Arme nehmen und ficken und … Himmel, Ian, ich brauche dich so sehr."

Er beugte sich zu mir und küsste meine Wange. „Hier, nimm einen Happen zu dir. Danach fühlst du dich besser."

„Interessiert dich das überhaupt nicht?"

„Doch, Baby. Du musst dir auch keine Sorgen mehr machen. Von jetzt an kannst du mich haben, wann immer du willst."

Ich setzte mich auf.

„Nach Sonntag."

Das würden die längsten drei Tage meines Lebens werden, ich sah es schon kommen.

ARUNA BRACHTE mir Kürbiskuchen mit einem dicken Klecks Schlagsahne darauf. Ich fragte mich, was sie hier oben machte. Sie liebte es, Gastgeberin zu sein und es machte keinen Sinn, dass sie nicht unten war und genau das tat.

„Liams Mutter ist unten", sagte sie schnell und zappte sich durch Netflix auf der Suche nach etwas, das sie gucken wollte.

„Und?"

„Und gar nichts. Ich bleibe hier oben bei dir."

Ich räusperte mich.

„Was?", fragte sie, ohne sich umzudrehen.

„He."

„Ich will nicht drüber reden."

„Sie hat deine Gefühle verletzt", sagte ich, denn ich kannte meine Freundin.

„Na, wir wissen beide, dass ich eine Menge Dinge bin, aber Diva gehört nicht dazu. Ich weiß, was sie gesagt hat und ich weiß, was sie gemeint hat. Sie glaubt wirklich nicht, dass ich traditionelle Gerichte kochen kann und deshalb wollte sie mir helfen."

„Sicher", stimmte ich zu. „Aber sie ist unten, oder?"

„Ja."

„Also ist sie hergekommen."

Sie drehte ihren Kopf auf dem Kissen zur Seite, sodass sie mich ansehen konnte. „Worauf willst du hinaus?"

Ich zuckte die Schultern. „Sie bemüht sich und sitzt unten und isst das, was du gekocht hast, oder nicht?"

„Widerwillig, da bin ich mir sicher."

Ich hob die Augen zum Himmel.

„Wir wissen beide, dass sie mich noch nie hat leiden können."

„Oh, verschone mich", murmelte ich und stieß sie mit meinem Ellbogen an. „Diese Frau verehrt dich. Liam war total wild und ist viel zu viele Risiken eingegangen, bevor er dich kennengelernt hat. Er ist erwachsen geworden, eben weil er sich so heftig in dich verliebt hat. Seit er Ehemann und Vater geworden ist, ist er fast schon grässlich bodenständig."

Sie stieß ein Schnauben aus.

„Denkst du nicht, dass sie das auch weiß?"

Sie ließ ihre Lider flattern und verdrehte die Augen, als bekäme sie einen Anfall.

„Geh einfach runter und zeig Größe."

„Und was, wenn ich nicht will?"

„Du willst, denn in Wahrheit magst du sie auch sehr gern."

Einen Moment lang rührte sie sich nicht, dann setzte sie sich auf, küsste mich auf die Stirn und ging, um ihrer Schwiegermutter gegenüberzutreten.

Da ich mich besser fühlte, stand ich auf und ging ins Bad, um die Schlafanzughose und das T-Shirt, die ich den ganzen Tag über angehabt hatte, gegen Jeans und einen heidegrauen Pullover einzutauschen. Mein Plan war es, nach unten zu gehen, aber nachdem ich mich umgezogen hatte, ging mir die Puste aus. Ich saß auf der Bettkante und dachte über Socken nach, als Ian am Kopf der Treppe auftauchte.

„Was machst du da?"

„Mich für Geselligkeit bereit", sagte ich mit einem leisen Lachen.

Er kam zum Bett und setzte sich neben mich. „Sie werden eh alle bald aufbrechen. Dann sind es nur noch wir beide und die Jungs."

Ich seufzte. „Nicht dass ich nicht dankbar bin, dass sie gekommen sind, aber sie werden nicht noch alle hochkommen, um sich zu verabschieden, oder?"

„Nein", murmelte er und lehnte sich näher, rieb seine Nase an meiner Wange und küsste sie dann.

Ihm musste der Laut, den ich von mir gab, gefallen haben, denn er legte eine Hand um meinen Nacken und drehte meinen Kopf mit sanftem Druck seines Daumens an meinem Kiefer. Als ich ihn ansah, beugte er sich noch näher und küsste mich.

Ich wollte jede Sekunde seiner Zärtlichkeiten in mich aufsaugen, so glücklich war ich – mit ihm, mit seiner Entscheidung, mit der Zukunft, die nun sein konnte, jetzt, wo er uns wirklich eine Chance gab. Ich spürte, wie etwas in meinem Inneren, das so lange starr und kalt gewesen war, sich löste und warm wurde, als ich meine Lippen öffnete und ihn einließ.

Augenblicklich schoss reine Wonne durch mich, erfüllte mich mit einer noch größeren Wärme und dem vertrauten Verlangen danach, seine nackte Haut an meiner zu spüren.

„Ian", keuchte ich, drängte ihn aufs Bett hinunter. „Zieh dich aus."

„Oh, würde ich nur zu gerne", sagte er, fuhr mit seinen Fingern durch meine Haare und schob sie mir aus dem Gesicht. „Aber wie gesagt, nicht vor Montag."

Ich knurrte und setzte mich auf, rittlings auf seine Oberschenkel, zufrieden einfach dazusitzen und auf ihn hinunterzusehen, wunderschön und ganz mein.

„Ich mach dir einen Vorschlag."

„Ich höre."

„Du ruhst dich noch ein paar Tage aus und nächsten Monat fahren wir zwei irgendwohin. Nur wir beide."

„Urlaub?", scherzte ich. „Willst du damit sagen, du fährst mit mir in den Urlaub?"

„Ja."

„Wie?"

„Na ja, wir haben beide jede Menge Urlaubstage angesammelt."

„Ja, aber –" Und dann traf es mich wie ein Schlag. Ich *hatte* ihn. Er würde nicht mehr plötzlich verschwinden und mich allein lassen, denn es war die Armee, die er verließ.

Ich holte tief Luft.

„Du gewöhnst dich dran."

„Woran?", sagte ich und versuchte mich zusammenzureißen. Aber es war schließlich nicht alle Tage, dass das Leben sich einem öffnete und ganz neu begann. Ein überwältigendes Gefühl von Freude erfüllte beinahe schmerzhaft meine Brust und es war nicht leicht, nicht zu schreien oder zu weinen oder komplett durchzudrehen.

„Dass ich hier bin."

Ich räusperte mich. „Daran muss ich mich nicht erst gewöhnen."

Er lachte leise über mich, umfasste meine Oberschenkel und drückte sie fest.

„So, also. Urlaub?", brachte ich heiser heraus.

„Ja. Wo immer du hin willst."

Ich nickte. „Ich nagele dich drauf fest."

„Gut."

Ich rollte mich von ihm herunter und kuschelte mich an ihn. „Und, wie fühlt es sich an, Ex-Soldat der Sondereinsatzkräfte zu sein?"

Er schwieg für einen Moment. „Kann ich noch nicht sagen. Es ist noch zu neu. Bisher ist es ja nicht mal offiziell."

„Ja, aber –"

„Ich will's dir sagen", versicherte er mir. „Wirklich. Aber das geht nur uns beide was an, niemanden sonst."

„Okay."

Er drehte sich auf die Seite, sodass er mich ansehen konnte und fuhr mit den Fingerspitzen meinen Kiefer entlang. „Ich meine das ernst. Ich will mit dir reden und dich mit jedem noch so kleinen Detail zu Tränen langweilen. Aber es sind zu viele Leute hier und wenn ich erst mal angefangen habe, dann will ich nicht mehr aufhören. Wie, wenn wir vögeln."

Ich lachte. „Das ist so romantisch."

Sein Lächeln war überheblich. „Wusste ich doch, dass du so denkst."

„Ian –"

„Ich weiß, dass du alles wissen willst, M und ich verspreche dir, ich sag's dir."

„Es ist wichtig."

„Ich weiß", stimmte er zu, strich mit dem Daumen über meine Augenbraue.

„Wirst du mir wenigstens sagen, warum die Ermittlung gegen Lochlyn so plötzlich geendet hat?"

„Es gab in der Vergangenheit nichts Neues für sie zu entdecken. Lochlyn war eindeutig labil und das ging aus allen Berichten offen hervor. Uns dort zu behalten, hätte ihnen auch keine neuen Aufschlüsse gebracht, also haben sie uns gehen lassen."

Ich war sehr dankbar dafür. „Ich habe dich letztes Mal mehr vermisst als sonst."

„Ich dich auch. Ich hatte das Gefühl, dass die Abstände zwischen meinen Einsätzen immer kürzer geworden sind und wenn weggehen einen körperlich krank macht – dann muss sich etwas ändern."

Seine Worte waren garantiert, mein Herz stillstehen zu lassen.

„Du weißt, dass es dadurch anders wird für uns."

„Wodurch?"

„Dadurch, dass ich immer hier bin", erklärte er, während er mir erneut das Haar aus dem Gesicht strich. „Ich hab von Männern gehört, deren Ehen in die Brüche gingen, nachdem sie ausgetreten sind, weil sie ihre Frauen wahnsinnig gemacht haben."

Ich strich mit einer Hand über seine Brust. „Nein, in der Hinsicht brauchst du dir keine Sorgen zu machen."

„Bist du sicher?", neckte er mich.

„Ja, Baby, ich bin sicher", seufzte ich, dann holte ich erneut tief Luft. „Und, kann ich dich fragen, wie lange es dauert, bis dein Austreten offiziell ist?"

Sein träges Lächeln wurde begleitet von einem Seufzen, das fast wie ein Schnurren klang.

„Was?"

„Du sagst das so, als würdest du nicht darauf brennen, meine Antwort zu hören."

Ich knurrte ihn an. „Sag es mir einfach."

„Na ja", begann er, seine Stimme tief und samtig, als er seine Hand um meinen Hinterkopf schloss, „es dauert ungefähr neun Monate bis ein Jahr, bis der Antrag durch ist, nachdem ich ihn abgesetzt habe."

„Abgesetzt?"

„Eingereicht", erklärte er, zog mich sanft zu sich und gab mir einen unverhohlen besitzergreifenden Kuss, sinnlich und eindringlich zugleich.

Ich wollte mehr wissen, musste mehr wissen, aber was er da machte, dass er mich behandelte, als wäre ich ganz unzweifelhaft und absolut sein Eigentum – ich wollte mehr.

Der Schauer, der mich durchlief, ließ ihn lächelnd den Kopf heben.

„Nein, nein, komm –"

„Sobald ich den Antrag eingereicht habe", sagte er, was mein Flehen abrupt verstummen ließ, „werde ich nicht mehr in den Einsatz geschickt."

Mein Atem stockte. „Nicht mehr?"

Er schüttelte den Kopf. „Ich werde nur noch einmal im Monat zum Drill müssen und im Sommer die zwei Wochen JÜ."

Ich wusste, was das bedeutete – Jährliche Übung –, also musste ich nicht fragen. „Müssen sie das vorher ankündigen oder können sie dich nach wie vor einfach anrufen, wann immer sie Lust haben?"

„Sie müssen das ankündigen", versicherte er mir und küsste mich ein weiteres Mal, wenn auch flüchtig, bevor er fortfuhr. „Keine plötzlichen Einsätze mehr für Wochen oder sogar Monate ohne Vorankündigung und sie dürfen mich auch nicht mehr versetzen."

Es war zu schön, um wahr zu sein und als ich sein Stirnrunzeln sah, erstarrte ich. „Was?"

Er sah mich aus zusammengekniffenen Augen an. „Das einzige, was passieren kann ist, dass mein befehlshabender Offizier oder jemand, der in der Hierarchie höher steht, mich darum bittet, den Antrag zurückzuziehen, weil sie mich dringend brauchen und keinen Ersatz für mich finden können."

Ich schaffte es, mir die Angst nicht anhören zu lassen, aber meine Stimme brach dennoch ein wenig, als ich fragte: „Würdest du das tun? Den Antrag zurückziehen?"

„Wenn es den Unterschied darüber bedeutet, ob Männer leben oder sterben", sagte er leise, „was würdest du dann wollen, das ich tue?"

„Das ist nicht fair."

„Wer hat dir gesagt, das Leben wäre fair?"

Ich nickte.

Er schloss mich fest in seine Arme und drückte mein Gesicht in seine Halsbeuge. „Das ist aber wirklich sehr unwahrscheinlich, M."

„Okay", sagte ich und versuchte positiv zu bleiben, wenn ich ihn doch am liebsten ans Bett gefesselt hätte.

„Ich verspreche es dir."

„Was versprichst du?"

„Dass ich aufhöre. Das werde ich."

Ich hatte jetzt schon so lange den Atem angehalten, was machten da ein paar Monate mehr oder weniger noch aus. Ich konnte durchhalten. Ich konnte es. Ich würde es. Er war es wert.

„Vertraust du mir?"

„Natürlich", sagte ich ehrlich und im nächsten Moment realisierte ich, dass auch ich einiges hatte, das gesagt werden musste. „Also ... wir sollten vermutlich auch über Hartley sprechen, oder?"

„Später", flüsterte er. „Wir haben ja jetzt Zeit."

Ich schloss die Augen, entspannte mich und sank gegen ihn.

„Wir sollten aus dem Urlaub Flitterwochen machen."

Es dauerte einen Moment. Dann schoss mein Kopf hoch und ich sah sein breites, spitzbübisches Grinsen. „Wie bitte, was?"

Er lachte über mich und lachte nur noch lauter, als ich ihn auf den Rücken stieß und mich auf ihn setzte.

„Ian?"

„Du hast mich gehört", sagte er, immer noch lachend.

Ich ergriff seine Hände und drückte sie über seinem Kopf auf die Matratze. „Könntest du ein wenig ausführlicher werden?"

„Aber ja, natürlich, Miro", köderte er mich und hob mir provozierend die Hüften entgegen. „Wir sollten uns nächste Woche einen Friedensrichter suchen, heiraten und in die Flitterwochen fahren. Wie klingt das für dich?"

Es klang *perfekt* und ich hätte ihm das auch gesagt. Wenn nicht mein Atem gestockt und mein Herz stillgestanden hätte.

„Liebling?", fragte er rasch und ich sah, wie die Verschmitztheit aus seinen Zügen wich und augenblicklich durch Sorge ersetzt wurde.

„Ja?", antwortete ich mit einer Stimme, die wie das Rascheln trockener Blätter klang.

„*Willst* du mich noch heiraten?"

„Ja", brachte ich zitternd heraus. „Mehr als alles andere."

Er stieß scharf den Atem aus. „Himmel, du hast mir für einen Moment das Herz stillstehen lassen."

Ich kannte das Gefühl.

Sein Lächeln blitzte erneut auf. „Also, wie sieht es nächste Woche aus?"

„Nächste Woche", wiederholte ich und spürte, wie Freude in mir emporsprudelte und sich über mein Gesicht legte.

„Du gehörst jetzt ganz mir."

Ich hatte immer ihm gehört, vom ersten Moment an, in dem wir uns begegnet waren.

„Küss mich."

Als ob er mich jemals darum bitten musste.

SCHLAMASSEL INBEGRIFFEN

Mary Calmes

Buch 1 in der Serie – Verliebte Partner

Deputy US Marshal Miro Jones hat den Ruf, auch unter Beschuss ruhig zu bleiben und einen kühlen Kopf zu bewahren. Diese Eigenschaften kommen ihm in der Zusammenarbeit mit seinem Partner Ian Doyle, einem Elitesoldaten, sehr zu Gute, denn Ian ist der Typ Mann, der in einem leeren Raum einen Streit vom Zaun brechen kann. In den vergangenen drei Jahren in ihrem Job auf Leben und Tod sind aus Fremden erst Kollegen, dann loyale Teamkameraden und schließlich beste Freunde geworden. Miro hat zu dem Mann, der ihm den Rücken freihält, blindes Vertrauen entwickelt … und einiges mehr.

Als Marshal und Soldat wird von Ian erwartet, dass er die Führung übernimmt. Aber die Stärke und Disziplin, die ihn im Einsatz zum Erfolg und zur Erfüllung seiner Mission tragen, versagen überall sonst. Ian hat sich immer gegen jede Art der Bindung gewehrt, aber kein Zuhause zu haben – und mehr noch: niemanden, zu dem er nach Hause kommen kann – frisst ihn innerlich langsam auf. Im Lauf der Zeit hat er, wenn auch widerstrebend, eingesehen, dass es ohne seinen Partner an seiner Seite einfach nicht geht. Jetzt muss Miro ihn nur noch überzeugen, dass Gefühlsbande keine Fesseln sind …

www.dreamspinner-de.com

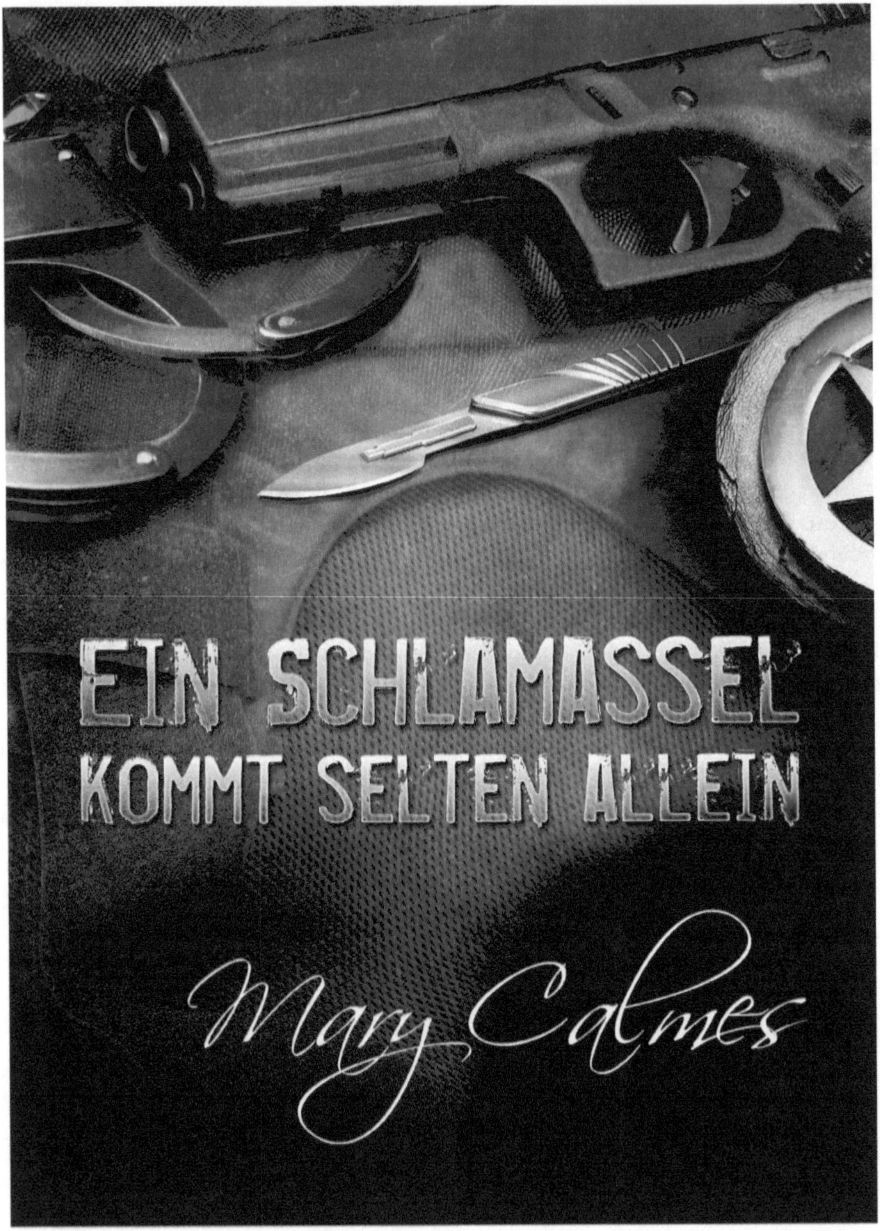
EIN SCHLAMASSEL
KOMMT SELTEN ALLEIN
Mary Calmes

Buch 2 in der Serie – Verliebte Partner

Die Deputy US Marshals Miro Jones und Ian Doyle sind nun beruflich und privat Partner: Miros Gelassenheit und Professionalität bilden den idealen Ausgleich zu Ians Leidenschaft und hitzigem Temperament. In einem Beruf, in dem ein falscher Schritt den Unterschied zwischen Leben und Tod bedeuten kann, ist Vertrauen alles. Aber jede Beziehung hat anfänglich ihre Schwierigkeiten und manchmal weiß Miro nicht, wo er bei seinem temperamentvollen Partner steht. Sind die Gefühlsbande, die sie erst seit so kurzer Zeit miteinander verbinden, bereits wieder im Begriff, sich aufzulösen?

Diese neuen Bande sind ständigen Herausforderungen ausgesetzt: Überfälle der Familie, wohlmeinende Freunde, ihre eigenen Unsicherheiten, ihr gefährlicher Beruf – und dann kommt es zur Feuerprobe, als ein alter Fall Miros wieder auftaucht und sie heimsucht. Vielleicht reicht das aus, um Ian seine Entscheidung, sich zu binden, hinterfragen zu lassen und Miro kann nur hoffen, dass die Gefühlsbande, die sie geknüpft haben, stark genug sind, sie beide zu halten.

www.dreamspinner-de.com

Frosch

MARY CALMES

Weber Yates' Traum berühmt zu werden, ist im Begriff, sich auf einen Job als Ranchhelfer in Texas zu reduzieren. Seine einzige Beziehung besteht zu einem Mann, der für ihn eigentlich so weit außerhalb seiner Reichweite ist wie der Mond. Oder zumindest wie San Francisco, wo Weber einen Zwischenstopp einlegt. Er will ihn ein letztes Mal sehen, bevor er sich mit dem einfachen, einsamen Leben abfindet, dass ein Frosch wie er seiner Meinung nach verdient hat.

Cyrus Benning ist ein erfolgreicher Neurochirurg. Details entgehen ihm daher nie. Vom ersten Tag an hat er den Prinz in der Kleidung des gescheiterten Bullenreiters erkannt. Doch dabei zuzusehen, wie Web ihn stets auf Neue verlässt, wird immer schwerer und er ist nicht sicher, wie viel sein Herz noch ertragen kann. Jetzt hat Cyrus eine letzte Chance, Weber zu beweisen, dass es nicht dessen Job ist, der ihn zu Cyrus perfektem Mann macht, sondern Weber selbst. Mit der Hilfe der vor kurzem zerbrochenen Familie seiner Schwester ist er bereit, Weber zu zeigen, dass das Heim, das der Mann immer gesucht hat, schon immer genau hier – bei ihm – war. Cyrus hat vielleicht einmal ein Ultimatum gestellt, doch jetzt hat es sich zu einem Schwur gewandelt: Er wird Weber nie wieder aus seinem Leben lassen.

www.dreamspinner-de.com

Dass Carson Cress ihn nach einem Date fragt, ist so ziemlich das Letzte, womit Vincent Wade gerechnet hätte. Vince ist ein ehrgeiziger Biologiestudent und eher ein Einzelgänger. Quarterback Carson ist ein Superstar und lebt unter ständiger Beobachtung der Öffentlichkeit. Das kann auf keinen Fall funktionieren. Aber Vince muss feststellen, dass manchmal einfach jemand in dein Leben gewalzt kommt und dich auf eine wilde Achterbahnfahrt der Gefühle mitnimmt, und du dich entweder gut festhältst oder dein Herz dabei verlierst.

www.dreamspinner-de.com

Eine Geschichte aus dem Kuriosen Kochbuch

Boone Walton hat sich alle erdenkliche Mühe gegeben, seine Vergangenheit hinter sich zu lassen. Er lebt jetzt nur noch für seine Kunstgalerie in New Orleans und seine Freundschaft mit Scott Wren. Alles scheint sich langsam zu normalisieren und wieder in geregelten Bahnen zu verlaufen. Boone könnte nicht glücklicher sein.

Scott Wren, ein junger Koch und Restaurantbesitzer, möchte mehr als Freundschaft. Er will eine echte Beziehung zu Boone, doch der hat davor eine Heidenangst. Und das liegt nicht nur an dem Geist, der in Scotts Wohnung herumspukt. Es liegt auch nicht an Scotts Familie. Nein, es liegt daran, dass Boones Vergangenheit ihm einen unerwarteten Besuch abstattet. Es gibt eigentlich nichts, was sich zwischen Boone, Scott und die Mousse au Chocolate drängen kann, deren Rezept Scott in einem kuriosen, alten Kochbuch gefunden hat. Nichts, bis auf das Meer des Leidens, das Boone überqueren musste, um im Big Easy ein neues Leben zu beginnen. Doch das Rezept hat eine geheime Zutat, die in Boone ein Vertrauen und eine Liebe weckt, wie er sie bisher noch nie erfahren hat.

www.dreamspinner-de.com

MARY CALMES glaubt an die Liebe, an „glücklich bis an ihr Lebensende" und an das Vertrauen, das ihre Charaktere brauchen, um dorthin zu gelangen. Sie blutet Kaffee, ist der Ansicht, dass Schokolade als eigene Lebensmittelgruppe gelten sollte und lebt derzeit in Kentucky, zusammen mit einem über ein Kilo schweren, pelztragenden Ninja, der sie vor Vogelbabys, Spinnen und dem Nachbarshund beschützt.

Um auf dem neuesten Stand zu bleiben (und den Abenteuern des Ninjas zu folgen), folgen Sie ihr auf Twitter @MaryCalmes, auf Facebook oder melden Sie sich für den Mary's Mob Newsletter an.

Von MARY CALMES

Veröffentlicht von DREAMSPINNER PRESS
www.dreamspinner-de.com

www.ingramcontent.com/pod-product-compliance
Lightning Source LLC
Chambersburg PA
CBHW021004260626
47169CB00006B/1940